錫鼓

Die Blechtrommel

(下)

經典文學系列 23

但澤三部曲㈠

錫 鼓

Die Blechtrommel

（下）

葛拉斯 著

胡其鼎 譯

經典文學系列 23
但澤三部曲(一)

錫　鼓（下）

Die Blechtrommel

作者　葛拉斯(Günter Grass)
譯者　胡其鼎
系列主編　汪若蘭
責任編輯　翁淑靜
執行編輯　史怡雲
封面設計　李男工作室
電腦排版　辰皓電腦排版有限公司
發行人　郭重興
出版　貓頭鷹出版社
發行　城邦文化事業股份有限公司
台北市信義路二段 213 號 11 樓
電話：(02)2396-5698　傳眞：(02)2357-0954
郵撥帳號　1896600-4 城邦文化事業股份有限公司
網址　www.cite.com.tw
email　service@cite.com.tw
香港發行　城邦（香港）出版集團
香港北角英皇道 310 號雲華大廈 4/F，504 室
新馬發行　城邦（馬新）出版集團
電話：(603)603-90563833　傳眞：(603)603-90562833
印刷　成陽印刷股份有限公司
初版　2001 年 4 月
定價　平裝　280 元　精裝　380 元
ISBN　平裝　957-0337-92-3　精裝　957-0337-91-5

編輯前言

享受閱讀經典的樂趣

貓頭鷹出版社繼推出卞之琳新譯的《莎士比亞四大悲劇》後，陸續推出一系列經典文學，主要是希望作爲一個介面，引導讀者重新認識經典的眞實面貌。經典之所以能夠歷經歲月熬煉流傳下來，並且在不同環境歷經不同語言翻譯移置，而仍一直吸引不同的文化族群閱讀，自有其動人之魅力。然由於目前常見之版本多爲二三十年前的舊譯，也欠缺向讀者對作品重要性與時代意義的說明，使經典令人覺得難以親近，在影音圖像風靡的世代中更顯過時。

所幸近年來精通各種語文的人才與研究學者越來越多，不但有較多新的譯本出現提供忠實可靠的文本意。另一方面，針對讀者閱讀視覺而作的重新編排與包裝設計，也賦予經典一個現代面貌，拉近讀者與經典的距離，讓經典更平易近人，讀者更容易享受閱讀的樂趣。

貓頭鷹經典文學編輯室　謹識

我最初見到這個世界的光，是由兩只六十瓦燈泡放射出來的。因此，《聖經》上的那句話「要有光，就有了光」，時至今日，我還覺得奧斯拉姆公司最成功的廣告用語。

第一篇　飛蛾與燈泡

致中文版讀者

在完成了第一部敘事性長篇小說《錫鼓》之後，我想寫一本較為短小的書，即一部中篇小說。我之所以有意識地選擇一種受到嚴格限制的體裁，是為了在接下去的一本書，即長篇小說《狗年月》中重新遵循一項詳盡的史詩般的計畫。

我是在第二次世界大戰期間長大的，根據自己的認識，我在《貓與鼠》裡敘述了學校與軍隊之間的對立，意識形態和荒謬的英雄崇拜對學生的毒化。

對我來說，重要的是反映出在集體的壓力下一個孤獨者的命運。我在撰寫小說時絕不可能料到，這些我自以為過於德國式的題材會在國外引起如此廣泛的興趣。早已改變了這種看法的我非常高興，台灣讀者現在也有機會熟悉我的作品了。

鈞特・葛拉斯

目錄

第一篇

第二篇

第三篇

第二篇（續）

七十五公斤

維亞茨馬和布良斯克①；接著，泥濘時期來到了②。一九四一年十月中旬，奧斯卡也開始在爛泥地裡使勁挖掘。讀者或許會原諒我把中央集團軍在泥濘地裡的戰果與我在莉娜・格雷夫太太的那片無法通行、同樣泥濘不堪的地區內所取得的成果做對比。在離莫斯科不遠的地方，坦克和載重汽車陷在泥裡，而我也同樣陷在泥裡；在那裡，車輪仍在轉動，翻起爛泥，而我呢，也不善罷甘休——我在格雷夫太太的泥濘地裡成功地攪出了泡沫。此話一字不假，雖然如此，占領土地卻談不上了，不論在離莫斯科不遠的地方，還是在格雷夫寓所的臥室裡。

我始終還不想放棄這種對比：正像未來戰略家們將從搞糟了的泥濘作戰行動中吸取他們的教訓那樣，我也從與格雷夫太太這種自然現象的鬥爭中得出了我自己的結論。我們不應低估第二次世界大戰中本土戰線上的種種行動。奧斯卡當年十七歲，儘管有過少年時的胡鬧，卻在莉娜・格雷夫那片看不清全貌又隱伏著危險的演習區內被訓練成了堂堂男子漢。我現在放棄了與軍事行動做類比，轉而藉助藝術家的概念來衡量奧斯卡的進步。我於是說：瑪麗亞在具有幼稚誘惑力的香草霧裡勸說我運用小巧的形式，使我熟悉了諸如汽水粉和採蘑菇之類的抒情詩體，那麼，在格雷夫太太那酸性強的、多層次結構的雲霧圈裡，我學會了做那種寬廣的敘事詩式的呼吸，這使我有可能在今天把前線的戰果同床上的戰果相提並論。音樂！從聽瑪麗亞稚氣的多愁善感的然而又是那麼甜蜜的口琴吹奏開始，我一步登上了指揮臺，因爲莉娜・格雷夫爲我提供了一支管絃樂隊，編制大而完整，這樣的樂隊恐怕只有在巴伐利亞或者薩爾茨堡才能找到。在樂隊裡，我學會了吹、彈、奏、撥、拉，不論是通奏低音還是對位法，不論是十二音體系還是傳統和聲，我全都掌握，還有諧謔曲的引子、行板的速度，我的激情表現得既刻板枯燥又柔和流暢；奧斯卡讓格雷夫太太這支樂隊盡情發揮，然而他始終不滿意，雖說不是沒有得到滿足，就像一位理所當然也有此感的眞正藝術家那樣。

從我們的殖民地商品店到格雷夫的蔬菜店只需邁二十小步。蔬菜店就在斜對面，它的地位好，遠比小錘路麵包師傅亞歷山大・舍夫勒寓所的地位要好一些。我對女性解剖學的學習成績比我對我的師傅歌德和拉斯普庭的學習成績稍強一些，其原因恐怕就在於蔬菜店占據著更爲有利的地勢。這種至今猶存的教養上的截然不同之處，也許可以用我的兩位女教師的差異來解釋，甚而至於可以以此來辯解。莉娜・格雷夫根本不想教我，而是謙遜和被動地把她的財富提供出來，給我作爲觀察和實驗的材料。與此相反，格蕾欣・舍夫勒則過於認眞地對待她的教育使命。她要看到成績，要聽我高聲朗讀，要注視我漂亮地書寫著的鼓手手指，要我與可愛的語法結爲朋友，同時，她本人又從這種友誼中獲利。可是，奧斯卡不讓她看到任何明顯的跡象，說明他自己已經取得了某種成績。這時候，格蕾欣・舍夫勒也就失去了耐心。在我可憐的媽媽死後不久，也就是在她授課七個年頭之後，她又轉而熱中於她的編織。由於這一對麵包師傅夫婦仍舊沒有子女，所以她照舊把自己編織的毛衣、長統襪和連指手套送給我，但她也只是偶爾送送了，主要在遇到重大節日的時候。我同她之間再也不談歌德和拉斯普庭了，只有這兩位師傅著作中的那些殘篇我還一直保存著，時而放在這裡，時而放在那裡，多半放在這幢公寓的晾衣閣樓上。多虧了這些殘篇，奧斯卡才沒有完全荒廢他的這一部分學業；我自學成才，形成了自己的見解。

可是，虛弱多病的莉娜．格雷夫卻纏綿床側，她不能迴避我，也不能離棄我。她的病雖說是慢性的，但還沒有嚴重到死神會提前奪走我這位女教師莉娜的地步。不過，在這個星球上並不存在任何恆常的事物，所以，奧斯卡在自認爲他的學業已經告成的時刻，便離棄了這個纏綿床側的女人。

各位說：這個年輕人是在多麼狹小的天地裡受教育成長的呀！他竟然是在一家殖民地商品店、一家麵包房和一家蔬菜店之間爲日後像男子漢一般地生活配齊了他的裝備。儘管我不得不承認，奧斯卡是在相當陳腐污濁的小市民環境裡收集到了他頭一批如此重要的印象的，然而畢竟還有第三位教師。留待這位男教師去做的事情，便是爲奧斯卡打開世界的大門，使奧斯卡成爲他今天這個樣子，成爲一個人，由於缺少更貼切的名稱，我只好給他安上這樣一個不能充分說明其特性的頭銜：世界主義者。

正如各位讀者中最細心者已經發現的那樣，我講的是我的教師和師傅貝布拉，那個歐仁親王的直系子孫、路易十四王族的後代、侏儒和音樂小丑貝布拉。我講到貝布拉的時候，我自然也想到了他身邊的那位女人，偉大的夢遊女羅絲維塔．拉古娜，超越時間的美女，在馬策拉特奪走了我的瑪麗亞的那些個黑暗年頭裡，我不得不經常惦念她。她有多大年紀了，這位夫人？我暗自問道。她是位芳齡二十（如果不是十九的話）、如花盛開的少女嗎？難道她是那位九十九歲、頗有風韻的老嫗，在今後的百年間，她還將永不衰老地體現著永恆青春的小巧玲瓏的體態？

如果我沒有記錯的話，那麼，我巧遇這兩位同我之間親緣關係如此之近的人，是在我可憐的媽媽去世後不久。我們一起在四季咖啡館喝穆哈，隨後分手，各走各的路。我們之間存在著微小卻又不是微不足道的意見分歧；貝布拉跟帝國宣傳部關係密切，從他的種種暗示中我不難聽出，他出入於戈培爾和戈林先生的私宅，他還想方設法向我解釋他這種出軌行爲並爲之辯解。他講述了中世紀宮廷小丑的地位如何富有影響。他拿出西班牙畫家繪製的複製品給我看，畫中人是某位菲利普或卡洛斯國王及其宮廷侍從。在這些刻板的人叢中，可以讓人辨認出幾個小丑，身穿皺皺巴巴、帶稜帶角、色彩斑斕的服裝，身材同貝布拉也與我——奧斯卡相差無幾。恰恰由於我喜愛這些畫——今天我可以自稱是天才畫家迪埃戈·委拉斯蓋茲③的熱情欣賞者——所以我不願讓貝布拉輕易地說服我。他於是不再拿西班牙腓力四世宮廷裡的小丑與他在萊因區暴發戶約瑟夫·戈培爾身邊的地位做比較了。他談到了艱難的時世，談到了不得不暫時退避的弱者，談到了以隱蔽的形式興起的反抗。他當時說出了這個小小的字眼——「內心流亡」，正因爲如此，奧斯卡跟貝布拉分道揚鑣了。

這並不是說，我當時對這位師傅發了一通火。在此後的數年間，我一直在廣告柱上張貼的雜耍團和馬戲團海報上尋找貝布拉的名字，我曾經兩次見到他的名字跟拉古娜夫人的名字並列在一起，然而我並沒有採取任何行動，使我能重新見到這兩位朋友。

我指望著會有一場巧遇，可是巧遇並未發生。如果貝布拉和我在一九四二年秋④而不是在一九四三年就走到一條路上去，那麼，奧斯卡就永遠也成不了莉娜·格雷夫的學生，卻會當上貝布拉師傅的徒弟。就這樣，我日復一日地穿過拉貝斯路，多半是在上午的第一個小時跨進蔬菜店，出於禮貌，總是先在店主格雷夫身邊站上半個鐘頭。這位商人漸漸變成了一個古怪的製作愛好者，我瞧著他製造他那些發出丁零聲、嗚嗚聲和吱吱聲的古怪機械，當有顧客進店來的時候，我就捅他一下，因爲格雷夫那時候對周圍世界幾乎不加注意。這是怎麼回事呢？是什麼事使得這個以往那麼開朗、總是願意開玩笑的園圃種植者和青年之友變得如此沉默，是什麼事使他變得如此孤僻，成了怪人，成了不大講究儀容的蒼老男子呢？

再也沒有年輕人登他的門了。在這裡長大的人都不認識他。童子軍時代裡他的追隨者被這場戰爭拆散，分送到了各條戰線上。他們寄來了戰地書信，後來只寄戰地明信片了。有一天，格雷夫間接得到消息，他的寵兒霍斯特•道納特，最初是童子軍，後來是青年團旗隊長，最後當上少尉，在頓涅茨河畔陣亡了。

從那一天起，格雷夫日漸衰老，很少注意他的外表，全身全心地沉湎於製造機械。結果，人家在他的蔬菜店裡看到丁零響的機器和嗚嗚叫的機械竟比馬鈴薯和甘藍葉球還要多。普遍的食物匱乏的狀況自然也是一個原因；人家很少向蔬菜店供貨，即使供應也不定期，而格雷夫又不像馬策拉特那樣有門道，跑大市場，拉各種關係，適合於當個能幹的採購者。

這爿蔬菜店看去眞是可憐巴巴的，不過，格雷夫用毫無意義的噪音機械填補了空間，雖說離奇古怪，卻也起了裝飾作用，人家看了本該高興的。從格雷夫這個業餘製作匠越來越混亂的頭腦裡產生出來的製品，我倒挺喜愛的。今天，我一看到我的看護布魯諾用打包繩子編織的產物，我就會回想起格雷夫的那些陳列品。今天，布魯諾看到我對他手工編織的玩意兒所表現出來的半是取笑半是認眞的興趣，感到滿心歡喜，那時，每當格雷夫發現這一架或那一架音樂裝置喚起了我的樂趣時，他也神思恍惚地感到高興。多年以來，格雷夫從不把我放在眼裡，可那時，當我待了半個鐘頭以後，離開他那變成了工作坊的店鋪去看望他的妻子莉娜•格雷夫的時候，他卻露出了失望的神情。

我在這位纏綿床側的女人身邊多半要待上兩到兩個半小時，可這些事情有多少可以向各位講述的呢？奧斯卡一進屋，她就在床上招手：「噢，是你呀，小奧斯卡。再走近點，你想鑽進羽絨被裡來嗎？房間裡可冷啦！格雷夫沒把屋子燒暖。」於是，我鑽到羽絨被下她的身邊，把我的鼓和那兩根正在使用的鼓棒留在床前，只讓那第三根用舊了的纖維狀鼓棒隨同我一起去拜訪莉娜。別以爲我爬上莉娜的床之前已經脫掉了衣服。我穿著羊毛和天鵝絨的衣褲以及皮鞋上了床，在過了相當長的時間之後，儘管這種取暖的工作很費力，我從亂成一團的羽絨被裡鑽出來時仍然穿著這一身衣服，而且幾乎沒有被弄皺。

我離開了莉娜的床後不久，便去拜訪蔬菜商，身上還帶著他妻子的臭味。這樣若干回以後，格雷夫就立下一條規矩，那是我也非常願意遵守的。當我還待在格雷夫太太的床上，做著我最後幾項練習的時候，蔬菜商便走進臥室，端來滿滿一盆熱水，放在一張小凳子上，還留下了毛巾和肥皂。他不朝床上看一眼，無言地離開了臥室。

奧斯卡多半迅速地從爲他提供的溫暖窩裡掙脫出來，走到洗澡盆前，給自己和那根在床上大顯神通的舊鼓棒來一次徹底的清洗。格雷夫忍受不了他老婆的臭味，即使這臭味是經過一手後才向他迎面撲去的，這一點，我是能夠理解的。就這樣，剛洗完澡的我便受到了這位業餘製作家的歡迎。他爲我發動了他的全部機器，讓我聽它們各種各樣的噪音。直到今天我還百思不解，奧斯卡與格雷夫之間儘管姍姍來遲地產生了這種親密的關係，卻始終未能結下友誼。格雷夫照舊使我感到陌生，他雖說喚起了我的關注，卻從未喚起過我對他的同情。

一九四二年九月，我剛剛既無歌聲也無樂音地度過了我的十八歲生日，在無線電廣播裡，第六軍攻占了史達林格勒。此後不久，格雷夫製作了一臺擂鼓機。在一個木架兩端，他掛上了兩個盤子，盛滿馬鈴薯，重量相等。接著，他從左邊的盤子裡取走了一個馬鈴薯，天平的一頭就翹了起來，打開了一個止動裝置，使安裝在木架上的擂鼓機運轉起來：它發出急速敲擊聲、隆隆聲、嘎嘎聲、噠噠聲，鈸打響了，鑼敲響了，這一切聲響合成了一支短暫的、鏗鏘的、悲愴得不和諧的終曲。我喜愛這臺機器。我一再讓格雷夫啓動它表演給我看。不過，奧斯卡認爲這位愛好製作的蔬菜商是靈機一動地爲奧斯卡發明和製造了這臺機器的。過不多久，我就十分清楚地悟到了我的猜測是錯誤的。格雷夫也許從我那裡得到了啓發，不過，這臺機器卻是專爲他自己製造的，因爲這臺機器的終曲也是他的終曲。

這是十月間一個清潔的早晨，只有在東北風掃除了屋前的垃圾時才能這樣清潔。我按時離開特魯欽斯基大娘的住所，來到街上，正好遇上馬策拉特在拉店鋪門前的捲簾式擋板。我站到他的身邊，他正好嘎嘎地拉起了綠漆擋板，先是一團殖民地商品店氣味的雲霧撲鼻而來，這是昨天夜間貯存在店堂裡的；接著，我迎接了馬策拉特的清晨親吻。在瑪麗亞露面之前，我穿過拉貝斯路，朝西邊的石頭路面投下長長的身影，因爲我的右邊，在東方，在馬克斯・哈爾貝廣場上空，太陽靠自己的力量把自己高高拽起，它所採用的手段，正是閔希豪森男爵⑤揪住自己的辮子把自己從沼澤地裡拔起來時所使用的竅門。

如果有誰像我這樣了解蔬菜商格雷夫，那麼，當他見到在這種時候他的店鋪櫥窗還被擋板擋著，門還上著鎖，他會立刻感到驚訝的。雖說最近幾年格雷夫已變成了一個越來越古怪的格雷夫，然而他一向是準時開門營業的。他或許病了，奧斯卡想著，但隨即又打消了這個念頭。格雷夫去年冬天還在波羅的海鑿冰窟窿洗全身浴呢，雖說不再像往年似的定期前去，可是，這個熱愛大自然的人，儘管顯露出了若干衰老之態，怎麼可能一夜之間就病倒了呢？格雷夫太太毫不懈怠地行使著臥床特權；我也知道，格雷夫瞧不上柔軟的床鋪，他寧肯睡行軍床或者硬板床。根本不可能有任何疾病把這個蔬菜商束縛在床上。

我來到門窗緊鎖的蔬菜店前，回頭望了望我們家的店，見到馬策拉特正在店堂裡，隨後我才在我的錫鼓上急速地擊了幾小節，我寄望於格雷夫太太那靈敏的耳朵。用不了多少聲響，店門右側的第二扇窗戶已經打開了。格雷夫太太身穿睡衣，一腦袋捲頭髮夾子，胸前抱個枕頭，在結著冰花的窗檻花箱上方露出臉來。「快進來呀，小奧斯卡！你還等什麼呀，外面冷著呢！」

我舉起一根鼓棒，敲了敲櫥窗前的鐵皮鋪板說明原因。

「阿爾布雷希特！」她喊道，「阿爾布雷希特，你在哪裡？怎麼回事啊？」她繼續喊她的丈夫，一邊離開了窗戶。房門打開了，我聽見她在店堂裡走路的聲響，緊接著她又叫喊開了。她在地窖裡喊叫，可是我看不見，不知她爲何喊叫，因爲地窖的窗洞也封著；在進貨的日子裡，便由這個窗洞倒進馬鈴薯去，在打仗的年頭裡，進貨的次數越來越少了。我把一隻眼睛貼在窗洞前塗焦油的厚木板縫上，於是我看到地窖裡亮著電燈。我可以看到地窖樓梯上面那一段，有個白東西橫在那裡，可能是格雷夫太太的枕頭。

想必她把枕頭丟在樓梯上了，因爲她已經不在地窖裡了。她又在店堂裡叫喊，緊接著又跑到臥室裡去叫喊。她摘下電話聽筒，叫喊著，撥著號碼，接著又衝著電話叫喊；但是奧斯卡聽不明白這究竟是爲了什麼。他只是偶然之間聽到了「事故」二字，還有那地址，拉貝斯路二十四號。她吼著重複了好幾遍，然後掛上聽筒。緊接著，她身穿睡衣，沒了枕頭，卻依舊是滿腦袋捲頭髮夾子，叫喊聲灌滿了窗框，把我所熟悉的她那整個雙料肥軀澆鑄到窗檻花箱裡的冰花上，兩手搗住粉紅色的肉瘤，在樓上大聲叫嚷，嚷得街道都變狹窄了。奧斯卡以爲格雷夫太太也開始砸碎玻璃地歌唱了，不過連一塊玻璃也沒有碎掉。窗戶被使勁拉開了，鄰居們露面了，婦女們大聲問出了什麼事，男人們從鄰近的門裡衝出來：鐘錶匠勞布沙德，兩條胳臂只有一半伸進外套的袖筒裡，老海蘭德，賴斯貝格先生，裁縫李比舍夫斯基，埃施先生，甚至普羅布斯特，不是那個理髮師，而是煤店的那個，也帶著他的兒子來了。馬策拉特身穿白色工作服，像一陣風似的颳來了，抱著小庫爾特的瑪麗亞，則站在殖民地商品店的門裡。

我輕而易舉地隱沒在這些慌慌張張的大人叢中，躲過了正在找我的馬策拉特。馬策拉特和鐘錶匠勞布沙德是最先想要採取行動的人。他們想爬窗戶進屋。可是格雷夫太太不讓任何人爬上去，更不用說進屋去了。她一邊抓著、打著、咬著，一邊總還能找到時間叫喊，喊聲越來越大，有一些話甚至能讓人聽清楚了。先得等事故救難隊來了再說，她早就打過電話了，別人用不著再去打電話，她知道出了這樣的事情該怎麼辦。大家應當去照管各自的店鋪。這兒的事情已經夠糟的了。好奇，無非是好奇，這一回又看清楚了，當不幸的事故臨頭時，一個人的朋友究竟在哪兒？她在大唱哀歌時，必定在窗下的人群中發現了我，因爲她在喊我，她把那些男人們推下去以後，把赤裸的胳臂向我伸來。有人——奧斯卡今天還相信，那是鐘錶匠勞布沙德——把我舉了起來，不顧馬策拉特的反對，把我送進窗戶去，剛到結著冰花的窗檻花箱前，馬策拉特也快要抓住我的時候，莉娜·格雷夫已經抱住了我，把我緊貼在她那溫暖的睡衣前。這時她不再叫喊，只是用假聲嗚咽著，在假聲嗚咽的空隙間大口地吸氣。

方才，格雷夫太太的喊叫驅策鄰人們做出了激動、無禮的動作。這時，她那細細的假聲嗚咽以同樣的效果，使擁擠在冰花下的人們變成了無聲而窘迫地聚集著的人群。他們幾乎不敢看她一臉的哭相，他們把所有的希望、所有的好奇和關注都轉移到了有指望到來的救護車上去了。格雷夫太太的嗚咽也使奧斯卡感到不舒服。我設法往下滑一點，使我不至於離她那充滿悲痛的聲音那麼近。我鬆開了摟住她脖子的手，半個屁股坐在了窗臺花箱上。奧斯卡感覺到有人在盯著他，因爲瑪麗亞正懷抱孩子站在店鋪門洞裡。就這樣，我又放棄了我坐的地方，意識到我處境的難堪。同時，我只想著瑪麗亞，衆鄰居對於我來說是無所謂的。我從格雷夫太太這個河岸邊撐開去，我覺得它顫動得太厲害，並且使我想到了床。

莉娜·格雷夫並沒有發現我溜了，或許她再也沒有力氣抱住那小小的身體了。在很長的時間裡，這身體曾經賣力地向她提供了一個替身。莉娜或許也預感到奧斯卡將永遠從她身邊溜走了。她預感到隨著她的大聲喊叫有一種嘈雜的聲音降到了人世，它一方面成爲纏綿床側的女人和鼓手之間的高牆和音障，另一方面又推倒了瑪麗亞和我之間存在的高牆。

我站在格雷夫夫婦的臥室裡。我的鼓斜掛著，不太穩當。奧斯卡熟悉這間房間，他能背出這淡綠色壁紙的長度與寬度。盛著前一天灰色肥皂水的洗澡盆還放在小板凳上。所有的物件都有它的位置，然而我覺得拉壞、坐壞、躺壞和碰壞的家具面目都一樣，至少是被修整一新了，彷彿所有這些硬挺挺地用四隻腳或者四條腿靠牆站著的家具需要莉娜・格雷夫的叫喊以及隨後的假聲嗚咽，這才能得到新的、冷得嚇人的光澤。

通往店堂的門開著。奧斯卡不想走進那間散發著乾土和洋蔥味的屋裡去，卻又身不由己地進去了。日光透過櫥窗擋板的裂縫，用擠滿塵粒的光帶把這間屋子分割成條條塊塊。格雷夫的大部分噪音和音樂機械處在半昏暗中，光線僅僅照亮了某些細部、一口小鐘、膠合板斜撐和擂鼓機的下半部，還使我看到了待在天平上的馬鈴薯。跟我們店裡完全一樣的、櫃檯後面蓋住地窖口的那扇吊門敞開著。這扇厚木板門沒有任何東西支撐著，有可能是格雷夫太太大聲喊叫的時候在匆忙之中拉開的，但她沒有用門上的鉤子扣住櫃檯邊上的環。奧斯卡只須輕輕一碰，這吊門就會倒下，封住地窖口。

我一動也不動地站在這塊散發出塵土味和霉味的厚木板後面，凝視著那個被燈光照亮的四方形，它框住了樓梯的一部分和地窖裡的一塊水泥地。一個構成臺階的小平臺的一部分從右上角伸進這個四方框裡來。這個小平臺想必是格雷夫新近添設的，因爲我以前也偶或到地窖裡去過，卻從來沒有見到過它。爲了看一個小平臺，奧斯卡是不會如此著魔地、如此長久地把目光送進地窖裡去的，可他這樣做了，那原因是由這幅畫面的右上角伸出了兩隻塡滿了的羊毛襪和兩隻繫帶黑皮鞋，而且是奇怪地縮短了的。儘管我看不到鞋底，可我馬上認出這是格雷夫的遠足鞋。這不可能是格雷夫，我暗自想道，他做好了去遠足的準備又怎麼會這樣地站在地窖裡？因爲鞋子不是底朝下，而是自由飄浮在小平臺上方；那筆直朝下的鞋尖勉強觸到了小平臺的木板，接觸得很少，但畢竟還是觸到了。我用一秒鐘的時間想像著一個用鞋尖站立的格雷夫，因爲我相信他，這位體操運動員和愛好大自然的人，是做得出這種滑稽可笑卻又很費力氣的練習來的。

爲了讓我確信我這種假設是正確的，也爲了情況確實如此時狠狠地嘲笑一下這個蔬菜商，我於是小心翼翼地爬到很陡的樓梯上，一級一級往下走去。如果我沒有記錯的話，我一邊還敲著這製造恐懼和驅趕恐懼的工具：「黑廚娘，你在嗎？在在在！」

當奧斯卡穩穩當當地站在水泥地上的時候，他才讓目光經由曲折的道路，從一捆空洋蔥口袋上方越過，再滑過摞成堆的同樣是空的水果箱，掠過以前從未瞧見過的橫樑構架，直至接近格雷夫的遠足鞋懸吊著或者用鞋尖站立著的地方。

我自然知道格雷夫懸吊著。鞋懸吊著，編織得很粗糙的深綠色襪子也懸吊著。長統襪口上方赤裸的男人膝蓋，大腿毛茸茸的直到短褲褲邊；這時，一陣又刺又癢的感覺從我的生殖器慢慢地延伸開去，接著到了臀部，又上升到變麻木的背部，沿著脊椎骨往上爬，繼而到了後頸，弄得我熱一陣冷一陣的。這感覺從那裡又一路扎下去到了兩腿之間，使我那根本來就很小的圓木棍乾癟下去，接著它再次跳過已經彎曲的背部到了後頸，在那裡漸漸收縮——今天，只要有人在奧斯卡面前說到懸吊這個詞，甚至說到把洗淨的衣服掛起來⑥時，他就會產生這種又刺又癢的感覺。懸掛在那裡的不僅是格雷夫的遠足鞋、羊毛襪、膝蓋和短褲，格雷夫整個人靠脖子懸吊著，在繩子上露出一張齜牙咧嘴的臉，仍沒有擺脫舞臺上那種裝腔作勢的表演。

又刺又癢的感覺驟然消失，快得令人驚訝。我覺得格雷夫的姿勢又恢復正常了；因爲一個吊著的人的身體姿勢，基本上與一個用手撐地行走的人、一個頭足倒立的人、一個想騎馬而躍上一匹四條腿的馬卻採取了眞正不幸姿勢的人的模樣，是一樣正常和自然的⑦。

此外還有布景。奧斯卡這時才理解了格雷夫過去所花費的精力。格雷夫吊在其中的框架和布景是精選出來的，幾乎是鋪張的。這位蔬菜商曾經尋找過一種適合於他本人的死的形式，他找到了一種兩頭平衡的死法。

他，在他活著的時候，計量局的官員曾多次找他麻煩，他們之間有過不愉快的信件往來，他們曾多次沒收過他的天平和砝碼。他，由於水果和蔬菜的重量稱得不準確，曾經付過罰款。這一回，他用馬鈴薯同他的身體保持平衡，一克不差地保持平衡。

一條光澤黯淡、或許用肥皀抹過的繩子，由滑輪引導，穿過兩根橫樑上方，這兩根橫樑是格雷夫爲他的末日架在一個支架上的。這個支架只有一個用途，就是用作他的末日支架。他浪費了上好的木料，我由此推斷出，這個蔬菜商沒想到過要節約。在那些建築材料緊缺的戰爭年代裡，要搞到橫樑木和木板想必是非常困難的。在這之前，格雷夫一定幹過實物交易，他用水果換來了木材。所以，在這個支架上也不缺少純屬多餘、只爲裝飾用的角撐。構成臺階的三段式小平臺——奧斯卡方才在上面的店堂裡已經看到了它的一角——把這整個橫樑構架提高到了幾近於莊嚴的程度。那臺擂鼓機看來是這個業餘製作家用做模型的。跟那臺機器的情形一樣，格雷夫和他的衡重物都掛在支架的內部。在他和同樣搖晃著的馬鈴薯之間，有一把精巧的綠色小梯子，與四根抹白灰的角樑形成鮮明的對比。他用一個童子軍才會打的、富有藝術性的套結把幾個馬鈴薯筐繫在那條主繩上。四個塗白漆但光線仍然很強的電燈泡照亮了支架內部。因此，奧斯卡無須登上並玷污那個莊嚴的小平臺，便能從馬鈴薯筐上方一張用鐵絲固定在童子軍套結上的小硬紙片上讀出那一行字：七十五公斤（少一百克）。

格雷夫身穿童子軍指導的制服掛在那裡。他在自己的末日又恢復穿戰前年代的制服。這套制服穿在他身上已經顯得窄了。他無法結上最上面的兩個扣子和腰帶，要不然的話，他這身打扮倒挺整潔，現在卻添上了叫人討厭的怪味兒。格雷夫按照童子軍的規矩交疊著左手的兩指。這個吊死鬼在上吊之前把童子軍帽子繫在右手腕上。他無法結上襯衫領口的扣子，也同樣無法結上齊膝短褲最上面的扣子，於是，他那鬈曲的黑色胸毛就從這空檔裡鑽了出來。

小平臺的臺階上有幾株紫菀，還不相宜地雜著香菜莖。也許花已經被他撒完了，因為他把多一半的紫菀還有幾朵玫瑰都用來裝飾掛在支架的四根主橫樑上的那四幅小像了。左前方一根上掛著童子軍創始人巴登－鮑威爾爵士像，有玻璃框。左後方是聖徒聖喬治，無框。右後方是米開朗基羅畫的大衛頭像，無玻璃。在右前方的立柱上，一個表情豐富、漂亮、大約十六歲的男孩的相片在微笑，相片既有框，又有玻璃。這是格雷夫的寵兒霍斯特・道納特從前的相片，他後來當了少尉，在頓涅茨陣亡。

也許我還得提一筆小平臺臺階上紫菀與香菜間一張被撒成四片的紙。這些碎片扔在那裡，卻可以讓人毫不費力地拼在一起。奧斯卡這樣做了，他辨認出這是一張曾經多次蓋上風紀警察局印章的法院傳票。

還有待我來報導的，便是救護車催人的笛聲喚醒了正在考察一個蔬菜商死因的我。緊接著，他們跌跌撞撞地下了樓梯，登上小平臺，把手伸向吊著的格雷夫。可是，他們剛把這個商人稍稍托起，用作衡重物的馬鈴薯筐就紛紛落下、翻倒。與擂鼓機一樣，格雷夫機巧地用膠合板遮住的支架上面的機械在止動裝置打開後便運轉起來了。下面，馬鈴薯砰砰地落到小平臺上，又從小平臺落到水泥地面上；上面，敲擊著鐵皮、木頭、銅和玻璃，上面，一支擺脫羈絆的鼓樂隊敲響了阿爾布雷希特・格雷夫的大型終曲。

時至今日，奧斯卡最艱巨的任務之一，便是讓雪崩似的馬鈴薯墜落的噪聲——順帶說一句，幾個急救員藉此發了財——讓格雷夫的擂鼓機的有機喧鬧聲在他的錫鼓上響起回聲。也許因為我的鼓對格雷夫之死的形象塑造產生過決定性的影響，所以，我有時也成功地在奧斯卡的錫鼓上奏出一首經過修飾的格雷夫之死的改編曲。我的朋友們以及護理員布魯諾曾問及這首鼓曲的標題，我於是給它取名為：七十五公斤。

①一九四一年十月，納粹德國進逼莫斯科，在此二地圍殲兩支蘇聯部隊。
②一九四一年十月六日，蘇聯境內開始降雪，道路泥濘。此處比喻納粹德軍攻勢受阻。
③迪埃戈・委拉斯蓋茲（一五九九～一六六〇），西班牙塞維利亞畫派的大師，作品除宗教內容以外，還有群像圖（如腓力三世和四世）。
④根據前文，應是一九四一年秋。
⑤德國民間童話《閔希豪森男爵歷險記》（一七八六）中的主角。
⑥在德語裡，「懸吊」和「掛」是一個詞。
⑦指採取這些姿勢時，腳尖都是朝下或朝上的。

貝布拉的前線劇團

一九四二年六月中旬，我的兒子庫爾特一周歲。奧斯卡，父親，以冷靜的態度對待此事，暗自想道：還要等上兩年。一九四二年十月，蔬菜商格雷夫在一座形式如此完善的絞刑架上自縊，因此，我，奧斯卡，一再把這次自殺列爲莊重的死法之一。一九四三年一月，大家對史達林格勒這座城市談論得很多。由於馬策拉特像以前強調珍珠港、托布魯克和敦刻爾克那樣地強調這座城市的名稱，我因此不再去關注這座遙遠的城市裡所發生的事件，而去注意我從特別新聞廣播裡所了解到的其他城市；因爲對奧斯卡來說，國防軍報導和特別新聞廣播乃是一種地理課。要不然的話，我怎麼會知道庫班河、繆斯河和頓河是在哪兒流著呢？有誰能比關於遠東各種事件的詳盡無線電報導更好地向我說明阿留申群島的阿圖島、基斯卡島和阿達克島的地理位置呢？就這樣，我在一九四三年一月學到了史達林格勒這座城市位於伏爾加河畔。不過，我並不關心第六軍，我關心的是那時患上輕度流行性感冒的瑪麗亞。

患流行性感冒的瑪麗亞日見好轉期間，無線電裡的報導繼續開它的地理課：勒熱夫和傑姆揚斯克。對於奧斯卡來說，這兩個地點仍然是他閉上眼睛馬上能在任何蘇維埃俄羅斯的地圖上找到的。瑪麗亞病剛好，我的兒子庫爾特又得了百日咳。在我想法子記住激烈爭奪的突尼斯的幾塊綠洲極難記的名稱期間，小庫爾特的百日咳停了，非洲軍團也完蛋了。

啊，歡樂的五月！瑪麗亞、馬策拉特和格蕾欣・舍夫勒準備替小庫爾特過兩周歲生日。奧斯卡也認爲即將來臨的慶祝日意義比較重大，因爲從一九四三年六月十二日起只需再等一年了。如果我在場，我會在小庫爾特兩歲生日那天，咬住我兒子的耳朵低聲說：「等著吧，不久你也會敲鼓了。」不過，事情是這樣的：一九四三年六月十二日奧斯卡已經不在但澤的朗富爾了，而是在羅馬人建立的古老城市梅斯。是啊，他離開的時間拖得那麼長，結果呢，爲了能與家人共同慶祝小庫爾特的三歲生日，在一九四四年六月十二日準時趕回他所熟悉的、還一直沒有遭轟炸破壞的故鄉，他可是歷盡了艱辛。

是什麼事務使我離家出走的呢？我不繞彎子直說了吧！在已經改成空軍營房的佩斯塔洛齊學校門前，我碰上了我的師傅貝布拉。不過，貝布拉一個人是不可能說服我外出遠行的。貝布拉的手臂挽著拉古娜，羅絲維塔夫人，偉大的夢遊女。

奧斯卡由小錘路走來。他剛才拜訪了格蕾欣·舍夫勒，安閒地讀了一小段《羅馬之戰》並且從中發現，當時，在貝利薩爾①的時代，世事就已更迭無常，當時的人就已經在相當廣闊的地理區域內，在河流的交匯處和城下歡慶勝利或忍受失敗了。

我穿過弗勒貝爾草場，最近幾年間，此地已經變成了托特組織②的一個臨時木板房營地。我的思想卻停留在塔吉那，西元五五二年，納賽斯③在此地擊敗托蒂拉。我的思想之所以停留在這位偉大的亞美尼亞人納賽斯身上，倒不是由於他打了大勝仗，吸引我的是這位統帥的體型。納賽斯是畸形兒，駝背，納賽斯矮小，納賽斯是矮人、侏儒、小人國的人。納賽斯也許是個兒童小腦袋瓜，比奧斯卡稍大些，我這樣思考著，來到佩斯塔洛齊學校門口，爲了做比較。我瞧著幾個個子長得太快的空軍軍官，看到了他們的勳章帶子，我暗自說，納賽斯肯定不掛勳章，他不需要這東西。這時，這位偉大統帥本人卻站在學校大門正中央，一位夫人挽著他的臂膀。爲什麼納賽斯不該有位夫人挽著他的臂膀呢？他們正迎面朝我走來，在那些空軍巨人一旁他們顯得渺小，然而卻是那些新烘烤出來的純空氣英雄④的中心，籠罩在歷史的氛圍之中，年紀老極了；在這個獨一無二的名叫納賽斯的亞美尼亞矮子面前，這個住滿了托蒂拉們和泰耶們、住滿了樹一般高大的東哥德人的整座兵營又算得了什麼呢。納賽斯一小步一小步地走近奧斯卡，向奧斯卡招手，挽著他的臂膀的那位夫人也在招手。貝布拉和羅絲維塔·拉古娜夫人問候我，空軍尊敬地讓出道來，我把嘴靠近貝布拉的耳朵小聲說：「親愛的師傅，我把您當成偉大的統帥納賽斯了。我對此人的評價遠遠高於我對有勇無謀的力士貝利薩爾的評價。」

貝布拉謙遜地一揮手表示拒絕。可是，拉古娜卻喜歡我的這番類比。她說話時小嘴動得多美啊！「請問你，貝布拉，難道他，我們的年輕朋友，當眞那麼毫無道理嗎？你的血管裡不是流著歐仁親王的血嗎？不是流著路易十四的血嗎？難道他不是你的祖先嗎？」

貝布拉抓住我的臂膀，把我拉到一邊，因爲空軍不住地觀賞著我們，直愣愣地盯著，令人討厭。末了，一名少尉，緊跟著上來兩名士官，在貝布拉面前做了個立正姿勢，因爲我的師傅的制服上佩戴著上尉的軍銜標誌，袖子上還有一塊印有「宣傳運動」字樣的布條。用勳章裝飾著的小伙子們請拉古娜簽名留念，並且得到了她的簽名。於是，貝布拉一招手，讓他的公務汽車開過來。我們上了車，在汽車開走時還不得不聽著空軍熱情的鼓掌聲。

佩斯塔洛齊街，馬格德堡街，陸軍草場，我們一路駛去。貝布拉坐在司機旁邊。剛到馬格德堡街，拉古娜就已經拿我的鼓做話題了。「好友，您還一直忠實於您的鼓嗎？」她用她的地中海嗓音低聲說，這嗓音我已經那麼久沒聽到過了。「在其他方面您是否也都忠實呢？」奧斯卡沒有回答她，沒有用那些他與女人之間冗長乏味的事去勞她的神，但微笑著允許這位偉大的夢遊女先是撫摩他的鼓，接著撫摩他有點抽搐地抱著這錫鼓的雙手，而且越來越顯出南歐人味道地撫摩著。

汽車拐進陸軍草場，跟著五路電車軌道行駛。這時，我甚至給她回答了，也就是說，我用左手撫摩她的左手，她用右手親熱我的右手。汽車已經駛過馬克斯•哈爾貝廣場，奧斯卡下不了車了。這當兒，我在小臥車的後視鏡裡瞧見了貝布拉淺棕色的、機敏的老人眼睛正觀察著我們兩個的小動作。拉古娜偏偏握住了我的雙手，而我呢，爲了不傷害我的朋友和師傅，正要掙脫出來。貝布拉在後視鏡裡微笑，接著避開了他的目光，開始和司機交談。這時，羅絲維塔一邊熱乎乎地捏住我的雙手，撫摩著，一邊啓動地中海小嘴，也開始了一席談話。這是直接講給我聽的，甜蜜地灌進了奧斯卡的耳朵，隨後又談了些實際的事情，接著話又變得更加甜蜜，封住了我一切的顧慮和逃跑的企圖。我們到了帝國殖民區，朝婦科醫院方向駛去。拉古娜告訴奧斯卡，這些年裡她一直想著他，她還一直保存著當年我在四季咖啡館裡唱碎並奉獻給她的玻璃杯。她說，貝布拉雖然是位出色的朋友和優秀的工作夥伴，但卻沒設想過和他結婚；貝布拉必須單獨生活，拉古娜這樣回答我插入的提問，她給他一切自由，而他也同樣，雖說他天性相當嫉妒，但這些年來他也懂得了拉古娜是約束不了的，況且善良的貝布拉身爲前線劇團團長幾乎沒有時間去履行一旦結婚後應盡的義務。不過，這前線劇團可是第一流的，它所表演的節目若在和平時期照樣能搬上「冬季花園」或「斯卡拉」大劇院的舞臺。而我，奧斯卡，憑著我尚未施展的神授才能，是否有興致去試他一年呢？何況我的年紀也夠了，她可以擔保，不過，我，奧斯卡，或許有其他重任吧，或者相反？那就更好，他們今天離開此地，方才是他們在但澤—西普魯士軍區的最後一場午後演出。現在他們去洛特林根，隨後去法國，眼下去東線是辦不到的事，謝天謝地，他們剛剛離開東線。我，奧斯卡眞走運，東方已成過去，現在是去巴黎，肯定是去巴黎。我，奧斯卡。可曾去過巴黎旅行？就這樣吧，朋友！如果拉古娜已經誘惑不了您這位鼓手冷酷的心，那就讓巴黎來誘惑您吧！我們一起去吧⑤！

這位偉大的夢遊女話音剛落，汽車就停了下來。興登堡林蔭大道的樹，綠色，普魯士風，間距一律。我們下車，貝布拉讓司機等著。我不想進四季咖啡館，我的腦子有點亂，需要新鮮空氣。於是我們就到斯特芬公園去散步，貝布拉在我右邊，羅絲維塔在我左邊。貝布拉向我談宣傳運動的意義和目的。羅絲維塔向我講述宣傳運動日常生活中的小插曲。貝布拉談戰爭畫家、戰地記者，聊他的前線劇團。羅絲維塔讓遙遠城市的名稱從她的地中海小嘴裡溜出來，而報告特別新聞時，那些地名我在無線電裡全都聽到過。貝布拉說了個哥本哈根。羅絲維塔噓出了巴勒莫。貝布拉唱著貝爾格萊德。羅絲維塔像個悲劇女演員似的哀訴道：雅典。但是，兩人一起如癡如醉地反覆談論巴黎，保證說，那個巴黎可以抵消方才講到過的所有城市。最後，貝布拉打著官腔，擺出前線劇團團長和上尉的架勢，向我提議說：「請您加入到我們中間來吧，年輕人，擂鼓，唱碎碑酒杯和電燈泡！在美麗的法蘭西、在青春常在的巴黎的德意志占領軍會感激您，向您歡呼的。」

僅僅爲了走形式，奧斯卡要求有個考慮的時間。我在五月綠的灌木叢中走了足足半個小時，一邊是拉古娜，一邊是我的師傅和朋友貝布拉。我裝出反覆思考和大傷腦筋的樣子，搓搓額頭，傾聽林中鳥語，這是我有生以來從未做過的事，彷彿我在期待某一隻紅胸鴝給我答案和忠告。當綠叢中有個什麼東西啾啾地叫得特別響、特別引人注意的時候，我開口說：「善良、智慧的大自然勸我接受您的提議，尊敬的師傅。您今後可以把我看作您前線劇團的一員了！」

我們接著去了四季咖啡館，喝一杯淡血色的穆哈，商量了我逃離家庭的細節，不過，我們不把這叫作逃跑而叫作出走。

在咖啡館外面，我們又重複了一遍計畫好的行動的一切細節。我於是同拉古娜以及宣傳運動上尉貝布拉告別，他堅持讓我用他的公務汽車。他們兩個沿著興登堡林蔭大道溜達著朝城裡走去。上尉的司機，一位年紀較大的上士，開車送我回朗富爾，一直開到馬克斯·哈爾貝廣場，因爲我不想也不能讓車開進拉貝斯路。奧斯卡乘著國防軍公務汽車來了，這會轟動四鄰，太過分也太不合時宜。

留給我的時間不多。到馬策拉特和瑪麗亞家去做臨別拜訪。在我的兒子庫爾特學走路的圍欄旁，我站了許久，如果我記憶無誤的話，我也產生了若干做父親應有的想法，便伸手去撫摩這個金髮小傢伙，可是庫爾特不願意。瑪麗亞倒並不拒絕，她有點驚訝地接受了我對她的親熱舉動，儘管多年以來她已經不習慣於此了，她也好心地撫摩我一番。同馬策拉特告別我覺得爲難，這眞是奇怪。這個男人站在廚房裡，正用芥末調料汁煮腰花，他與烹飪勺結下了不解之緣，或許挺愉快，我因此不敢打擾他。當他想從身後拿東西並伸手在廚桌上瞎摸時，奧斯卡這才向他走去，拿起放著切碎的香菜的小木板遞給他。我至今仍然認爲，馬策拉特驚訝地、不知所惜地拿著放有香菜的小木板，愣了很久。在我離開廚房以後，他還愣著，因爲奧斯卡以前從未遞過、拿過、舉過什麼東西給馬策拉特。

我在特魯欽斯基大娘那裡吃飯，讓她給我洗了澡，把我放到床上。我等她躺進她的羽絨被裡，吱吱地輕聲打起鼾來時，就穿上拖鞋，帶上我的衣服，穿過那隻越來越衰老、正吱吱地打鼾的灰毛耗子睡的房間，在過道裡我拿鑰匙開鎖時費了些勁，最後把鎖擰開了。我一直光著腳，只穿睡衣，挾著我那捲衣服，爬上樓梯，到了晾衣閣樓，進了我的隱藏處，在摞成堆的屋面瓦以及大家不顧防空條例的規定仍舊堆在那裡的成捆的報紙後面，我踉踉蹌蹌地跨過防空沙堆和防空水桶，找出一面嶄新鋥亮的鼓來，它是我瞞著瑪麗亞節省下來的。奧斯卡的讀物我也找出來了：合成一卷的拉斯普庭與歌德。把我喜愛的這兩位作家也帶走嗎？奧斯卡穿上衣服和鞋子，把鼓掛到脖子上，把鼓棒插在褲子背帶後面，與此同時，他跟他的兩位神——狄俄尼索斯和阿波羅[6]談判。那位醉得不省人事的神勸我，要麼什麼讀物也不帶，要麼只帶一疊拉斯普庭走；那位極其狡猾又過於理智的阿波羅則勸我乾脆放棄法國之行，當他發現奧斯卡已經決心赴法國時，便堅持要我帶上一個沒有窟窿的旅行袋，把歌德在幾百年前打過的每一個合乎理性的呵欠都帶走。而我呢，一來由於固執，二來由於我深知，《親和力》一書不能解決一切兩性的問題，便把拉斯普庭以及他那赤裸裸的、然而穿著黑色長襪的女性世界也隨身帶走了。阿波羅力求達到和諧，狄俄尼索斯力求達到沉醉與混亂，奧斯卡則是一個小小的半神[7]。他使混亂和諧化，使理性處於沉醉狀態。奧斯卡除了他的必死性以外，有一點優於自古以來便確定了的衆神們：奧斯卡可以讀使他開心的書，衆神卻總在檢查他們自己。

一個人是可以習慣於一幢出租公寓以及十九家房客廚房裡的氣味的。我同每一段樓梯，同每一層樓，同每一扇釘有姓名牌的套房門告別。啊，音樂家邁恩，他們認爲你不合服役資格而把你送了回來。你又吹起了小號，又喝上了杜松子酒，期待著他們重新把你接去——後來他們果眞把他接走了，只是不准他把小號帶在身邊。啊，肸得不成形狀的卡特太太，她的女兒自稱閃電姑娘⑧。啊，阿克塞爾•米施克，你用鞭子換取了什麼？沃伊武特先生和太太，他們一直吃蕪菁甘藍。海納特先生身患胃病，因此在席哈烏船塢工作而沒在步兵服役。旁邊一家是海納特的父母，他們仍舊姓海莫夫斯基。啊，特魯欽斯基大娘，這隻耗子在套房門後睡得正香。我把耳朵貼在門上聽她吱吱叫。小矮個兒，他本姓雷策爾，已經被提升爲少尉，雖說他從小就得穿長統羊毛襪。施拉格爾的兒子死了。艾克的兒子死了。科林的兒子死了。鐘錶匠勞布沙德還活著，仍在使死鐘錶復活。老海蘭德活著，照舊在把彎釘子敲直。施韋爾文斯基太太有病，施韋爾文斯基先生身體健康，卻死在了她的前頭。底樓對面的套房裡住著的是誰？馬策拉特家的阿爾弗雷德和瑪麗亞，還有一個快滿兩周歲的小傢伙，名叫庫爾特。誰在這夜深人靜時離開這幢吃力地呼吸著的大公寓？是奧斯卡，小庫爾特的父親。他帶著什麼來到黑暗的街上？他帶著他的鼓以及他的大厚本教科書。在所有這些燈火熄滅、相信空防的房屋之中，爲什麼他偏偏在一所燈火熄滅、相信空防的房屋前面站住呢？因爲這裡住著寡婦格雷夫太太。他雖然不能把他的教育歸功於她，卻能把某些傳遞感覺的熟練手法歸功於她。爲什麼他在這所黑洞洞的房屋前脫下帽子？因爲他在悼念蔬菜商格雷夫，此人鬈毛，鷹鉤鼻，自己稱自己的體重，同時上吊。吊死後他仍有鬈毛、鷹鉤鼻，但是，原先失神地待在眼窩裡的棕色眼珠卻過度用力地突了出來。爲什麼奧斯卡又戴上了他那有飄帶的海軍帽，頭戴帽子，腳登靴子離開了呢？因爲他約定要去朗富爾的貨車車站。他準時來到約定的地點了嗎？他來了。

這就是說，我是在最後一分鐘到達布魯恩斯赫弗爾路的下跨道附近的鐵路路堤的。我並沒有在附近的霍拉茨醫生的診所前停留。雖說我在思想裡同護士英格道了別，向小錘路的麵包師傅寓所送去了問候，但這些都是邊走邊做的，唯獨聖心教堂的大門止住了我行路匆匆，害得我差點兒來晚了。教堂大門緊鎖。然而我能確切地想像出坐在童貞女馬利亞左大腿上的赤身裸體、粉紅色的童子耶穌。她又在這兒了，這可憐的媽媽。她跪在懺悔室裡，把殖民地商品店老闆娘所有的罪孽灌進維恩克神父的耳朵裡去，如同她往常把糖灌進藍色的一磅或半磅裝袋子裡去那樣。奧斯卡則跪在左側祭壇上，想把鼓塞給童子耶穌，可是這小傢伙不敲鼓，沒有向我顯示奇蹟。當時，奧斯卡發了誓，今天，奧斯卡在緊鎖的教堂大門前再度發誓：我定要教會他敲鼓。不是今天就在明天！可是，我要去做長途旅行，便把誓言改爲後天，接著轉過身來把鼓手的背對著教堂的大門，堅信我不會失去耶穌，隨後爬上下跨道旁邊的鐵路路堤，丟失了若干歌德和拉斯普庭的殘篇，但仍把我的教育大全的大部分帶上了路堤，帶到了鐵軌間。我踉踉蹌蹌地越過枕木和碎石，還走了一箭之遙，慌忙中險些把正等著我的貝布拉撞倒。天眞黑呀！

「原來是我們的鐵皮演奏家！」上尉兼音樂小丑喊道。我們相互提醒要多加小心，摸索著過了鐵道、交軌點，在那些正在調軌的貨車之間迷了路，最後找到了那列前線休假人員的列車，車上給貝布拉的前線劇團留了一節專用車廂。

奧斯卡過去乘過有軌電車，如今他也該乘乘火車了。貝布拉把我推上車廂時，正在做針線活的拉古娜抬起頭來，莞爾一笑，微笑著吻我的臉頰。她一直在微笑，手指卻不離開她的針線活，並向我介紹了前線劇團的兩位團員：雜技演員菲利克斯和基蒂。蜂蜜般金黃頭髮的、皮膚有點發灰的基蒂不無吸引力，個子與那位夫人差不多。她說話略帶薩克森口音，這更增添了她的魅力。雜技演員菲利克斯是劇團裡個子最高的。他的身高總得有一百三十八公分。這個可憐蟲因爲他引人注目的出格身材而苦惱。九十四公分的我的出現，更激發了他的變態心理。這位雜技演員的長相與一匹用高級飼料餵養的選拔出來的賽馬有若干相似之處，因此，拉古娜開玩笑地稱他「卡瓦洛」⑨或「菲利克斯・卡瓦洛」。雜技演員菲利克斯跟貝布拉上尉一樣也穿著軍灰色制服，不過只佩著上士軍銜標誌。女士們也藏身在剪裁成旅行服裝的軍灰色衣料裡，簡直太不合身了。拉古娜手指下的針線活原來也是塊軍灰色布料，後來成了我的制服。布料是貝布拉和菲利克斯捐贈的，羅絲維塔和基蒂輪流縫製，剪去的軍灰色布料越來越多，直到上裝、褲子和軍帽都合我的尺寸爲止。在國防軍的任何服裝局裡都不可能弄到適合奧斯卡穿的鞋子。我也樂得穿我自己的平民繫帶靴，免得套上士兵的低統靴。

我的證件是僞造的。雜技演員菲利克斯在做這件精細的工作時證實自己是相當熟練的。我純粹出於禮貌而未能提出抗議。偉大的夢遊女讓我冒充她的兄弟，當她的哥哥。具體地說是：奧斯卡奈洛・拉古娜，一九四二年十月二十一日生於熱那亞。到今天爲止，我用過各種各樣的姓名。奧斯卡奈洛・拉古娜是其中之一，無疑不是最難聽的。

我們出發了。火車駛經斯托爾普、什切青、柏林、漢諾威、科隆開往梅斯。柏林我一無所見。我們停留了五小時。自然正遇上空襲警報。我們躲進了托馬斯地窖。前線休假人員像沙丁魚似的臥倒在拱頂下面。憲兵隊的人不准我們進去，這時傳來了喧鬧聲。從東線來的幾個士兵，看過劇團的演出，認識貝布拉和他的團員。他們鼓掌吹口哨，拉古娜也擲去了飛吻。他們要求我們演出，幾分鐘內就在這個從前是拱頂地窖啤酒館的底部臨時搭起了一個舞臺似的東西。貝布拉難以拒絕，尤其是一位空軍少校由衷地、以過分誇張的姿態請他演些拿手好戲給士兵們一飽眼福。奧斯卡將要在眞正的劇團演出中首次登場。雖說我並非毫無準備就上臺，在火車上，貝布拉同我一起多次排練過我的節目，但這時我卻怯場了，這使得拉古娜又有機可乘，撫摩我的手哄我。

士兵們熱心透頂，他們剛把我們的演員包搬過來，菲利克斯和基蒂就開始了他們的雜技表演。這兩個都是橡皮人，他們把自己的身體打成結，不斷地從自己的身體裡鑽進去又鑽出來，繞住自己的身體，取下身體上的一截，把他的給她，把她的給他，互相交換這一截身子或那一截身子，使擁擠著、目瞪口呆的士兵們感受到劇烈的四肢疼痛和延續數日之久的肌肉酸痛。菲利克斯和基蒂還在打結和解結的時候，貝布拉扮著音樂小丑出場了。他在從滿到空的酒瓶上奏出那些戰爭年頭裡最流行的曲子。他演奏了《埃里卡》和《媽媽齊，送我一匹小馬》，又讓《故鄉，你的星》在瓶頸上響起並放出光芒。但這還不夠激動人心，他便搬出他的老牌光輝樂曲，讓《老虎吉米》在酒瓶叢中狂吼怒叫。這支樂曲不僅前線休假人員喜愛，連奧斯卡愛挑剔的耳朵也喜歡聽。貝布拉演了幾套魔術，雖然幼稚，然而照樣受歡迎。之後，他宣布羅絲維塔•拉古娜，偉大的夢遊女，以及奧斯卡奈洛•拉古娜，殺玻璃的鼓手出場。觀衆的熱情當眞被他燒旺了，羅絲維塔和奧斯卡奈洛必定成功。我用急速輕敲的動作作爲我們表演的引子，用漸強的急速敲擊爲高潮的到來鋪路，在表演結束時用大段藝術性強的敲擊引出喝彩聲。拉古娜從觀衆堆裡隨便叫出一名士兵、甚至軍官，請年老皮厚的上士或靦腆狂妄的候補軍官坐下，她便來看這一個或那一個的心，她還眞能看透他們的心。除去她總能說對軍人證上的各種日期以外，她還把上士和候補軍官私生活中不可告人的事透露給觀衆。她在披露人家的隱私時講得委婉動聽，妙語連珠，末了，送給那些如觀衆所說被剝個精光的傢伙每人一瓶啤酒，請受賞者把瓶子高高舉起，讓大家都能看清，隨後給我，奧斯卡奈洛，打了個暗號：漸強地急速擂鼓，啤酒瓶應聲裂成碎片。這對於我的聲音來說如同兒戲，再難的任務也不在話下。剩下的是詭計多端的上士或乳臭未乾的候補軍官濺滿啤酒、目瞪口呆的臉——接著爆發出喝彩聲，經久不息的掌聲，摻入這掌聲之中的是對帝國首都的一次大轟炸的噪聲。

我們所表現的雖說不是世界水準，但娛樂了士兵們，使他們忘記了前線和休假，使他們放聲大笑，無休止地大笑。炸彈落到了我們的頭上，搖晃並掩埋了地窖和其中的一切，燈和備用燈都滅了，一切都倒在地上，亂作一團。這時，仍然一再有笑聲穿過這口被掩埋的、令人窒息的棺材。「貝布拉！」他們喊道，「我們要聽貝布拉！」好心而又頑強的貝布拉應聲而起，在黑暗中扮演小丑，硬使被掩埋的群衆同聲大笑。當大家要求拉古娜和奧斯卡奈洛表演時，他大聲說道：「拉古娜夫人非常——疲倦了，親愛的鉛士兵們。小奧斯卡奈洛爲了大德意志帝國和最終勝利也需要睡上一個小覺！」

她，羅絲維塔，躲在我的身旁，感到害怕。但奧斯卡並不害怕，卻還是躲在拉古娜身旁。她的懼怕和我的膽量把我們的手合在一起。我搜索她的懼怕，她搜索我的膽量。最後，我變得有點害怕了，她卻得到了膽量。當我第一次驅走了她的懼怕，使她有了膽量時，我的男子漢膽量已經第二次產生。我的膽量已經歷時十八個光輝的年頭了，而她，我不知道她多大年紀，也不知道她是第幾次這樣躺著陷於她那訓練有素的、使我產生膽量的懼怕之中。因爲同她的臉一樣，她那尺寸雖小卻仍足數的身體上絲毫沒留下已被埋葬的時間的痕跡。委身於我的是一個膽量與懼怕都沒有時間性的羅絲維塔。她在帝國首都遭到一次大轟炸時，在被掩埋的托馬斯地窖裡，屈服於我的膽量，喪失了她的懼怕，直到防空人員把我們挖掘出來爲止。可是，人家永遠也不會知道，這個小人國的女子究竟是十九歲還是九十九歲。對奧斯卡來說，保持沉默是很容易的，因爲他自己也不知道向他提供那頭一遭與他身體尺寸相符合的擁抱的，究竟是個有膽量的老嫗，還是一個出於懼怕而百依百順的姑娘。

①貝利薩爾（五〇五～五六五），日耳曼人，東羅馬皇帝查士丁尼的統帥，為光復被蠻族占據的西羅馬，兩度在義大利與東哥德人交戰。

②托特組織，由工程師弗里茨·托特（一八九一～一九四二，後任納粹軍備部長）領導的組織，負責修建軍事設施如西壁等。

③納賽斯（生卒年代不詳），亞美尼亞人，查士丁尼的統帥，在義大利先後擊潰以托蒂拉和泰耶為王的東哥德人。

④文字遊戲，指「空軍英雄」。德語「空軍」一詞由「空氣」與「武器」兩詞複合而成。下文稱空軍軍官為空軍，也含諧謔義。

⑤此句原文是義大利語。

⑥狄俄尼索斯是希臘神話中的酒神。阿波羅是司光明、藝術的神。

⑦半神，指神和人所生的後代。

⑧閃電姑娘，納粹士兵用語，指通訊兵的女子助手。

⑨義大利語，意思是「馬」。

參觀水泥——或神祕，野蠻，無聊

有三個星期之久，我們一晚接一晚地在羅馬人建立的、後來又駐紮了近衛軍的城市梅斯歷史悠久的防彈掩蔽部裡演出。同樣的節目我們在南希演了兩個星期。馬恩河畔的夏龍好客地接待了我們一星期。奧斯卡的舌頭已經能彈出幾個法國字來了。在蘭斯，還能觀賞到第一次世界大戰造成的破壞。世界聞名的大教堂的石雕動物，令人討厭的沒完沒了地把水噴到鋪路石塊上。這句話的意思是：蘭斯天天下雨，夜間也下雨。但是，在巴黎，我們遇上了一個明媚和煦的九月。我可以挽著羅絲維塔的臂膀在碼頭上漫步，度過我的十九歲生日。雖說我曾經從士官弗里茨・特魯欽斯基寄來的明信片上見到過這個大都會，巴黎卻一點也沒有使我失望。羅絲維塔和我頭一回站在艾菲爾鐵塔下，我們——我身高九十四公分，她九十九公分——舉首仰望，我們兩人，手挽手，頭一回意識到我們的偉大和獨一無二。我們在大街上接吻，不過，這在巴黎並不新鮮。同藝術與歷史交往，是何等美妙啊！我，始終挽著羅絲維塔的臂膀，遊覽了傷兵教堂，緬懷著偉大的、但個子並不高、因此與我們同屬一類的皇帝，我用拿破崙的語言講話。在第二位弗里德里希①（此人亦非巨人）的墓前，拿破崙說過：「如果他還活著，我們就不會站在此地了！」我在我的羅絲維塔的耳邊柔聲低語：「如果這個科西嘉人還活著，我們就不會站在此地了，我們就不會在橋下，在碼頭上，在巴黎的人行道上接吻了。」

我們與其他劇團一起在普萊爾大廳和薩拉・伯恩哈特劇院聯合演出。奧斯卡迅速習慣了大城市的舞臺環境，把他的保留節目改得高雅，以投合巴黎占領軍吹毛求疵的口味。我不再唱碎普通的、粗俗的德意志啤酒瓶，不，我把從法國各個宮殿裡精選出來、呈優美弧形、吹製成霧氣一般薄的花瓶和水果盆唱成碎片。我的節目是按照文化史的觀點安排的，從路易十四時代的玻璃杯開始，又讓路易十五時代的玻璃製品變成玻璃塵埃。我想到了革命時代，帶著激烈的情緒，讓不幸的路易十六和他的丟了腦袋的瑪麗·安托萬奈特的高腳杯遭了殃。我又毀了一點路易·菲利普的玩意兒，最後同第三共和的青年風格的玻璃幻想產物惡戰一場。

儘管正廳前排和各層樓座的軍灰色群衆不理解我的表演是按歷史進程編排的，把玻璃碎片僅僅當作普通的玻璃碎片並報以掌聲，然而，偶或也有來自帝國的參謀部軍官和新聞記者，除了玻璃碎片外還欣賞我的歷史感。在一場由官方爲司令官們舉辦的演出結束後，他們把我們介紹給一位不穿制服的學者，此人對我的藝術大加恭維。我尤其感激帝國一份主要日報的通訊記者，他正待在這座塞納河上的城市裡，並且不愧爲法國問題專家。他暗示我注意我的節目中若干細小的錯誤，但不屬於風格上的紕漏。我們在巴黎過冬。人家請我們在一流飯店裡下榻，我也不想緘口不提，我身邊的羅絲維塔在整個漫長的冬天一再試驗並證實了法國床的優點。奧斯卡在巴黎幸福嗎？難道他已經忘了故鄉的情人瑪麗亞，還有馬策拉特、格蕾欣和亞歷山大·舍夫勒，忘了他的兒子庫爾特和他的外祖母安娜·科爾雅切克嗎？

我並沒有忘記他們，然而我也不惦念他們中間的任何一個。所以，我也沒有寄軍用明信片回家，不給他們任何我還活著的標誌，而是給他們提供條件，在沒有我的情況下生活上一年；我離家出走時就決定要回去，我感興趣的是我不在時家裡這夥人的關係做了怎樣的調整。在街上，在表演時，我有時也在士兵的臉上尋找熟悉的特徵。也許弗里茨·特魯欽斯基或阿克塞爾·米施克從東線調到巴黎來了，奧斯卡想著，有一、兩次眞以爲在一夥步兵中間認出了瑪麗亞漂亮的哥哥，其實不是，軍灰色把人弄糊塗了！

唯獨艾菲爾鐵塔使鄉愁在我心中萌生。這並不是說，我曾登上這座鐵塔，極目遠眺，喚起了對家鄉的渴望。奧斯卡在想像中經常登上明信片上印著的這座高塔，假如眞的攀登上去，那只能使我感到像是在失望地爬下塔來。在艾菲爾鐵塔腳下，沒有羅絲維塔，我獨自一人，在這金屬結構的弧形基架下面，站著或蹲著，這個能讓我看到四處然而又是封閉式的穹隆，卻變成了我的外祖母安娜能夠掩蔽一切的罩子。當我坐在艾菲爾鐵塔下面時，我也就坐在了外祖母的四條裙子下面，練兵場變成了卡舒貝的馬鈴薯地，一場巴黎的十月雨不知疲倦地斜飄到比紹與拉姆考之間。在這樣的日子裡，我嗅到整個巴黎，連同地下鐵道，散發出一股略微有點哈喇的奶油味道。我變得沉默寡言，終日沉思，羅絲維塔待我細心周到，她注意到了我的苦痛，因爲她是感覺細膩型的。

一九四四年四月——從各個戰場傳來了成功地縮短戰線的消息——我們奉命收拾演員行囊，離開巴黎，到大西洋壁壘去慰問。貝布拉的前線劇團在勒阿弗爾開始它的巡迴演出。我覺得貝布拉沉默寡言，神思恍惚。儘管他在表演時從未出過差錯，一如既往地取悅觀衆，但是，大幕一落，他那張蒼老的納賽斯面孔立即變得呆滯。起先，我把他看成一個嫉妒鬼，更糟的是，我甚至把他看成是敗在我的青春力量下的降將。羅絲維塔小聲告訴我，我的判斷錯了；但她也不知道底細，只說有幾名軍官在演出結束後便來找貝布拉，關上房門密談。看來這位師傅想要放棄他的內心流亡，正在策畫什麼具體的行動，看來他的祖先歐仁親王的血統又在他身上占了上風。貝布拉的各種策畫使他疏遠我們，把他牽連進涉及方面極廣的關係中去。奧斯卡與從前屬於他的羅絲維塔的關係只能在他布滿皺紋的臉上誘出疲憊的一絲微笑。當他——那是在特魯維爾，我們下榻於遊樂場內的飯店——突然闖入我們合用的化妝間裡，見我們在地毯上扭作一團時，他揮揮手表示不必介意。我們正想相互解脫，他卻對著化妝鏡說：「享樂吧，孩子們，親吻吧，明天我們去參觀水泥，後天水泥粉末就會在你們的嘴唇間沙沙作響，會敗壞你們親吻的興致的！」

這是在一九四四年六月。其間，我們走遍了從比斯開直抵荷蘭的大西洋壁壘。可是我們多半是在腹地，那些傳奇式的地堡卻見得不多，到了特魯維爾，我們才首次在海岸演出。人家提議我們去參觀大西洋壁壘。貝布拉接受了。在特魯維爾做最後一場演出。夜間，我們來到卡昂前方、海岸沙丘後四公里處的小村莊巴文。人家安排我們在農民家過宿。許多草地、灌木叢、蘋果樹。這裡釀製蘋果燒酒，名叫卡爾伐道。我們嘗了嘗，事後睡得很香。涼爽的空氣由窗戶透入，水塘裡的青蛙呱呱地一直叫到天明。有會擂鼓的青蛙。我睡著聽牠們的鼓聲並提醒自己：你該回家了，奧斯卡，不久，你的兒子庫爾特就滿三周歲了，你必須給他一面鼓，這可是你答應過要給他的呀！奧斯卡，受痛苦折磨的父親，一個小時又一個小時地這樣告誡自己。他醒來時，摸摸自己的身邊，證實他的拉古娜躺在那裡，他聞到了她的氣味：拉古娜有一股清淡的桂皮、搗碎的丁香和肉豆蔻味；聖誕夜前，她的氣味像烤香料，這種氣味一直保留到夏天。

一大清早，一輛裝甲車開到農舍前。在院門口，我們大家都覺得有點冷颼颼的。清晨，涼爽，迎著從海上颳來的風，我們聊了幾句。上車：貝布拉，拉古娜，菲利克斯和基蒂，奧斯卡和那個中尉海爾佐格，他來接我們到卡堡以西他的砲兵連去。

我說，諾曼第是綠色的，我是想藉此避而不談那些棕白兩色相間的牛群。牠們在筆直公路左右兩側被露水沾濕、薄霧瀰漫的草地上反芻，對我們的裝甲車漠然視之，這些甲板若不是已經塗上了一層保護色的話，定會由於羞愧而變成紅色。白楊、樹籬、爬行的灌木叢，第一批外形大而蠢的海濱旅館空蕩蕩的，百葉窗在風中作響。裝甲車拐入林蔭道，我們下車，急急忙忙地跟在中尉——他對貝布拉上尉畢恭畢敬，雖說有些誇張——後面，穿過沙丘，迎著一陣裹挾著沙土和濤聲的海風。

這不是溫柔的波羅的海，不是酒瓶般綠的、少女般抽泣著的、正等待著我的波羅的海。大西洋正在練它的老花招：漲潮時衝鋒，落時後撤。

接著，我們看到了它，水泥。我們可以觀賞它，撫摩它，它巍然不動。「注意！」水泥內部有人喊了一聲，隨即從地堡裡跳出一個樹一般高的人來。這座地堡形狀像平背烏龜，位於兩座沙丘之間，叫作「道拉七號」，用射擊孔、觀察縫，以及暴露在外的小口徑的槍砲管當眼睛，瞧那落潮和漲潮。鑽出來的那個人是上士蘭克斯，他向中尉海爾佐格和我們的上尉貝布拉報告。

蘭克斯：（**敬禮**）道拉七號，一名上士，四名士兵。無特殊情況！

海爾佐格：謝謝！請稍息，蘭克斯上士。——您聽到了，上尉先生，無特殊情況。多年來就是如此。

貝布拉：總是落潮和漲潮！大自然的表演！

海爾佐格：正是這個使我們部隊有事可幹。正爲了這個緣故，我們一個挨一個地建造地堡。我們自己相互間處於射程之內。我們不得不炸掉一些地堡，給新的水泥騰出地方來。

貝布拉：（**敲敲水泥，他的前線劇團團員也跟著他敲敲水泥**）中尉先生相信水泥嗎？

海爾佐格：「相信」或許不是個合適的字眼。我們在這兒差不多什麼都不再相信了。您說呢，蘭克斯？

蘭克斯：是，中尉先生，什麼都不再相信了。

貝布拉：不過他們正在攪拌和夯實。

海爾佐格：我是完全信任您的，上尉。老實告訴您，我們也是在積累經驗。我以前對建築一竅不通，剛上大學，就打起仗來了。我希望，我現在獲得的水泥加工的知識在戰後能派上用場。在家鄉，一切都得重建。——您走近點兒仔細瞧瞧這水泥。（貝布拉和他的團員把鼻子貼在水泥上。）看見什麼啦？貝殼！門前隨處都有。只須拿來摻進去。石子、貝殼、沙、水泥……我無須再多說什麼了，上尉先生。您是藝術家和演員，自己會明白這是怎麼回事。蘭克斯！給上尉先生講講，我們把什麼東西夯到地堡裡去了。

蘭克斯：是，中尉先生！給上尉先生講講，我們把什麼東西夯進地堡裡去了。我們把小狗封在水泥下面，每座地堡的地基裡都埋著一隻小狗。

貝布拉的團員：一隻小狗！

蘭克斯：不久，從卡昂到勒阿弗爾這一段連一隻小狗都沒有了。

貝布拉的團員：連一隻小狗都沒有了！

蘭克斯：我們就是這樣賣力。

貝拉布的團員：這樣賣力！

蘭克斯：馬上就得抓小貓了。

貝布拉的團員：喵嗚！

蘭克斯：不過貓同小狗不是一碼事。因此，我們希望這裡馬上開始行動。

貝布拉的團員：盛大演出！（他們鼓掌。）

蘭克斯：我們排練夠了。如果小狗抓光了的話……

貝布拉的團員：啊！

蘭克斯：……我們也就不能再造地堡了。因爲貓意味著不祥。

貝布拉的團員：喵嗚，喵嗚！

蘭克斯：如果上尉先生還願意稍稍聽一聽我們爲什麼埋小狗的話……

貝布拉的團員：小狗！

蘭克斯：我只能這麼說：我可不相信這個。

貝布拉的團員：呸！

蘭克斯：但是，這裡的夥伴們大多數來自農村。在農村，直到今天還是這樣：在蓋房子、倉庫或者鄉村教堂的時候，總得埋進一樣活的東西，還有……

海爾佐格：夠了，蘭克斯。請稍息。上尉先生，您已經聽到了，在大西洋壁壘的陣地上，大夥兒沉溺於所謂的迷信。這同在您那兒的劇場裡完全一樣，大家在首場演出前不准吹口哨，在開演前，演員們相互朝肩膀啐唾沫……

貝布拉的團員：呸呸呸！（**互相朝肩膀上啐唾沫。**）

海爾佐格：別開玩笑！我們必須讓士兵們開開心。最近他們也換了花樣，在地堡出口處安上貝殼馬賽克和水泥裝飾花紋，遵照最高方面的命令，對此事也予以容忍。士兵們總得有事可幹。我的上司一見到這些水泥曲線就頭痛，我於是對他說：少校先生，水泥曲線總比頭腦裡的曲線要好。我們德意志人都是業餘手工藝愛好者。這個您總不能否認吧！

貝布拉：讓在大西洋壁壘嚴陣以待的軍隊散散心，我們現在不也在爲此而效勞嗎……

貝布拉的團員：貝布拉的前線劇團，爲你們歌唱，爲你們表演，幫助你們奪取最終勝利！

海爾佐格：您和您的團員所見甚是。不過，單靠劇團是不夠的。在大多數情況下我們還得依靠我們自己，盡力自助。蘭克斯，您說呢？

蘭克斯：是，中尉先生，盡力自助！

海爾佐格：您瞧，是這麼回事吧！——請上尉先生原諒！我還得去道拉四號和道拉五號。您就慢慢參觀一下這水泥吧！其中自有名堂。蘭克斯會讓您樣樣都看到的……

蘭克斯：樣樣都看到，中尉先生！

（海爾佐格和貝布拉行軍禮。海爾佐格由右側下。至今待在貝布拉身後的拉古娜、奧斯卡、菲利克斯和基蒂跳了出來。奧斯卡帶著他的錫鼓，拉古娜背著一個食物籃，菲利克斯和基蒂爬到地堡的水泥頂上，開始在那裡做雜技練習。奧斯卡和羅絲維塔拿著小桶小鏟在地堡旁邊的沙裡玩耍，表示出他們互相愛戀著，還歡呼著取笑菲利克斯和基蒂。）

貝布拉：（全面地看了看地堡，懶洋洋地）請您告訴我，蘭克斯上士，您原先的職業是什麼？

蘭克斯：畫師②，上尉先生，不過這是很久以前的事情了。

貝布拉：您說是位刷平面的匠人。

蘭克斯：也刷平面，上尉先生，但更多的是做藝術畫。

貝布拉：你們聽著，聽著！這就是說，您努力步林布蘭的後塵，也許還有委拉斯蓋茲？

蘭克斯：介乎兩者之間。

貝布拉：天哪！那您有必要在這裡攪拌水泥、夯實水泥、守衛水泥嗎？——您本該參加宣傳運動。戰爭畫家正是我們所需要的！

蘭克斯：對於這個我可不內行，上尉先生。對於今天的趣味來說，我畫得太傾斜了。——上尉先生能賞上士一支香菸嗎？（貝布拉遞給他一支香菸。）

貝布拉：您說的傾斜是指時新嗎？

蘭克斯：您說的時新又是什麼意思呢？在他們帶著水泥到來之前，有很長一段時間傾斜是時新的。

貝布拉：是這樣嗎？

蘭克斯：是的。

貝布拉：您顏料上得又濃又厚，甚至還用抹刀吧？

蘭克斯：我也這樣畫。我用大拇指抹，完全自動化，把釘子和鈕扣貼在中間，一九三三年以前有一段時間，我把鐵絲網貼在硃砂上，獲得了報紙的好評。現在它們還掛在一位瑞士私人收藏家家裡，那是位肥皂廠老闆。

貝布拉：這場戰爭，這場糟糕的戰爭！您今天竟然在夯實水泥！竟然爲了修築防禦工事而出租您的才華！自然，李奧納多③和米開朗基羅在他們那個時代也幹過這種事。在沒有人委託他們畫聖母像時，他們就設計軍械，修築城堡。

蘭克斯：您說的是！總有哪個地方會有空缺的。一個眞正的藝術家總得表現自己。如果上尉先生願意看看地堡入口處上方的裝飾花紋的話，那麼，這些就在我們眼前。

貝布拉：（做了徹底的研究之後）眞驚人哪！多麼豐富的形式啊！多麼嚴謹的表現力啊！

蘭克斯：可以把這種風格稱作結構層。

貝布拉：你的作品，這浮雕或者畫，有標題嗎？

蘭克斯：我方才講了：結構層，依我之見，也叫傾斜結構層。這是一種新風格。以前還沒有人搞過。

貝布拉：不過，正因爲您是創造者，您應該賦予這部作品一個不會混淆的標題……

蘭克斯：標題，標題有什麼用？只有在要舉辦藝術展覽且編目錄的時候，才需要標題。

貝布拉：您過謙了，蘭克斯。您別把我當作上尉而當作藝術之友看待好了。要香菸嗎？（**蘭克斯拿了一支。**）您以爲如何？

蘭克斯：如果您這樣表示的話，那太好了。——蘭克斯這樣想過：當戰爭結束的時候。一旦戰爭結束了——以這種或者那種方式——地堡依然留存著，因爲地堡始終會留存著的，即使其餘的一切全都毀了。隨後，那個時代就來到了！我是說，那些世紀就來到了——（**他把方才那支菸塞進口袋裡。**）上尉先生，還能給支菸嗎？多謝啦！——那些世紀來而復去，就像什麼事情也沒有發生。但是地堡依舊存在，就像金字塔始終留存著那樣。接著，晴朗的一天，來了一位所謂的考古學者，他暗自思忖：那時候，在第一次和第七次世界大戰之間，那是個藝術何等貧乏的時代啊！死氣沉沉的灰色水泥，時而在地堡入口處上方能看到出自業餘愛好者之手的、笨拙的、鄉土風的曲線——接著，他撞見了我的道拉四號，道拉五號，道拉六號，道拉七號，瞧著我的傾斜結構層，自言自語道：仔細看看。眞有意思。我幾乎想說，有魔力，咄咄逼人，然而滲透著智慧。在這裡，一位天才，也許是二十世紀獨一無二的天才，表現出了他自己，一淸二楚，而且爲了千秋萬代。——這個作品是否也有一個姓氏呢？會不會有一個簽名向我們透露這個大師是誰呢？——上尉先生如果仔細看去，腦袋傾斜，那便能看到，在粗糙的傾斜結構層之間有……

貝布拉：我的眼鏡。幫我一下，蘭克斯！

蘭克斯：好了，這裡有字：赫伯特·蘭克斯，西元一九四四年。標題：神祕，野蠻，無聊。

貝布拉：您給我們這個世紀取了個名字。

蘭克斯：您理解了！

貝布拉：過了五百年或許一千年之後，人家在進行修復工作的時候，也許會找到一些狗骨頭。

蘭克斯：那只能加強我的標題。

貝布拉：（**激動地**）時間是怎麼回事，我們又是怎麼回事，親愛的朋友，如果我們的作品沒有……您瞧菲利克斯和基蒂，我的雜技演員。他們在水泥上做體操。

基蒂：（**一張紙在羅絲維塔和奧斯卡之間、在菲利克斯和基蒂之間傳來傳去，並被寫上些什麼，這已經有好一會兒了。基蒂略帶薩克森口音**）您瞧，貝布拉先生，我們在水泥上什麼都能做。（**她用小手撐地飛跑。**）

菲利克斯：在空中連翻三個筋斗的絕技，過去還沒有人在水泥上做過。（**他耍了一回。**）

基蒂：我們確實需要這樣一個舞臺。

菲利克斯：只是上面有點風。

基蒂：所以不那麼熱，也不像所有的電影院裡那麼臭。（**她把身體纏成結。**）

菲利克斯：在這上面我們甚至想出了一首詩。

基蒂：你說的「我們」是指誰？是奧斯卡奈洛想出來的，還有羅絲維塔・拉古娜。

菲利克斯：這首詩不押韻，我們幫了忙。

基蒂：還缺一個字，添上去詩就做成了。

菲利克斯：奧斯卡奈洛想知道，沙灘上那些杆叫什麼。

基蒂：因爲他要寫進詩裡去。
菲利克斯：要不然，詩裡就缺了一樣重要的東西。
基蒂：老總，您告訴我們吧！這些杆叫什麼名堂？
菲利克斯：也許不准他講，怕傳到敵軍耳朵裡去。
基蒂：我們肯定不傳出去就是了。
菲利克斯：這僅僅是爲了藝術。
基蒂：奧爾卡奈洛費了那麼多的心思。
菲利克斯：他寫得一手好字，聚特林字體。
基蒂：我眞想知道，他是在哪兒學的。
菲利克斯：他僅僅不知道那些杆叫什麼。
蘭克斯：如果上尉先生准許，我就講。
貝布拉：只要這跟決定戰爭勝負的機密不相干就可以。
菲利克斯：可是，奧斯卡奈洛非知道不可。
基蒂：要不然的話，這首詩就做不成了。
羅絲維塔：我們大家又都是那麼好奇。
貝布拉：您告訴我們吧，這是命令。
蘭克斯：好，這是我們爲對付可能開來的坦克和登陸艇而設置的，因爲它們看上去像蘆筍，所以我們把它們叫作隆美爾蘆筍。

菲利克斯：隆美爾④……

基蒂：……蘆筍？這個詞適合嗎，奧斯卡奈洛？

奧斯卡：正合適！（他把這個詞記到紙上，把詩遞給地堡頂上的基蒂。她把身子纏結得更緊，並像朗讀一首小學課本上的詩那樣朗讀了下面的詩句。）

基蒂：在大西洋壁壘

還在夯實水泥，全副武裝，
隆美爾蘆筍，牙齒也偽裝，
卻已在回歸馬鈴薯鄉的路上，
那裡星期五吃魚，外加荷包蛋，
鹽水煮馬鈴薯，擺在星期天的餐桌上：
我們正在接近畢德邁耶爾風尚⑤！
鐵絲網裡還是我們睡覺的地方，
挖地雷偏偏在茅房，
一邊卻夢想著園亭花廊，
還有冰箱，滴水嘴要美觀大方：

我們正在接近畢德邁耶爾風尚！

有些人還得撕碎慈母心，

有些人還得去啃野草⑥，

死鬼還掛著綢子降落傘，

他這邋遢鬼卻在給自己織衣裳，

拔下孔雀鷺鷥的羽毛給自己化妝：

我們正在接近畢德邁耶爾風尚。

（大家鼓掌，蘭克斯也鼓掌。）

蘭克斯：現在落潮。

羅絲維塔：現在是吃早飯的時候了！（她搖晃著大食物籃，籃子飾有飄帶和假花。）

基蒂：好啊，我們在這兒野餐！

菲利克斯：大自然會激發我們的食慾！

羅絲維塔：啊，吃，神聖的行動，你把各國人民聯繫在一起，在吃早飯的時間裡！

貝布拉：我們在水泥上面用餐。這樣我們便有了牢固的基礎！（除蘭克斯以外，所有的人都爬上地堡。羅絲維塔鋪上一條明快的繡花桌布。她從取之不盡的籃子裡取出有綠飾和流蘇的小坐墊。撐起了一把小太陽傘，玫瑰色間有淺綠色，擺出了一個帶話筒的小留聲機。分發了小盤子、小匙、小刀、雞蛋杯和餐巾。）

菲利克斯：我想要點肝醬！

基蒂：我們從史達林格勒搶救出來的魚子還有嗎？

奧斯卡：你不該抹這麼厚的丹麥奶油，羅絲維塔！

貝布拉：我的兒子，你替她的線條操心，這是對的。

羅絲維塔：可是我覺得可口，也對我有益。我眞想念在哥本哈根時空軍請我們吃的奶油大蛋糕！

貝布拉：熱水瓶裡的荷蘭巧克力還很熱哩。

基蒂：我迷戀著美國的罐裝小甜餅。

羅絲維塔：小甜餅只有抹上南非薑汁果醬時才好吃。

奧斯卡：別這樣貪心不足，羅絲維塔，我請您別這樣！

羅絲維塔：你自己正吃著好幾片指頭那麼厚的難吃透頂的英國醃牛肉！

貝布拉：老總，你也來一薄片葡萄乾麵包加米拉別里李子醬好嗎？

蘭克斯：如果我不在値勤就可以，上尉先生。

羅絲維塔：那就給他下命令吧！

基蒂：對，給他下命令！

貝布拉：蘭克斯上士，我命令您用餐：一片葡萄乾麵包加法國的米拉別里李子醬、嫩煮的丹麥雞蛋、蘇聯魚子和一小碗地道的荷蘭巧克力！

蘭克斯：是，上尉先生，用餐。（他隨即到地堡頂上坐下。）

貝布拉：我們沒有坐墊給老總坐了嗎？

奧斯卡：他可以拿我的，我坐在鼓上。

羅絲維塔：你可別感冒了，寶貝！水泥裡面有危險，你可不習慣。

基蒂：他可以用我的。我想把身子打幾個結，蜂蜜小麵包會往下滑得順暢些。

菲利克斯：待在桌布旁，你可別讓蜂蜜弄髒了水泥。這可是破壞防禦呀！（大家吃吃地笑。）

貝布拉：啊，海風送爽。

羅絲維塔：送爽。

貝布拉：胸懷舒展。

羅絲維塔：舒展。

貝布拉：良心脫殼。

羅絲維塔：脫殼。

貝布拉：靈魂暴露。

羅絲維塔：眼望大海，人也變美！

貝布拉：目光自由，展翅……

羅絲維塔：展翅遠飛……

貝布拉：飛離此地，越過大海，大海無垠……蘭克斯上士，我看到海灘上有五個黑東西。

基蒂：我也看到了。拿著五把雨傘！

菲利克斯：六把。

基蒂：五把！一、二、三、四、五！

蘭克斯：這是利西厄克斯的修女。她們帶著幼兒園的孩子從那裡疏散到這兒來的。

基蒂：不過我沒看到一個孩子！只看到五把雨傘。

蘭克斯：她們把孩子們留在村裡，留在巴文特，落潮時，她們有時會來撿貝殼和掛在隆美爾蘆筍間的螃蟹。

基蒂：眞可憐哪！

羅絲維塔：我們給她們一些醃牛肉和罐頭小甜餅吧！

奧斯卡：奧斯卡建議給她們葡萄乾麵包加米拉別里李子醬，今天是星期五，修女禁食醃牛肉。

基蒂：她們跑起來了！拿雨傘當帆揚起來了！

蘭克斯：她們撿夠了以後，總是這樣的。最前面的是見習修女阿格奈塔，非常年輕的小東西，還糊里糊塗呢！——上尉先生，還能給上士一支香菸嗎？非常感謝！——後面的那個胖子，是修道院院長朔拉斯蒂卡，她不跟著跑。她不跟著在海灘上玩，這大概會觸犯教規的。

（修女們打著雨傘在背景中奔跑。羅絲維塔打開留聲機，響起了《彼得堡雪橇鈴聲》。修女們跳舞，歡呼。）

阿格奈塔：唷霍！朔拉斯蒂卡姆姆！

朔拉斯蒂卡：阿格奈塔！阿格奈塔姆姆！

阿格奈塔：唷霍！朔拉斯蒂卡姆姆！

朔拉斯蒂卡：回來，我的孩子！阿格奈塔姆姆！

阿格奈塔：我回不來啦！它帶著我跑哪！

朔拉斯蒂卡：那您就爲能回來而祈禱吧，姆姆！

阿格奈塔：爲一個充滿痛苦的女性？

朔拉斯蒂卡：爲一個大慈大悲的女性！

阿格奈塔：爲一個充滿歡樂的女性？

朔拉斯蒂卡：您祈禱呀，阿格奈塔姆姆！

阿格奈塔：我越是拚命祈禱，就跑得越遠了！

朔拉斯蒂卡：（聲音漸小）阿格奈塔！阿格奈塔姆姆！

阿格奈塔：唷霍！朔拉斯蒂卡姆姆！

（修女們消失了。只是偶或在背景上冒出她們的雨傘。唱片放完。地堡入口處旁邊的軍用電話響了。蘭克斯從地堡頂上跳下去，拿起聽筒。其餘的人繼續吃飯。）

羅絲維塔：甚至在這裡，在無限的大自然中，也得有電話！

蘭克斯：道拉七號。上士蘭克斯。

海爾佐格：（拿著電話聽筒、拖著電線從右側緩步而上，不斷地站住，對著電話講話。）您睡著了嗎，蘭克斯上士！道拉七號前面有動靜。能淸楚識別！

蘭克斯：那是修女們，中尉先生。

海爾佐格：修女在這裡幹麼？如果不是修女呢？

蘭克斯：是修女。能清楚識別。

海爾佐格：您從來沒有聽說過僞裝嗎，嗯？從來沒有聽說過第五縱隊，嗯？幾百年以來英國人就是這麼幹的。他們帶著《聖經》前來，隨後突然開火。

蘭克斯：她們在撿螃蟹，中尉先生……

海爾佐格：立即肅清海灘，懂嗎？

蘭克斯：是，中尉先生。不過，她們是來撿螃蟹的。

海爾佐格：趴到機槍後面去使勁掃射，蘭克斯上士！

蘭克斯：如果她們僅僅是來撿螃蟹的呢？現在落潮，她們是爲了幼兒園的……

海爾佐格：我命令您……

蘭克斯：是，中尉先生！（蘭克斯進地堡。海爾佐格拿著電話從右側下。）

奧斯卡：羅絲維塔，摀住兩隻耳朵，要開槍了，像在每週新聞片裡那樣。

基蒂：哦，嚇死人了！我得把身子纏得更緊些。

貝布拉：我也相信，我們馬上會聽到點什麼聲音。

菲利克斯：繼續放留聲機吧！好沖淡點！（他放留聲機，唱片唱著《偉大的妄想者》。和著緩慢、拖沓的悲劇性音樂，機槍噠噠地響著。羅絲維塔摀住耳朵。菲利克斯做倒立。在背景上，五位修女擕傘飛向天空。唱片卡住，又轉，隨後停止。菲利克斯結束手倒立。基蒂解開身子纏成的結。羅絲維塔匆匆忙忙把桌布和吃剩的早餐放進食物籃裡去。奧斯卡和貝布拉幫她的忙。大夥兒離開地堡頂。蘭克斯出現在地堡入口處。）

蘭克斯：上尉先生或許還能給上士一支香菸吧！
貝布拉：（他的團員害怕地站在他的身後）老總，您抽得太多了。
貝布拉的團員：抽得太多了！
蘭克斯：這全怪水泥，上尉先生。
貝布拉：如果有朝一日不再有水泥了呢？
貝布拉的團員：不再有水泥。
蘭克斯：水泥是不死的，上尉先生。只有我們和我們的香菸才……
貝布拉：我懂，我懂，隨著煙霧，我們消散。
貝布拉的團員：（緩緩而下）隨著煙霧！
貝布拉：在千年之內人家還會來參觀這水泥的。
貝布拉的團員：在千年之內！
貝布拉：還會找到狗骨頭。
貝布拉的團員：狗的小骨頭。
貝布拉：還有它們在水泥裡的傾斜結構層。
貝布拉的團員：神祕，野蠻，無聊！
（只剩下抽菸的蘭克斯一個人。）

儘管奧斯卡在水泥上進早餐時很少說話或幾乎不說話，但他仍然記下了在大西洋壁壘的這席談話，而這些話正是在進犯⑦前夜講的。那位上士兼水泥藝術畫家蘭克斯，我們也將與他重逢，但要等到專寫戰後時期和今天處於興旺時期的畢德邁耶爾的時候。

那輛裝甲車還一直在海濱林蔭道上等著我們。海爾佐格中尉大步趕來，找到了他受命保護的這一夥人。他上氣不接下氣地爲方才那件小小事件向貝布拉道歉。「封鎖區就是封鎖區嘛！」他說著攙扶女士們上車，又對駕駛員做了若干指示。裝甲車駛回巴文特。我們必須加快趕路，幾乎沒有時間用午餐，因爲兩點鐘我們在雅致的諾曼宮的騎士廳有一場演出，這座小宮殿坐落在村口白楊樹林後面。

我們總算還有半個小時可以調試燈光，隨後奧斯卡擊鼓拉幕。我們在爲士官和士兵演出。多次爆發出粗野的笑聲。我們儘量誇張。我唱碎一只夜壺，裡面裝著幾根維也納小香腸和芥末。貝布拉扮演小丑，化妝得很濃，爲打碎的小夜壺痛哭流涕，從碎片堆裡撿出香腸，抹上芥末，吃下肚去，逗得那些軍灰色大兵捧腹大笑。基蒂和菲利克斯一段時間以來總穿皮短褲、戴蒂羅爾小帽出場，這使他們的雜技表演尤具特色。羅絲維塔身著銀色緊身連衣裙，手戴淺綠色捲邊手套，微型腳穿一雙金線交織的涼鞋，淡藍色的眼瞼下垂，用她那夢遊女的地中海聲音證明她那萬無一失的魔力。我已經講過，奧斯卡不用裝扮。我戴著我那頂繡有「皇家海輪賽德利茨號」字樣的舊水手帽，身穿海軍藍襯衫，外面是金色錨形鈕扣外套，下面露出齊膝短褲，捲口齊膝長統襪套在穿舊了的繫帶靴裡。再就是那面紅白相間的錫鼓，同它一模一樣的鼓還有五面，放在我的演員行囊裡作爲後備。

晚上，我們又爲軍官和卡堡通訊處的閃電姑娘們演出。羅絲維塔有點神經質，雖說沒有出錯，但表演到一半時卻戴上了藍框太陽眼鏡，操起了另一個聲調，在預言時把話說得更直了。譬如說，她對一個蒼白的、由於窘迫而傲慢無禮的閃電姑娘講，她與她的上司私通。我聽了這番宣示覺得不愉快，但大廳裡一片笑聲，因爲那位上司無疑正坐在這位閃電姑娘身邊。

演出結束後，住在諾曼宮裡的團參謀部軍官還舉行了宴會。貝布拉、基蒂和菲利克斯留下了，拉古娜和奧斯卡則默默地告辭而去。兩人上床，在過了這變化太多的一天之後，倒下便睡著了，直到次日淸晨五點左右，才被剛開始的進犯鬧醒。

關於進犯，我有什麼可以向各位報導的呢？在我們這個地段，在奧恩河口，加拿大部隊登陸了。必須撤離巴文特。我們已經收拾好行李。我們將跟團部一起轉移。在諾曼宮院裡停著一輛熱氣騰騰的摩托化軍廚車。羅絲維塔讓我替她取一杯咖啡來，因爲她未曾用早餐。我有點不耐煩，擔心會趕不上我們乘的那輛卡車，便拒絕了，對她的態度也有些粗暴。她便自己跳下卡車，拿著小鍋，登著高跟鞋，向軍廚車跑去。她剛巧來到熱氣騰騰的早餐咖啡前，從軍艦上射來的一發砲彈也同時落在那裡。

啊，羅絲維塔，我不知道你有多大年紀，只知道你身高九十九公分，地中海藉你的嘴講話，你散發著桂皮和肉豆蔻的氣味，你能夠看透所有的人的心；只不過你不去洞察你自己的心，要不然的話，你就會待在我的身邊，不會去取那太燙的咖啡了！

在利西厄克斯，貝布拉爲我們搞到一份去柏林的命令。當他在司令部門口見到我們時，他自羅絲維塔去世後第一次開口說話：「我們這些矮人和丑角不應該到爲巨人們夯實的水泥上面去跳舞！如果我們待在臺底下，無人理會，那該多好！」

到了柏林，我與貝布拉分手。「缺了你的羅絲維塔，你何苦再待在防空洞裡！」他露出了薄如蜘蛛網的微笑，吻了我的前額，派持有公務旅行證明的菲利克斯和基蒂一直把我送到但澤車站，還把演員行囊裡剩下的五面鼓統統送給了我。我在這樣的照料下，又一如既往地帶著我的書，於一九四四年六月十一日，在我的兒子三歲生日前一天抵達了我的故鄉。這座城市還一直沒有被破壞，像在中世紀那樣，一小時又一小時地響著各種不同的教堂高聳的塔樓上大小不一的鐘發出的喧鬧聲。

①指弗里德里希二世（一七一二～一七八六），普魯士國王，亦譯作腓特烈大王。
②德語裡「畫師」一詞，既指油漆匠、粉刷匠，也指藝術畫家。下文「刷平面的匠人」指油漆匠或粉刷匠。
③指文藝復興時代的巨匠李奧納多．達文西。
④隆美爾（一八九一～一九四四），納粹德國元帥，曾率非洲軍團在北非作戰，敗歸後任西線防禦總監，應付盟軍即將實施的登陸計畫。
⑤畢德邁耶爾原為路德維希．艾希羅特的詩《畢德邁耶爾的歌唱樂趣》中一滑稽人物，後來泛指心胸狹窄、庸人習氣的小市民以及他們的風尚。
⑥俗語，意為「入土」。
⑦指盟軍進攻歐陸，在諾曼第登陸。

接替基督

是啊，回鄉了！二十點零四分，前線休假人員列車抵達但澤車站。菲利克斯和基蒂送我到馬克斯・哈爾貝廣場，同我告別，基蒂流下了眼淚，隨後他們便去霍赫施特里斯的調度處，奧斯卡則背著行李在二十一點前匆匆穿過拉貝斯路。

回鄉。今天，這已經成了一種陋習。它使那些持僞造支票去了外國人地區、待上數年歲數稍大後便回鄉來大談山海經的年輕人變成了現代奧德修斯。有些人，心不在焉，乘錯了火車，不去法蘭克福卻到了奧伯豪森，旅途中稍有見聞——爲什麼沒有呢？——剛一回鄉，就夸夸其談地搬出諸如基爾克、佩涅洛佩和泰萊馬霍斯①等一大堆姓名來。奧斯卡回鄉時發現一切如故，僅僅由於這一點，他就不是奧德修斯。如果他是奧德修斯，當然可以稱他所愛的瑪麗亞爲珀涅羅珀，可是，並沒有好色的求婚者蜂擁在她周圍大獻殷勤，她一直有馬策拉特在身邊，在奧斯卡背井離鄉前很久，她已經決心跟從他了。但願各位讀者中間有教養的人士也不會這樣去想：由於我可憐的羅絲維塔從前從事夢遊女的職業活動，便把她看成欺騙男人的基爾刻。至於我的兒子庫爾特，他並沒有爲父親做任何事情，即使他已經認不得奧斯卡了，他也絕非是泰萊馬霍斯。

如果非要類比不可——我深知，回鄉者總得把自己同別的什麼人做一番類比才稱心——那麼，爲了各位的緣故，我願把自己比作《聖經》裡回頭的浪子，因爲馬策拉特打開了門，像一個眞正的父親而不是一個假想的父親那樣迎接我。是啊，他懂得爲奧斯卡的回鄉而欣喜，還淌下了眞誠的、無言的淚水，使得我從那一天起，不僅僅自稱是奧斯卡・布朗斯基，也稱自己爲奧斯卡・馬策拉特。

瑪麗亞對我的歸來態度冷靜，但並非不親切。她坐在桌子旁，爲經濟局貼食品印花，在小菸几上已經擺了幾件還沒有打開包裝的給小庫爾特的生日禮物。一向講求實際的她，首先想到的是要讓我舒服一些，便脫去我的衣服，像以往那樣給我洗澡，對我的羞赧之態不加理會，替我穿上睡衣，抱我到桌邊，桌上放著馬策拉特在我洗澡時爲我做的荷包蛋和煎馬鈴薯，飲料是牛奶。我邊吃邊喝的時候，她開始問我：「你上哪兒去了？我們到處找你，警察局也找你，像發了瘋似的。我們不得不到法庭上去宣誓，說我們並沒有殺害你。好了，現在你回來了。不過，已經惹了不少麻煩，今後還會有麻煩，因爲我們必須去報告，你已經回來了。但願他們不會把你送進專門機構②去。你該上那種地方去。誰叫你不說一聲就出走！」

瑪麗亞確實有遠見。麻煩事來了。衛生部的一名官員上我家，找馬策拉特單獨談話，但馬策拉特大聲嚷嚷，使別人都能聽到：「這個根本不要考慮。我妻子臨終前我答應過她。我是父親，不是衛生警察！」

我沒有被送進專門機構去。但是，從那天起，每兩週便寄來一封公函，要求馬策拉特簽字，馬策拉特就是不簽，但愁成了一臉皺紋。

奧斯卡必須搶先一步，必須把馬策拉特臉上的皺紋抹平，因爲我回家的那天晚上，他喜氣洋洋的，不像瑪麗亞似的想得那麼多，問得也少，只要我平安回家就一切都好，他的態度像一個眞正的父親。當他們領我到大吃一驚的特魯欽斯基大娘那裡去睡覺時，他說：「小庫爾特會高興的，他又有一個小哥哥了。明天我們就要慶祝小庫爾特的三歲生日了。」

我的兒子庫爾特在他的生日桌子上除了插著三支蠟燭的蛋糕以外，還見到格蕾欣・舍夫勒親手編織的一件葡萄紅的毛衣，但他根本不稀罕。還有一顆討厭的黃皮球，他坐到球上去，騎在球上，最後用廚房裡的一把刀子把它捅破了。接著，他從橡皮裂口裡吮吸那令人噁心的甜水，這在所有充氣的球裡都會沉澱下來的。皮球不再鼓起供他折騰，小庫爾特便轉身去拆小帆船，把它變成了一具殘骸。陀螺和鞭子就放在他的手邊，他卻碰都不碰。

奧斯卡很久以前就想到了他兒子的這次生日。他從當代最狂亂的事件中脫身出來，匆匆趕到東部，爲的就是不錯過他繼承人的三歲生日。這時，他站在一邊，觀看庫爾特的破壞業績，讚賞這個果敢的男孩子，把自己的身高與他兒子的身高比了一下，於是，我若有所思地暗自承認：你離家的這段時間裡，小庫爾特已經長得比你高了。在十七年前你自己的三歲生日那天，你故意讓自己的身高停留在九十四公分，現在，你兒子已經高出你兩、三公分了。是時候了，必須使他成爲一個鼓手，必須對身高的過快增加大喝一聲：「夠了！」我的演員行囊以及我的教科書藏在晾衣間裡屋頂瓦後面。我從行囊裡取出一面鋥亮的、新出廠的錫鼓。我可憐的媽媽那時遵守諾言，給我提供了一個機會。我現在也要給我的兒子提供同樣的機會，而那些大人們是不會這樣做的。我有充分的依據可以認爲，曾經想讓我繼承商店的馬策拉特在我不理事以後，認定小庫爾特是未來的殖民地商品商。必須預防馬策拉特這個願望變成事實！聽了我說這樣的話，各位讀者可別把奧斯卡看成專門反對零售買賣的敵人！如果有人答應給我或我的兒子一個工業康采恩，或者讓我或我的兒子繼承一個王國外加殖民地，我也將同樣防止這種事情變成現實。奧斯卡不想從別人手裡接受任何東西，因此想讓他的兒子也採取類似的行動，使他變成永遠保持三歲孩子身材的錫鼓手——這正是我思想邏輯上的錯誤，似乎對於一個大有希望的年輕人來說，接受一面錫鼓不像接管一爿殖民地商品店那樣是件可憎的事情。

這是奧斯卡今天的想法。可是，他當時只有一個心願：必須在擊鼓的父親身邊擺上一個擊鼓的兒子，必須有兩個矮小的鼓手由下而上地觀察大人們的所作所爲，必須建立一個有生殖力的鼓手王朝，因爲我的事業必須一代一代地敲著紅白兩色的錫鼓繼承下去。

我們眼前將是怎樣的一種生活呀！如果我們可以並排敲鼓，即使在不同的房間裡，如果我們可以一邊一個地敲鼓，即使他在拉貝斯路，我在路易森街，他在地窖裡，我在閣樓上，小庫爾特在廚房內，奧斯卡在廁所裡，如果父親和兒子或此或彼能夠偶爾一起敲錫鼓，如果我們兩個遇上好機會，可以鑽到我的外祖母、他的外曾祖母安娜・科爾雅切克的幾條裙子下面去，住在那裡，敲鼓，聞有點哈喇的奶油氣味，那該多好啊！蹲在她的大門口，我對小庫爾特說：「往裡瞧，我的兒子。我們是從那裡來的。如果你有足夠的膽量，我們可以回到那裡去待上一個鐘頭或者更長的時間，拜訪一下在那裡等待著的那些人。」

小庫爾特便會在幾條裙子底下探過身子去，偷偷看上一眼，很有禮貌地問我，他的父親，請我講個分明。

「那位美麗的女士，」奧斯卡會低聲說，「在那裡正中央坐著的那位，玩弄著她美麗的手，有一張如此溫柔能催人淚下的鵝蛋臉，這就是我可憐的媽媽，你善良的祖母。她由於喝了鰻魚湯，或者由於她的過於甜蜜的心，死去了。」

「講下去，爸爸，講下去！」小庫爾特會這樣催促我，「這個有小鬍子的男人是誰？」

我會神祕地壓低嗓子：「這是你的外曾祖父，約瑟夫・科爾雅切克。注意看他那雙閃爍著的縱火犯的眼睛，注意看他的鼻根上方顯露出非凡的波蘭人的異想天開和務實的卡舒貝人的詭計多端。還得注意看他腳趾間的蹼膜。一九一三年，『哥倫布』號下水那天，他鑽到一排木筏底下，游了很久很久，終於到了美國，在那裡成了百萬富翁。有時候，他又下水，游回來，隱匿在這裡。當年，他成了縱火犯後在這裡找到了保護，把他的那一份獻給了我的媽媽。」

「那麼，一直躲在那位女士，即我的祖母背後，現在又坐到她身旁，用他的手撫摩她的手的那位英俊先生又是誰呢？他的藍眼睛跟你的一模一樣，爸爸！」

我這個惡劣的當了叛徒的兒子，這時不得不鼓起勇氣，回答我自己的勇敢的兒子：「這是布朗斯基他奇妙的藍眼睛，它們正瞧著你呢，小庫爾特。你的眼睛是灰色的。這是你從你母親那兒遺傳得來的。然而，與那個正吻我可憐媽媽的手的揚一樣，與揚的父親文岑特一樣，你也是一個徹頭徹尾的眞實的布朗斯基，奇妙卻又有著卡舒貝人血統。有朝一日，我們也會回到那裡去的，回歸本源，那裡散發著有點哈喇的奶油氣味。爲有這一天而高興吧！」

根據我當時的理論，我認爲唯有在我的外祖母科爾雅切克的體內，或者在我所謔稱的外祖母的奶油罐裡，才能過上眞正的家庭生活。甚至在今天，在我一眨眼便能達到甚至超過天父、聖子和更爲重要的聖靈三位一體的境地之時，在我一如從事任何其他職業時那樣不樂意地負起接替基督的義務之日，儘管我再也達不到通往我的外祖母的大門，我卻仍在栩栩如生地描繪我的先人圈子裡最美好的家庭生活場景。

尤其在下雨天裡，我總是這樣想像著：我的外祖母分送請柬，我們在她的體內相會。揚．布朗斯基來了，在這位波蘭郵局保衛者胸口上的幾個子彈窟窿裡插著鮮花，大概是丁香。瑪麗亞由於我的介紹也收到了請柬，她靦腆地走近我的媽媽，爲了得到寵愛，給她看那些由媽媽開始記的、由瑪麗亞無懈可擊地繼續往下記的商店帳本。媽媽發出了卡舒貝人的笑聲，把我的情人拉到自己身邊，親她的臉頰，眨眨眼睛說：「小瑪麗亞，我們不會感到羞愧的。我們兩個都嫁給了一個姓馬策拉特的男人，又養著一個姓布朗斯基的男人！」

我不得不嚴格禁止自己繼續往下想，譬如進而想像一個由揚授孕、由我媽媽在我的外祖母科爾雅切克體內懷胎、最後在那個奶油罐裡出生的兒子之類的事。因爲這種事情肯定會像連環套似的一環一環地套下去的。

也許還有我同父異母的兄弟斯特凡·布朗斯基，他畢竟也屬於這個圈子，他就會先瞟瑪麗亞一眼，隨後即一發瞧個沒完。所以，我寧願把我的想像力局限於一次和睦的聚會。所以，我也不再去想像出第三個以及第四個鼓手，只要有了奧斯卡和小庫爾特也就足夠了。我在鐵皮上向在場的人講述了有關那座艾菲爾鐵塔的事情，說我在國外時曾拿它來代替外祖母。來賓們和東道主安娜·科爾雅切克聽了我們的鼓聲都十分快活，並且和著節奏互相拍打膝蓋。這時，我也非常高興。

雖說展現我自己的外祖母體內的世界及其關係，在有限的平面上看到衆多的層次，有著如此這般的誘惑力，可是，眼下奧斯卡——他同馬策拉特一樣只是個假想的父親——必須以一九四四年六月十二日的事情，以小庫爾特的三歲生日作爲敍述的根據。

再重複一遍：庫爾特這孩子得到了一件毛衣、一顆皮球、一條帆船、鞭子和陀螺，他還將從我那裡得到一面紅白相間的油漆錫鼓。他剛把帆船拆壞，奧斯卡就走過去，把鐵皮的禮物藏在背後，讓自己那面用舊了的鐵皮在肚子下面搖晃。我們面對面站著，中間只隔一小步：奧斯卡，侏儒；庫爾特，比侏儒高出兩公分。他怒氣沖沖，繃緊著臉，還在破壞那艘帆船。在他拆斷「帕米爾」號——這條帆船的名稱——最後一根桅杆的當兒，奧斯卡把鼓從背後拿到前面，高高舉起。

庫爾特扔掉帆船殘骸，接過鼓，抱住它，轉動它，臉上的表情稍稍緩和些，但還一直繃緊著。現在是遞給他鼓棒的時候了。遺憾的是他誤解了我的第二個動作，以爲是在威脅他，他便用鼓緣打掉了我手裡的鼓棒。我彎下身子去撿鼓棒時，他伸手到背後，當我第二次把鼓棒遞給他時，他就抓起生日禮物抽我；他抽的是我，不是陀螺，是奧斯卡，不是專爲挨鞭子抽打而刻有螺紋的陀螺。他要教會他的父親像陀螺似的，一邊旋轉一邊嗚嗚叫。他用鞭子抽我，心裡想著：等著，小哥哥，該隱就這樣鞭打亞伯③，抽得亞伯打起轉來，先是跌跌撞撞，後來越轉越快，越轉越穩，先是低沉，後來由難聽的嗚嗚聲變爲高聲歌唱，唱起了轉陀螺小曲。該隱用鞭子誘出我越來越高的歌聲，我的聲音蒼白，像一名男高音歌手流暢地唱著他的晨禱。白銀打成的天使，維也納的歌童，訓練有素的閹人歌手④，可能都是這樣歌唱的——亞伯也可能這樣歌唱過，直到他仰面倒地死去，而我也在童子庫爾特的鞭打下跌倒在地。

當他看到我這樣躺倒在地，可憐巴巴地嗚嗚著的時候，他還抽了好幾下房間裡的空氣，似乎他的胳臂還沒有過癮。他在細緻地檢驗鼓的時候，仍然懷疑地留神著我。先是紅白兩色的漆被椅子角磕掉，接著這件禮物被扔在地板上。小庫爾特尋找並且找到了原先那條帆船的堅固的船身。他用這塊木頭砸鼓。他不是敲擊，而是在把鼓砸碎。他的手打出的節奏實在是太簡單不過了。他繃緊著臉，單調而節拍均勻地揍著一塊鐵皮，這鐵皮不曾指望會遇上這樣一位鼓手，它可以承受很輕的鼓棒的急速敲擊，但承受不了用粗笨的殘骸衝撞。鼓開裂了，鐵皮從邊框裡脫身出來想溜之大吉，它剝去了紅白兩色的油漆想施展隱身術，最後用它固有的藍灰色乞求憐憫。可是，兒子對老子送的生日禮物毫不留情。父親還想再度調解，他不顧身上同時發作的多處疼痛，掙扎著爬過地毯，朝站在地板上的兒子爬去，還沒有爬到，鞭子又響了，這只疲憊的陀螺認識這位女士⑤，它不想再打轉，再嗚嗚叫，那面鼓也最終放棄了能得到一位敏感的、急敲咚咚的、雖說有力卻不殘暴地揮舞鼓棒的鼓手的希望。

瑪麗亞進屋時，鼓已經成了廢鐵。她把我抱起來，吻我腫起的眼睛、裂口的耳朵，舔我的血和我的留下道道鞭痕的雙手。

啊，如果瑪麗亞不僅僅親吻這個受虐待、發育不全、令人遺憾地不正常的孩子，那該多好呀！如果她認出挨揍的我是孩子的父親，在我的每道傷痕裡認出了她的情人那該多好！如果那樣的話，在接踵而來陰暗的數月裡，對於她，我會成爲怎樣的一種安慰，怎樣一個既祕密又眞正的丈夫呢！

首先是我的同父異母兄弟，剛被提升爲少尉的斯特凡・布朗斯基，那時隨其繼父姓埃勒斯，在北極海前線中彈身亡，這樣使他的軍官生涯突然出了問題。斯特凡的父親揚，波蘭郵局的保衛者，當年在薩斯佩公墓被槍斃時，把一張施卡特牌藏在襯衫後面。而今，裝飾著這位少尉上裝的是二級鐵十字勳章、步兵衝鋒章以及所謂的冷凍肉章⑥。但這件事跟瑪麗亞絕對無涉。

六月底，特魯欽斯基大娘得了輕度中風，因爲郵局給她送來了壞消息。士官弗里茨・特魯欽斯基同時爲三件東西而陣亡：爲元首、人民和祖國。事情發生在中間地段，弗里茨的信袋由中間地段的一位姓卡瑙爾的上尉直接寄到了朗富爾區的拉貝斯路。信袋裡裝著海德堡、布列斯特、巴黎、克勞伊茨納赫浴場和薩洛尼卡的多半是笑哈哈的漂亮姑娘的照片。一級和二級鐵十字勳章，各種掛彩章，我已經記不清了，一枚銅質近戰章以及兩塊從軍服上拆下來的反坦克布肩章，還有幾封信。

馬策拉特盡力幫助，特魯欽斯基大娘不久就好點了，但再也沒有徹底康復。她死死地坐在窗邊的椅子上，要我和一天上樓兩三趟送東西來的馬策拉特告訴她，那個「中間地段」究竟在哪裡，是不是離這兒很遠，能不能星期天乘火車到那裡去。

馬策拉特空有一片心意，卻回答不上來。而我是靠特別新聞和國防軍報導學會地理的，於是這件事就託付給了我。在那些漫長的下午，我給除了腦袋在搖晃之外紋絲不動地坐著的特魯欽斯基大娘在鼓上敲出了幾首越來越頻繁移動的中間地段的變奏曲。

非常崇拜漂亮的弗里茨的瑪麗亞卻變得虔誠了。起初，在整個七月間，瑪麗亞仍去參加她學到過的宗教儀式，星期天到基督教堂的黑希特牧師那裡去。馬策拉特有時陪著她，雖說她寧願獨自前去。

新教禮拜不能使瑪麗亞感到滿意。一週的中間一天——究竟是星期四還是星期五呢？——在停止營業之前，瑪麗亞把商店交給馬策拉特守著，她攙著我這個天主教徒的手，朝新市場方向走去，接著拐進埃爾森街，入馬利亞街，走過屠夫沃爾格穆特的門口，到了小錘公園——奧斯卡心想，這是到朗富爾車站去，我們將做一次短途旅行，也許去卡舒貝的比紹——我們又向左拐去，出於迷信，在鐵路路堤下跨道前等一列貨車駛過，接著才穿過噁心地滴著水的地下道，但不是一直去電影院，而是沿著鐵路路堤走去。我暗自盤算著：要麼她拽我到布魯恩斯赫弗爾路的霍拉茨醫生的診所去，要麼她想改宗，要去聖心教堂。

聖心教堂的大門正對著鐵路路堤。我們兩個在鐵路路堤和洞開的大門之間停住腳步。八月午後的晚些時間裡，空氣裡有某種嘈雜的聲音。我們背後鐵軌之間的鋪路碎石上，繫白頭巾的東方女工在掄鎬使鏟。我們站著，朝陰暗、涼氣習習的教堂肚裡望去：盡裡頭，巧妙誘人，一隻熊熊燃燒著的眼睛——長明燈。我們背後的鐵路路堤上，烏克蘭婦女停止掄鎬使鏟。一支號角嘟嘟響，一列火車駛近，它來了，到了眼前，還在眼前，還沒有過完，隨後開走了，號角嘟嘟響，烏克蘭婦女又掄鎬使鏟。瑪麗亞猶豫不決，拿不準她該先邁出哪一隻腳，便讓我，從誕生和受洗起就同這座唯一能救世的教堂關係密切的我，負起責任；瑪麗亞多年以來第一次，自從那充滿汽水粉和愛的兩個星期以來第一次，任憑奧斯卡來引領她。

我們離開了鐵路路堤和它的嘈雜聲，離開了戶外的八月和八月的嗡嗡聲。我有些悲哀，手指尖輕搓外套遮掩著的鼓，臉上不露表情，神色漠然，心中卻回憶起在我可憐的媽媽身邊做的彌撒、主教主持的彌撒、晚禱以及星期六懺悔。我可憐的媽媽去世前不久，由於與揚．布朗斯基過往太密而變得虔誠，一個星期六接一個星期六輕鬆地懺悔，星期日領聖禮以恢復精力，好在下一個星期四更輕鬆、更振奮地在木匠胡同跟揚幽會。當年的那位聖下姓什麼來著？聖下姓維恩克，至今仍是聖心教堂的神父，布道時聲音輕得讓人舒服又難以理解，唱信經時聲音那麼細又拖著哭腔，如果沒有那個左側祭臺和祭臺上的童貞女、童子耶穌和施洗童子的話，當時，眞會有類似信仰之類的東西潛入我的心中。

然而，又是那個祭壇慫恿我領著瑪麗亞由陽光下進入大門，走過鋪磚地來到中堂。

奧斯卡從容不迫，默默地坐在瑪麗亞身邊的橡木椅子上，越來越冷漠。多少年過去了，卻使我覺得，始終還是當年的那些人，胸有成竹地翻閱著告解書，等待著維恩克聖下的耳朵。我們坐在略靠一側但頗接近中堂的地方。我想讓瑪麗亞自己去做出抉擇，輕鬆一些。一方面，她跟懺悔室之間離得不是太近，不會使她心煩意亂，她也可以以非正式的方式默默地改宗，另一方面，她可以看看別人在懺悔前做些什麼，邊觀察邊下決心，也進入懺悔室走到聖下的耳朵邊，跟他商量改入唯一能救世的教會的細節。在氣味、灰塵、石膏之下，在曲曲彎彎的天使和折射的光線之下，在痙攣的聖徒之間，她如此渺小、雙手笨拙地跪在甜蜜地飽含痛苦的天主教宗之前、之下、之間，頭一回畫十字偏又顚倒了方向，見到這些，眞叫我感到遺憾。奧斯卡用手指輕觸瑪麗亞，把畫十字的正確動作做了一遍給她看，指給這個求知心切的女人看，在她的額頭後面的什麼地方，在她的胸部深處的什麼地方，在她的肩關節裡面的什麼地方，寓有聖父、聖子和聖靈。我又指點她，要能得到誠心所願之事，十指該如何交叉。瑪麗亞聽從了，誠心地讓雙手安穩下來，開始誠心地祈禱。起初，奧斯卡也試著一邊祈禱一邊追思幾位死者，但是，當他爲他的羅絲維塔懇求天主，爲使她得到永恆的安寧並進入天國的歡樂而與天主討價還價的時候，我出神地想的盡是些塵世的細節，致使永恆的安寧和天國的歡樂最後都被遷移到巴黎的一家飯店裡去了。我只得做彌撒祈禱來解脫自己，因爲做祈禱時多少不受義務的約束。我唸了一個永恆又一個永恆，一心向上，祈求應得的和正當的⑦——這是應得的和正當的，我也以此爲滿足並從旁觀察著瑪麗亞。

天主教祈禱正適合她。她祈禱時眞漂亮，眞値得畫下來。祈禱使睫毛長了起來，眉毛粗了起來，面頰紅了起來，並使額頭變重，脖子彎曲，鼻翼翕動。瑪麗亞那張痛苦之花盛開的臉險些引誘我去貼近她。可是，誰也不該打擾祈禱者，既不該引誘祈禱者，也不該讓祈禱者引誘自己，即使祈禱者願意成爲對某個觀察者來說具有觀察價値的人，即使這對於祈禱大有裨益，那也不行。

於是，我從被人磨得光滑的教堂木椅上滑下來，雙手仍舊規矩地放在使外套隆起的鼓上。奧斯卡從瑪麗亞身邊逃走，到了鋪磚地，帶著鼓，躡手躡腳地從一站又一站的十字架旁溜過，沒有在聖安東尼那裡停留——請爲我們祈禱——因爲我們既沒有丟失錢袋，也沒有丟失鑰匙，那個被古普魯策人打死的布拉格的聖阿達爾貝特，我們也讓他安穩地躺在左邊。我們不停步，從一塊方磚跳到另一塊方磚上——這眞可以當棋盤用——直到一條地毯宣告，這裡是左側祭壇的臺階。

在這座新哥德式的磚砌聖心教堂內部以及左側祭壇上下一切依然如故，我這樣說，各位讀者自會相信的。赤身裸體的、粉紅色的童子耶穌始終還坐在童貞女的左大腿上，我不稱她爲童貞女馬利亞，免得把她同我那正在改宗的瑪麗亞搞混⑧。朝童貞女的右膝擠去的，始終還是那個用巧克力色的蓬亂毛皮勉強遮身的童子約翰。童貞女本人一如既往地用右手的食指指著耶穌，一邊眼望著約翰。可是，奧斯卡在離鄉多年之後對童貞女那種做母親的驕傲感不大感興趣，他更感興趣的是那兩個男孩的體態。耶穌的身材大約與我的兒子庫爾特過三歲生日時的身材相當，也就是要比奧斯卡高出兩公分。根據證明文件，約翰要比那個拿撒勒人⑨年紀大，他的身高同我一樣。可是，這兩個孩子的臉部表情卻都同我一樣——永恆的三歲孩童通常臉部表情都一樣：少年老成。一點變化也沒有。他們仍舊那樣自以爲機靈地瞧著，同若干年前我跟在我可憐的媽媽身邊進聖心教堂時所看到的完全一樣。

我踏上地毯，上了臺階，卻沒有口唸「登上」⑩。我仔細察看每一道褶紋，用我的鼓棒——它的感覺比所有的手指加在一起還多——慢慢地一件不漏地檢查這兩個赤條條的孩子的上色石膏像：大腿，肚子，胳膊，數一數有多少胖肉間的肉紋，有多少肉窩——這簡直就是奧斯卡的體格，我健壯的肉，我有力的、有點見肥的膝蓋，我短而有肌肉的鼓手的胳膊。他也有這些，這個小調皮鬼。他坐在童貞女的大腿上，舉起胳臂和拳頭，似乎他想敲鐵皮，似乎耶穌是鼓手而奧斯卡反倒不是鼓手，似乎他正等待著我的鐵皮，似乎他這一回當眞要在鐵皮上敲出一些有魅力的節奏來給童貞女、約翰和我聽聽。

我做起幾年前做過的事情來，摘下肚子前的鼓，給耶穌去試試。我考慮到這上色的石膏，小心翼翼地把奧斯卡那紅白相間的鼓放到耶穌粉紅色的大腿上。我這樣做，只爲了了卻我的宿願，並非傻里傻氣地希望會出現奇蹟，反倒是想具體生動地目睹耶穌的無能，儘管他那樣坐著，舉起了拳頭，儘管他具有我的身材和我結實的體格，儘管他是石膏做的，輕易地扮作一個三歲孩童，而我卻費了那麼大的氣力，備嘗困苦才保持住了這樣的形象。他不會敲鼓，他只會擺出一副似乎會敲鼓的架式，他也許還這樣想著：只要我有了鼓我就會敲。於是我說，你即使有也不會敲，並把兩根鼓棒插到他的香腸狀手指間，十根手指，我笑得直不起腰：敲吧，甜蜜的耶穌，五彩石膏敲鐵皮吧！奧斯卡朝後退，下了三級臺階，由地毯退到鋪磚地。敲呀，童子耶穌！奧斯卡再向後退。他退到一定的距離之外，笑得前仰後合，耶穌照舊坐著，卻不會敲，也許他想敲。我正開始感到乏味，就像啃豬皮封面的古籍那樣，這時，他敲了，他敲了！

儘管一切都靜止不動，他卻像是在敲，先是左手，後是右手，隨後用兩根鼓棒，交叉成十字，急速擂鼓倒還像樣，挺認眞的，喜愛變奏，簡單的節奏跟複雜的節奏敲得一樣好，不搞花招，只在鐵皮上施展本領。我沒察覺出有宗教味，也不像粗俗的大兵腔，倒是純音樂的。他不鄙棄流行曲，在當時衆口傳唱的曲子中選敲了《一切皆成往事》，自然也有《莉莉・馬倫》。他慢慢地，或許是猛地一下把鬈髮腦袋轉過來，用布朗斯基的藍眼睛對著我，相當傲慢地微笑著，把奧斯卡心愛的曲子編成了一首組曲：用《玻璃，玻璃，小玻璃》開始，接著是《課程表》，這小子像我一樣演奏了拉斯普庭對抗歌德，同我一起登上塔樓，同我一起爬到演講臺底下，在港口防波堤上抓鰻魚，同我一起跟在我可憐的媽媽一頭小的棺材後面，最使我困惑不解的是他一再同我一起待在我的外祖母安娜・科爾雅切克的四條裙子底下。

這時，奧斯卡又走近前去。他是被吸引過去的。他想站在地毯上而不願再站在鋪磚地上。他跨上了一級又一級祭壇的臺階。我就這樣走了上去，可我寧願是在往下走。「耶穌，」我把剩餘的聲音全都集中起來才說出這麼一句話，「這樣可不行。馬上把鼓還給我。你有你的十字架，你有它就夠了！」他不是突然中斷，而是敲完了這首組曲，把鼓棒交叉在鐵皮上，那副細心的樣子眞是誇張。他二話不說，便把奧斯卡輕率地借給他的東西遞給了我。我也不道謝，正要像十個魔鬼似的匆匆下臺階，跳出這天主教的信仰，這時，一個悅耳的、儘管是命令式的聲音接觸到了我的肩膀：「你愛我嗎，奧斯卡？」我頭也不回地回答說：「這不是我所知道的。」他接著用同樣的聲音，沒有加重語氣，又問：「你愛我嗎，奧斯卡？」我沒好氣兒地回答說：「眞遺憾，絲毫也不！」這時，他第三次糾纏我：「奧斯卡，你愛我嗎？」我轉過身去，耶穌看到了我的臉。「我恨你，小子，恨你和你那全部沒用的東西！」

奇怪的是，我的呵斥反倒使他說起話來更加得意洋洋了。他活像一個國民小學的女教師，伸出食指，給我一個任務：「你是奧斯卡，是岩石，在這塊岩石上，我要建起我的教堂。繼承我吧！」

各位可以想像我是怎樣怒不可遏。憤怒給我披上了做湯用的母雞皮⑪。我折斷了他的一隻石膏腳趾，他不再動彈了。「你再說一遍，」奧斯卡小聲說，「我就刮掉你的顏色！」

他不再吐一個字。這時，像以往一樣，那個老頭來了，那個永遠拖著腳步走過世上所有教堂的老頭。他向左側祭壇行禮，根本沒有發現我，拖著腳步繼續走去，已經到了布拉格的阿達爾貝特前面，我也匆匆下了臺階，從地毯踏上鋪磚地，頭也不回地走過這棋盤來到瑪麗亞身邊，她正按照我的指點以正確的方式畫天主教的十字。

我抓住她的手，領她到聖水池邊，讓她在教堂的中間，在快到大門的地方，再次朝主祭壇畫十字。我自己沒有跟她一起這樣做。她正要下跪時，我將她一把拽到太陽底下。

已是傍晚了。鐵路路堤上的東方女工們已經走了。朗富爾郊區車站前不遠處一列貨車在調軌。蚊子像葡萄掛在空氣裡。從上面傳來鐘聲。調軌的嘈雜聲淹沒掉了鐘聲。蚊子仍像一串串的葡萄。瑪麗亞哭腫了臉。奧斯卡眞想叫喊。我該用什麼辦法來對付耶穌呢？我的聲音要能裝上彈藥就好了。我與他的十字架有什麼關係？不過我心裡明白，我的聲音對付不了他的教堂的窗戶。他會繼續靠名叫彼特魯斯或彼特里或東普魯士的彼特里凱特這號人修建他的殿堂的。「聽著，奧斯卡，別破壞教堂的窗戶！」撒旦在我心中小聲說，「他會毀掉你的聲音的。」就這樣，我僅僅抬頭望了一眼，量度了一下這樣一扇新哥德式玻璃窗的尺寸，就拔腿走了，沒有跟隨耶穌，而是跟在瑪麗亞身邊漫不經心地朝車站街地下道走去，穿過滴水的隧道，上去就是小錘公園，再向右拐入馬利亞街，經過屠夫沃爾格穆特的門口，向左拐入埃爾森街，過了施特里斯溪來到新市場，那裡爲了防空正在修一個水池。拉貝斯路眞長，我們終於到家了。奧斯卡離開瑪麗亞，爬上九十級樓梯到了晾衣間。這裡掛著床單，床單後面堆著防空沙，在沙堆桶以及幾綑報紙和幾摞屋面瓦後頂是我的書和前線劇團時期的備用鼓。在一只鞋盒裡，有幾顆用壞但仍舊是梨形的電燈泡。奧斯卡從中拿起第一顆，唱碎了它，拿起第二顆，讓它變成玻璃塵，整齊地切下第三顆肥大的那一半，在第四顆上面唱出花體字母 JESUS（耶穌），接著又把這玻璃和銘文都變成粉末。我想再來一次，電燈泡卻用完了。我筋疲力竭，躺倒在防空沙堆上：奧斯卡的聲音還在。耶穌也許會有一個繼承人。撒灰者⑫將成爲我的頭一批門徒。

---

①荷馬史詩《奧德修斯》中的人物。基爾刻是引誘男子的女妖。珀涅羅珀是奧德修斯忠實的妻子，泰萊馬霍斯是他們兩人的兒子。
②指瘋人院或教養院。
③該隱和亞伯是亞當和夏娃之子，耶和華看中了亞伯的供物，該隱大怒，殺了他的弟弟。事見《聖經・舊約・創世紀》。
④在十七和十八世紀，一些人去勢後獲得童聲音質和寬廣的音域，被稱為「閹人歌手」。
⑤此處指鞭子，因為它在德語裡是陰性名詞。
⑥指授予參加過一九四一年至一九四二年之交那場侵蘇冬季戰役的德國士兵的獎章。
⑦拉丁經文，前一句由神父唸，後一句由教徒唸。
⑧這兩個名字在德語裡是同一個。
⑨指耶穌基督。
⑩拉丁經文「登上主的祭壇」的起首字。
⑪意為：起雞皮疙瘩。
⑫下文將講到的一個青年團夥。

撒灰者

若要召集門徒，奧斯卡會遇上難以克服的困難。單憑這一條，我就不適合去接替耶穌。可是，當時的天命卻循著這條和那條曲折的道路尋訪到我的耳朵，使我成了繼承人，雖說我並不信仰我的前任。不過，如教規所說：懷疑者信，不信者信得最長久。耶穌在聖心教堂裡向我個人顯示了小小的奇蹟，我無法用懷疑將它埋葬，相反地，我試圖讓耶穌重複一次擊鼓表演。

奧斯卡多次去那座磚砌教堂，沒帶瑪麗亞。我一再從特魯欽斯基大娘那裡溜走，她死死地坐在椅子上，無法阻攔我。耶穌向我顯示了什麼呢？我為何深更半夜還待在教堂的左耳堂，讓教堂司事把我鎖在裡面呢？為什麼奧斯卡讓自己在左側祭壇前凍得四肢僵直、耳朵硬似玻璃呢？我牙齒格格響地奉承也罷，我牙齒格格響地咒罵也罷，我終究聽不到我的鼓聲，也聽不到耶穌的聲音。

慘哪！午夜時分，在聖心教堂的鋪磚地上，我的牙齒格格直響，我活到現在還從未聽到過呢！哪個傻瓜能找到比奧斯卡更妙的波浪鼓①呢？我模仿著布滿不惜彈藥的機關槍的一段陣地，我在上顎和下顎之間設了一家保險公司的經理處，內有辦事女郎和打字機。我的牙齒的格格聲傳向四方，引來了回聲與掌聲。立柱打寒戰，拱頂起雞皮疙瘩，我的咳嗽聲用一條腿跳過鋪磚地棋盤，到十字路口往回走，登上中堂，飛上唱詩班席，咳嗽六十次，像一個巴赫協會，不在唱歌，卻在排練咳嗽。我正希望著奧斯卡的咳嗽聲能鑽進管風琴的管子裡去藏起來，不再作聲，直到星期天彈奏衆讚曲時才發作，這時，聖器室裡傳來了咳嗽聲，緊接著又由布道壇傳來，最後消失在主祭壇後面，在十字架上那個體操運動員背後。它很快就咳出了它的靈魂。我的咳嗽著說：各樣的事已經成了②，其實，什麼事也沒有成。童子耶穌沒有受凍，卻僵硬地拿著我的鼓棒，抱著粉紅色石膏大腿上的我的鐵皮，沒有敲鼓，沒有確認我的繼承權。奧斯卡眞希望能得到一份吩咐我接替基督的書面證明。

那時的習慣或者說不良習慣至今仍留在我身上。在參觀教堂，甚至在參觀最著名的大教堂時，我只要一踏上鋪磚地，即使處在最佳健康狀況之下，便會放聲持續地咳嗽，這咳嗽聲會各按哥德式、羅馬式或巴洛克式的風格、高度和寬度擴展開去。再過若干年，我還將讓奧斯卡的鼓迴響起我在烏爾姆和施佩耶爾大教堂的咳嗽聲。不過當時，當我於八月中旬讓墳墓般冰冷的天主教精神對我施加影響時，我是不會想到去遙遠的地方旅遊並參觀教堂的。除非我是個穿軍裝的人，參加了有計畫撤退，那才有可能在隨身攜帶的小日記本裡記上：「今天撤出奧爾維耶托，教堂的正面構造妙不可言，待戰後再同莫妮卡一起到此一遊，仔細觀賞可也。」

變成常去教堂的人，對我來說並不困難，因爲沒有任何事情把我拴在家裡。家裡有瑪麗亞。可是瑪麗亞有馬策拉特。家裡有我的兒子庫爾特。不過，這個小淘氣已經越來越讓人受不了了。他把沙子扔進我的眼睛，抓我，他的手指甲竟折斷在父親的肉裡。我的兒子還對我揮舞拳頭，手指節骨那樣白，使得我只要一看到這對敏捷的雙胞胎③，鮮血就會從鼻子裡迸湧出來。

奇怪的是，馬策拉特關懷我，儘管笨手笨腳，倒也出於眞心。奧斯卡驚訝之餘，便聽憑這個他向來覺得可有可無的人把他抱在懷裡，緊緊摟住，細細瞅著，有一次甚至吻了他，同時淚水直淌，與其說是對著瑪麗亞不如說是對著自己說道：「這可辦不到。我可不能把自己的兒子送走，即使那個醫生說上十次，而所有的醫生也都這麼講。那種信儘管讓他們寫下去好了。他們肯定沒有自己的孩子。」

瑪麗亞坐在桌子前，像每天晚上那樣把食品印花貼到裁開的報紙上。她抬起頭來說：「你放心好了，阿爾弗雷德。你這樣講，好像這件事與我無關似的。不過，如果他們說，今天就得採取這種辦法的話，我眞不知道究竟怎麼辦才對。」

馬策拉特用食指指著那架自從我可憐的媽媽死後再也沒有發出音樂聲來的鋼琴，說：「阿格內絲絕不會這樣做，也不允許這樣做！」

瑪麗亞瞧了一眼鋼琴，聳起了肩膀，直到說話時才重新放下來：「這自然囉，她是他的母親，一直希望他會好轉。可你已經看到了，他好不了，到處受人欺侮，不知怎麼去活，也不知怎麼去死！」

貝多芬的肖像始終懸在鋼琴上方，他陰沉地打量著陰沉的希特勒。難道馬策拉特從貝多芬的肖像汲取了力量不成？「不！」他吼道，「絕不！」他一拳捶在桌子上，捶在濕的、黏手的貼有印花的紙上，讓瑪麗亞把療養院管理處的信遞給他，讀著讀著讀著讀著，接著把信撕碎，把碎片扔到麵包印花、肥肉印花、食品印花、旅行印花、重勞工印花、特重勞工印花之間，扔到懷孕的母親和餵奶的母親的印花之間。儘管奧斯卡多虧了馬策拉特才沒有落到那些醫生的手心裡去，但他從此以後便看出這麼一件事——而且直到今天還看出來——只要瑪麗亞一出現在他的眼皮底下，他就會看到一座漂亮的療養院，它坐落在最佳的山區空氣中，院裡有明亮、親切、現代化的手術室。在手術室加軟墊的門前，靦腆然而充分信任地微笑著的瑪麗亞把我交給了一流的醫生。他們同樣喚起別人信任地微笑著，他們放在白色、消過毒的工作服後面的手裡卻拿著一流的、喚起信任的、立即生效的針管。如此說來，眾人都離棄了我，每當馬策拉特想要在帝國衛生部的來函上簽字時，唯有我可憐的媽媽的陰影使他的手指動彈不得，多次阻止了我這個被離棄的人離開這個世界④。

奧斯卡並非不知感恩的人。我的鼓猶在。我的聲音猶在。各位讀者了解我同玻璃對陣時的全部戰果，但我的聲音不能向各位顯示什麼新玩意兒，你們之中某些喜歡變花樣的定會覺得乏味。可是，對我來說，奧斯卡的聲音是我存在的證明，永遠新鮮的證明，這一點是我的鼓所不及的。只要我還能唱碎玻璃，我就存在著，只要我的定向呼吸還能奪走玻璃的呼吸，生命就還在我身上。

那時候，奧斯卡唱得眞多。他唱得多是出於絕望。每當我很晚很晚離開聖心教堂的時候，我總要唱碎點什麼。我朝家裡走去，從不尋找特殊的目標，而是挑選了一間燈光沒有完全被擋住的複斜式屋頂閣樓的窗戶，或是一盞爲防空塗成藍色的閃閃爍爍的路燈。每次上教堂以後，我總要另選一條回家的路。這一回，奧斯卡穿過安東・默勒路去馬利亞街。那一回，他沿法根路而上，繞過康拉德學校，讓學校的玻璃大門噹啷響，隨後走過帝國殖民區去馬克斯・哈爾貝廣場。八月底的一天，我去教堂時已經太晚了。大門已經鎖上，我決定繞一大段路，消消我的怒氣。我走車站街，每逢第三盞路燈我就讓它噹啷落地，在電影院後面向右拐進阿道夫・希特勒街，讓左邊步兵兵營的沿街窗戶躺倒，讓一輛從奧利瓦方向迎面開來的有軌電車清涼我心，車裡幾乎空無一人，我把電車左側塗暗了的玻璃悉數奪走。

電車尖叫一聲剎住，幾個人下車，叫罵，又上車。這點戰果奧斯卡並不注重，爲了消釋怒火，他尋找著一份餐後小吃，在那如此缺乏美味甜食的歲月裡尋找美味甜食，當他在朗富爾區最外緣、貝倫特家具作坊旁邊、飛機場的大片木板房營地前面見到橫臥在月光下的波羅的海巧克力廠的主樓時，他才讓他的繫帶鞋止步。

然而我的火氣已不再那麼大，所以沒有按傳統方式立即向巧克力廠做自我介紹。我從容不迫地把月亮已經數過的玻璃再數一遍，得出的總數跟月亮得出的相符，要是我現在就開始做自我介紹該有多好！可是，我首先得弄清楚那幾個半成年人是怎麼回事。他們從霍赫施特里斯區起，也許在車站街的栗樹下就開始尾隨我了。有六、七個小伙子站在霍恩弗里德貝格路電車站旁的候車亭前面或裡面，還可以看到另外五個站在通往索波特的公路的頭幾棵樹後面。

我已經決定推遲對巧克力廠的拜訪，給那些小伙子們讓路，繞一段路，沿著飛機場旁邊的鐵路橋溜走，穿過勞本殖民區，直到小錘路旁的阿格丁啤酒廠。這時，奧斯卡聽到從鐵路橋那邊傳來了他們此起彼落、信號般的口哨聲。再沒有什麼可懷疑的了：他們衝著我來了。

在這樣的處境下，在尾隨者業已露面但還沒有開始追捕的時間內，一個人會慢吞吞地、細細品嘗地列舉出最後的解救辦法：奧斯卡可以大聲喊叫媽媽和爸爸。我可以用鼓召來某個人，或許召來一個警察。我的身材肯定能得到成年人的支持，不過奧斯卡自有他的原則，因此拒絕成年過路人的幫助以及警察的調解，偏偏受到好奇心和自信心的糾纏，想瞧瞧事態的發展，便幹了件愚蠢透頂的事：我在巧克力廠區前塗瀝青的柵欄上尋找一個缺口，但找不到，卻見到那些半成年人離開了電車站的候車亭和索波特公路的樹木的陰影。奧斯卡沿著柵欄往前走，鐵路橋那邊的幾個也來了，木板柵欄還是沒有洞。他們來勢不猛，反倒是溜溜達達的，分散著走。奧斯卡還能再找一會兒，他們給我的時間恰恰是在柵欄上找到一個缺口所需要的，終於有一處缺一根木條，我便從縫裡鑽了過去，衣服不知哪兒被鉤破了一個角。到了柵欄的那一邊，四個穿防風外套的小伙子正好站在我的面前，全都把手插在滑雪褲的褲兜裡。

我馬上明白，我的處境已無從改變，便先在衣服上尋找過柵欄缺口時被鉤破的那個角。找到了，在右褲管上。我劈開兩指量了量，眞氣人，口子還挺大，但我裝出無所謂的樣子，橫豎如此，舉頭望天，等著從電車站、從公路、從鐵路橋幾方面過來的小伙子翻過柵欄，因爲柵欄上那個缺口對他們不合適。

事情發生在八月底的某一天。月亮不時被雲遮蔽。我數了數這些小伙子，總共二十人。最小的十四歲，最大的十六、七歲。一九四四年我們遇上一個炎熱乾燥的夏季。四個年紀較大的搗蛋鬼身穿空軍輔助人員制服。我現在記起來了，一九四四年是個櫻桃豐收年。他們三三兩兩地站在奧斯卡周圍，小聲聊著，使用一種行話，但我毫不費力就能聽懂。他們相互間用古怪的名字稱呼，我只記住了一小部分。譬如一個十五歲的小子，有一雙模糊的狍子眼，叫他力支免，有時也叫德力支免。他旁邊那個，他們叫他赤膊天使。那個個子最小但年紀肯定不是最小的調皮鬼，上唇突出，是個咬舌兒，人家喊他煤爪。一個空軍輔助人員，別人稱呼他密斯特先生，又相當貼切地稱另一個傢伙爲湯母雞，此外還有歷史人物的名字：獅心。藍鬍子是個白嫩臉蛋的小子。有我熟悉的名字——托蒂拉和泰耶，另外兩個叫貝利薩爾和納賽斯，這眞是太狂妄了。我比較仔細地打量著施丟特貝克。他頭戴一頂眞正的氈帽，呈凹形，像個養鴨池，身穿一件長雨衣，儘管年僅十六，卻成了這夥人的頭目。

他們並不瞧奧斯卡，想等他自己屈服，於是我坐到我的鼓上。兩條腿眞累，我一半開心，一半對自己惱火，這顯然是孩子們的浪漫戲，我怎麼參加進去了？我眼望差點兒就全圓的月亮，打算把一部分念頭轉到聖心教堂上去。

今天耶穌也許敲過鼓，也說過話。而我卻坐在波羅的海巧克力廠的院子裡，參與了騎士和強盜的遊戲。他也許等著我，打算敲一通鼓以後再啓口講話，明確地讓我接替基督，可是我沒有去，他失望了，肯定又傲慢地揚起了眉毛。耶穌會如何估價這些小伙子？奧斯卡，與他狀貌相同的人，他的接班人和代表，又該怎樣同這幫孩子打交道？他能用耶穌的話「讓小孩子到我這兒來⑤！」招呼這些自稱爲赤膊天使、德力支免、藍鬍子、煤爪和施丟特貝克的半成年人嗎？施丟特貝克走上前來。煤爪跟在他的身邊，這是他的得力助手。施丟特貝克說：「站起來！」

奧斯卡還眼望著月亮，腦子還在聖心教堂左側祭壇前面。我沒有站起來，施丟特貝克使了個眼色，煤爪一腳踢開了我屁股底下的鼓。

我站起身來，撿起鐵皮，放到外套下面，保護它，不讓它繼續遭殃。

一個漂亮小伙子，這個施丟特貝克，奧斯卡想道。一雙眼睛陷得太深，彼此離得太近，嘴的部分顯出他有活力和富於想像。

「你從哪兒來？」

盤問開始了。我不喜歡這樣跟我打招呼，便又舉頭望明月，它呀，從不挑剔，我便把月亮想像成鼓，又笑自己的妄自尊大，不覺微微一笑。

「他在獰笑，施丟特貝克！」

煤爪注視著我，他建議他的頭頭，採取一種他稱之爲「撒灰」的行動。圍在後面的其餘的人，臉上長膿著的獅心、密斯特、德力支兔和赤膊天使，也都贊成撒灰。

我照舊眼望明月，心裡一個字母一個字母地拼讀「撒灰」這個詞兒。多漂亮的詞兒，但肯定不是什麼好受的名堂。

「什麼時候撒灰由我決定！」施丟特貝克結束了他那一幫人的嘀嘀咕咕，又衝著我說，「我們常在車站街見到你。你在那兒幹什麼？你是從哪兒來的？」

同時提出兩個問題。奧斯卡打定主意，如果他想控制局面，那至少得給一個回答。於是，我把臉從月亮那兒轉過來，用我那雙有影響力的藍眼睛望著施丟特貝克，鎮靜地說：「我從教堂來。」

施丟特貝克的雨衣後面又起了嘀咕聲。他們在補充我的回答。煤爪查明，我說的教堂即指聖心教堂。

這個問題非來不可。人與人相遇就會這麼問。這一提問在人與人的會話中占有重要地位。許多劇本就靠回答這個問題而存在，有長的，有短的，也有歌劇，譬如說，《洛恩格林》⑥。

我等待著月光從兩片雲之間透出，照亮我的藍眼睛，再把光輝反射到施丟特貝克臉上有喝三匙湯的工夫，隨後開口，通報姓名。由於他們一聽奧斯卡這個名字準要哈哈大笑一通，所以我心懷妒忌地期待著即將說出的那句話的效果，於是奧斯卡說：「我叫耶穌。」這番自白，引來了長久的沉默。末了煤爪清清嗓子說：「非給他撒灰不可，頭兒。」

不僅是煤爪主張撒灰。施丟特貝克也一捻手指，啪的一聲批准撒灰。煤爪一把抓住我，用他的手節骨頂住我的右上臂，快鑽，乾鑿，熱辣辣的，叫人好不疼痛，直到施丟特貝克又啪地捻響手指，下令住手他才罷休。原來這就叫撒灰！

「說吧，你叫什麼？」這個頭戴氈帽的首領裝出不耐煩的樣子，向右方擊一空拳，讓過長的雨衣袖子往後滑去，在月光下露出他的手錶，又朝左邊的我低聲說：「考慮一分鐘。隨後我施丟特貝克可就要撒手不管了。」

畢竟有一分鐘之久，我可以不受懲罰地舉目望月，在月亮的火山口裡尋找藉口，對已經做出接替基督的決定再提出疑問。我不喜歡撒手不管這種話，也決計不讓這幫小子用時間來約束我。於是，約莫過了三十五秒鐘以後，奧斯卡說：「我是耶穌。」

下面發生的事效果非凡，但這不是由奧斯卡導演的。我再次表白接替耶穌之後，施丟特貝克捻響了手指，但是在煤爪可以撒灰之前，空襲警報響了。

奧斯卡說罷「耶穌」兩字，吸了一口氣，警報聲接二連三地來證明我的身分。附近飛機場的警報器，霍赫施特里斯步兵兵營主樓的警報器，朗富爾森林前面霍斯特—韋塞爾中學屋頂上的警報器，施特恩菲爾德百貨大樓上面的警報器，以及從很遠處，從興登堡大街傳來的技術高等學校的警報器。延續了一段時間後，郊區所有的警報器才像大天使冗長而懇切的合唱，接受了我所宣告的福音，使黑夜膨脹、塌陷，使睡夢顫動、破裂，又鑽進沉睡者的耳朵，使不受影響的月亮顯得可怖，因爲它是不能用防空黑簾擋住的一個天體。

奧斯卡懂得，空襲警報是完全站在他一邊的，相反，警報聲卻使施丟特貝克變得神經質。警報直接召喚他手下的一部分人去值勤。他只得讓那四名空軍輔助人員翻過柵欄返回連隊，去電車停車場和飛機場之間的八十八公釐高砲陣地。另外三個人，其中有貝利薩爾，在康拉德學校值防空哨，也必須立即離去。他把剩下的十五個小伙子集合在一起，由於天空未出現任何情況，便又開始審訊：「那麼，如果我們沒有聽錯的話，你是耶穌。——好吧！再提個問題：那些路燈和窗玻璃你是怎麼弄碎的？別迴避，我們知道得很清楚！」

這些小伙子並不清楚。他們至多看到過我的聲音所造成的戰果。奧斯卡吩咐自己要對這些未成年的孩子持寬容態度，要在今天的話，人家會乾脆地把他們叫作小流氓。他們有目標，但方法太直接，有些太不聰明。我打算原諒他們，採取溫和的客觀態度。他們就是幾個星期以來全城都在談論的、引人注意的撒灰者，一個青年團夥，刑事警察局和希特勒青年團的許多巡邏隊正在跟蹤他們。如後來查明的那樣，他們是康拉德學校、聖彼得中學和霍斯特—韋塞爾中學的學生。在新航道還有第二個撒灰者團夥，它雖由中學生領導，但三分之二的成員是席哈烏船塢和火車車輛製造廠的學徒。這兩派很少合作，只有在下述場合才聯合行動，即夜間由席哈烏巷出發，在斯特芬公園和興登堡大街兜捕德意志少女同盟的隊長們，她們這時正受完晚間訓練從主教山的青年招待所回家去。這兩派相互間避免衝突，精確地劃分了行動區域。施丟特貝克不把新航道那一派的首領當成競爭對手而是當作朋友。撒灰者團夥反對一切。他們把希特勒青年團的值勤處洗劫一空，搶走在公園裡與姑娘們做愛的前線休假人員的獎章和軍階標誌，靠入夥的空軍輔助人員的幫助，從高砲連偷走武器、彈藥和汽油，從一開始就計畫對經濟局大舉進攻。

當時，奧斯卡對撒灰者的組織和計畫一無所知。他感到自己相當孤獨與不幸，想在這些半成年人的圈子裡得到一種安全感。我已經暗暗地把自己變成這些小伙子中的一員了。我雖然快二十歲了，但是說什麼我同他們年齡差別太大之類的話我已經當成耳邊風了。我責備自己說：你爲什麼不給這些小伙子們表演一下你的藝術呢？年輕人的求知欲總是很強的嘛！給他們看個實例，表演點什麼讓他們開開眼吧！他們會佩服你，可能進而會聽從你的。你可以對他們施加影響，何況這是由你的豐富經驗和智慧充實了的。現在，服從天意，召集門徒，接替基督吧！

施丟特貝克也許預感到了我的沉思是大有道理的。他給我時間，我爲此感激他。八月底，雲稀的月夜。空襲警報。海岸兩、三道探照燈光。可能是一架偵察機。在那些日子裡，巴黎已經放棄。我面前是波羅的海巧克力廠有許多窗戶的主樓。中央集團軍在長距離賽跑以後在魏克塞爾河停住了。波羅的海的工廠不再爲零售商而是爲空軍生產巧克力。而奧斯卡也得熟悉一下這樣的想像：巴頓將軍⑦的士兵穿著他們的美軍制服在艾菲爾鐵塔下散步。這對我來說是痛苦的，於是，奧斯卡舉起一根鼓棒。和羅絲維塔共同度過的那些時刻呀！施丟特貝克覺察到我的表情，讓他的目光跟隨著我的鼓棒投向巧克力廠。在最明亮的月光之下，太平洋上一小島的日軍被肅清。這裡，月亮卻同時躺在巧克力廠所有的窗戶上。奧斯卡對所有想要聽他說話的人講：「耶穌現在要唱碎玻璃。」

在我幹掉頭三塊玻璃之前，我突然注意到我頭頂上很遠的地方有一隻蒼蠅在嗡嗡叫。在另外兩塊玻璃放棄了月光的時候，我心想：這準是一隻垂死的蒼蠅，嗡嗡聲這麼響。我接著把工廠最高一層剩下的窗戶畫成黑色。那麼多探照燈，蒼白得可怕，我心裡這樣想。隨後，我從工廠中間和最下一層的許多窗戶裡取走了可能由納維克兵營旁邊的高砲連射來的燈光的反光。先是海岸高砲連開砲，隨後，奧斯卡全部解決了中間一層樓的玻璃。緊接著，舊蘇格蘭、佩朗肯和舍爾米爾的高砲連都得到了開火命令。這是底層的三扇窗戶——這是黑夜殲擊機，從飛機場起飛，貼著工廠房頂一掠而過。在我把底層解決掉之前，高射砲停止射擊，讓黑夜殲擊機去擊落奧利瓦上空同時用三個探照燈隆重歡迎的一架遠程轟炸機。

開始時，奧斯卡還擔心，他的表演跟富有效果的空防工作同時進行會分散小伙子們的注意力，甚至會把他們的注意力從工廠引誘到夜空中去。

工已經完畢⑧，尤其使我感到驚訝的是，整個團夥始終還注視著窗玻璃已蕩然無存的巧克力廠。從附近的霍恩弗里德路傳來了叫好聲和喝彩聲，像在劇院裡那樣，原來是轟炸機被擊中了。它燃燒著，吸引著人們，多半是墜落而不是降落在耶施肯山谷的森林裡。甚至在這時，也只有少數幾個團夥成員，其中有赤膊天使的目光，被拽離了這座無玻璃的工廠。可是，施丟特貝克和煤爪對擊落飛機卻不屑一顧，而這兩個人對我來說可是關係重大呀！

接下來，跟事情發生前一樣，天上只剩下月亮以及星星的瑣碎事兒。黑夜殲擊機降落。很遠的地方響起了消防車的聲音。這時，施丟特貝克轉過身來，讓我看到了他那始終蔑視地噘起的嘴，做了一下那種拳擊動作，露出了過長的雨衣袖下的手錶，摘下手錶，無言地遞給了我，但又喘著粗氣，想說什麼，又不得不等解除警報過去，最後，在他的孩兒們的掌聲中對我說：「行，耶穌。如果你願意的話，就接納你，你可以一起幹了。我們是撤灰者，但願你覺得這有點意思！」

奧斯卡掂了掂那隻手錶，便把這件帶夜光指針的相當精製的物件連同它上面的時間——零點二十三分送給了小伙子煤爪。他向他的頭頭投去了詢問的目光。施丟特貝克點點頭表示同意。奧斯卡準備上路回家，把鼓挪到舒適的位置，一邊說：「耶穌走在你們前頭！你們跟隨著我！」

---

①文字遊戲。撥浪鼓是Klapper，變成動詞是klappern，意為格格響。
②這是耶穌被釘在十字架上臨終前的話，見《聖經·新約·約翰福音》。
③指庫爾特那一對拳頭。
④納粹德國時期，曾根據希特勒的書面命令滅絕精神病患等病人，其中包括低能和畸形兒童。
⑤這是《聖經·新約·馬太福音》裡耶穌的話。
⑥德國作曲家理查德·華格納的歌劇。
⑦巴頓將軍，第二次世界大戰中美國的著名將領。
⑧這是《聖經·舊約·創世記》裡上帝造萬物後的一句話。這類對《聖經》語言的滑稽模仿頗多，不再一一加注。

耶穌誕生戲

當時，人們大談其奇蹟武器和最終勝利①。我們，撒灰者，既不談這個也不談那個，但是我們眞正擁有奇蹟武器。

奧斯卡接手領導這個有三、四十人的團夥之後，我先讓施丟特貝克介紹我認識諾伊法瓦塞爾派頭目。摩爾凱納，十七歲，瘸子，新航道領港局一名負責官員的兒子，由於殘疾——右腿比左腿短兩公分——既不能當空軍輔助人員，也不能應徵入伍。雖說摩爾凱納故意明顯地炫耀他的瘸腿，但他又很靦腆，說話聲音很輕。這個始終狡猾地微笑著的年輕人是康拉德學校高年級的優秀生，如果俄國軍隊不提出異議的話，他大有希望堪稱模範地通過畢業考試。摩爾凱納想上大學攻讀哲學。

像施丟特貝克尊敬我那樣，那個瘸子也無條件地把我當成耶穌，帶領撒灰者。一開始，奧斯卡就讓這兩派領他去看倉庫和金庫。這兩派把外出行劫所獲集中在同一個地窖裡。朗富爾區耶施肯山谷路一所幽靜、高雅的別墅裡的這個地窖，寬敞而乾燥。別墅布滿各種爬藤植物，由一片坡度平緩的草地跟街道隔開，房主是赤膊天使的父母，用的是「封．普特卡默」這個姓氏。封．普特卡默先生待在美麗的法蘭西，指揮一個師，繫波莫瑞—波蘭—普魯士血統的騎士十字勳章佩戴者。伊麗莎白．封．普特卡默太太體弱多病，數月前已去上巴燕，在那裡療養。而沃爾夫岡．封．普特卡默，即撒灰者喚作赤膊天使的那個，成了別墅的主人。留在別墅裡照料少爺的老使女，耳朵幾乎全聾了，我們一次也未見到過，因爲我們是經由洗衣間去地窖的。

在倉庫裡堆著罐頭、菸草和許多包降落傘。在一個架子上掛有兩打軍用錶，赤膊天使根據施丟特貝克的命令讓錶走動著，錶上的時間也被調成完全一致。他還得擦洗兩挺機關槍、一支衝鋒槍和若干支手槍。他們還給我看了一個反坦克火箭筒、機關槍彈藥和二十五顆手榴彈。這一切以及十大排汽油桶是爲進攻經濟局而準備的。於是，奧斯卡以耶穌的名義下達了第一道命令：「把武器和汽油埋在花園裡。槍械撞針交給耶穌。我們用另一種武器！」

小伙子們又給我看一個香菸盒，裡面裝滿了搶來的獎章和榮譽章。我微笑著允許他們占有這些裝飾品。我眞應該從這些小伙子手裡取走傘兵用的刀。刀把上的刀刃眞漂亮，躍躍欲試，他們日後果眞用上了。

接著，他們帶我去金庫。奧斯卡讓他們當面點數，覆核，記下金庫存款共計兩千四百二十帝國馬克。時當一九四四年九月初。到了一九四五年一月中旬，科涅夫和朱可夫②突破魏克塞爾河防線時，我們被迫放棄了地窖裡的金庫。赤膊天使供認了，在州最高法院的桌子上堆放著我們交出的成綑鈔票，總計有三萬六千帝國馬克。

按照我的天性，奧斯卡遇到行動的時候總是待在幕後。白天，我多半獨自一人，偶爾也讓施丟特貝克陪同，爲夜間行動尋找值得一搞的目標，隨後讓施丟特貝克或摩爾凱納去組織實施，而我則不離開特魯欽斯基大娘的寓所，到了深更半夜，站在臥室窗口，用比先前更具有遠程效果的聲音——現在我稱它爲奇蹟武器——唱碎許多黨辦事處的底層窗戶，一家印生活必需品票證的印刷廠的後院窗戶，還有一次，勉強根據他們的要求，唱碎了一位參議教師私宅的廚房窗戶，因爲小伙子們要對他進行報復。

這時已經到了十一月。V-1 和 V-2 飛彈正飛向英國，而我的歌聲則飛過朗富爾，沿著興登堡大街的樹林，躍過火車站、舊城和古城，造訪屠夫巷和博物館，讓小伙子們闖進去，尋找木雕船艄像尼俄柏。

他們沒有找到她。隔壁屋裡那位搖晃著腦袋、死死地坐在椅子上的特魯欽斯基大娘，卻跟我有某些共同之處。奧斯卡在遠程歌唱，她則在遠程思念，在天上尋找她的兒子赫伯特，在前線的中間地段尋找她的兒子弗里茨。她的大女兒古絲特，一九四四年初嫁到了萊因蘭，特魯欽斯基大娘便在遙遠的杜塞爾多夫尋找她。她的丈夫、餐館領班克斯特有棟房子在那裡，但他本人卻在庫爾蘭，古絲特跟他一起相處並認識他總共只有短短的十四天，也即他從前線回來休假的日子。

這是些和平的夜晚。奧斯卡坐在特魯欽斯基大娘的腳邊，在他的鼓上敲了幾段幻想曲，從瓷磚壁爐的烘烤箱裡取出一顆烤蘋果，帶著這個老太婆和小孩子吃的皺皺巴巴的果子消失在黑暗的臥室裡。他拉起防空遮光紙，把窗子打開一道縫，送出他的定向遠程歌聲。他不去歌頌顫抖著的星星，銀河也沒有他要尋找的東西，他的目標是冬野廣場，但不是電臺大樓，而是那幢盒狀樓，裡面一個門挨一個門，全都是希特勒青年團區總部的辦公室。

遇上清爽的天氣，我的工作只須幾分鐘就完畢。打開的窗戶旁的烤蘋果已不是那麼熱烘烘的了。我啃著它回到特魯欽斯基大娘和我的鼓身邊，過不多久就上床，心裡滿有把握，在奧斯卡睡覺的時候，撒灰者自然正以耶穌的名義搶劫黨的錢櫃，生活資料票證，更重要的是公章、印好的表格或希特勒青年團巡邏隊名單。

我寬容爲懷，讓施丟特貝克和摩爾凱納利用僞造的證件去恣意胡鬧，團夥的主要敵人是值勤巡邏處。我允許他們隨著自己的興致去綁架對手，對被綁架者撒灰，以及——按負責此事的煤爪給取的名稱——摑他們的蛋。

這些行動只是前奏而已，沒有洩露我眞正的計畫，而我都沒有直接參與，所以也無法證實下面這件事是不是撒灰者幹的：一九四四年九月，巡邏處兩名高級官員，其中一個是人人懼怕的赫爾穆特·奈特貝格，被捆綁結實，從母牛橋上扔進莫特勞河裡淹死了。

後來有人說，撒灰者團夥跟萊因河畔科隆的薄雪草海盜③有聯繫，又說圖赫爾荒原地區的波蘭游擊隊影響甚至操縱我們的行動。我，奧斯卡和團夥首領耶穌，必須以這雙重身分否認此事，這種說法純屬無中生有。

後來，在審理我們的案子時，也有人硬說我們與七月二十日的行刺者和密謀者④有關係，因為赤膊天使的父親，奧古斯特·封·普特卡默，跟隆美爾元帥非常接近，因而自殺。在整個戰爭期間，赤膊天使僅僅匆匆見過他父親四、五次，只注意到他的軍階標誌不斷地更換。直到審判我們時，這小子才聽說了那起於我們是無關緊要的軍官事件，於是號啕痛哭，不知羞恥，坐在他旁邊的煤爪，不得不在法官面前對他撒灰。

在我們的活動期間，成年人只有跟我們接觸過一次。幾個船塢工人——正如我當即就猜到的那樣，是共產黨方面的——試圖影響我們團夥中那些席哈烏船塢的學徒，把我們變成赤色地下運動。學徒工並不反對。中學生卻拒絕有任何政治傾向。空軍輔助人員密斯特，那個撒灰者團夥的犬儒學派分子和理論家，在一次全體大會上發表他的見解如下：「我們與各政黨毫無關係。我們進行鬥爭反對我們的父母以及其他成年人，不論他們贊成什麼或者反對什麼。」

儘管密斯特講得太誇張太過火，所有的中學生仍舊都表示同意。這導致撒灰者團夥的分裂。於是，席哈烏的學徒——這些孩子很能幹，失去他們我感到非常可惜——成立了自己的協會，但又不顧施丟特貝克和摩爾凱納的反對，仍舊自稱是撒灰者。在審判時——因為他們的組織跟我們的組織同時被破獲——他們被指控火燒船塢區內的一艘訓練用潛艇。一百多名正在受訓的潛艇駕駛員和海軍中士喪命，死得很慘。大火是從甲板上燃起的，使甲板下睡覺的潛艇人員無法逃出水手艙。不滿十八歲的海軍中士們想鑽出舷窗跳進港灣的海水裡去逃命，不料被他們的髖骨卡住，迅速吞噬一切的烈火從後面燒上來，他們的喊聲太響也太久，別人只好從小汽艇上開槍把他們打死。

我們反正沒有放火。這也許是席哈烏船塢的學徒幹的，也許是韋斯特蘭德協會⑤的人幹的。撒灰者不是縱火犯，雖說我，他們的精神嚮導，有可能從外祖父科爾雅切克身上獲得了縱火犯的資質。

那個裝配工，我至今記憶猶新，他是從基爾的德國工廠調到席哈烏船塢來的，在撒灰者團夥分裂前不久拜訪了我們。富克斯瓦爾一個碼頭工人的兩個兒子，埃里希・皮茨格和霍斯特・皮茨格，帶他到普特卡默別墅的地窖裡來見我們。他專心地看了我們的倉庫，發現缺少實用的武器，但仍吞吞吐吐地說了幾句誇獎話。他問團夥首領是誰。施丟特貝克應聲回答，摩爾凱納猶豫地指指我，他便放聲大笑，笑個不止，狂妄至極，奧斯卡差點兒把他交給撒灰者，給他撒撒灰。

「他是哪一類的侏儒啊？」他用大拇指在肩膀上方指著我，問摩爾凱納。

摩爾凱納有點尷尬地微笑著，沒等他開口，施丟特貝克就以驚人的鎮靜回答說：「這是我們的耶穌。」這個自稱是瓦爾特的裝配工，無法容忍這個名詞，竟然在我們的窩裡發起火來：「請談一談，你們在政治上對頭嗎？難道你們都是輔彌撒者，正在爲聖誕夜排練耶穌誕生戲不成？」

施丟特貝克打開地窖門，給煤爪丟了個眼色，由上裝袖管裡抖出傘兵刀的刀刃，與其說衝著那個裝配工，不如說是衝著這個團夥說：「我們是輔彌撒者，正在爲聖誕夜排練耶穌誕生戲。」

不過，那位裝配工先生並沒有吃什麼苦頭。人家蒙住了他的眼睛，領他出了別墅。過不多久，席哈烏船塢的學徒分離出去，在那個裝配工的領導下搞起了自己的協會，只剩下我們了。今天，我敢肯定地說，燒訓練用潛艇的就是他們。

那天，施丟特貝克按我的意思做了正確的回答。我們對政治不感興趣，在希特勒青年團巡邏隊喪了膽幾乎不敢離開他們的値勤室，或者僅限於在火車站檢查放蕩小姑娘的證件之後，我們也把工作地區挪到了教堂裡面，按照那位激進的左派裝配工的話，排練耶穌誕生戲。

相當能幹的席哈烏學徒被搶走了，我們首先必須補充力量。十月底，施丟特貝克讓聖心教堂的兩個輔彌撒者宣誓，他們是菲利克斯・倫萬德和保羅・倫萬德。施丟特貝克是通過他們的妹妹盧齊接近這兩兄弟的。不顧我的抗議，這個不滿十七歲的姑娘參加了宣誓儀式。倫萬德兄弟必須把左手放在我的鼓上——他們過分誇張地把鼓看成某種象徵——照著唸撒灰者的套語：一紙文字，純屬瞎扯，通篇胡鬧，所以我也記不得了。

在舉行宣誓儀式時，奧斯卡觀察著盧齊。她聳起肩膀，左手拿著一塊輕微抖動著的夾香腸麵包，咬住下嘴唇，三角形的狐狸臉上毫無表情，用目光把施丟特貝克的後背燒得火辣辣。我開始替撒灰者的前途擔憂了。

我們著手讓地窖各室改觀一番。我在特魯欽斯基大娘的寓所引導，撒灰者通力合作，來添置財物。我們從聖卡塔琳娜教堂搬來一個約瑟塑像，半人高，後來證明是十六世紀的原作，幾個教堂燭臺，若干彌撒器皿以及一面基督聖體旗。一次夜訪特里尼塔提斯教堂，帶回一個木製吹號天使，無藝術性，一幅可以當牆飾用的五彩畫毯。這幅古物複製品上有一個扭揑作態的女士，還有一頭順從她的怪獸，名叫獨角獸。施丟特貝克頗有幾分道理地認爲，這條毯子上編織出來的少女的微笑，顯露出玩弄成性的殘酷，類似盧齊那張狐狸臉上的微笑。我仍然希望我的副手可別像神話裡的獨角獸那樣準備百依百順。地窖的正面牆上原先畫著各種亂七八糟的東西，什麼「黑手」啦，「骷髏」啦，現在掛上了這幅壁毯，而獨角獸終於成了我們議論的主題。這時，我問自己，盧齊已經在這裡進進出出，在你的背後吃吃暗笑，爲什麼，奧斯卡，爲什麼你還要把編織成的第二個盧齊搬到這裡來。她要把你的副手變成獨角獸，她栩栩如生，說到底，她的目標是你，因爲只有你，奧斯卡，你才眞正是寓言式的，才是有著誇張的漩渦形角的稀世怪獸。

基督降臨節來到了。我們從周圍教堂搬來了許多聖嬰像，眞人大小，刻得很天眞。我用它們一層層地擋住了那條壁毯，使這個寓言劇從前臺後撤，變成了壓軸戲。十二月中旬，龍德施太特⑥發動了阿登攻勢。我們的盛大活動的準備工作也完畢了。

瑪麗亞完全沉浸在天主教精神裡，使馬策拉特苦惱不已。接連幾個星期日，我攙著瑪麗亞的手去望十點鐘彌撒。之後，我指示全體撒灰者去教堂。我們熟門熟路，無須奧斯卡唱碎玻璃，靠菲利克斯和保羅兄弟的幫助，於十二月十八日夜到十九日凌晨，闖入聖心教堂。

下著雪，但落地就化。我們把三輛手推車停在聖器室後面。保羅・倫萬德有大門鑰匙。奧斯卡領頭，引導小伙子們相繼來到聖水池前，讓他們在中堂下跪，朝主祭壇膝行而去。我接著指示他們用一條義務勞動局的毯子蒙住聖心耶穌像，不讓他的藍色目光過分妨礙我們的工作。德力支兔和密斯特把工具運到左耳堂的左側祭壇前。首先必須把有許多馬槽聖嬰像和冷杉的馬厩⑦移到中堂。我們早就備有所需的牧人、天使、羊、驢和母牛。我們的團夥，有的是跑龍套的，獨缺主角。貝利薩爾搬走祭壇桌上的花。托蒂拉和泰耶捲起地毯。煤爪取出工具。奧斯卡則跪在祈禱小凳後面，監督拆卸工作。

身披巧克力色粗毛皮的施洗童子先被鋸下。眞不錯，我們帶了一把金屬鋸來。在石膏裡面，有手指粗的金屬棒把施洗者和彩雲連在一起。煤爪鋸著。他幹這種活時眞像個中學生，笨手笨腳的。要是席哈烏船塢的學徒在場該多好！施丟特貝克替下煤爪。他幹得稍強些，響了半小時噪音之後，我們放倒了施洗童子，用毛毯裹上，這才感覺到了午夜教堂的寂靜。

耶穌的整個屁股貼在童貞女的左大腿上，把他鋸下來，費時頗多。德力支兔、菲利克斯・倫萬德和獅心三人花了整整四十分鐘。爲什麼摩爾凱納還不來呢？他要帶著他的人直接從新航道來，在教堂跟我們碰頭，使行進的隊伍不致太顯眼。施丟特貝克情緒很壞，我覺得他神經過敏。他多次向倫萬德兄弟打聽摩爾凱納。最後，如我們大家所期待的，他們說出了盧齊這個名字。施丟特貝克不再問，從獅心笨拙的手中奪過鋼鋸，咬牙蠻幹，給童子耶穌致命的一擊。

放倒耶穌像時，靈光圈被折斷。施丟特貝克向我道歉。我費了很大的勁才壓下滿腔怒火，讓人把這個鍍金石膏盤的碎片撿到兩頂帽子裡去。煤爪認爲可以用膠水黏合。鋸下的耶穌用枕頭保護，再裹上兩條毛毯。

我們計畫把童貞女分兩段鋸下，先鋸骨盆以上一截，再在腳跟和雲之間下鋸。雲就留在教堂裡了，我們只把童貞女的兩截，耶穌，這是毫無疑問的，如果可能，還有施洗童子，運到普特卡默地窖去。出乎意料的是，我們把石膏像的重量估計得太高了。這組塑像中間是空的，外壁僅兩指厚，只有鐵架子有點費事。

小伙子們，尤其是煤爪和獅心，都已筋疲力盡。得讓他們休息一下，因爲其餘的人，包括倫萬德兄弟都不會鋸。團夥的人分散坐在教堂的長凳上受凍。施丟特貝克站著，壓凹了他進教堂後就摘下的氈帽。我不喜歡這種情緒。必定要出什麼事了。小伙子們受不了夜間空蕩蕩的教堂建築的氣氛。摩爾凱納不來，大家也有些緊張。倫萬德兄弟看來害怕施丟特貝克，站在一旁耳語，直到施丟特貝克命令他們安靜。

我記得，當時我慢吞吞地嘆著氣從祈禱跪墊上站起來，逕自向還留存著的童貞女走去。她的目光原來是對著約翰的，現在卻對著滿是石膏末的祭壇臺階。她的右手食指，原先指著耶穌，現在無所指或者說指向黑暗的左耳堂。我一級又一級地登上祭壇，隨後回頭望去，尋找施丟特貝克深陷的眼睛。他的眼睛失神，煤爪捅了他一下，他這才注意到我在招呼他。他呆視著我，六神無主，這是我從未見過的。他不懂我的意思，接著終於理解或部分理解了。他慢慢地、很慢很慢地走過來，卻又一步跨上了祭壇，抱起我來，把我放到那白色、有些傾斜、可以看出拉鋸人功夫蹩腳的童貞女左大腿的橫截面上，它大致描出了童子耶穌屁股的印痕。

施丟特貝克馬上轉過身去，一個箭步到了鋪磚地上，正要沉溺於他的幻想，卻又突然回頭，瞇起兩隻離得很近的眼睛，投來閃爍的審視目光。當他看到我坐在耶穌的位置上，那樣自然，那樣值得禮拜，他顯露出深受感動的表情，同坐在教堂長凳上的小伙子們一樣。

他沒用多長的時間，就領會了我的計畫，甚至還擴大了我的計畫。他讓納賽斯和藍鬍子把拆卸時用的兩個手電筒直接對準我和童貞女，因爲燈光刺我的眼睛，他便下令調成打紅光，又示意倫萬德兄弟到他身邊去，低聲交代了幾句。他們不願幹他所要求的事，煤爪不等施丟特貝克打手勢就走過來，對這兄弟兩人伸出節骨，準備撒灰。這兄弟兩人讓步了，在煤爪和空軍輔助人員密斯特的監視下，去到聖器室。奧斯卡泰然地等著，把鼓放端正。當高個子密斯特身穿神父長袍，倫萬德兄弟穿上輔彌撒者服，有白有紅地回來時，奧斯卡絲毫也不感到驚訝。煤爪穿著半身副神父服，捧來了彌撒所需的一切。他把東西放在那片雲上，悄悄退下。菲利克斯・倫萬德手捧小香爐，他的弟弟保羅拿著鈴鐺。維恩克聖下的長袍穿在密斯特身上實在太肥大，但密斯特模仿得不壞。開始時，他還帶著文科中學生玩世不恭的勁頭，接著他便被經文和聖事禮儀所吸引。他讓我們大家，尤其是我，看到的不是幼稚可笑的拙劣模仿，而是望了一次眞正的彌撒，後來在法庭上，仍被稱之爲彌撒，儘管他們說這是黑彌撒。

三個小伙子開始分段祈禱。整個團夥在長凳或鋪磚地上下跪，畫十字。密斯特開始唱彌撒，他在某種程度上掌握了經文，還得到兩位輔彌撒者的熟練配合。唱「登上主的祭壇」時，我便小心地擊鼓。唱「求主憐憫」時，我用較強音伴奏。唱「榮耀歸於在天之主」時，我也在鼓上稱頌主，召喚會衆祈禱，用一段較長的鼓獨奏代替白日彌撒的誦《使徒書》。我敲的「哈利路亞」尤爲成功。唱信經時，我發現小伙子們是如何地信仰我。到奉獻儀式時，我的鼓聲輕下來，讓密斯特擺上麵包，在酒中摻水，用香來薰聖杯和我，我看著密斯特如何行洗手禮。祈禱吧，兄弟姐妹們，在手電筒的紅光下我敲著鼓，轉入化體：這是我的肉身。我們會祈禱的，密斯特唱道，受神聖諭旨的告誡——座位上的小伙子們向我唱起兩種不同文本的主禱文，密斯特懂得讓新教徒和天主教徒在領聖餐時統一起來。我還在他們領聖餐的時候，在鼓上敲起「明認信仰」的引子。童貞女用手指著奧斯卡，鼓手。奧斯卡上任接替基督。彌撒進展順利。密斯特的聲音增強和減弱。他祝福時聲調多美：減罪，赦罪，寬恕。當他向教堂吐出結束語「走吧，現在遣散！」時，所有的小伙子確實在精神上已獲得釋放。因此，當世俗的拘捕臨頭時，所捕獲的只能是一個堅定了信仰、加強了對奧斯卡和耶穌之名信念的撒灰者團夥⑧。

在望彌撒時，我已經聽到了汽車聲響。施丟特貝克也曾回過頭去。所以，當從大門、從聖器室、從右旁門響起人聲時，唯獨我們兩個沒有突然受驚。皮靴後跟在教堂鋪磚地上橐橐響。施丟特貝克要把我從童貞女的大腿上抱下來。我示意不必。他明白了奧斯卡的意思，點點頭，讓團夥照舊跪著，跪著等待刑事警察。小伙子們便都跪著，雖然在顫抖，有些人跪著移動，但大家都無言地等待著，直到刑事警察穿過左耳堂，穿過中堂，從聖器室裡朝我們走來，把左側祭壇團團圍住。許多沒有調成紅色的刺眼手電筒。施丟特貝克站起身來，畫十字，顯現在手電筒燈光之中，把他的氈帽交給一直還跪著的煤爪，穿著雨衣朝一個沒拿手電筒的脹黑影走去，朝維恩克聖下走去，從他的背後拖出一個單薄、拚命掙扎著的黑影，拉到手電筒的光下，是盧齊•倫萬德。他揍巴斯克帽下那張板起的三角臉，直到一名警察把他一拳打倒在長凳中間。「哎呀，耶穌，」我在童貞女懷裡聽一名刑事警察喊道，「這當真是我們局長的兒子呀！」

奧斯卡聽後頗有幾分得意，竟然會有個警察局長的兒子當他的能幹副手，接著就扮演起被半成年人誘拐的、咧嘴冷笑的三歲孩子的角色，毫不抗拒地接受了庇護：維恩克聖下把我抱在懷裡。

只有刑事警察在大喊大叫。小伙子們被帶走。維恩克聖下不得不把我放到鋪磚地上。他突然虛脫，一屁股坐在長凳上。我站在我們那些工具旁邊，在榫鑿和錘子後面發現了那個食物籃，盛滿了德力支兔在我們投入行動前準備的香腸麵包。

我抓起籃子，朝瘦瘦的、在薄大衣裡打哆嗦的盧齊走去，把夾香腸的麵包片遞給她。她抱起我，右手抱著我，左手拿著香腸麵包，立即把手指間的一塊塞到牙齒間。我觀察著她那張挨了揍的、灼痛的、嘴裡塞滿東西的臉：眼珠在兩道黑縫後面滴溜轉，皮膚像被錘子敲打過，一個咀嚼著的三角形，玩偶，黑廚娘，吞食著帶皮的香腸，吞食時變得更加削瘦、更加飢餓、更加像三角形、更加像玩偶——這副相貌印在我的額頭上和腦子裡。誰會從我的額頭上和腦子裡取走這個三角形呢？它還會在我心裡待多久呢？在那裡咀嚼，咀嚼香腸、香腸皮和人，像三角形那樣微笑（如果三角形也能微笑的話），像壁毯上訓練獨角獸的女士那樣微笑，這會延續多久呢？

施丟特貝克被兩名警察帶走時，向盧齊和奧斯卡轉過他那張滿是血污的臉。我卻朝他的旁邊看去，從今以後我再也認不得他了。我由吞食著香腸麵包的盧齊抱著，夾在五、六名刑事警察中間，跟在我先前的撒灰者團夥的後面，被帶走了。

留下些什麼呢？留下的有維恩克聖下，我們那兩個一直還打著紅光的手電筒，以及扔下的輔彌撒者服和神父長袍。聖杯和化爲聖體的麵包和酒留在祭壇臺階上。鋸下的約翰和鋸下的耶穌留在那位童貞女身邊；而我們原先打算把她搬到普特卡默地窖去，讓她體現一種與女士馴獸壁毯相抗衡的力量。

可是，奧斯卡仍被帶去受審了，我今天還稱之爲對耶穌的第二次審判。審判以我，自然也以耶穌的無罪釋放而告終。

①指納粹德國失敗前的宣傳。被稱為「奇蹟武器」的有V-1和V-2飛彈。
②科涅夫和朱可夫是第二次世界大戰期間蘇聯的著名將領。
③薄雪草海盜，第二次世界大戰結束前出現的德國青年武裝盜匪集團。
④指一九四四年行刺希特勒和密謀政變的參與者。
⑤韋斯特蘭德協會成立於一九三四年，一九四四年又恢復活動，是代表德國東部波蘭人利益的地下組織。
⑥龍德施太特，納粹德國元帥。阿登攻勢是二戰期間德軍發動的最後一場攻勢，被盟軍挫敗。
⑦據《聖經》載，耶穌誕生在馬廄裡，以馬槽為床。
⑧彌撒是天主教的一種聖體聖事禮儀，它以結束語「ite, missa est」（走吧，現在遣散）中的「missa」一詞命名。此處喻這些年輕人是無罪的。

螞蟻大道

各位讀者，請想像一下吧！一座天藍色瓷磚砌成的游泳池，一些被太陽曬黑、並對運動有敏感性的人們在池裡游泳。從池邊到沐浴室前，坐著同樣曬黑、同樣有敏感性的男男女女。或許還有擴音器裡傳來的、音量調小的音樂。健康但乏味無趣，繃緊游泳衣的輕度乾巴巴的情欲。瓷磚地很滑，然而沒有人滑倒。爲數不多的禁令牌，即使如此也純屬多餘，因爲游泳的人只上這裡來待上兩個小時，而所禁止的卻都是游泳池外面才會發生的事情。不時有人從三公尺跳板上跳下來，但不能贏得游泳的人的注目，也不能引誘躺著的游泳客的眼睛離開有圖畫的報紙。——突然間，一陣風！不，不是風。原來是個年輕人，慢慢地、目標明確地、一階接一階地爬上十公尺跳臺的梯子。雜誌連同來自歐洲和海外的報導被放下來了，眼睛跟著他一起往上爬。躺著的軀體變長了，一個年輕女人用手給眼睛遮光，某人忘了他正想的事，一句話沒能說出來，一次調情剛開始，話說到一半便提前結束——現在他站在跳臺上，體格好，精力足，上下彈跳，靠在微彎的鋼管扶手上，臀部漂亮地一扭離開了扶手，走上高懸的、每走一步都會彈上彈下的跳板，向下望去，注視著天藍色的、小得令人驚慌的游泳池。池子裡，紅、黃、綠、白，紅、黃、綠、白，紅、黃……游泳女人的游泳帽像多變的萬花筒。有熟人坐在下面。道麗絲•許勒和埃麗卡•許勒，尤塔•達尼埃爾和她的男朋友，這個男的根本配不上她。她們揮手，尤塔也揮手。他一邊保持著身體的平衡，一邊向下招手。她們叫喊。她們想幹什麼？試一試，她們喊道；跳呀，尤塔喊道。他根本就沒有這個打算，只想看看上面是怎麼回事，於是又慢慢地一檔一檔抓著爬下來。她們又喊了，喊得大家都能聽到。她們大聲喊道：跳呀！跳呀！跳！

待在離天這麼近的跳臺上，眞是身處絕境，我這麼講，各位必定會同意。撒灰者團夥成員和我，也身處類似的境地，但不是在游泳季節，卻是在一九四五年一月。我們爬到高處，擠滿了跳臺，下面，坐著法官、陪審法官、證人和法院辦事人員，構成莊嚴的馬蹄形，在沒有水的游泳池周圍。

施丟特貝克走到沒有扶手但有彈性的跳板上。

「跳！」法官合唱隊喊道。

施丟特貝克沒有跳。

這時，下面證人席上站起一個身材瘦長的少女，身穿貝希特斯加登小夾克和一條百褶裙。一張白色的、不再模糊不清的臉——直到今天我還斷言，它構成了一個三角形——仰起來，像一塊閃爍的終點標誌牌。盧齊·倫萬德沒有喊，而是低聲說：「跳，施丟特貝克，跳！」

這時，施丟特貝克跳了。盧齊又坐到證人席的木凳上，把編結的貝希特斯加登小夾克的袖子拉拉長，遮住她的拳頭。

摩爾凱納一瘸一拐地上了跳板。法官要他跳。摩爾凱納不想跳，窘迫地對著他的指甲微笑，一直等到盧齊摟起羊毛夾克衫的袖子，露出拳頭，向他仰起細眼睛黑框三角形。這時，他目標明確地朝三角形跳去，可是沒有達到目標。

煤爪和赤膊天使上跳臺時就不友好，在跳板上打起架來。赤膊天使被撒了灰，甚至在往下跳的時候，煤爪還抓住赤膊天使不鬆手。德力支兔，長著有絲一樣光澤的長睫毛，在跳之前閉上了他無窮悲哀的豹子眼。

空軍輔助人員在跳之前必須脫掉制服。

倫萬德兄弟也不准以輔彌撒者的身分跳下天國去。他們的妹妹盧齊，身穿露線頭的戰時羊毛夾克衫，坐在證人席上，提倡跳躍運動，她也絕不容忍他們那樣做。

與歷史記載相反，貝利薩爾和納賽斯先跳，托蒂拉和泰耶在後。

藍鬍子跳了，獅心跳了，撒灰者團夥的基本群衆——鼻子、布須曼人、油港、吹笛人、芥末瓶、彎刀和箍桶匠都跳了。

施圖赫爾，高中生，斜眼兒，斜得叫人吃不消，只能算作撒灰者團伙的半個成員，那天碰巧趕上。他也跳了。跳板上只剩下耶穌一個，法官合唱團把他當成奧斯卡・馬策拉特，喝令他跳，耶穌不理睬。肩胛骨間拖著細細的莫札特髮辮、面孔鐵板的盧齊又從證人席上站起來，摟起羊毛夾克衫的袖子，閉攏的嘴一動不動地低語道：「跳吧，甜蜜的耶穌，跳吧！」這時，我明白了十公尺跳臺的誘惑力。這時，灰色小貓在我的膝窩裡打滾，刺猬在我腳底下配對，燕子在我的腋窩裡展翅。這時，不只是歐羅巴，整個世界都在我腳下。美國人和日本人在呂宋島上跳火炬舞①。他們軍裝上的細眼和圓眼鈕扣丟了。在斯德哥爾摩倒有個裁縫，這時正在給一件大方的條紋晚禮服釘扣子。蒙巴頓正用各種口徑的砲彈餵緬甸大象②。這時，利馬一個寡婦正在教鸚鵡學舌，說「卡拉姆巴」這個詞兒。這時，太平洋中部有兩艘巨大的、像哥德式教堂一樣裝飾著的航空母艦迎面駛去，讓飛機起飛，互相擊沉。飛機不能降落，走投無路，便像天使似的純譬喻性地懸掛在空中，嗡嗡叫，消耗著它們的燃料。這一點也不打擾哈帕蘭達的某位剛下班的電車售票員。他把雞蛋打到平底鍋裡，兩顆給自己，兩顆給他的未婚妻。他事先把一切都考慮周到，微笑著等待她的到來。不難預料，科涅夫和朱可夫的軍隊將再次出動；在伊朗下雨的時候，他們將突破魏克塞爾防線，過遲地占領華沙，過早地占領柯尼斯貝格③，但他們不會妨礙巴拿馬一個有五個孩子和一個丈夫的女人在煤氣灶上煮糊牛奶。顯而易見，時事的線索，前端未知分曉，纏成各種套結，演成歷史，後端已被編織成歷史學了。我也注意到，游手好閒、皺眉頭、垂下腦袋、握手、生孩子、鑄造僞幣、關燈、刷牙、槍斃以及換尿布這些活動到處都有，儘管靈巧與熟練的程度不一。這許多有目的的行動使我昏了頭，因此，我把注意力又轉回到爲向我表示敬意而在跳臺腳下舉行的審判上去。「跳吧，甜蜜的耶穌，跳吧！」早熟的證人盧齊・倫萬德在低語。她坐在撒旦的懷裡，更顯出她還是個處女。撒旦給她一個香腸麵包，讓她高興。她咬了一口，仍然保護貞潔。「跳吧，甜蜜的耶穌！」她咀嚼著，向我顯示她那未破損的三角形。

我不跳，絕不會從跳臺上往下跳。這不是最後一次對奧斯卡的審判。曾經有過多次，甚至最近還有人想引誘我去跳。像在審判撒灰者時那樣，在戴戒指的手指案審理過程中——我稱之爲第三次對耶穌的審判也許更好——沒有水的天藍色瓷磚游泳池邊上也有足夠的觀衆。他們坐在證人席上，想通過對我的審判以及在審判我之後繼續活下去。

但我轉回身去，掐死腋窩裡的燕子，壓死鞋底下舉行婚禮的刺蝟，餓死膝窩裡的小灰貓——我鄙棄了往下跳的欣快感，直挺挺地走上平臺，搖搖晃晃地踩住扶梯，往下爬。我讓扶梯的每一階向我證明，不僅可以登上跳臺，也可以不跳而重新離開跳臺。

下面，等著我的有瑪麗亞和馬策拉特。維恩克聖下不請自來地給我祝福。格蕾欣•舍夫勒給我帶來一件冬大衣，外加蛋糕。小庫爾特長大了，既不認識我這個父親，也不認識我這個同父異母兄長。我的外祖母科爾雅切克攙著她的哥哥文岑特。文岑特閱歷甚深，但說話顚三倒四。

我們離開法院大樓時，一名文官走到馬策拉特面前，遞給他一份信件並說：「您眞應該再考慮一下，馬策拉特先生。這個孩子必須離開街道。您瞧瞧，這樣一個不能自理的孩子被什麼樣的傢伙濫用了！」

瑪麗亞哭了，給我掛上鼓，這是維恩克聖下在審判期間替我保存的。我們走到火車站旁的電車站。最後一段路由馬策拉特抱著我。我從他肩上往後看去，在人群中尋找一張三角形臉，想知道，她是否也得上跳臺，她是否跟在施丟特貝克和摩爾凱納後面往下跳，她是否也像我一樣知道了扶梯有第二種用途：讓人爬下來。

直到今天我還不能戒掉這個習慣，即在街上和廣場上四處張望，尋找一個瘦瘦的、既不漂亮也不難看，然而不停地蓄意謀殺男人的「油煎魚」④。甚至躺在療養護理院的床上，當布魯諾通報有陌生人來訪時，我也會嚇一跳的。我所害怕的是：盧齊•倫萬德來了，這個嚇唬孩子的壞蛋和黑廚娘，她最後一次來喝令你往下跳。

馬策拉特考慮了十天之久，他該不該在信件上簽字並寄回給衛生部。到了第十一天，他簽了字寄出了，但這時這座城市正遭砲兵轟擊，郵局是否有可能發信已成問題。羅科索夫斯基元帥的坦克先頭部隊進抵埃爾平⑤。魏斯指揮的德國第二軍進入但澤周圍高地上的陣地。地窖生活開始了。

我們大家都知道，我們的地窖是在店堂下面。從過道裡廁所對面的地窖口下去，走十八級臺階就到了。它的前面是卡特和海蘭德的地窖，後面是施拉格的地窖。老海蘭德還在。可是，卡特太太、鐘錶匠勞布沙德、艾克夫婦和施拉格夫婦帶著若干行李走了。後來聽說，他們這幾個，還有格蕾欣・舍夫勒和亞歷山大・舍夫勒，在最後一分鐘登上一艘以前屬於「力量來自歡樂」組織的輪船走了，朝什切青或呂貝克方向，或者朝一枚水雷駛去，被炸飛到了空中。總而言之，一半以上的住房和地窖已空無一人。

我家地窖的優點是有第二個入口，我們大家都知道，它在店堂櫃檯後面的吊門下面。這樣也就沒人能看見，馬策拉特把什麼東西搬進了地窖，又把什麼東西從地窖裡取出來。馬策拉特在戰爭年頭堆積在那裡的貯存物資，誰看了都會妒忌我們的。乾燥、暖和的地窖裡放滿了生活必需品：各種豆類、麵食、糖、人造蜂蜜、麵粉和人造奶油。幾箱鬆脆麵包片摞在幾箱食用椰子油上。什錦蔬菜罐頭和米拉別里李子罐頭、嫩豌豆罐頭、李子罐頭一起堆在幾個木架上，這是實業家馬策拉特自己做的，固定在牆頭的栓梢上。大約在戰爭中期，根據格雷夫的倡議，在地窖天花板和水泥地之間加了幾根橫樑，使這個生活必需品倉庫也成了符合規定的安全的防空室。馬策拉特曾多次想卸下這些橫樑，因爲但澤除了騷擾性襲擊外還沒有遭受過較大的轟炸。擔任防空員的格雷夫死了，不能再勸告他。這時，瑪麗亞求他保留這幾根支撐的橫樑。爲了小庫爾特，她需要安全，有時也說是爲了我。

一月底頭幾次空襲時，老海蘭德和馬策拉特合力把特魯欽斯基大娘連椅子一起抬進我家地窖去。後來，他們就不管她了，也許是她自己有所表示，也可能是抬上抬下太費勁，便把她留在臥室的窗戶前。一次對內城的大轟炸過後，瑪麗亞和馬策拉特發現這位老太太下巴吊著，翻了白眼，好像一隻黏黏糊糊的小蒼蠅飛進了她的眼睛裡。

於是，臥室的門從鉸鏈上卸下來了。老海蘭德從他的倉庫裡取來了工具和幾塊箱子板，抽著馬策拉特給他的德比牌香菸，動手量尺寸。奧斯卡幫他幹活。其餘的人都躲進了地窖，因爲高地的砲轟又開始了。

老海蘭德想快點幹完，釘一個簡陋的、兩頭一般大的箱子了事。奧斯卡主張做成傳統的棺材形狀，寸步不讓。我替他扶住木板，讓他按我規定的尺寸去鋸，結果，他還是下決心做成了一頭小的形狀，這也是任何一個人的屍體所要求的。

最後，棺材看上去挺精緻。格雷夫太太替特魯欽斯基大娘擦身，從櫃子裡取出一件剛洗過的睡衣，替她剪指甲，梳好髮髻，用三根毛線針固定住。總之，她費了不少心，使特魯欽斯基大娘死後還像一隻灰耗子，而她活著時，喜歡喝麥芽咖啡，吃馬鈴薯煎餅。

這隻耗子在大轟炸時在椅子上四肢僵硬了，這時躺在棺材裡，雙膝是隆起的。海蘭德趁瑪麗亞抱著小庫爾特離開房間時，利用這短短的幾分鐘，敲斷了她的腿，這才釘上了棺材蓋。

可惜我家只有黃漆而沒有黑漆。於是，特魯欽斯基大娘就躺在沒上漆但一頭小的木板箱裡被抬出寓所，下了樓梯。我背著鼓跟在後面，注意讀棺材蓋上面的字：維特洛人造奶油——維特洛人造奶油——維特洛人造奶油，上下三行，間距相等。這事後補充證明了特魯欽斯基大娘的口味是什麼。她活著的時候寧願吃從純植物油脂提煉成的維特洛人造奶油，也不願吃最好的眞奶油，因爲人造奶油使人健康，有生氣，有營養，吃了後精神愉快。

棺材放在格雷夫蔬菜店的平板車上。老海蘭德拉車穿過路易森街，馬利亞街，過了安東・默勒路——那兒兩幢房子在著火——朝婦科醫院方向走去。小庫爾特由寡婦格雷夫太太照料，留在我家地窖裡。瑪麗亞和馬策拉特推車子，奧斯卡坐在車上，他更願意坐到棺材上去，但是不准坐。街道堵滿了從東普魯士和韋爾德爾來的難民。體育館前的鐵路地下道簡直難以通行。馬策拉特建議在康拉德學校花園裡挖個坑。瑪麗亞反對。老海蘭德跟特魯欽斯基大娘一樣年紀，也揮手拒絕。我也反對埋在校園裡。不管怎樣，我們也得放棄去市立公墓的打算，因爲從體育館到興登堡大街只准軍用車輛通行。這樣一來，我們就沒法把這隻耗子埋葬在她兒子赫伯特旁邊了。我們替她在市立公墓對面、五月草場後面的斯特芬花園裡挑選了一塊地方。土地封凍。馬策拉特和老海蘭德輪流掄著尖頭十字鎬，瑪麗亞在石凳旁挖常春藤，奧斯卡趁機溜走，很快來到興登堡大街的樹幹之間。交通混亂至極！從高地撤下的和從韋爾德爾撤下的坦克對開過來。在樹上——如果我記憶無誤，那就是菩提樹——吊著人民衝鋒隊⑥隊員和士兵。他們制服鈕扣上的厚紙牌還能讀出一些字來，寫著的是：這些樹或菩提樹上吊死的是叛徒。我觀察了許多吊死鬼齜牙咧嘴的臉，一般地做了比較，又專門跟吊死的蔬菜商格雷夫做了比較。我也觀察了吊著的幾束身穿過於肥大的制服的年輕人，好幾個我都以爲是施丟特貝克——吊死的小伙子相貌幾乎都一樣——我暗自說道，現在他們把施丟特貝克吊死了。他們是否也把盧齊・倫萬德吊死了呢？

這個念頭猶如給奧斯卡插上了翅膀。他在樹中間穿來穿去尋找一個吊死了的單薄的姑娘，甚至敢於在坦克中間穿過去到達林蔭道的另外一側，但在那兒找到的也只是士兵、年歲大的人民衝鋒隊隊員以及與施丟特貝克相像的小伙子。我失望地沿著林蔭道走到一半被毀的四季咖啡館，勉勉強強地回去。當我站在特魯欽斯基大娘的墳墓旁，跟瑪麗亞一道朝墳丘上撒常春藤和簇葉時，盧齊正在被吊死的映像始終盤旋在我心中，連細節都一清二楚。

我們不再把寡婦格雷夫的平板車送回蔬菜店。馬策拉特和老海蘭德把它拆開，將構件全都放在櫃檯前。殖民地商品商遞給那老頭三盒德比牌香菸，一邊對他說：「也許我們還用得著這車子。這裡比較保險些。」老海蘭德什麼話也不說，但從幾乎是空蕩蕩的架子上抓起好幾包針和兩紙袋糖。隨後，他趿拉著那雙在來回路上和埋葬時一直都穿著的氈拖鞋出了店堂，讓馬策拉特把架子上寥寥無幾的剩餘商品搬進地窖裡去。

現在，我們幾乎不再出洞去了。聽說，俄國人已經到了齊甘肯山、皮茨根村，臨近席德利茨了。他們無論如何也得占領高地，才能朝城裡直線砲擊。右城、舊城、胡椒城、前城、新新城、新城以及下城，是在七百年以上的時間內建造起來的，卻在三天內燒毀了。但這並非但澤城的第一次大火。波莫瑞人、勃蘭登堡人、條頓騎士團、波蘭人、瑞典人（前後兩次）、法蘭西人、普魯士人和俄羅斯人，還有薩克森人，在這之前就已經製造了歷史，每隔幾十年就覺得這座城市值得燒它一回。現在呢，是俄羅斯人、波蘭人、德意志人和英格蘭人一起，第一百次燒哥德式磚砌藝術的磚頭，但並沒有由此得到烤麵包片。黑克爾巷、長巷、寬巷、大和小羊毛織工巷在燃燒，托比亞斯巷、狗巷、舊城溝、前城溝在燃燒，壁壘和長橋在燃燒。克蘭門是木結構，火焰格外美。在小褲子裁縫巷，烈火給許許多多條光焰刺目的褲子量尺寸。聖馬利亞教堂從裡面燒到外面，從尖拱窗裡噴出節日燈火。聖卡塔琳娜、聖約翰、聖布里吉特、聖巴爾巴拉、伊麗莎白、彼得和保羅、特里尼提和基督聖體各教堂未搬走而剩下的鐘在鐘樓框架裡熔化，鐵水滴落，既無歌聲，也無樂聲。在大磨坊裡，研磨著紅色的小麥。在屠夫巷裡，散發著星期日烤肉的燒焦氣味。在市劇院，初演《縱火者之夢》，一齣雙重涵義的獨幕劇。在右城的市政廳裡，決定在大火以後增加消防隊員的薪水並追溯既往，聖靈巷以聖靈的名義在燃燒。聖方濟各修道院以喜愛並歌頌火的聖方濟各的名義在歡樂地燃燒。婦女巷爲父與子毀於一旦。木材市場、煤市、稻草市場燒成灰燼，此乃不言而喻。在麵包師巷，小麵包不再從爐裡出來。在奶罐巷，牛奶煮得溢了出來。唯獨西普魯士火災保險公司的樓房鑑於純象徵的原因，未被焚毀。

奧斯卡對火燒向來不太感興趣。若不是我把自己那點爲數不多但易燃的家當輕率地放在晾衣間裡的話，那麼，當馬策拉特爬上樓梯，到晾衣間去觀看燃燒中的但澤時，我也會待在地窖裡的。我必須救出我最後幾個前線劇團備用鼓、我的歌德以及拉斯普庭。我還得保護那柄夾在書裡的極薄的繪圖小扇子，也就是我的羅絲維塔，即拉古娜在世時善於優雅地輕搖的那柄扇子。瑪麗亞留在地窖裡。小庫爾特卻非要跟我和馬策拉特上屋頂看大火不可。我一方面對我兒子不加控制的熱情感到生氣，另一方面卻暗自說道：這是他的外曾祖父，我的外祖父，縱火犯科爾雅切克遺傳給他的。瑪麗亞把小庫爾特留在下面，允許我跟馬策拉特一起上樓。我拿到了我的那些家當，由晾衣間的窗戶往外瞧了一眼，對這座古老的城市竟能振作起來而迸發出這種火焰四射的活力深感驚訝。

幾發砲彈在附近爆炸，我們才離開了晾衣間。後來，馬策拉特還要上去，但遭到瑪麗亞的禁止。他服從了。他向也待在地窖裡的寡婦格雷夫一五一十地敘說這場大火時，他哭了。他再次回到寓所去，打開收音機，但再也聽不到什麼聲音。連燃燒著的電臺大樓火焰的噝噝聲都聽不到，更不用說會有什麼特別新聞了。

馬策拉特像一個不知道自己該不該繼續相信聖誕老人的孩子那樣猶豫著，站在地窖中央，拽著褲子吊帶，第一次表示懷疑最終勝利，並且聽從寡婦格雷夫的勸告，摘下了上裝翻領上的黨徽，但不知藏到哪裡去好，因爲地窖是水泥地，格雷夫太太也不願把徽章從他手裡接過來。瑪麗亞認爲，他可以把它埋在過冬馬鈴薯裡，但馬策拉特覺得這還不夠保險。而上樓去呢，他又不敢，因爲他們馬上就要來了⑦。如果他們不是已經到了，那也在半路上。方才他在晾衣間的時候，他們已經在布倫陶和奧利瓦附近戰鬥了。他三番兩次表示後悔莫及，怎麼沒把這塊水果糖留在樓上防空沙裡呢，如果他們在這裡見到他，見到他手裡還捏著這塊水果糖的話……他把它扔到水泥地上，正想要去踩它，發一陣狂，小庫爾特和我，我們兩個同時撲過去。我先抓到了它。小庫爾特揮拳打來時，我仍舊捏著它。小庫爾特想要什麼東西時，總要動手打人，但是我沒有把黨徽交給我的兒子，我不想讓他遇上危險，跟俄國人可開不得玩笑。這一點，奧斯卡當年讀拉斯普庭課本時就已經知道了。在小庫爾特揍我，瑪麗亞正要把我們兩個拉開的時候，我卻在考慮，如果奧斯卡在他兒子拳打腳踢之下讓了步，誰會在小庫爾特手裡發現馬策拉特的黨徽呢？是白俄羅斯人還是俄羅斯人，是哥薩克人還是格魯吉亞人，是卡爾梅克人還是克里米亞韃靼人，是魯提尼人還是烏克蘭人，或者是吉爾吉斯人呢？

瑪麗亞靠寡婦格雷夫的幫忙才分開了我們兩個。我旗開得勝地左手握拳捏著這塊水果糖。馬策拉特高興了，他的徽章沒了。瑪麗亞在對付號啕大哭的小庫爾特。打開的徽章別針扎著我的手心。一如既往，我對這東西不感興趣。馬策拉特的黨關我什麼事？我正要從背後把馬策拉特的水果糖重新黏到他的上裝上時，他們也正好到了我們頭頂上的店堂裡。從女人們的尖叫聲判斷，他們也很可能進了左鄰右舍的地窖。

他們拉開吊門時，徽章的針還在刺我。我別無辦法，只得蹲在瑪麗亞打顫的雙膝前，觀察水泥地上的螞蟻，螞蟻的軍用大道從過冬馬鈴薯堆斜穿過地窖通往一個盛滿白糖的紙袋。六個兵擠在地窖的樓梯上，端著機關槍，睜大了眼睛。完全正常的、血統輕度混雜的俄國人，我這樣估計著。在各種各樣的叫喊聲中，使人感到安慰的是螞蟻並沒有因爲俄國兵的露面而受到絲毫影響。螞蟻只打算奪取馬鈴薯和糖，那些手執機關槍的人則另有所圖。成年人舉起雙手，我覺得這是正常的。這可以從每週新聞片裡看到；在波蘭郵局保衛戰後也發生過類似的舉手投降的情形。可是，小庫爾特爲什麼要學成年人的樣呢？我不明白。他應該以我——他的父親爲榜樣，不然的話也應該以螞蟻爲榜樣才對。四個四方形制服中的三個對寡婦格雷夫產生了興趣，這僵硬的一夥人中頓時出現了一些活動。守寡已久、剛過了四旬齋期的格雷夫太太怎麼也沒有想到會有這麼多客人光顧。她起先還驚呼一通，但接著很快便陷入了那種她幾乎遺忘了的境地。

我早已在拉斯普庭的書上讀到過，俄國人喜愛孩子。在我家的地窖裡我親身體驗到了。瑪麗亞在無緣無故地發抖，她根本不能理解，爲什麼那四個不跟格雷夫太太打交道的人讓小庫爾特坐在她的懷裡，而不是自己取而代之。他們撫摩小庫爾特，對他說「好好好」，還輕輕拍拍他以及瑪麗亞的面頰。

有人把我連鼓帶人從水泥地上抱起來，打斷了我對螞蟻繼續做對比觀察並以螞蟻的勤奮來衡量當前發生的事情。我的錫鼓仍掛在肚子前。這個矮小結實、毛孔粗大的男人用粗手指在鼓上敲了幾小節，可以和著這節拍跳舞，就一個成年人而言絕不能說是笨拙。奧斯卡眞想酬謝一番，眞想在鐵皮上來幾首藝術小品，可惜辦不到，馬策拉特的黨徽還在刺他左手的手心。

我家地窖裡的氣氛已經變得和平而親密。格雷夫太太躺著，越來越平靜，那三個男人等一個滿足之後便換上另一個。奧斯卡被那個相當有才能的鼓手交給了一個渾身出汗、眼睛瞇成細縫的——我們假定他是——卡爾梅克人。他左手已經抱住我，右手還在繫褲子鈕扣，眼看方才抱我的那一位，也就是方才相當有天賦地敲我的鼓的那一個解褲子鈕扣，他也毫不介意。馬策拉特卻不能換姿勢。他還一直站在放著萊比錫什錦小菜白鐵皮罐頭的架子前面，高舉雙手，展現出全部手紋，只不過沒人想去細看他的手紋罷了。相反地，女人的理解力證明是驚人的：瑪麗亞學會了幾句俄語，雙膝不再打顫，甚至哈哈笑了。如果她的口琴就在身邊，她準會奏起這吹彈式口琴來的。

奧斯卡卻不能很快適應變化了的情況。他正在尋找可以替代螞蟻的東西，這時轉而觀察起出現在那個卡爾梅克人衣領邊緣的許多扁平、灰棕色的小蟲子來了。我多麼想逮住這麼一隻虱子來研究一下呀！在我的教科書裡也談到了虱子，歌德談得少，拉斯普庭可是經常談到的。我靠一隻手是很難逮到虱子的，便設法擺脫那枚黨徽。現在讓奧斯卡來說明一下他的全部動作：由於這個卡爾梅克人胸前已經掛著許多枚獎章，所以我就把一直握著的手連同那塊刺我手心、妨礙我抓虱子的水果糖伸向站在我旁邊的馬策拉特。今天，有人會說，我當時不該這麼做；也有人會說，馬策拉特不該去接。

他接過去了。那塊水果糖我總算脫手了。馬策拉特感覺出手指間捏著的是他的黨徽章時，他害怕了。我現在兩手空空，不想當什麼證人，不再去管馬策拉特如何處理他的水果糖。奧斯卡思想太分散，抓不到虱子，便想再度集中心思去觀察螞蟻，卻看到馬策拉特的手做了一個迅速的動作。今天，奧斯卡想不起來他當時是怎麼想的，只好這麼說：鎮靜地把這個彩色的圓東西捏在手裡，反倒是更明智的辦法。

但是，馬策拉特想擺脫它，作爲廚師和殖民地商品店櫥窗的裝飾師，他的想像力經常被證明是切實可行的，可是此刻，除了他的口腔之外，他再也找不出第二個藏匿處來了。

這樣一個短促的手的動作是何等重要啊！從手裡進入嘴裡，這就足以把一左一右和平地坐在瑪麗亞身邊的兩個伊凡⑧嚇一跳，把他們從防空床上趕跑。他們用機關槍對準馬策拉特的肚皮。這時，人人都可以看到，馬策拉特正使勁把什麼東西呑下去。

在這之前，他至少也該用三隻手指把黨徽的別針別上才對。現在，他被這塊難嚥的水果糖哽住了，臉漲紅了，兩眼圓睜，咳嗽，又是哭又是笑，由於所有這些同時發生的情感活動，他再也不能高舉雙手了。這一點伊凡們可不能容忍。他們吼著，要看看他的手心。但是馬策拉特只顧他的呼吸器官，甚至連咳嗽都不像個樣子了。他開始手舞足蹈，把幾個萊比錫什錦小菜白鐵皮罐頭從架子上掃下來，這可對那個卡爾梅克人產生了作用。他一直鎮靜地眯縫著眼睛在旁觀，此刻小心翼翼地把我放到一邊，伸手到背後去，把什麼東西調整到水平位置，從齊腰處射擊，打光了一梭子彈。他在馬策拉特被哽死之前開了槍。

一個人在命運露面的時候什麼事情幹不出來呀！在我假想的父親吞下他的黨徽而死去的時候，我不知不覺地或者無意地掐死了手指間的一隻虱子，那是我剛才從卡爾梅克人身上逮到的。馬策拉特倒下，橫臥在螞蟻大道上。伊凡們離開地窖，上樓梯到了店堂，隨手拿走了幾小盒人造蜂蜜。我的卡爾梅克人最後一個走，他沒有拿人造蜂蜜，因爲他得給機關槍換上一梭子彈。寡婦格雷夫一團糟地躺在人造奶油箱中間。瑪麗亞抱著小庫爾特，彷佛要把他壓死。我曾在歌德的書上讀到過的一種句子結構出現在我的頭腦裡。螞蟻發現環境變化了，牠們不怕繞路，便又建築了一條軍用大道，繞過蜷縮著的馬策拉特，因爲從裂縫的紙袋裡漏出的白糖並沒有因爲羅科索夫斯基元帥的軍隊占領了但澤市而失去甜味。

---

①指美軍於一九四五年一月開始收復被日軍占領的呂宋島。

②指自一九四四年起由蒙巴頓將軍發起的緬甸攻勢。

③俄軍於一九四五年一月十七日攻克華沙，一月二十八日包圍柯尼斯貝格，四月十日守城德軍投降。

④「油煎魚」，指接近成年（十四至十七歲）的少女，黃毛丫頭。

⑤時間為一九四五年二月十日。

⑥這是納粹德國在覆亡前夕動員超過或不滿服兵役年齡的男子組成的民兵。其中一些因膽怯或開小差而被吊死。

⑦指俄軍進入朗富爾，時間是一九四五年三月二十八日。

⑧指蘇聯人，因為很多俄羅斯人以「伊凡」命名。

我該不該呢

最先到來的是魯基人，之後來的是哥德人和格皮德人，接著是卡舒貝人，奧斯卡乃是他們的直系後裔。緊接著，波蘭人派來了布拉格的阿達爾貝特。他帶著十字架來了，被卡舒貝人或普魯策人用斧頭砍死。此事發生在一個漁村，村名吉丹尼茨克。吉丹尼茨克演化爲丹切克，丹切克又演化成丹切希①，後來成文時減少了一個字母「t」，今天稱但澤．格但斯克。

可是，在採用這個寫法之前，波莫瑞人的公爵們繼卡舒貝人之後來到吉丹尼茨克。他們的姓氏是：蘇比斯勞斯、沙姆博爾、梅斯特溫以及斯萬托波爾卡等。這個村莊變成了小城鎮。隨後來了野蠻的普魯策人，把這個城市破壞了一點。後來從遠處來了勃蘭登堡人，同樣破壞了一點。波蘭的包列斯拉夫也破壞了一點，騎士團同樣用騎士的劍使尙未修復的損壞處又變得明顯了。

數百年之久，波莫瑞人的公爵們，騎士團的首領們，波蘭的國王們和另立的國王們，勃蘭登堡的伯爵們，以及弗沃克拉韋克的主教們輪班交換，玩弄著破壞與重建的遊戲。建築師和拆卸工程經營者有：奧托．博古薩和瓦爾德馬爾．博古薩，海因里希．封．普洛茨克，以及迪特里希．封．阿爾滕貝格。後者建造的騎士城堡的所在地，也就是二十世紀有一些人守衛過的里維利烏斯廣場波蘭郵局的所在地。

胡斯派教徒來了，這兒那兒放了一把火，又撤走了。接著，教團教士被趕出城，城堡被拆除，因爲城內不必有城堡。波蘭人接管了，情形並不壞。做成此事的國王名叫卡齊米爾茨，被稱爲「偉大者」，是弗拉迪斯拉夫一世之子。接著來的是路德維希，路德維希之後是黑德維希。她嫁給立陶宛的耶吉埃洛，開始了耶吉埃洛時代。繼弗拉迪斯拉夫二世之後的是弗拉迪斯拉夫三世，隨後又來了一個卡齊米爾茨。他雖說沒有胃口卻仍與騎士團打仗，前後十三年，揮霍了但澤商人的大筆金錢。約翰．阿爾布雷希特相反地去與土耳其人周旋。亞歷山大的後繼者是「長者」西吉斯蒙德，亦稱齊格蒙特．斯塔里。在歷史書上，關於西吉斯蒙德．奧古斯特的一章後面是關於那個斯特凡．巴托里的一章，波蘭人愛用他的姓名來給他們的遠洋輪命名。可以從書上讀到，他圍困、砲轟這座城市有較長時間，但未能攻占它。之後來了瑞典人，他們也如此對待它。圍困這座城市成了他們的一種樂趣，他們多次捲土重來。那時候，荷蘭人、丹麥人、英格蘭人都喜愛但澤灣，這些國家的許多船長駕船游弋在但澤停泊場，並因此而成了海上英雄。

奧利瓦和約——這聽起來多漂亮，多有和平味兒！在那裡，列強第一次發現波蘭人的土地是非常適合於瓜分的。瑞典人，瑞典人，又是瑞典人——瑞典人的塹壕，瑞典人的飲料，瑞典人的跳躍。隨後來了俄國人和薩克森人，因爲可憐的波蘭國王斯坦尼斯拉夫．萊什琴斯基藏身在這座城市裡。由於這一個國王，有一千八百幢房屋被毀。萊什琴斯基逃到法國，因爲他的女婿路易在那裡。爲此，但澤市民不得不支付整整一百萬。

然後，波蘭三次被瓜分。普魯士人不請自來，在所有的城門上抹掉了波蘭的國王之鷹，畫上了他們的鳥。教師約翰內斯．法爾克剛創作了聖誕曲《啊，你快活的……》，法國人就來了。一個名叫拉普的拿破崙的將軍，很不像樣地包圍了這座城市，但澤人不得不孝敬他兩千萬法郎。法國人時期是個可怕的時期，懷疑這一點並無必要。但這一時期只延續了七年。這時來了俄國人和普魯士人，砲轟倉庫島，把它變成一片火海。拿破崙想出來的自由國家就此結束。普魯士人又找到機會，在所有的城門上用油漆漆上他們的鳥，把事情辦得很俐落，還首次按普魯士方式在城裡布下第四步兵團、第一砲兵旅、第一工兵營，以及第一輕騎兵團。曾經一度駐紮在但澤的有第三十步兵團、第十八步兵團、第三近衛步兵團、第四十四步兵團，以及第三十三輕步兵團。那個著名的第一二八步兵團到一九二〇年才撤走。爲避免遺漏，還須報導如次：在普魯士時期，第一砲兵旅擴大爲東普魯士第一砲兵團，下設第一要塞砲兵營和第二步砲營。此外還增添了波莫瑞第二步砲團，後又調換成西普魯士第十六步砲團。第八重騎兵團在但澤城牆內駐紮的時間不長。在城牆外面，在朗富爾區，則一直駐紮著西普魯士第十七訓練營。

在布克哈特②、勞施寧和格賴澤爾時期，在這個自由國家裡只有穿綠制服的保安警察。到了一九三九年，在福斯特爾治下，情況大大變樣。所有的磚砌兵營又住滿了笑聲朗朗的穿制服的男子，他們耍弄著各式武器。現在，可以一一列舉從一九三九年到一九四五年在但澤及其周圍地區駐紮過的、或在但澤上船運往北極海前線的全部部隊單位的名稱了。可是，奧斯卡沒有這樣做，而是簡潔地說，在這之後，如我們所知，來了個羅科索夫斯基元帥。他一見到這座完好的城市，就回想起之前的各國前輩，便一舉把它轟得個烈火熊熊，好讓繼他而來的人們在重建中宣洩情感。

值得注意的是，這一回繼俄國人之後來的不是普魯士人、薩克森人、瑞典人或法國人，這一回來的是波蘭人。

波蘭人帶著行李鋪蓋從維爾納、比亞韋斯托克和倫貝格③來尋找住房。來到我家的是一位自稱法因戈德的先生。他一個人站在那裡，卻總是裝成一家許多口人都站在他周圍，而他也正在吩咐他們做這做那似的。法因戈德先生立即接管了殖民地商品店，領他的妻子盧芭去看十進位的天平、煤油罐、黃銅香腸杆和空錢櫃，見了地窖裡的存貨後心花怒放，只不過他的妻子既沒露面也不會答理他。他一到就雇用瑪麗亞當售貨員，話不絕口地把她介紹給他那位想像中的太太盧芭。這時，瑪麗亞領法因戈德先生去見我們的馬策拉特，他在地窖裡的一塊帳篷布上已經躺了三天，由於許多俄國人在各處街上試用自行車、縫紉機和女人，我們無法埋葬他。

法因戈德先生一見到我們扔下不管的屍體，就伸出雙手在頭頂上猛擊一掌，這同多年前奧斯卡見到過的玩具商西吉斯蒙德・馬庫斯所做的動作一樣富於表現力。他在地窖裡不僅呼喚他的妻子盧芭，還呼喚他的全家，他肯定看見他們都來了，因爲他正叫著他們的名字：盧芭、列夫、雅庫布、貝雷克、萊昂、門德爾和宗尼亞，告訴被他叫到名字的那些人，躺在這裡、死在這裡的是誰。他緊接著又告訴我們，他方才呼喚的那些人，也都這樣躺著，在進特雷布林卡④的焚屍爐之前都這樣躺著，還有他的弟媳、他的弟媳的妹夫，以及後者的五個孩子，所有這些人都這樣躺著。只有他，法因戈德先生沒有躺著，因爲他得對他們進行氯處理。

他幫我們抬著馬策拉特上了樓梯，進了店堂。這時，他的一家人又圍在他身邊了。他請他的太太盧芭幫瑪麗亞擦洗屍體。盧芭沒來幫忙，這一點法因戈德先生沒有注意，因爲他正忙於把地窖裡的存貨搬進店堂裡去。曾經給特魯欽斯基大娘擦洗的格雷夫太太這一回也不來幫我們了，因爲她的寓所裡滿是俄國人，人家還聽到她在唱歌哩！

老海蘭德在占領的頭幾天就幹起鞋匠師傅的活來了。他正在給俄國人在挺進途中跑穿了的靴子換鞋底，起先不願再幹釘棺材的活計。法因戈德先生跟他談生意，用我家店裡的德比牌香菸換老海蘭德倉庫裡的一臺電動機。於是，老海蘭德撂下靴子，拿起別的工具以及最後的幾塊箱子板。

我們當時住在特魯欽斯基大娘的那間套房裡，東西已經被原來的鄰居和外來的波蘭人搬走了。後來我們才被趕出來，法因戈德先生便把地窖留給我們住。老海蘭德把廚房跟起居室之間的門從鉸鏈處拆卸下來，因為起居室通往臥室的門已經卸下來做了特魯欽斯基大娘的棺材。老海蘭德在下面院子裡抽著德比牌香菸，做成了一口箱子。我們待在樓下，我把人家留在房間裡的唯一一把椅子頂在破碎的窗戶前，看到那老頭馬馬虎虎地釘著箱子，並且不按規矩做成一頭小的形狀，我非常生氣。

奧斯卡再也看不到馬策拉特了，因為人家把這口箱子抬到寡婦格雷夫的平板車上去時，維特洛牌人造奶油箱的蓋子已經釘在箱子上面了，雖說馬策拉特生前不僅不吃人造奶油，而且討厭把它用於烹調。

瑪麗亞請法因戈德先生陪我們去，因為她害怕大街上的俄國兵。法因戈德盤腿坐在櫃檯上，用勺舀著紙杯裡的人造蜂蜜，起先表示有顧慮，害怕他的太太盧芭猜疑，但後來大概又得到了他太太的允許，便從櫃檯上滑下來，把人造蜂蜜給了我。我把它給了小庫爾特，小庫爾特吃了個精光。這時，法因戈德先生也讓瑪麗亞幫他穿上了一件灰兔皮的黑大衣。他戴上一頂大禮帽，是從前馬策拉特去參加婚禮或葬禮時戴的，對他來說實在太小，隨後鎖上店門，關照他的老婆誰來也不許開門。

老海蘭德不肯把平板車拉到市立公墓去。他說他還要給靴子換底，沒有時間。他只肯去近一點的地方。到了馬克斯·哈爾貝廣場，那裡的廢墟還在冒煙，他就向左拐進布勒森路，我預感到這是在朝薩斯佩方向走。俄國人坐在房屋前單薄的二月天的陽光下，對手錶和懷錶進行分類，用沙擦銀匙，用胸罩做護耳，騎自行車做花樣表演，用油畫、落地鐘、浴缸、收音機和衣帽架布置成一條障礙地帶，在這中間繞來繞去，讓車子走出「8」字形、蝸牛形和螺旋形來，果斷地躲開別人從窗戶裡扔出來的兒童車、吊燈之類的東西，他們的靈巧博得了喝彩聲。我們走過時，這遊戲停了幾秒鐘。幾個軍裝外面套著女裝的士兵幫忙推車，也想對瑪麗亞做出非禮的舉動，但受到了會俄語又有證件的法因戈德先生的斥責。一個頭戴女士帽的士兵送我們一只鳥籠，籠內橫杆上站著一隻活的虎皮鸚鵡。在平板車邊上跑跑跳跳的小庫爾特馬上伸手，想去拔那彩色羽毛。瑪麗亞不敢不收這禮物，她把鳥籠舉起，不讓小庫爾特夠著，遞給了坐在平板車上的我。奧斯卡嫌虎皮鸚鵡太花俏，便連籠帶鳥一起放到了馬策拉特那加大了的人造奶油箱上。我坐在車子的後緣，蕩著兩條腿，瞧著法因戈德的臉。這張臉上道道皺紋，像在冥思苦想，最後變得愁眉不展，彷彿這位先生在覆核一道除不盡的複雜算題⑤。

我在鐵皮上敲了幾段，節奏輕鬆愉快，想驅散法因戈德腦子裡陰鬱的想法。但他保存著滿臉皺紋，目光投向我不知道的地方，也許投向遙遠的加利曾。他唯獨看不見我的鼓。奧斯卡於是不再敲，讓人只聽到平板車的車輪聲和瑪麗亞的哭泣聲。

多麼柔和的冬天呀，我想著。這時，朗富爾區的最後幾幢房屋已經落在了我們的背後。我看了幾眼虎皮鸚鵡，牠面對飛機場上空下午的太陽，正豎起了羽毛。

飛機場警衛森嚴，通往布勒森的路被封鎖了。一名軍官與法因戈德先生說話，交談時，他把禮帽夾在叉開的手指間，露出了稀薄的紅金色頭髮，隨風飄拂。那名軍官敲了敲馬策拉特的箱子像是在做檢查，用手指逗弄了幾下虎皮鸚鵡，便放我們通行，但派了兩個至多十七歲、頭戴太小的船形帽、手執太大的機關槍的小伙子監視或陪同我們。

老海蘭德拉著車，連頭都不回。他能在拉車時不停車便用一隻手點燃香菸。天空中懸掛著飛機。引擎聲清晰可聞，因為這是在二月底、三月初。只有在太陽附近逗留著幾小片雲，漸漸地變得蒼白。轟炸機朝赫拉半島飛去，或從那裡飛回，因為那裡還有第二軍的殘餘部隊在作戰。

天氣和飛機的隆隆聲使我悲哀。還有什麼比布滿忽而隆隆作響、忽而響聲消失的飛機的三月天空更使人無聊、令人厭煩的呢？此外，那兩個俄國小伙子一路上還使勁保持齊步走，但白費力氣。

行車途中，先過石子路，後過有彈坑的柏油路，顛簸之下，匆促釘成的箱子上有幾塊板條鬆了，我們又是逆風而行，可以聞到馬策拉特的死人味。我們抵達薩斯佩公墓時，奧斯卡高興了。

我們不能把車一直拉到鐵柵欄圍住的高地，離公墓不遠處一輛橫臥著、燒毀了的T-34坦克擋住了去路。其餘的坦克在向新航道方向駛去時不得不繞道而行，在道路左側的沙土上留下了痕跡，一段公墓圍牆也被碾倒了。法因戈德先生請老海蘭德抬起中間微彎的棺材，讓他在後頭走，費勁地走過被碾倒的公墓圍牆的碎石，使出最後的力氣在倒下和傾斜的墓碑中間走過最後一段路。老海蘭德貪婪地吸著他的香菸，把煙噴向棺材的末端。我托著虎皮鸚鵡籠子。瑪麗亞拖著兩把鐵鍬。小庫爾特拿著十字鎬，前後左右擺弄著，撞在灰色花崗岩石上，弄得自己很危險，直到瑪麗亞把鎬奪走，跟那兩個男人一樣使勁地去挖墳坑。

眞走運，我心想，這裡是沙質土，也沒凍住，一邊到北牆後面去尋找揚•布朗斯基站過的位置。想必是在這一帶吧！但已經不能確定了，季節的變換使那時新刷的石灰風化變灰，跟薩斯佩所有的圍牆沒有區別了。我由後柵欄門回來，抬頭望了望傷殘的松樹，爲了不去轉無關緊要的念頭，我想，他們正在埋葬馬策拉特吧。我尋找且部分地找出了這個環境的意義，在相同的沙土地下躺著那一對施卡特牌友，布朗斯基和馬策拉特，儘管沒有我可憐的媽媽跟他們做伴。

一些葬禮總讓人聯想起另一些葬禮！

征服沙土，當然需要熟練的掘墓人。瑪麗亞停下休息，喘著粗氣，靠十字鎬支撐著。她又放聲哭了，因爲她看到小庫爾特正在遠距離外用石頭扔籠裡的虎皮鸚鵡。小庫爾特扔不中，他扔得太遠。瑪麗亞使勁哭，眞哭，因爲她失去了馬策拉特，因爲按照我的看法，她在馬策拉特身上看到了某些他沒有表現出來的東西，這些東西她是一清二楚的，而且將永遠值得她愛的。法因戈德先生講著安慰話，藉這個機會也休息一下，挖土耗去了他太多的精力。老海蘭德彷彿在尋找金子，他均勻地使著鐵鍬，把鏟起的沙土扔到身後，隔相等的間距噴出一口煙來。稍遠處，兩個年輕俄國人坐在公墓圍牆上，迎風閒聊。此外還有飛機和一個越來越成熟的太陽。

他們想挖一公尺深。奧斯卡懶散又無計可施地站在老化的花崗岩之間，傷殘的松樹之間，馬策拉特的寡妻和朝虎皮鸚鵡扔石頭的小庫爾特之間。

我該不該呢？你現在二十一周歲，奧斯卡。你該不該呢？你現在是個孤兒。你終於該這樣了。自從你可憐的媽媽不在的時候起，你就是一個半孤兒。當時你本應該打定主意的。後來，他們讓你的假想父親躺在地球表層下面。你當時成了個假想的全孤兒，站在此地，站在這片叫作薩斯佩的沙土地上，手拿一個氧化的彈殼。天在下雨，一架容克52正在降落。當時，如果不在雨中，便是在運輸機降落的轟鳴聲中，這個「我該不該」的問題不是已經一清二楚了嗎？你卻對自己說，這是雨聲，這是引擎的噪音；這種單調聲你可以在唸任何一篇文字時把它加進去。你需要把事情弄得更加清楚，而不是假定如何如何。

我應該還是不應該呢？現在他們在替馬策拉特——你的第二個假想的父親挖洞。據你所知，再沒有第三個假想的父親了。然而，你爲什麼還在耍弄這兩只綠玻璃瓶呢：我應該，我不應該？你還要問誰呢？問傷殘的松樹嗎？它們自己都成問題呢。

我找到了一個狹長的鑄鐵十字架，上面有風化的花飾和表層剝落的字母：馬蒂爾德·孔克爾——或者隆克爾。我在沙土裡——我應該還是不應該——在飛簾草和喜沙草之間——我應該——找到三或四個——我不應該——碟子大小的、鐵鏽正在剝落的金屬花冠——我應該——從前也許呈現爲橡樹葉或者月桂——或者我不應該——瞄準——我應該——豎立著的十字架末端——或者我——它的直徑——不應該——也許有四公分

——不——我站到離它兩公尺以外——應該——開始扔——不——扔在一邊了——我應該再一次——鐵十字架太傾斜了——我應該——她叫馬蒂爾德·孔克爾或者隆克爾——我該叫她孔克爾還是叫她隆克爾——這是第六次，我允許自己扔七次，六次不中，扔七次——應該，把它掛在上面——應該——給馬蒂爾德戴上花冠——應該——月桂獻給孔克爾小姐——我應該嗎？我問年輕的隆克爾小姐——對，馬蒂爾德說；她死得很早，終年二十七歲，生於一八六八年。我二十一歲，我第七次嘗試時扔中了。我把那個「我應該不應該？」簡化爲一個已經證明、戴上花冠、扔中目標、已經贏獲的「我應該！」了。

當奧斯卡舌上有了「我應該！」，心中有了「我應該！」，並向那幾個掩埋死者的人走去時，虎皮鸚鵡嘎嘎叫，小庫爾特扔中了牠，黃綠色的羽毛紛紛落下。我暗自問道，又是什麼樣的問題促使我的兒子用這麼久的時間拿小石子去扔一隻虎皮鸚鵡，直到最後扔中並給了他一個答覆才肯罷休呢？

他們已經把箱子推到了大約二點一公尺深的坑邊。老海蘭德想趕快幹，卻又不得不等著，因爲瑪麗亞在做天主教祈禱。法因戈德先生把大禮帽舉在胸前，眼睛遠望著加利曾。小庫爾特現在也走近前來。他可能在扔中目標之後做出了一個決定，他出於這種或那種原因，但是跟奧斯卡一樣堅定地走近墳坑。

一件未能確定的事折磨著我。方才做出決定贊成或反對某事的，確實是我的兒子嗎？他是下決心認我爲唯一的眞正的父親並愛我嗎？他現在——爲時太晚了——下決心敲錫鼓嗎？難道他的決定是這樣的：處死我假想的父親奧斯卡，他用一枚黨徽殺死了我假想的父親馬策拉特，原因是奧斯卡厭惡父親們這個詞兒？父親們跟兒子們之間的好感是值得追求的，不過，他會不會在表達這種天眞的好感時也把它變成致命的一擊呢？

當老海蘭德把箱子連同馬策拉特、馬策拉特氣管裡的黨徽、馬策拉特肚子裡的俄國機關槍的子彈一起推進而不是慢慢放進墳坑裡去的時候，奧斯卡承認他蓄意殺死了馬策拉特，因爲那個人根據一切或然率不僅是他假想的父親，而且是他現實的父親，因爲奧斯卡厭惡一輩子得拖著一個父親四處奔波。

當我從水泥地上抓起那塊水果糖時，黨徽的別針已經打開了，這一點也不符合事實。別針是捏在我手裡的時候打開的。我把這塊會刺人、會卡住的水果糖交給了馬策拉特。這樣一來，他們就能夠在他手裡發現這枚徽章，而他就把他的黨徽放到了舌頭上，他也就被它卡住而窒息——被他的黨，被我，被他的兒子，因爲這種情況必須結束了！

老海蘭德又開始鏟土。小庫爾特笨拙但熱心地幫他鏟。我從來不愛馬策拉特。有時我喜歡他。他更多時候是以廚師的身分而不是以父親的身分關照我。他是個好廚師。如果我今天有時還惦記馬策拉特的話，那麼，我痛失的是他燒的柯尼斯貝格肉丸子、酸味豬腰、鯉魚加蘿蔔和鮮奶油，還有青菜鰻魚湯、卡塞爾排骨加酸菜，以及各種令人難忘的星期日煎肉，這至今猶在我舌上齒間哩！他把感情化作鮮湯，而我們卻忘了把一把廚房用的勺放在他的棺材裡，也忘了放一副施卡特牌在他的棺材裡。他的烹調手藝比玩牌手藝高明。但他玩牌畢竟比揚・布朗斯基強，跟我可憐的媽媽幾乎不分高下。這是他的能耐，也是他的悲劇。

瑪麗亞的事我絕不原諒他，雖說他待她不壞，從不揍她，當她忍不住吵起架來時，他也多半讓步。他也沒有把我交給帝國衛生部，並且在郵局不再送信的時候在那封公函上簽了字。我在電燈泡下出生時，他決定要我做買賣。爲了不站在櫃檯後面，奧斯卡有十七年之久站在大約一百只紅白漆錫鼓後面。現在，馬策拉特躺倒了，再也不會站起來了。老海蘭德正在鏟土掩埋他，一邊抽著馬策拉特的德比牌香菸。奧斯卡現在要是能接管店鋪就好了。但半路殺出個法因戈德先生，跟他那許多口人的無形家庭一起接管了商店。剩給我的是瑪麗亞、小庫爾特，以及對這兩個人應負的責任。瑪麗亞一直還在眞心痛哭，做著天主教禱告。法因戈德先生待在他的加利曾，或者在解他那道棘手的算題。小庫爾特累了，但堅定地鏟著土。公墓圍牆上坐著瞎聊天的年輕俄國人。老海蘭德怏怏不樂地均勻地把薩斯佩公墓的沙土鏟到人造奶油箱子板條上。奧斯卡還能讀出維特洛一字的三個字母。這時，他從脖子上取下鐵皮，不再說「我該不該呢？」而說「必須如此！」，並把鼓扔過去，因爲棺材上已有足夠的沙土，所以沒有砰砰作響。我把鼓棒也扔過去。鼓棒插在沙裡。這是撒灰者時期的鼓，是前線劇團的庫存。貝布拉把這些鐵皮送給了我。這位師傅會如何評價我的行爲呢？耶穌敲過鐵皮，一個體形象箱子、粗毛孔的俄國人也敲過它。它沒有多大用處了。但是，當一鏟沙土扔在它的表面上時，它又響了。第二鏟沙土扔過去時，它還在出聲。第三鏟沙土扔過去時，它自己不再出聲，只露出一點白漆。末了，沙土把它變成與別的沙土沒有什麼兩樣。沙土在我的鼓上增多，越來越多，成了堆，增長——我也開始長個兒了，大量出鼻血便是證明。

小庫爾特首先發現了血。「他在流血，流血！」他叫著，把法因戈德先生從加利曾喊回來，把瑪麗亞從祈禱中拽出來，甚至迫使一直坐在圍牆上、衝著布勒森方向閒聊天的年輕俄國人抬起頭來看了一眼這嚇人的情景。

老海蘭德把鐵鍬插在沙土裡，拿起十字鎬，讓我把後頸枕在藍黑色的鐵上。冰涼果眞生效。鼻血見少。老海蘭德又去鏟土，墳邊沙土已經不多，這時鼻血也完全止住了。但我仍舊在長個兒，徵兆是我體內的嚓嚓聲、沙沙聲和劈啪聲。

老海蘭德修好了墳墓，從別人的墳上拔出一個長苔蘚的、無銘文的木十字架，插在新墳丘上，大約在馬策拉特的頭和我那面被埋的鼓之間。「完事啦！」這老頭兒說著抱起不能走路的奧斯卡，背著他，領著其餘的人和背機關槍的年輕俄國人離開公墓，走過被碾倒的圍牆，沿著坦克車轍，來到電車軌道上橫臥著一輛坦克的地方，找到了那輛手推車。我回頭朝薩斯佩公墓望去。瑪麗亞拎著虎皮鸚鵡籠子，法因戈德先生扛著工具，小庫爾特兩手空空，兩個俄國人頭戴太小的船形帽，肩背太大的機關槍，海灘松樹傴僂著。

從沙土地上了柏油路。坦克殘骸上坐著舒格爾・萊奧。高空中，飛機從赫拉飛來朝赫拉飛去。舒格爾・萊奧注意不讓燒毀的T-34弄黑他的手套。太陽連同蓬鬆的小雲朵落在索波特附近的塔山上。舒格爾・萊奧從坦克上滑下來，站直了身子。

見到舒格爾・萊奧，老海蘭德樂了。他說：「誰還見到過第二個像你這樣的人！人世在沉淪，唯獨舒格爾・萊奧安然無恙。」他興致勃勃，騰出一隻手，在黑上裝上拍了拍，對法因戈德解釋說：「這是我們的舒格爾・萊奧。他要憐憫我們，同我們握手。」

接著，萊奧摘下手套任其隨風飄動。他照例流著口水，向在場的人表示了他的哀悼，隨後問：「你們看到主了嗎？你們看到主了嗎？」誰也沒有看到。瑪麗亞把虎皮鸚鵡和籠子送給了萊奧，我不知是爲了什麼。

舒格爾・萊奧向奧斯卡走來，老海蘭德已讓他躺在了平板車上。萊奧的臉像是碎裂了。風吹鼓了他的衣服，兩腿擺動著跳起舞來。「主啊，主啊！」他喊道，搖晃籠裡的虎皮鸚鵡。「快來看天主呀，他在長個兒，看哪，他在長個兒！」

結果他連同鳥籠一起被拋到空中。他奔跑，飛翔，舞蹈，踉蹌，跌倒，同吱吱叫的鳥一起逃跑，自己也變成了鳥，展翅，橫越田野，朝里澤爾菲爾德方向飛去。我們聽到他的喊聲是穿過兩挺機關槍的響聲：「他在長個兒！他在長個兒！」兩個年輕的俄國人不得不再裝上子彈時，他還在喊叫：「他在長個兒！」甚至當機關槍再度響起，當奧斯卡從沒有梯級的梯子上落進生長著、吸收著一切的昏厥狀態之中時，我還聽到這隻鳥、這聲音、這烏鴉——萊奧宣告：「他在長個兒，他在長個兒，他在長個兒……」

①原文為Dantzig，後寫作Danzig，今通譯但澤，但是個錯誤的音譯。以下敘述但澤的歷史。
②布克哈特是瑞士外交官和歷史學家，一九三七至一九三九年為國聯派駐但澤的高級專員。
③這三座城市劃歸蘇聯，後來比亞韋斯托克又劃歸波蘭。
④特雷布林卡，德國納粹分子設在波蘭的一個集中營，從一九四二年建營到一九四三年十月關閉，用煤氣殺害了七十萬至九十萬名猶太人。
⑤意為：重新盤算一項實現不了的複雜計畫。

消毒劑

昨夜，倉促的夢接連來訪。與探視日朋友們來去匆匆的情景相仿。一個夢把房門交給了另一個，它們向我講述了夢認爲値得一講的事情之後，便走了。盡是些無聊的故事，許多的重複，獨白，還非讓人聽見不可，因爲朗讀的聲調懇切有力，外加蹩腳演員的表情手勢。我試著在早餐時把這些故事講給布魯諾聽，卻講不出來，因爲我全忘了。奧斯卡沒有說夢的才能。

布魯諾在收拾早餐，我順便問道：「好布魯諾，我現在身高究竟多少？」

布魯諾把果醬小碟放到咖啡盤上，操心地說：「不過馬策拉特先生，您又沒吃果醬。」

這種責備我熟悉。早餐後他總要說幾句。每天早晨布魯諾給我端來這麼一點點草莓醬，我立即用紙或報紙摺疊成的屋頂把它蓋住。我見不得也吃不得果醬，因此我也鎮定而斷然地反駁布魯諾的責備：「布魯諾，你明明知道我對果醬有什麼想法——你不如告訴我，我現在身高多少。」

布魯諾有一雙已絕種的八條腿動物的眼睛。布魯諾每逢必須想一想的時候，就會把這種史前時期的目光投向天花板，多半衝著這個方向講話，今天早晨他也這樣衝著天花板說：「不過，這可是草莓醬啊！」我用沉默表示我非要問奧斯卡的身高不可。間歇許久之後，布魯諾才把目光從天花板上收回來，盯住我的床欄杆，我於是聽到，我身高一百二十一公分。

「好布魯諾，為了保險起見，你再替我量一次好嗎？」

布魯諾沒有挪動目光，伸手從褲子的屁股口袋裡取出一把摺尺，用幾乎是野蠻的力氣掀開我的被子，把我滑上去的襯衣拉下來遮住裸露的身體，打開黃得厲害、一七八公分就到頭的尺子，貼在我身上，移動，檢驗，用兩隻手仔細地量著，目光卻留在古代巨形爬行類動物時期。末了，摺尺在我身上靜止不動了，他裝出像是在讀結果的樣子，說：「仍舊是一百二十一公分！」

他在摺疊尺子時，在收拾早餐時，為什麼非弄出這種噪音不可？他不喜歡我的身高嗎？布魯諾端著早餐盤，深黃的摺尺旁放著天然顏色會激怒人的草莓醬，離開房間，站在過道裡，再一次把眼睛貼在門上的窺視孔上——在他終於讓我這一百二十一公分之軀單獨留下之前，他的目光把我變得古老。

奧斯卡有這麼高了！對於一個矮人、侏儒、小人國的人來說，這可是太高了。拉古娜夫人，我的羅絲維塔，量到頭頂能有多少？歐根親王的後裔貝布拉師傅能有多高？今天，我甚至可以俯視基蒂和菲利克斯了。我提到的這些人都曾經嫉妒又友好地低頭瞧奧斯卡，是啊，他到二十一歲，一直只有九十四公分。

直到在薩斯佩公墓埋葬馬策拉特時，一塊石頭擊中了我的後腦勺，我才開始長個兒。

奧斯卡講到了石頭。好吧，我決心補充報導一下在公墓所發生的事情。

我玩了一個小遊戲，終於明白了，對我來說，不再存在什麼「我該不該？」的問題，而只存在「我應該，我必須，我就要！」的結論。我於是從身上摘下鼓，連鼓棒一起扔進馬策拉特的墳坑裡。我下決心長個兒，

立時耳朵嗡嗡作響，響聲越來越大。在這之後，我的後腦勺才被一塊核桃大的鵝卵石擊中，是我的兒子庫爾特用四歲半孩子的力氣扔來的。我已經預感到我的兒子對我有所企圖，所以這一擊並未使我大吃一驚，但我應聲倒在馬策拉特墳坑裡我的鼓旁。老海蘭德用老人那乾巴巴的手把我拉出坑來，但留下了鼓與鼓棒，見我在流鼻血，就讓我躺下，後頸枕著十字鎬的鐵鎬頭。我們都已知道，鼻血減少，個子卻在長，由於長勢微小，所以只有舒格爾•萊奧一人發現，大聲嚷著，像鳥兒一般輕盈飄飛著宣告了此事。

補充到此爲止，從根本上說純屬多餘，因爲長個兒在我被石頭擊中、倒入馬策拉特的墳坑之前就開始了。對於瑪麗亞和法因戈德先生來說，我長個兒的原因從一開始就只有一個，他們稱之爲病：後腦勺挨了一石子兒，摔進墳坑裡。還在公墓時，瑪麗亞就把小庫爾特揍了一頓。我眞替庫爾特難過，不管怎麼說，他用石頭扔我，可能是爲了幫助我，使我快快長個兒。他也許是想要有一個眞正的、長大了的父親，或者僅僅想要個馬策拉特的替身，因爲他從不承認我是他的父親並尊重我。

我持續長個兒將近一年，男、女醫生都證明原因在於扔來的石頭和不幸摔倒，他們這麼說，還寫進我的病歷裡去：奧斯卡•馬策拉特，即畸形兒奧斯卡，因一塊石頭擊中後腦勺，等等，等等。

這裡有必要回顧一下我的三歲生日。大人們關於我的特殊歷史的開端是這樣說的：三歲那年，奧斯卡•馬策拉特從地窖樓梯上摔到水泥地上。這一摔，他就不再長個兒，等等，等等。

從這些說明可以看到，人有著一種可以理解的癖好，總要給任何奇蹟提供證據。奧斯卡必須承認，在他把神蹟看作不值得相信的幻想且擱在一邊之前，他也曾對每個神蹟做過極其周密的鑽研。

從薩斯佩公墓回來，我們見到的是特魯欽斯基大娘寓所的新房客。一個波蘭人的八口之家住進了廚房和兩個房間。他們心地還好，願意在我們另外找到住處之前收留我們。可是，法因戈德先生反對這麼多人擠在一起。他又想把我家的臥室還給我們，自己暫時住起居室。可是瑪麗亞不同意。她認爲自己剛守寡，與一位單身先生這樣親近地住在一起不合適。法因戈德有時沒有意識到他周圍並無他的妻子盧芭和他的家人，他常常感覺到他的太太在他的脊背裡，所以他有可能理解瑪麗亞所說的道理。由於盧芭太太和禮貌規矩，這樣安排不行，但他仍爲我們騰出了地窖。他甚至幫助我們布置儲藏室，可是不同意我搬進地窖去。因爲我病著，病得可憐，便爲我在起居室裡我可憐的媽媽的鋼琴旁邊設了一個臨時鋪位。

找醫生可難啦！大多數醫生都及時地隨著部隊的轉移而離開了城市，因爲西普魯士醫療保險機構已經遷去西邊，對於許多醫生來說，病人這個概念已變成不現實的了。法因戈德先生找了很久才在海倫・朗格學校裡找到了一位從埃爾平來的女醫生，她在那裡給並排躺著的國防軍和紅軍士兵做截肢手術。她答應方便時來，四天後果然來了，坐在我的病床旁，給我檢查時，接連抽了三、四支香菸，抽第四支時睡著了。

法因戈德先生不敢叫醒她。瑪麗亞猶豫地摳摳她。直到香菸慢慢燃盡，燒到了她的左手食指，女醫生才醒過來。她立即站起來，踩滅了地毯上的菸蒂，激動但簡要地說：「請原諒，我已經三個星期沒合眼了。我在凱澤馬爾克運送東普魯士兒童。上不了渡船，過不來。只運部隊。四千名兒童。全給炸死了。」接著，她像講述歸天的兒童那樣，乾脆地拍了拍我這個正在長個兒的孩子的面頰，又把一支菸插到嘴裡，捲起左手袖子，從皮包裡拿出一瓶安瓿劑。在給自己打這種興奮劑的時候，她對瑪麗亞說：「我根本說不出來這孩子是怎麼回事。必須進療養院。但不是在這裡。您考慮一下，走吧，朝西去。他的膝、手和肩關節都腫了。頭肯定也開始腫了。您給他做冷敷。我留給您幾片藥片，他疼痛和睡不了覺時服用。」

我喜歡這位乾脆的女醫生，她不知道我是怎麼回事，也承認她不知道。瑪麗亞和法因戈德先生在之後的幾星期裡給我進行了數百次冷敷，使我好受些，但不能阻止膝、肩和手關節，以及頭繼續腫脹和疼痛。首先是我那顆往橫長的腦袋，瑪麗亞和法因戈德先生見後驚駭萬狀。他們給我服那種藥片，但效力很快就過去了。他開始用直尺和鉛筆畫寒熱曲線圖，但又埋頭做起了實驗，把我的體溫塡到大膽設計的結構圖裡去。他在黑市上用人造蜂蜜換回一個體溫計，每天給我量五次，記錄下的結果使法因戈德先生的表格看上去像一道可怕地到處開裂的山脈——我想像著阿爾卑斯山脈、安地斯山脈的雪鏈。我的體溫情況倒沒有這麼離奇：早晨我多半是三十八度一；晚上升到三十九度；我在長個兒時期的最高體溫是三十九度四。發著燒的我，看到和聽到各種事情。我坐在旋轉木馬上，想下來，但不讓下來。我和許多孩子坐在消防車上，掏空的天鵝騎在狗、貓、豬、鹿背上，轉呀，轉呀，轉呀，我想下來，卻不讓下來。所有的小孩子都在哭，都和我一樣要從消防車上下來，掏空的天鵝從貓、狗、豬、鹿背上下來了，不想再乘旋轉木馬，但不讓下來。在天之父站在旋轉木馬老闆身邊，轉完一輪他又替我們付錢再轉一輪。於是我們一起祈求：「啊，天父，我們知道你有不少零錢，你願意讓我們乘旋轉木馬，向我們證明世界是圓的會使你高興。請收起你的錢袋，說一聲停，休息，下來，結束，打烊。我們這些可憐的孩子頭暈哪！人家把我們四千人送到魏克塞爾河口的凱澤馬爾克，可是我們過不來，因爲你的旋轉木馬，你的旋轉木馬……」

但是，親愛的上帝，天父，旋轉木馬老闆，如書①上所載的那樣微笑了，再次讓一個銅板從錢袋裡蹦出來，讓四千兒童，還有奧斯卡，乘上消防車，讓掏空的天鵝騎上貓、狗、豬、鹿，又旋轉起來。我的鹿——

我至今仍相信我騎的是鹿——每次馱我從天父和旋轉木馬老闆面前經過時，他就換了一副面孔。這一回變成拉斯普庭，他哈哈大笑，用他那祈禱治病者的牙齒咬著付給下一輪的銅板。這一回變成詩人君主歌德，他從繡花小錢袋裡誘出幾個銅板，正面都鑄有天父側面像。又是拉斯普庭，醉醺醺的，隨後是封·歌德先生，很有節制。同拉斯普庭癲狂一陣，又同歌德理智一會兒。拉斯普庭週圍的極端分子。歌德周圍的秩序的力量。群衆，拉斯普庭周圍的騷亂，日曆上歌德的格言……最後，旋轉木馬停了——不是因爲燒退了，而是因爲總有人探身過來解熱。法因戈德先生彎下腰來，停下了旋轉木馬。他讓消防車、天鵝和鹿停下，使拉斯普庭的銅板貶值，把歌德送到母親們那裡去，讓四千名暈頭轉向的兒童隨風飄去，飄到凱澤馬爾克，越過魏克塞爾河，飄向天國。他把奧斯卡從病床上抱起，讓他坐在來蘇兒②雲團上，換句話說，他給我消毒。

起先，這跟虱子有關，後來變成了習慣。他先在小庫爾特身上，之後在我身上，在瑪麗亞身上，在他自己身上發現了虱子。可能是那個使瑪麗亞失去馬策拉特的卡爾梅克人把虱子留給了我們。法因戈德發現虱子時大叫大嚷。他呼喚他的妻子、他的子女，懷疑他的全家都長了虱子，用人造蜂蜜和麥片換來了各種消毒劑，開始每天給他自己、他全家、小庫爾特、瑪麗亞和我，還有我的病床消毒。他給我們抹藥、噴藥、撒藥。在他又抹又噴又撒的時候，我的熱度升高，他的話語滔滔不絕，我於是得知，他在特雷布林卡集中營當消毒員的時期，曾經噴過、撒過、灑過幾車的石炭酸、氯和來蘇兒。每天中午兩點，他噴灑集中營內的道路、營房、淋浴室③、焚屍爐、成綑的衣服、還沒有淋浴而在等著的人們、已經淋浴而躺倒的人們、從爐子裡出來的一切、將進爐子的一切。消毒員馬里烏什·法因戈德噴灑來蘇兒水。他向我列舉了許多人的姓名，因爲他知道所有的姓名。他講到了比勞爾。在八月最熱的一天，比勞爾建議這位消毒員，不用來蘇兒水而用煤油噴灑在特雷布林卡集中營的道路上。法因戈德先生這麼幹了。比勞爾有火柴。猶太人戰鬥組織④的年邁的策夫·庫蘭德讓大家宣誓。工程師加列夫斯基撬開武器室。比勞爾一槍打死衝鋒隊大隊長庫特納。什圖爾巴赫和瓦倫斯基打倒了齊塞尼斯。其餘的人對付從特拉夫尼基營來的守衛。另一些人推倒柵欄。但是，平日帶領人們去淋浴時總要開玩笑的小隊長舍普克，這時守住營門射擊。可是這幫不了他的忙，因爲其他的人已經把他打倒。他們是阿德克・卡韋、莫特爾・萊維特、海諾克・萊勒爾、梅爾什・羅特布拉特、萊泰克・札賈爾、托西阿斯・巴蘭，以及他的德博拉。洛萊克・貝格爾曼喊道：「法因戈德是怎麼回事？飛機來以前，他也得一起走！」可是，法因戈德先生還在等他的妻子盧芭。可是她當時已不會來了，儘管他在喊她。他們從左右兩邊抓住他。左邊是雅庫布・格萊恩特，右邊是莫德哈伊・什瓦茨巴德⑤。跑在他前面的是小個子醫生阿特拉斯，此人在特雷布林卡集中營時已經推薦勤灑來蘇兒水，後來到了維爾納附近的森林裡還繼續推薦。他斷言：來蘇兒比生命更重要！法因戈德先生只好證實他所說有理，因爲他曾經用來蘇兒噴灑過死人，不是一個死人，而是許多死人，何必講數目呢，反正是死去的男男女女。他們的姓名他都知道，多得會讓人厭煩的，也會使在來蘇兒水裡游泳的我覺得，幾十萬有名有姓的人的生死問題反倒是次要的，重要的問題卻是用法因戈德先生的消毒劑，能否及時而充分地給生命，如果不是生命，那就是給死亡消毒。

之後，我的寒熱減退，時間已到四月。之後，我的體溫又上升，旋轉木馬又轉動了。法因戈德先生又給死人和活人噴灑來蘇兒。之後，我的寒熱又減退，四月過完了。五月初，我的脖子變短了，胸腔變寬，漸漸地向上隆起。最後，我不用低頭便能用下巴頦兒擦奧斯卡的鎖骨了。有一回，又有點發燒，又給噴了點來蘇兒。我聽到了瑪麗亞低聲說出的、在來蘇兒水裡游泳的話：「他可別長成畸形兒。他可別變成個駝背，他可別落個腦積水呀！」

法因戈德先生安慰瑪麗亞，告訴她，他知道一些人，儘管駝背與腦水腫，仍然幹出些名堂來。他說有一個叫羅曼•弗里德里希的人，駝著背到了阿根廷，在那兒開了一爿縫紉機店，後來買賣做大，而且有了名氣。

駝背弗里德里希功成名就的故事安慰不了瑪麗亞，卻使講故事的法因戈德先生自己聽了歡欣鼓舞。他決心使我家的殖民地商品店大大改觀。五月中旬，戰爭剛結束，店堂裡擺出了新貨物。第一批縫紉機和縫紉機零部件出現了，但生活用品還保留了一段時間，使這種過渡變得更容易些。天堂般的時期！支付幾乎不用現金了。交換，再交換，人造蜂蜜、麥片、最後幾袋厄特克爾博士發明的發酵粉、糖、麵粉和人造奶油變成了自行車，自行車和自行車零部件變成了電動機，電動機變成工具，工具變成皮貨，法因戈德先生又把皮貨變成了縫紉機。在變這種換換換的戲法的時候，小庫爾特幫了大忙。他帶來顧客，介紹生意，比瑪麗亞更快地熟悉了新行業。幾乎跟在馬策拉特時期一樣，瑪麗亞站在櫃檯後面接待還留在本地的老主顧，用結結巴巴的波蘭話問新遷來的主顧想要什麼。小庫爾特有語言天才。小庫爾特無處不在。法因戈德先生完全信賴小庫爾特。小庫爾特還不滿五歲卻有了專長，在車站街黑市上陳列的數百件蹩腳和中檔樣品中，他能一下子挑出一流的辛格爾牌和普法夫牌縫紉機來。法因戈德先生很賞識小庫爾特的知識。五月底，我的外祖母安娜•科爾雅切克從比紹步行，經布倫陶到朗富爾來看望我們。她氣喘吁吁地躺到沙發上。這時，法因戈德先生大大誇獎了小庫爾特一番，也說了幾句讚許瑪麗亞的話。他給我的外祖母原原本本地講了我的病史，一再指出他的消毒劑如何有效。他也認爲奧斯卡值得誇獎，因爲我老實聽話，生病期間沒有喊過一聲。

我的外祖母開口要煤油，說比紹沒有電了。法因戈德先生便向她講述自己在特雷布林卡集中營使用煤油的種種經驗，以及他身爲營地消毒員的多種任務，讓瑪麗亞灌了兩瓶煤油，每瓶一公升，外加一袋人造蜂蜜和各種消毒劑。他心不在焉卻又連連點頭地聽我的外祖母講打仗時比紹和比紹採石場如何被燒了個精光。她還講了菲爾埃克遭到的破壞，這個地方現在又叫菲羅加了。比紹也像戰前一樣又叫作比塞沃。埃勒斯，那個當過拉姆考農民協會負責人的，他眞有本事，娶了她哥哥的兒子的妻子，也就是待在郵局沒走的那個揚的妻子黑德維希，他被農業工人吊死在他的辦事處前。黑德維希差點兒也被吊死，因爲她本是一位波蘭英雄的妻子，卻嫁給了一個農民協會地方負責人，也因爲斯特凡當上了少尉，瑪爾加又是德國少女同盟的人。

「可是，」我的外祖母說，「他們再也抓不到斯特凡了。他已經在北極海喪了命，在天上。但他們要把瑪爾加帶走，關進什麼營裡去。這當口，文岑特開口了，講了許多，他這一輩子都沒講過這麼多。就這樣，黑德維希和瑪爾加現在到了我們家，幫著種地。可是文岑特不行了，他這回講得太多了，恐怕活不長久了。至於我這個老太婆，也是渾身痛，心口痛，腦袋都痛，像有個傻瓜在敲打，而且還覺得非這樣不可哩！」

安娜·科爾雅切克這樣訴著苦，昂起頭，撫摩著我正在長大的頭，考慮了一番，說出了下面一席頗有見地的話來：「卡舒貝人的情況就是這樣，小奧斯卡。他們的腦袋一直有人敲打。不過，你們快上那邊去了，那邊好一些，只有你的外祖母留在這裡。卡舒貝人是不會遷居的，他們必須一直待下去，伸出腦袋，讓別人來敲打。我們不是眞正的德國人，也不是眞正的波蘭人。一個卡舒貝人，既夠不上是個德國人，也夠不上是個波蘭人。而他們總要求是個百分之百的。」

外祖母說罷哈哈大笑。她把煤油、人造蜂蜜和消毒劑藏到那四條裙子底下，儘管發生了十分急遽的軍事、政治和世界歷史事件，這些裙子並沒有失去馬鈴薯的顏色。

外祖母要走了，法因戈德先生請她再待上片刻，說是要向她介紹他的妻子盧芭和其他家庭成員。安娜·科爾雅切克不見盧芭太太露面，於是說：「沒關係。我也一直在呼喚：阿格內絲，我的女兒，來呀，來幫你的老母親把衣服擰乾。她沒來，跟您的盧芭一樣。還有文岑特，我的哥哥，半夜三更，不顧自己在生病，也到門口去，把鄰居從睡夢中吵醒。他是在大聲呼喚他的兒子揚，揚待在郵局裡，結果喪了命。」

她已經到了門口，繫上頭巾，這時我從床上喊道：「姥姥，姥姥！」她回轉身來，把裙子撩起一點，她似乎想讓我鑽進去，把我帶走。這當兒，她大概想起了煤油、人造蜂蜜和消毒劑已經把地盤都占去了。於是，她走了，走了，沒有帶我走，沒有帶奧斯卡走。

六月初，第一批運輸列車朝西方開去。瑪麗亞不露聲色，但我發現，她也在跟家具、店鋪、公寓、興登堡大街兩側的墳墓，以及薩斯佩公墓的山丘告別。

晚上，她帶著小庫爾特回地窖以前，有時坐在我床頭我那可憐的媽媽的鋼琴前，左手拿口琴，右手用一個手指爲她的小曲伴奏。法因戈德先生受不了這音樂，請瑪麗亞停下來。瑪麗亞剛放下口琴，正要合上鋼琴蓋，他卻又請她再來一段。

接著，他向她求婚。奧斯卡早已看出要發生這種事了。法因戈德先生呼喚他妻子盧芭的次數越來越少。夏天的一個晚上，滿處是蒼蠅和嗡嗡聲，他肯定他的妻子已經不在人世了，於是向瑪麗亞求婚。她和兩個孩子，包括有病的奧斯卡在內，他都接納。他提出，寓所歸她，商店合夥。

瑪麗亞當時二十二歲。她少年時的美、像是偶然搭配而成的美看來已經固定，如果不說它變冷酷了的話。戰時最後數月和戰後開頭數月，她已經不燙頭髮了，而以前這是由馬策拉特付錢的。雖說她不像在跟我的那段時間裡那樣拖著兩條辮子，可她留起了披肩長髮，讓人覺得她是一個多少有點嚴肅、可能是精神苦惱的姑娘。此刻，這位姑娘說「不」，拒絕了法因戈德先生的求婚。瑪麗亞站在我家的地毯上，左手拉著小庫爾特，右手拇指指向瓷磚壁爐。法因戈德和我聽到她說：「這不行。這兒的一切都完了，過去了。我們去萊因蘭我姐姐古絲特那兒。她嫁給了一家飯店的領班。他名叫克斯特，願意暫時收留我們，我們三個。」

第二天她就遞交了申請。三天後我們拿到了證件。法因戈德先生不再說話，關了店門，瑪麗亞在收拾行李，他則坐在陰暗的店堂裡櫃檯上面天平旁邊，也不再舀人造蜂蜜吃。直到瑪麗亞要跟他告別時，他才從櫃檯上滑下來，推出他的帶拖斗的自行車，陪我們去火車站。

奧斯卡和行李——每人只許帶五十磅東西——被裝上兩個膠皮輪子的拖斗。法因戈德先生推著自行車。瑪麗亞手攙小庫爾特，當我們向左拐進埃爾森街時，她在街角再次回轉身來。我無法朝拉貝斯路方向轉過身去，轉身使我疼痛。奧斯卡的腦袋也就靜靜待在兩肩之間。我唯有用尚能轉動的眼睛招呼馬利亞街、施特里斯小溪、小錘公園、滴著的水越來越噁心的車站街地下道、我那未遭破壞的聖心教堂和朗富爾區火車站，現在叫作弗熱什奇，很難發音。

我們都得等候。後來火車來了，是貨運列車。有人，有許多許多的孩子。行李經過檢查，過磅。士兵們朝每節貨運車皮裡扔一綑乾草。沒有播放音樂。也沒有下雨。晴轉多雲，颳著東風。

我們上了倒數第四節車廂。法因戈德先生站在車下鐵軌上，稀薄的淺紅頭髮隨風飄拂。火車頭猛地一撞宣告它的到來，法因戈德先生走近車廂，遞給瑪麗亞三小袋人造奶油和兩小袋人造蜂蜜。用波蘭話講的命令、叫聲、哭聲宣告列車開動，這時他又在旅行食品之外添加了一袋消毒劑——來蘇兒比生命更加重要！我們走了，留下了法因戈德先生。他筆直地站著，符合列車出發時的規定，淺紅頭髮飄拂著，變得越來越小，只剩下揮動的手，終於不再存在。

---

①指《聖經》。

②來蘇兒，一種消毒劑，亦譯「來沙兒」。

③納粹用語，指集中營裡的煤氣室。
④一九四二至一九四三年在猶太人隔離區內建立的地下反抗運動。
⑤這一段敘述一九四三年八月二日，特雷布林卡集中營部分囚犯放火燒營，逃出了六百人，到戰爭結束時，其中倖存者僅約四十人。

在貨運車廂裡長個兒

今天，疼痛還在折磨我，方才就痛得我一頭倒在枕頭上。疼痛使我清晰地感覺到了足和膝關節，使我變成了「格格響」，這意思是奧斯卡不得不格格地咬牙，讓自己聽不到各個關節窩裡骨頭的格格響。我看了看十個手指頭，不得不承認它們全腫了。我最近一次試著敲鼓，結果證明，奧斯卡的手指不單單有點腫，而且眼下已經不能用來從事這種職業，連鼓棒都捏不住了。

連自來水筆也不聽我的使喚。我不得不請布魯諾替我冷敷。手、足、膝都敷上了，額頭也敷上了毛巾，我於是用鉛筆和紙來裝備我的護理員布魯諾，我不願把自來水筆借給他。布魯諾願不願、能不能好好聽著呢？他對於一九四五年六月十二日開始的那次旅行的複述會合乎要求嗎？布魯諾坐在小桌前那幅銀蓮花畫下方。現在他轉過頭來，我見到了他的半邊臉，他的怪獸眼朝我的左右兩側望去。他把鉛筆橫放在噘起的薄嘴唇間，裝出等待的樣子。就假定他確實在等待我發話，等待開始記錄的信號吧！他的思想正圍著他的編結物轉圈。

他要用包裝線繩來編結，而奧斯卡的任務正相反，他要藉助豐富的言詞把我混亂的故事理出個頭緒來。布魯諾現在動筆寫了：

我，布魯諾．明斯特貝格，紹爾蘭的阿爾特納人，未婚，無子女，本地療養與護理院私人部護理員。馬策拉特先生是我護理的病人，安置在此已一年有餘。我還護理著別的病人，這裡就不談他們了。馬策拉特先生是之中最無危險的病人。他從未失去自制能力，以致我不得不把其他的護理員都叫來幫忙。他寫得太多了些，鼓也敲得太多了些。為能體諒他操勞過度的手指，今天他請我代筆，別再做我的編結物。

然而我仍把線繩藏在口袋裡，在他講述的同時，用下肢開始編結一個形象，並根據馬策拉特先生所講的故事，我將給它取名為「東方難民」。這並非我取自我的病人的故事的第一個形象。至今為止，我已經編結了他的外祖母，取名為「四條睡裙中的蘋果」；我用線繩編結了他的外祖父，那個筏運工，大膽地取名為「哥倫布」；經過我的編結，他的可憐的媽媽變成了「食魚女人」；根據他的兩個父親馬策拉特和揚．布朗斯基，我編結了一對形象，叫作「兩個施卡特牌迷」；我把他的朋友赫伯特．特魯欽斯基疤痕累累的後背也用線繩編結出來，稱這個模型為「不平坦地段」；個別的建築物，如波蘭郵局、塔樓、市劇院、軍火庫巷、航海博物館、格雷夫的蔬菜窖、佩斯塔洛齊學校、布勒森游泳場、聖心教堂、四季咖啡館、波羅的海巧克力廠、大西洋壁壘的許多地堡、巴黎的艾菲爾鐵塔、柏林什切青火車站、蘭斯大教堂，以及馬策拉特先生初見世界之光的公寓，我都一個結一個結地複製了出來。薩斯佩和布倫陶的公墓的欄杆和墓碑，為我的線繩提供了可以仿效的圖案。我一線一線地編結，讓魏克塞爾河和塞納河流淌，讓大西洋的浪濤撞擊我的線繩海岸，讓線繩變成卡舒貝的馬鈴薯地和諾曼第的牧場。如此這般產生的田野，我稱之為「歐羅巴」，還讓幾組群像定居在那裡。例如：郵局保衛者、殖民地商品商、講壇上的人們、講壇前的人們、拿紙袋的國民小學學生、垂死的博物館看守、準備過聖誕節的青年刑事犯、晚霞前的波蘭騎兵、螞蟻創造歷史、前線劇團為士官與士兵演出、特雷布林卡集中營裡站著的人給躺倒的人消毒。我現在開始編結東方難民形象，它大有可能演化為一組東方難民群像。

馬策拉特先生於一九四五年六月十二日上午十一時左右由但澤，那時已叫作格但斯克，啟程。陪同他的有寡婦瑪麗亞・馬策拉特（我的病人稱她為他從前的情人）和小庫爾特（我的病人的假想兒子）。此外，在這節貨運車廂裡據說還有三十二人，其中有四個穿教團服的聖方濟各派修女，一個繫頭巾的年輕姑娘，奧斯卡・馬策拉特先生想把她認作一位名叫盧齊・倫萬德的小姐。經我多次質問，我的病人才承認，那位姑娘叫雷吉娜・拉埃克，但他繼續談著一張無名的三角形狐狸臉，後來又稱呼其名，叫盧齊，這並不妨礙我仍把這位姑娘叫作雷吉娜小姐並記錄下來。與雷吉娜・拉埃克同行的有她的父母、祖父母以及一個有病的伯父。此人不僅帶著家眷，還帶著他的胃癌去西方，話不絕口，車一開就冒充自己是個前社會民主黨黨員。就我的病人記憶所及，直到格丁尼亞（此地有四年半之久被叫作哥滕港），一路太平。從奧利瓦來的兩個婦女、許多孩子和一位從朗富爾來的年歲較大的先生，剛過索波特就哭開了，修女們則喃喃祈禱。在格丁尼亞，火車停了五小時。又讓兩個婦女和六個孩子上了這節車廂。社會民主黨人對此提出抗議，說他有病，說他身為社會民主黨人從戰前起就要求特殊待遇。他不肯讓出地方，負責運輸的一名波蘭軍官摑了他一記耳光，用相當流利的德語說，什麼社會民主黨人，他不懂這是什麼意思。戰時，他在德國的許多地方待過，可從來沒有聽到過社會民主黨人這個詞兒。這個患胃癌的社會民主黨人沒來得及向這名波蘭軍官說明德國社會民主黨的涵義、本質和歷史，因為這名軍官已經下了車廂，拉上門，反鎖上了。

我忘了寫，所有的人都坐在或躺在乾草上。下午，火車開了，幾個婦女嚷道：「我們又開回但澤去了。」但這是個錯覺。火車只是調軌，接著又朝西向斯托爾普駛去。到斯托爾普這一段走了四天，因為列車在車站外的路段上經常被以前的游擊隊和波蘭青年團夥截住。這些年輕人打開車廂的門，放進一點新鮮空氣，把污濁空氣和一些旅行行李帶出車廂。每當年輕人占領馬策拉特先生所在的那節車廂時，那四個修女總要舉起雙手，緊握住掛在修女服前的十字架。這四個釘在十字架上的基督給年輕人印象很深。他們先畫十字，隨後把乘客的背包和箱子扔到鐵路路堤上。

那個社會民主黨人拿出一紙證書給小伙子們看。這是他在但澤或格但斯克時，波蘭當局證明他從一九三一年到一九三七年是社會民主黨繳納黨費的黨員的文件。小伙子們沒有畫十字，一巴掌擊落他手裡的證書，抄走了他的兩口箱子和他妻子的背包。連這個社會民主黨人墊在身下的上好的大方格冬大衣也被帶到了新鮮的波莫瑞空氣中去了。

可是，奧斯卡·馬策拉特先生仍說，這些小伙子給他的印象是既能幹又有紀律。他說這是由於受了他們的首領的影響，他們的首領儘管年輕，剛滿十六歲，卻已經是個人物的樣兒了。這又使馬策拉特先生既痛心又高興地回想起撒灰者團夥的首領，回想起那個施丟特貝克。

當那個與施丟特貝克如此相像的年輕人正要從瑪麗亞·馬策拉特太太手裡奪走背包並終於奪走時，馬策拉特先生在最後一剎那從背包裡一把抓過幸好放在最上面的那本家庭照相簿。團夥首領勃然大怒。可是，我的病人打開照相簿，給那小伙子看他的外祖母科爾雅切克的照片。小伙子也許想起了自己的外祖母，便放下了瑪麗亞太太的背包，兩手搭在他的波蘭多角帽上致意，對著馬策拉特一家說了聲：「再見！」又抓起別的乘客的箱子代替馬策拉特家的背包，帶著他的人離開了車廂。

在多虧了那本家庭照相簿才留在這家人手裡的背包中，除裝有幾件替換衣服外，還有殖民地商品店的帳冊和營業稅單據、儲蓄存摺、一串原來屬於馬策拉特先生的母親的紅寶石項飾，由我的病人藏在一袋消毒劑裡，再來就是那本一半由拉斯普庭的篇章、一半由歌德的著作合成的教科書，它也一同西行了。我的病人說，整個旅途中，他的膝上多半放著家庭照相簿，有時也放著那本教科書，翻閱著，儘管四肢劇烈疼痛，這兩本書卻賜予他許多個愉快、沉思的時辰。

我的病人要求我這樣往下寫：搖晃與震動，駛過道岔和交軌處，伸開四肢躺在一節車廂不停地震顫著的前軸上方，這都促進他長個兒。他不再像以前似的往橫的長，而是往高的長了。雖腫但不發炎的關節鬆開了。甚至他的耳朵、鼻子和生殖器官，如我所聽到的，也在貨運車廂撞擊軌縫時變長了。只要運輸列車在野外行駛，馬策拉特先生顯然不感覺痛苦。只要列車一停，又有游擊隊和青年團夥來訪，他就會受刺痛和拉痛的折磨，如前所述，他就用鎮痛照相簿來對付。

據他說，除了那位波蘭施丟特貝克以外，還有許多別的青年強盜和一個年歲較大的游擊隊員對照相簿發生過興趣。這位老戰士甚至坐下來，點上一支香菸，不慌不忙地翻看照相簿，一張照片都不漏，從外祖父科爾雅切克的肖像看起，跟蹤照片豐富的家庭興旺，直到瑪麗亞・馬策拉特與她一歲、兩歲、三歲和四歲的兒子小庫爾特一起拍的快照。我的病人看到，他在觀賞幾張家庭田園生活照片時甚至微笑了。只有幾張照片，已故馬策拉特先生上裝上的黨徽和拉姆考農民協會負責人、娶了郵局保衛者揚・布朗斯基之寡妻黑德維希的埃勒斯先生衣領上的黨徽太過於明顯，觸怒了這位游擊隊員。我的病人就在這位持批評態度的男人的眼睛底下，用一把早餐刀的刀尖刮掉了照片上的黨徽，才使他感到滿意。

馬策拉特先生正好想要改變我的看法。他說，這個游擊隊員跟其他許多假游擊隊員正相反，曾經是個真游擊隊員。他聲稱：游擊隊員從來不是臨時的，而是一貫的、長久的，他們把被推翻的各屆政府扶上臺，又推翻藉助游擊隊之力才被扶上臺的各屆政府。根據馬策拉特先生的論點——這本該使我明白，在所有從事政治的人中間，本性難移、自我分化的游擊隊員是最具有藝術家天賦的，因為他們把自己剛創造出來的東西隨手就扔掉了。

我自己的情況也差不多。我的編結物剛在石膏裡定型，我就一拳把它砸碎了，這種事不是經常發生嗎？我尤其想到我的病人幾個月前給我的委託，他要我用簡單的線繩把俄國的信仰治療者拉斯普庭和德國的詩人君主歌德編結為一個人，根據我的病人的要求，這個人還得跟他，跟我的委託人，十二分相似。為了讓這兩個極端終於有效地產生出一個結合體來，我不知花掉了多少公里的線繩。可是，要讓它像我的病人，像馬策拉特先生所推薦的那個模特兒，我可沒有辦法，也不會滿意。我右手編結成了的，左手就把它拆掉，我左手做成形了的，右手一拳就把它砸碎。

可是，馬策拉特先生也不能使他所敍述的事保持直線運動。那四個修女，他時而說她們是聖方濟各派的，時而又說是仁愛會派的。除此以外，尤其是那個年輕姑娘，她有兩個姓名，但都有一張據說是三角形的狐狸臉，她一再地使他關於那次由東方到西方的旅行報導變得散亂無序。而我，作為複述人，不得不記下兩種甚至多種不同的講法。可是，這並非我份內的事，所以我就抓住了那個社會民主黨人。在整個旅途中，他沒有改變嘴臉，據我的病人講，直至快到斯托爾普之前，他一路上反覆對同行的乘客講，他也算是一種游擊隊，犧牲了業餘時間，拿健康當兒戲，到處貼標語，一直貼到一九三七年，要知道，冒雨貼標語的社會民主黨人為數甚少，而他便是其中之一。

眼看就要到斯托爾普了，貨運列車卻又停下，也不知是第幾次停車了。這時他還在講貼標語的事。停車的原因是來了一個人數較多的青年團夥。幾乎沒有什麼行李了，小伙子們就動手剝旅客的衣服。他們還算有理性，只限於剝男人的上裝。這位社會民主黨人卻無法理解，他認為，寬大的修女服若是到了靈巧的裁縫手裡，能裁剪出許多件像樣的上裝來。這位社會民主黨人，如他自己所說，是個無神論者。那些年輕強盜雖然沒有宣布自己的信仰，卻是屬於那唯一賜福的教會的，他們不要可以派上許多用場的修女們的毛料服，偏要這位無神論者的料子裡含木漿的單排扣上裝。他不願脫下上裝、背心和褲子，卻講起他那段社會民主黨標語張貼者的生涯來，時間雖短，但富有成效。他一味講著，人家剝他的衣服，他便反抗，被一隻穿著前國防軍短統靴的腳踢在了胃上。

這個社會民主黨人大口地嘔吐不止，最後大口噴血。這時，他可以放心穿著他的上裝了，小伙子們對這件弄髒了但經過徹底的化學洗滌尚能挽救的衣服，已失去了任何興趣。他們放棄了男人上裝，卻剝下了瑪麗亞·馬策拉特的淺藍色人造絲上裝和那個不叫盧齊·倫萬德而叫雷吉娜·拉埃克的年輕姑娘的貝希特斯加登毛線夾克衫。接著，他們拉上了車廂門，但沒有關嚴。火車開了，那個社會民主黨人開始噝氣。在距斯托爾普兩、三公里處，貨運列車被拉到一條停放線上，停在那裡過夜，星星亮晶晶，但六月的夜卻是很涼的呀。

正如馬策拉特先生所述，那天夜裡，那個太捨不得他的單排扣子上裝的社會民主黨人，大聲而下流地褻瀆上帝，號召工人階級鬥爭，像在電影裡能聽到的那樣，他最後一句話是「自由萬歲」，末了，一陣嘔吐，死了，使全車廂充滿了恐懼。

我的病人說，接下來並沒有人喊叫。車廂裡變成一片寂靜，而且始終保持著寂靜。只有瑪麗亞太太的牙齒在打架，她沒有上裝正在挨凍，剩下的最後幾件內衣都蓋在兒子庫爾特和奧斯卡先生身上了。天快亮時，兩個有膽量的修女發現車廂門沒關嚴是個機會，便清掃車廂，把濕透的乾草、小孩和大人的糞便，還有那個社會民主黨人吐出的血都掃到了路堤上去。

在斯托爾普，列車由波蘭軍官進行檢查。同時，分發熱湯和類似麥芽咖啡的飲料。馬策拉特所在車廂裡的屍體由於有傳染瘟疫的危險，便被沒收，由衛生兵用木板抬走。修女們出面說情之後，一名階級較高的軍官允許死者家屬做一次短時間的祈禱。另外也准許脫下死者的鞋、襪和上裝。後來又用空水泥袋蓋住了木板上的屍體。在剝衣服場面發生時，我的病人打量著被剝去衣服者的姪女。這個姓拉埃克的年輕姑娘使他既厭惡又著迷地聯想到那個盧齊•倫萬德，我已用線繩複製了她，並給這個編結物取名為「吞食香腸麵包的女郎」。車廂裡的那個姑娘，雖說沒有當著她遭搶劫的伯父的面抓起一個夾香腸麵包，連香腸皮一起吃了個精光，卻參與了搶劫，從她伯父那裡繼承來一件背心，穿到身上，代替被搶走的夾克衫，掏出小鏡子，打量她這不算不合身的新打扮。她用鏡子捕捉到了我的病人和他的鋪位，這樣在鏡子裡反映出來，然後公然用三角臉上的瞇縫眼冷漠地觀察他。直到今天，我的病人一想起此事，就會陷入無名的驚慌。

從斯托爾普到什切青，火車走了兩天。被迫停車的次數還相當多，那些手執傘兵刀和機關槍的半成年人的來訪，他們已經慢慢地習以為常，但來訪時間一次比一次短，因為從旅客身上已經榨不出任何油水了。

我的病人聲稱，在從但澤—格但斯克到什切青的旅途中，在這一週內，他的身高增加了九公分，如果不是十公分的話。首先，大腿和小腿長了一截，胸腔和頭卻幾乎沒有延伸。在旅途中，我的病人雖說是背著地躺著，但這未能阻止一塊偏向左上方的隆肉生長。馬策拉特先生還說，過了什切青——其間列車已由德國鐵路人員接管——疼痛加劇，單靠翻看家庭照相簿已不能使他忘掉痛苦。他不得不多次持續地叫喊，這叫喊聲雖然沒有破壞任何車站的玻璃——馬策拉特先生說：我的聲音已經喪失了任何唱碎玻璃的潛能——卻把四名修女召集到了他的鋪位前，讓她們無盡期地禱告。

半數旅客在什未林下車，其中有死去的社會民主黨人的親屬以及雷吉娜小姐。馬策拉特先生深感遺憾，因為這位年輕姑娘的面孔他已經看熟，而且看到這張面孔已變得非常必要，所以她走後，他突然驚厥過去，全身痙攣，同時發高燒。據瑪麗亞・馬策拉特太太講，他拚命呼喚盧齊，自稱怪獸和獨角獸，表示出他害怕從十公尺跳臺上跳下來，卻又有跳下來的樂趣。

到了呂內堡，奧斯卡・馬策拉特先生被送到一家醫院。他在高燒中認識了幾位護士，但緊接著就被轉送到漢諾威大學附屬醫院。在那裡，他的體溫總算被壓下去了。瑪麗亞太太和她的兒子庫爾特很少見到馬策拉特先生。後來，她在醫院裡找到了清潔工的職務，這才每天見面。可是，在醫院裡或醫院附近都沒有住房可供瑪麗亞太太和小庫爾特落腳，難民營裡的生活又日益無法忍受。瑪麗亞太太每天得乘坐三小時的火車，車上擠滿了人，常常得踩在車門踏板上。醫院跟難民營就是離得這麼遠。醫生們儘管很不放心，但還是同意把病人轉到杜塞爾多夫市立醫院去。瑪麗亞太太也出示了一份移居批准書：她的姐姐古絲特戰時嫁給居住在杜塞爾多夫的一個領班，她將把她的兩間半套房的一個房間提供給馬策拉特太太使用，因為領班不需要住處，他現在待在俄國人的戰俘營裡。

寓所地點很好。只須搭乘由比爾克火車站開往韋斯滕和本拉特方向的所有有軌電車，不必轉車，便可方便地到達醫院。馬策拉特先生從一九四五年八月到一九四六年五月一直待在那裡。在方才的一個多小時裡，他同時向我講述了那家醫院裡許多位護士的事情。她們是：莫尼卡姆姆，黑爾姆特魯德姆姆，瓦爾布加姆姆，伊爾澤姆姆，格特露德姆姆。他回憶著醫院裡廣為擴散的流言蜚語，賦予護士日常生活中諸如此類的事情和她們的職業服裝一種誇大了的意義。就我的記憶所及，他從未講到過那時候醫院裡糟糕的伙食和暖氣設備蹩腳的病房。他只談護士、護士的軼事、護士極其無聊乏味的環境。他祕密地小聲報導說，那裡有過這樣的傳聞：伊爾澤姆姆向護士長打小報告，護士長在午休過後不久便去檢查見習護士的宿舍，因為有什麼東西被偷了。一個從多特蒙德來的護士——我想他說的是格特露德——被懷疑，但冤枉了她。他瑣碎地講了護士跟年輕醫生的故事，可他們只想從護士那裡得到香菸商標。一個藥劑師女助理，不是護士，自己給自己打胎，或者得到了一個助理醫生的幫助，於是進行了調查，這種事情他也認為有敘述的價值。我不理解我的病人，他竟把自己的才智浪費在這些陳腐平庸的事情上。

此刻，馬策拉特先生請我描繪他。我快活地滿足了他的願望，跳過了那些故事中的一部分，因為那些都同護士有關，反正他自己已經生動地描寫過了，又添加了一些有份量的話語。

我的病人身高一百二十一公分。兩肩之間幾乎萎縮的脖子上頂著一顆大腦袋，即使安到發育正常的成年人身上也顯得太大。胸腔突出，後背隆起，學名駝背。他的一雙藍眼睛，目光炯炯，機靈地滴溜轉動，有時睜得大大的，狂熱癡情。他那微鬈的深褐色頭髮長得很密。他喜歡露出他那同其他肢體相比顯得健壯的臂膀以及——如他自己所說——漂亮的手。尤其在奧斯卡先生擊鼓時——療養院管理處允許他每天敲三小時，至多四小時，他的手指運用自如，彷彿是長在另一個肢體比例正常的人身上似的。馬策拉特先生靠灌唱片變得非常富有，今天還靠灌唱片掙錢。想要謀利的人都在探望日來拜訪他。早在他的那場官司開始之前，在他被送到我們這裡來之前，我已經久聞其名，因為奧斯卡·馬策拉特先生是一位大名鼎鼎的藝術家。我個人相信他是無罪的，因此，我不好說他是否會在我們這裡待下去，抑或有朝一日會出院，重操舊業，蜚聲藝壇。現在，我又該替他量身高了，雖說兩天前剛剛量過……

我的護理員布魯諾的複述，我不想再去覆審。我，奧斯卡，又拿起了筆。布魯諾剛用摺尺給我量過身高。他把尺留在我的身上，離開了我的房間，一邊大聲宣告測量的結果。甚至他在我講述時偷偷做的編結物也落在了地上。我想，我要去叫霍恩施泰特博士小姐。

在女醫生霍恩施泰特來到病房並向我證實布魯諾測量的結果之前，奧斯卡先對各位讀者講了吧：在我向我的護理員講述我長個兒歷史的三天內，我贏得了——難道這是一種盈利嗎？——整整兩公分的身高。

就這樣，奧斯卡從今天起身高爲一百二十三公分。現在他將報導，戰後，人家讓他離開杜塞爾多夫市立醫院，而他也能開始——人家讓他出院時也始終這樣設想——過成年人的新生活之後，他，一個會說話、猶豫地寫著、勤奮地讀著、雖然畸形但此外相當健全的年輕人究竟境況如何。

第三篇

打火石與墓碑

肥肥胖胖，成天睡眼朦朧，菩薩心腸。古絲特・特魯欽斯基成了古絲特・克斯特後，自身不需要有什麼改變。加之，她跟克斯特相處的時間實在有限：克斯特上船去北極海前線之前休假十四天，他們訂婚；他從前線回來休假兩週，他們結婚，多半時間躲在防空洞裡。庫爾蘭的軍隊投降後，雖然沒有傳來過克斯特還活著的消息，但每當有人問起她的丈夫時，古絲特便用大拇指指著廚房門，有把握地說：「他在那邊伊凡的戰俘營裡。只要他一回來，這裡就會大大變樣。」

比爾克區的這個寓所裡留待克斯特去改變的事情，指的是瑪麗亞和庫爾特來到後的生活。人們讓我出院了，我告別了護士們，答應有時會去看她們，便乘上有軌電車到比爾克去找這姐妹倆和我的兒子庫爾特。那幢公寓，從四樓到屋頂全燒光了。我到了三樓，發現這裡已成了瑪麗亞和我的兒子所經營的一個黑市商品中心。小庫爾特六歲，也扳著手指在計算。

瑪麗亞即使做黑市交易也忠於她的馬策拉特，她做的是人造蜂蜜生意。她正從沒有商標的桶裡舀出蜂蜜，倒在磅秤上。我剛進門，還沒能熟悉這狹窄的天地，她就要我把蜂蜜裝進袋子，每袋四分之一磅。

小庫爾特坐在一只貝西爾洗衣粉木箱後面，像是坐在櫃檯後面，雖說也看了一眼他病癒回家的父親，但他那雙冬天似的灰眼睛卻盯著什麼值得看的東西，而且要把目光穿透我才能看清。他面前放著一張紙，正在紙上編排想像的數字縱隊。他在人頭擠擠、暖氣設備不佳的教室裡才上了六星期課，已經擺出一副冥思苦索者和一心出人頭地者的架式。

古絲特・克斯特在喝咖啡。她把一杯咖啡推到我的面前，我發現，是眞咖啡。我忙於包裝人造蜂蜜的時候，她好奇地注視著我的駝背，露出同情她的妹妹瑪麗亞的神情。坐著不動，不讓她摸摸我的駝背，她覺得難以做到。對於所有的女人來說，摸摸駝背便會走運。對於古絲特來說，走運就是克斯特回鄉，改變一切。她克制住自己，摸摸手裡的咖啡杯算是替代，可這不會使她走運，於是大聲嘆了一口氣。在以後的幾個月裡，我將每天都能聽到她嘆氣。她說：「克斯特一回來，這裡就會大大變樣，你們可以相信此話，雖說你們還沒有見到他。」

古絲特譴責黑市交易，卻又愛喝靠人造蜂蜜換來的眞咖啡。顧客一來，她就離開起居室，穿著拖鞋進廚房，在那裡弄出格格的聲響以示抗議。

顧客很多。九點剛過，早飯剛吃完，門鈴就開始響了：短——長——短。入夜，將近十點時，古絲特關掉電鈴，常常不顧小庫爾特的抗議，他因爲上學，只能利用一半的交易時間。

上門的人說：「有人造蜂蜜嗎？」

瑪麗亞溫柔地點點頭並問：「四分之一磅還是半磅？」上門的人也有不要人造蜂蜜的。他們會說：「有打火石嗎？」一天上午、一天下午交替著去學校的小庫爾特，從他的數字縱隊裡鑽出來，伸手去摸毛衣裡面的衣服口袋，用小孩挑戰的清脆聲音把數字送進起居室的空氣中去：「想要三塊還是四塊？您最好要五塊。馬上要漲價，至少二十四。上星期是十八，今天早晨我已經不得不開價二十。如果您早兩個小時，我剛放學回來，我還可以只要您二十一。」

在長四條街、寬六條街的地盤內，小庫爾特是獨一無二的火石商。他有個來源，但從不洩露這個來源，卻又一再說：「我有個來源！」甚至他上床前也說，以此代替做晚禱。

我身爲父親，有權要求知道我兒子的來源。他從不神祕反倒是自信地宣布：「我有個來源！」他一說，我緊接著便問：「你的火石是從哪兒搞來的？快些告訴我，你是從哪兒搞來的！」

在我調查這個來源的那幾個月裡，瑪麗亞總是說：「別管你弟弟，奧斯卡。一來這跟你無關，二來如果該問我早就問了，三則你別裝成像他的父親似的。幾個月前，你連個『呸』都不會說呢！」

遇上我不肯罷休，硬要追問出小庫爾特的來源時，瑪麗亞會用巴掌猛拍人造蜂蜜桶，怒火一直燒到胳膊肘，同時攻擊我和有時支持我調查來源的古絲特：「你們都是飯桶！還想破壞我兒子的買賣。你們賴以生活的，正是他辛辛苦苦掙來的。我一想到奧斯卡得到的那幾卡路里①的病人補貼被他兩天內就吃光時，我就會生氣，可實際上我只覺得可笑。」

奧斯卡不得不承認，我住院時，胃口好得出奇，醫院的伙食卻少得可憐，多虧了小庫爾特的這個來源——這比人造蜂蜜的收入要多——我才能恢復體力。

父親不得不慚愧地沉默不語，帶著小庫爾特天眞地發慈悲而給他的相當多零花錢，儘量地少待在比爾克區的寓所裡，免得見到自己丟人現眼。

今天，各種地位優越的經濟奇蹟評論家們越是少去回憶當時的環境，就越加歡欣鼓舞地說：「幣制改變之前的時期已經是難以置信的。現在已經活躍起來了！人們肚裡空空，卻還去排隊等戲票。各種臨時安排的馬鈴薯燒酒聚會簡直像神話一般，比今天通常舉行的香檳酒和魚子醬宴會不知有趣多少倍。」

這些人，你可以把他們叫作錯失機會的浪漫派。我本來也可以像他們一樣地悲嘆自己錯失了機會，因爲在小庫爾特那個打火石來源像泉源迸湧的幾年裡，我幾乎不費分文地在成千努力補習和學習的人的圈子裡受教育，報名上業餘大學的課程，成了名叫「橋」的不列顛中心②的常客，與天主教徒和新教徒討論集體罪責③。我跟所有這些人一起感到有罪過，他們當時想的是：我們現在承擔罪責，那麼事情也就會過去，將來情況好轉時，我們也就不必再感到內疚了。

多虧了大學夜間部，我才具備了過得去的文化水準，當然學得不系統，有缺漏。當時，我讀了許多書。我長個兒以前的那本讀物，它只教給我可以把世界分成兩半，一半屬於拉斯普庭，一半屬於歌德，再就是我從一九〇四年至一九一六年的克勒的《船隊年鑑》上得到的知識，這些我都覺得不夠了。我讀書之多連自己都記不清了。上廁所我也讀書。夾在捧著書閱讀、拖著莫札特辮子的年輕姑娘中間排幾小時隊買戲票時，我也讀書。小庫爾特出售打火石的時候，我也讀書。我在包裝人造蜂蜜的時候也讀書。停電的時候，我藉蠟燭光讀書，蠟燭也是靠小庫爾特的來源弄到的。

說來慚愧，那些年裡的書我並沒有讀進去，而是前讀後忘，只留下片言隻語，若干格言。話劇呢？只記住幾個演員的姓名：霍佩、彼得•埃塞爾、弗麗肯席爾德和她發音特別的字母「r」，在實驗劇場演出還有待弗麗肯席爾德糾正「r」發音的戲劇學校女學生，以及格林德根斯。他扮演塔索，一身黑服，把歌德在劇本中規定要戴的桂冠從假髮上取下，因爲這綠東西燙焦了他的鬈髮。這同一個格林德根斯穿同樣的黑服扮演哈姆雷特。弗麗肯席爾德說，哈姆雷特太肥。給我留下印象的倒是約里克的顱骨④，因爲格林德根斯就這頭顱所講的一番話相當有份量⑤。後來他們在沒有暖氣的劇場裡演出《在大門外》⑥，觀衆無不震驚。我則把戴破眼鏡的貝克曼想像成古絲特的丈夫，回鄉的克斯特。他如古絲特所說改變了一切，塡平了我的兒子庫爾特的打火石泉源。

今天，對我來說，這些都已成往事；今天，我也懂得了戰後的醉酒狀態只不過是一種醉酒狀態罷了，它必定帶來宿醉的痛苦，像一隻雄貓⑦，喵嗚喵嗚叫個不停。今天，它已經宣布這一切已經成爲歷史，而昨天，這一切對於我們來說，則是親手幹的行爲或罪行，還是新鮮的和血淋淋的。正因爲如此，今天，我還是喜歡格蕾欣·舍夫勒一邊回顧「力量來自歡樂」組織的旅遊，一邊編織毛衣時講的課：不太多的拉斯普庭，適度的歌德，提綱挈領地談凱澤的《但澤城歷史》，早已沉沒的班輪的設備，投入對馬海戰的全部日本魚雷艇的速度是多少節，此外還有貝利薩爾和納賽斯，托蒂拉和泰耶，菲利克斯·達恩的《羅馬之戰》。

一九四七年春，我已經放棄了大學夜間部、不列顛中心和尼默勒牧師⑧，告別了三樓樓廳和一直還在扮演哈姆雷特的古斯塔夫·格林德根斯。

我在馬策拉特的墳墓旁決定長個兒以來還不到兩年，已經覺得成年人的生活千篇一律。我思念著已經失去了的三歲孩子的身材。我堅定不移地想要恢復九十四公分的身高，比我的朋友貝布拉，比已故的羅絲維塔更矮。奧斯卡惦念他的鼓。幾次遠道散步把他帶到了市立醫院附近。他反正每月要去看一次稱他爲有趣的病例的伊德爾教授，便一再去拜訪他認識的護士們，雖說她們沒有時間陪他，但待在這種白色的、匆匆而過的、預示康復或者死亡的衣料旁邊，他感覺愉快，幾乎感覺到幸福。

護士們喜歡我，拿我的駝背開玩笑，天眞稚氣，不含惡意，給我一些好東西吃，向我透露她們的醫院祕聞，無窮無盡，錯綜複雜，讓人聽得既高興又疲倦。我洗耳恭聽，出些主意，甚至能調解一些小小的不和，因爲我具備護士長的同情心。在二十到三十個藏身於護士服中的姑娘之間，我是唯一一個被她們以奇特方式追求著的男人。

布魯諾已經講過，奧斯卡有一雙漂亮、會說話的手，一頭波浪形柔髮，一對相當藍的、始終討人喜歡的布朗斯基的眼睛。我的駝背和我那從下巴底下開始同樣隆起、同樣狹窄的胸腔，有可能反襯出我的手和眼睛的美，我的頭髮討人喜歡，不管怎麼說，這樣的情況是經常發生的：當我坐在她們的護理站裡，護士們總要抓我的手，撫弄我的頭髮，或一邊往外走一邊對人說：「看著他的眼睛，會把他身上其他部分完全忘掉的。」

因此，我已經戰勝了我的駝背，如果我當時有鼓在身邊，如果我對過去多次被證實的鼓手的潛力有十足的把握，我肯定會下決心在醫院內部進行征服。然而，我羞愧地、毫無把握地不相信我的肉體可能會有任何衝動，在這溫情脈脈的序幕之後，離開了醫院，逃避了決戰。我去透透氣，在花園裡或者繞著醫院外面的鐵絲網籬笆散步。籬笆的鐵絲網眼很密，又有規則，使我不覺吹起了口哨，冷靜下來。我呆望著駛往韋斯滕和本拉特方向去的有軌電車，在林蔭人行道上的自行車道⑨旁邊無聊而自在地溜達著，譏笑大自然的鋪張。它扮演春天，按照節目單讓蓓蕾像爆竹一般劈啪綻開。

馬路對面，我們那位永恆的星期日畫家日復一日地給韋斯特公墓的樹木塗上越來越多的綠油油的顏料。過去，公墓已經引誘過我多次了。公墓全都整潔，意義單一，合乎邏輯，有男性氣概，富有活力。在公墓，一個人能夠鼓起勇氣，打定主意。在公墓，人生才得到它的輪廓——我不是指墓界，如果願意的話，我可以換一種說法：得到某種意義。

沿公墓北牆有一條比特路。有七家墓碑店在那裡競爭。大鋪子是C・施諾格和尤利烏斯・韋貝爾。小鋪子的店號是：克勞特、R・海登賴希、J・博伊斯、屈恩與繆勒、P・科涅夫。店鋪係木板房和工作室的混合物，寬敞，屋頂前的招牌或是新漆的或是大略可以辨認字跡的，在店號下面寫著：墓碑店——墓碑與墓界製作——天然與人工石刻鋪——墓碑藝術。在科涅夫的店鋪上方，我讀到：P・科涅夫——石匠——墓碑雕刻師。

在作坊與圍以鐵絲網籬笆的空場之間，一目瞭然地排列著立在單基座和雙基座上的從單穴墓到四穴墓，即家庭合葬墓的墓碑。緊靠籬笆後面，在陽光下鐵絲網投下的菱形陰影裡，放著殼灰岩墓碑，枕頭大小，供要求低的人家用；磨光輝綠石板，刻有未磨光的棕櫚枝；兒童墓碑，西里西亞淡雲花紋大理石製成，圍以弧飾，一概八十公分高，上部三分之一爲鏤刻，多半是斷枝玫瑰。接著是一排普通的一公尺石碑，美因河紅砂岩，原爲被炸毀的銀行和百貨公司樓房的正面用石，如今在這裡歡慶復活，如果也可以這樣來談論一塊墓碑的話。在這個展覽場地中央，是豪華製品：一座紀念碑，由三個基座、兩個側部對稱件、一塊刻滿花飾的大石壁所組成，材料是白色與淡藍相間的蒂羅爾大理石。莊重地突出在主壁上的，是石匠們稱之爲主體⑩的浮雕。主體者，一人體也，腦袋向左歪斜，膝蓋也向左歪斜，荊棘冠，三顆釘子，沒有鬍子，掌心攤開，前胸傷口滴著血，傳統的線條風格，我相信，總共五滴血。

比特路上刻有向左歪斜的主體的墓碑足夠供應，還有剩餘，在春天的銷售季節開始前，經常有十餘個主體伸開雙臂，歡迎買主光臨。但尤其吸引我的是科涅夫的耶穌基督，因爲他最像聖心教堂主祭壇上那位體操運動員，擴胸展肌，身手不凡。我在籬笆前消磨幾小時。我用一根棍在密網鐵絲籬笆上刮出母貓的呼嚕聲，這樣那樣地爲自己祝願，想著一切機遇，又什麼也不想。科涅夫一直沒有露面。工作室一扇窗戶裡伸出的煙囪，曲曲彎彎，像是幾次屈膝才超出房頂。劣質煤的奶油有節制地冒出來，降落到屋頂的硬紙板上，順著窗戶，順著簷溝滲下去，消失在未加工的石塊和龜裂的大理石板之間。在作坊的拉門前，停著一輛三輪摩托，蓋有幾塊帳篷布，像是防備低空飛機襲擊而僞裝著似的。作坊裡的噪音——木頭敲在鐵上，鐵劈開石頭——表明了石匠正在幹活。

到了五月，三輪摩托上的帳篷布掀掉了，拉門拉開了。我看到作坊內部一層又一層的灰色，堆著的石頭，一臺絞刑架似的磨石機，放著石膏模型的架子，最後是科涅夫。他走路彎著腰，膝蓋格格響，梗著脖子，腦袋向前伸。脖子後面貼著膏藥，有粉紅色的，有黑色的，橫豎交疊，油膏互相滲透。科涅夫手執釘耙走來，在陳列的墓碑間耙著，因爲春天來了。他精心地幹著，在礫石上留下多變的痕跡，把去年掉到幾塊墓碑上的枯死的枝葉耙在一起。耙子在籬笆跟前殼灰石碑的輝綠石板間移動時，他的聲音把我嚇了一跳：「小伙子，你家裡的人把你趕出來了不成？」

「我特別喜歡您的墓碑。」我討好說。

「可別說這種話，要倒楣的，人家會在你的頭頂上也立上這麼一塊的。」

這時，他才去費力地轉動他那僵直的脖子，斜眼看到了我，或者說，看到了我的駝背。「他們怎麼把你搞成了這個樣子？睡覺時沒有妨礙嗎？」

我聽任他哈哈大笑，隨後告訴他，一個駝背不見得非有妨礙不可，我在某種程序上已經超越了駝背，甚至有些婦女和姑娘表示喜歡駝背呢，她們甚至會適應一個駝背丈夫的特殊環境與條件，坦率地說，她們在駝背身上找到了多種樂趣。

科涅夫下巴靠在耙子把上沉思：「有這種可能，我也聽說過的。」

接著，他向我講述他在埃弗爾的玄武岩採石場幹活時的經歷，他跟一個女人有過那麼一段，那女人的一條木頭腿，我想是左腿，是可以卸下來的。他以此同我的駝背做比較，雖說我的「箱子」——他這樣稱我的駝背——是卸不下來的。石匠冗長煩瑣地做了回顧。我耐心地等他講完，等那個女人重新裝上她那條木頭腿之後，我請求他同意我參觀作坊。

科涅夫打開鐵絲網籬笆中央的鐵皮門，用釘耙指向敞開的拉門請我入內。我踏過沙沙作響的礫石，直到硫黃、石膏和潮濕味把我團團圍住爲止。

用四根撬杆調整成水平的毛糙石板上放著沉重的、上端砍平的梨狀木錘，面上的凹陷處說明總是敲打在同一個地方。配粗鑿錘子用的尖鑿子，圓頭把尖鑿子，新鑄成的、因淬火還呈藍色的齒狀鑿子，加工大理石用的富有彈性的長形鐵錘，一塊藍岩石上放著的寬矮的開槽溝鐵錘，乾結在木架上的潤滑劑，豎放在圓木上準備運走的雙穴墓石灰墓碑，磨光，無光澤，油膩，黃色，乳酪色，多細孔。

「這是鑿石錘，這是匙形鑿，這是開槽鑿。」科涅夫舉起一根一掌寬、三步長的木條，移至眼前審視其棱角。「這是直尺。徒工不聽話時，我也用它來揍他們。」

「您也雇徒工？」我這樣問不只是出於禮貌。

科涅夫發起牢騷來了：「我每件活可以雇五個，可是一個也雇不到。眼下他們都去學黑市買賣了，這些笨蛋！」石匠跟我一樣反對那些見不得人的交易，因爲這些勾當阻礙某些大有希望的年輕人去學習正經的職業。科涅夫領我看各種由粗到細的金剛砂石，以及它們對一塊索爾恩霍夫石板的磨光效果，這時候我卻轉起了一個小小的念頭。他指給我看浮石，用於粗磨的巧克力色的紫膠石，還有硅藻土，用它可以把黯淡的石板磨出光澤來，而我也一直在轉著我的小小的念頭，它已經漸漸亮相了。科涅夫指給我看文字模型，給我講凸形字和凹形字，講字體的鍍金。他說，這用不了多少金子，用一枚眞正的古塔勒就可以給馬和騎士都鍍上金。這使我當即想到但澤乾草市場上面對沙溝方向的騎馬的威廉皇帝像，波蘭的文物保護者也許會決定給它鍍金。儘管想到了貼金箔的馬和騎士，我始終沒有放棄我的小小的念頭，它變得越來越有價值了。我琢磨著，終於使它成型，而這時，科涅夫正在向我講解用於雕刻的三條腿的點刻機，用手節骨敲著各種各樣朝左或朝右歪斜地釘在十字架上的基督的石膏模型。我的念頭轉出來了：「您想雇一名徒工嗎？」我實際說出口的是：「您正在爲自己找一名徒工嗎？還是我弄錯了？」科涅夫擦了擦長癤子的後頸上的醫用膠布。「我是說，您有可能招收我當徒工嗎？」這個問題問得太糟，我又立即更正說，「您別低估我的體力，尊敬的科涅夫先生！我只不過兩條腿差點兒勁，幹起活來可不含糊的！」我爲自己的決斷力所鼓舞，現在可是不達目的誓不罷休了。我撩起左胳臂的袖子，讓科涅夫摸摸我雖然小但像牛肉一般堅韌的肌肉。他不願摸，我便從殼灰岩上拿起一把粗鑿錘，讓這六角形的金屬在網球一般大的小丘上跳躍。我這番顯示力量的表演後來被科涅夫打斷了。他開動了砂磨機，讓一塊金剛砂片在一個雙穴墓墓碑的石灰基座上沙沙作響地旋轉。末了，他眼睛不離機器，聲音壓過磨研噪聲吼道：「睡一夜再考慮考慮，小伙子！在這兒幹活可不是舔蜂蜜。你拿定主意後再來，可以收你當個實習生。」

我聽從了石匠的勸告，對我的小小念頭考慮了一週之久。白天，我拿小庫爾特的打火石跟比特路的墓碑做比較，聽瑪麗亞責備我：「你呀，奧斯卡，現在全靠我們養活。幹點事吧，可可，茶葉，奶粉，都可以嘛！」我沒有放手去幹，聽古絲特把不在家的克斯特當成模範向我誇獎，還任憑她由於我反對黑市而誇獎我。可是，我受不了的是我的兒子庫爾特。他一邊虛構著數字縱隊，寫到紙上，一邊故意不理睬我，就像我過去多少年裡故意不理睬馬策拉特一樣。

我們坐著吃午飯。古絲特把電鈴關掉，免得顧客闖進來看到我們在吃炒雞蛋和燻板肉。瑪麗亞說：「你瞧，奧斯卡，我們能吃到這些好東西，就因爲我們沒有把兩手揣在懷裡。」小庫爾特嘆起氣來，打火石已經落到每塊十八元了。古絲特悶頭吃，吃了不少。我也學她的樣，品嘗著味道，可能是由於雞蛋粉的緣故，我感覺到不愉快，又由於在板肉裡咬到了軟骨，我突然地、連耳朵根都感覺到需要幸福。儘管我有許多更充分的相反的理由，儘管我持有種種懷疑，我仍舊要求得到幸福，無憂無慮的幸福。當其餘幾個還坐著，吃著，滿足於這雞蛋粉的時候，我站起身來，朝櫃子走去，彷彿幸福唾手可得。我在自己的格層裡尋找著，在照相簿後面，教科書底下，我找到了，不，不是幸福，而是法因戈德先生給的兩小袋消毒劑，從一個袋子裡掏出來，不，當然不是幸福，而是經過徹底消毒的我可憐的媽媽的紅寶石項飾。這是多年以前揚・布朗斯基在一個散發著雪味的冬夜裡從一個櫥窗裡取出來的，櫥窗上的圓窟窿是奧斯卡事先唱破的。奧斯卡當時還很幸福，他有唱碎玻璃的本領。我拿著這件首飾離開了寓所，在首飾裡看到了我邁步的起點。於是我上路了，乘車到火車站。我暗自想道，如果事情辦成了，就會如何如何，隨後，長久地討價還價，我卻始終沒有忘記，如果……不過那個獨臂人和那個別人叫他做陪審推事的薩克森人，他們只懂得這件首飾的價值，卻沒有預感到他們會使我更加迫切地需要幸福。他們收下了我可憐的媽媽的項飾，給了我一個眞皮的公事包和十五條美軍香菸，吉祥牌⑪。

下午，我又回到比爾克的家裡。我打開包：十五條每包二十支裝的吉祥牌，一份財產，使其他幾個驚訝不已。我把帶包裝的金黃色菸草山推到她們面前，說，這是給你們的，只不過從今以後讓我得到安寧，這些香菸足夠換來安寧了，除此以外，從今天起，每天給我準備滿滿一飯盒午飯，從今天起，我每天把它放在公事包裡帶到我的工作地點去。願你們的人造蜂蜜和打火石生意也能做得吉祥如意，我這樣說著，既不發火也不抱怨，我將幹的是另一行，今後，我的幸福將寫成，或者用行話來說，將鑿在墓碑上。

科涅夫雇用我當實習生，月薪一百帝國馬克。這筆錢少到等於沒給，而我幹的活也只能給這點錢。一個星期以後，事實已經表明，我的力氣幹不了石匠的粗活。一塊剛劈開的比利時花崗岩壁，將用作四穴墓墓碑，科涅夫交給我粗鑿。我剛幹了一個小時，手已經握不住鑿子，握錘子的手也沒了感覺。我不得不把粗鑿的活兒留給科涅夫去幹，卻幹起證明我的靈巧的活兒來：細鑿，鑿成鋸齒形，用兩把直尺目測平面，用四根撬杆調整水平，在白雲石邊框上連續開鑿溝槽。一根垂直的方木，頂上再橫放一根，構成一個「T」字，我坐在上面，不顧想改變我這個左撇子習慣的科涅夫的指責，仍然右手握鑿，左手揮動梨狀木錘、鐵錘、鑿石錘，劈劈啪啪、叮叮噹噹地敲個不停，用鑿石錘的六十四隻耙齒同時咬石頭，一塊塊地啃掉石頭：幸福，它不是我的鼓，幸福，只是一種替代物，但幸福也可以是一種替代物，也許只有通過替代得到的幸福，幸福總是幸福的替代物，幸福成堆——大理石幸福，砂石幸福，易北河砂石，美因河砂石，你的砂石，我們的砂石，基爾希海姆幸福，格倫茨海姆幸福。硬的幸福：藍岸石。雲狀易碎的幸福：雪花石膏。銘鋼幸福地鑿進輝綠石。白雲石：綠色的幸福。柔和的幸福：凝灰岩。五彩的幸福來自拉恩河。多孔的幸福：玄武岩。冷的幸福產自埃弗爾山。幸福似火山爆發，滾落成堆，石粉飛揚，在我的牙齒間沙沙作響。

在刻字時，我更顯露了自己的才幹。我甚至超過了科涅夫，承擔起雕刻工作中的花紋裝飾部分：葉板、兒童墓碑的斷枝玫瑰、棕櫚枝、PX或INRI之類基督的象徵⑫、凹弧飾、圓凸線腳、蛋形線腳、削角，以及雙削角。奧斯卡給各種價格的墓碑刻上各種凹凸花飾，祝它們吉祥如意。我花了八個小時，在一塊磨光的但一再被我呼吸時呵出的氣弄模糊的輝綠石壁上刻上了如下銘文：這裡永眠著我親愛的丈夫——另起一行——我們慈祥的父親、兄長和叔父——另行——約瑟夫·埃塞——另行——一八八五年四月三日生，一九四六年六月二十二日卒——另行——死乃生之門。隨後，我最後通讀一篇銘文，此刻，我換取到的是快樂與幸福。我爲此一再感激終年六十一歲的約瑟夫·埃塞，以及我的刻字鑿前的綠色雲紋輝綠石，埃塞先生墓碑銘文裡的五個「O」我因此刻得格外細心；就這樣，奧斯卡格外喜愛的字母「O」總是有規律地、無窮盡地出現，給我幸福，而我則把它們刻得有點太大了。

我當石匠見習生的時期始於五月末。十一月初，科涅夫長了兩個癤，而我們又必須把赫爾曼·韋布克內希特和埃爾澤・韋布克內希特，娘家姓弗賴塔克的石灰華墓碑移到南公墓去。在那一天以前，石匠始終不信任我的力氣。在搬墓碑時，幫他幹活的多半是尤利烏斯・韋貝爾商號的一個差不多全聾了但除此之外挺頂用的輔助工。作爲抵償，科涅夫在雇八個人的韋貝爾還缺少人手時便去幫忙。我幾次三番表示要幫他去幹公墓上的活計，卻屢遭拒絕。僥倖的是，十月初韋貝爾那裡生意興隆，在霜凍以前他手下一個人也不能少。科涅夫只好指望我了。

我們兩個把石灰碑抬到三輪摩托後面，放在硬木滑杆上，推上拖斗，又把基座塞在一旁，稜角都用空紙袋裹上，再裝上工具、水泥、沙、礫石、卸車用的木杠和木箱。我關上擋板，科涅夫已經坐在駕駛座上發動摩托了。他把頭和長癤的脖子從側面窗子裡伸出來，嚷道：「來吧，小伙子，帶上你的飯盒上車吧！」

三輪摩托繞著市立醫院緩緩而行。醫院大門口，白衣女護士如雲。其中有我認識的一位女護士，格特露德姆姆。我招手，她也招手。幸福，我想著，她眞像幸福，我眞該邀請她一次，雖說我現在看不見她了，因爲我們正朝萊因河駛去。該邀請她到什麼地方去。車子朝卡佩斯哈姆駛去，請她去看電影，或者去劇院，看格林德根斯演出。它在招手了，黃色磚房，不是劇院，濃煙升起，在火葬場葉落及半的樹梢上方，格特露德姆姆，換個環境好不好呀？另一個公墓，另一些墓碑店，在大門口迎接格特露德姆姆：博伊茨和克拉尼希店鋪，波特基塞天然石鋪，彪姆墓碑美術店，戈克爾恩公墓園藝店。大門口有人檢查，進公墓不是那麼簡單的，戴公墓帽的管理人員說：雙穴墓石灰碑，在八區七十九號，姓韋布克內希特，名赫爾曼，手舉到公墓帽前敬禮。我們交出飯盒讓他在火葬場加熱，停屍間前站著舒格爾・萊奧。

我對科涅夫說：「這不是戴白手套的叫舒格爾・萊奧的人嗎？」

科涅夫伸手去摸脖子後面的癤：「這是薩貝爾・威廉，不是舒格爾・萊奧。他住在此地。」

這樣的答覆能使我滿意嗎？我以前在但澤，現在在杜塞爾多夫，可我卻一直名叫奧斯卡。我於是說：「過去我們那邊的公墓上，有過一個人，完全是這個模樣的，他名叫舒格爾・萊奧。最初，他就叫萊奧，是神父班的學生。」

科涅夫左手搗著癩子，右手駕駛三輪摩托車在火葬場前面轉彎：「你說的我一點也不懷疑。這種模樣的人有一大群，起初在神父班上，現在生活在公墓上，起了別的名字。這兒的一位是薩貝爾・威廉！」

我們從薩貝爾・威廉身邊駛過。他揮動白手套打招呼，在這座南公墓，我感覺像在家鄉一般。

十月，公墓林蔭道，世界正在脫落頭髮和牙齒，我是說，黃葉搖落，上下紛飛。寂靜，麻雀，散步的人，朝八區方向駛去的三輪摩托聲，八區離得很遠。一路上，老太太帶著灑水壺和孫兒孫女，瑞典黑花崗岩上的太陽，方尖碑，裂開的柱子，頗有象徵意義，也許是戰爭留下的創傷，紫杉或類似紫杉的樹木背後顏色發綠的天使。女人用大理石的手遮住眼睛，卻被自身的大理石弄花了眼睛。穿石頭涼鞋的基督祝福榆樹。四區的另一個基督在祝福樺樹。在四區和五區之間的林蔭道上行駛時，我的想像有多美啊！譬如說，大海。大海把各種東西拋到海灘上來，其中有一具屍體。從索波特濱海小道傳來小提琴聲，還有剛開始放的焰火，扭扭捏捏的，這是為戰爭中雙目失明的人舉辦的。我，奧斯卡和三歲孩子身材，彎腰去看海灘上的那具屍體，希望這是瑪麗亞，也有可能是格特露德姆姆，我本該請她一回的。但這是美貌的盧齊，蒼白的盧齊，這是正向高潮推進的焰火告訴我，向我證實了的。她身穿貝希特斯加登毛線夾克，她在轉壞念頭時就穿這件衣服。羊毛衫濕了，我給她脫下來。這件毛線夾克裡面她還穿著一件，同樣濕了。又一件貝希特斯加登夾克衫的圖案展現在我眼前。最後，焰火已經放完，只剩下小提琴聲。我在一件又一件再一件羊毛夾克裡面，找到用德意志少女同盟的運動衫裹著的她的心，盧齊的心，一塊冰涼的小墓碑，上面寫著：奧斯卡在此安息——奧斯卡在

此安息——奧斯卡在此安息……

「別睡覺，小伙子！」科涅夫打斷了我那由海水漂來、被焰火照明的美的想像。我們向左拐彎，八區，新闢的區，沒有樹林，墓碑寥寥無幾，扁平地、飢餓地躺在我們面前。墳墓都太新，尚未修飾，千篇一律，卻把最近舉行的五處葬禮襯托得格外鮮明：棕色的花圈，被雨水淋濕、顏色融化的飾帶，堆成了一座座現代化小山。我們很快在第四排頭上找到了第七十九號，另一邊就是七區。七區已種上了一些迅速成長著的幼樹，比較有規律地覆蓋著一公尺石塊，多數係西里西亞大理石。我們把車開到七十九號墓的後頭，卸下工具、水泥、礫石、沙子、基座，以及有點油膩的亮晃晃的石灰墓碑。我們把這塊大傢伙從拖斗上用木槓卸到木箱上時，三輪摩托車猛地一跳。墳頭插著一個臨時的木十字架，橫木上寫有赫•韋布克內希特和埃•韋布克內希特。科涅夫把它拔出來，讓我把挖掘機遞給他，他便動手挖兩個洞，用來灌兩個水泥墩，按公墓管理處規定，洞深六十一公分。我到七區去提水，和水泥。我和好時，他說已挖了五十一公分深，吩咐我可以往兩個洞裡灌水泥了。科涅夫坐在石灰墓碑上，喘著粗氣，伸手到脖子後面去摸他的癤子，說：「快出膿了。我感覺到它們快穿頭出膿了。」我在夯水泥，很少想別的。一支新教送葬隊伍由七區爬行而來，經八區去九區。他們隔開三排墓在我們前面經過，科涅夫從石灰墓碑上滑下來，我們按照公墓規定向牧師和死者家屬脫帽默哀。棺材後面，孤單單地走著一個黑服、矮小、七歪八斜的女人。跟在後面的人，全都高大結實得多。

「傻瓜，別磨磨蹭蹭的！」科涅夫在我旁邊發起牢騷來。「我感覺到，在我們把墓碑豎起來以前，它們要穿頭了。」

其間，送葬隊伍已經到達九區，聚集在一起，響起了牧師上下起伏的聲音。水泥已經凝結，如果我們現在能把基座架到墩上去，該有多好。可是，科涅夫卻肚子朝下趴在石灰墓碑上，把帽子塞在額頭與石頭之間，把上裝和襯衫衣領往下拽，露出後頸。這時，九區死者的生平事蹟也傳到了八區我們的耳朵裡。我不僅要爬上墓碑，還得騎在科涅夫的背上，弄清這件突然發生的不愉快的事情：兩個並排長著的癤子。一個遲到的人，帶著一個太大的花圈，匆匆向九區趕去。那裡，布道正在緩慢地接近尾聲。我猛地撕去膏藥，用一片山毛櫸葉擦掉魚石脂磺酸銨膏，看到了兩個差不多一樣大小，由焦油褐漸次變黃的癤子。「讓我們祈禱吧！」這話語從九區隨風飄來。我把這當作信號，腦袋一歪，用兩隻大拇指墊上山毛櫸葉又壓又擠。「天父……」科涅夫小聲說：「別壓，擠吧！」我擠。「……你的名。」科涅夫也一起祈禱：「……來吧，你的國度。」我又壓，因爲只擠不管用。「將實現，如在……也在……」癤子沒破裂，眞是奇蹟。又一遍：「今天給予我們。」科涅夫也跟著唸經文：「罪過，莫受誘惑。」膿比我想像的還多。「王國、力量和榮耀。」我擠出五顏六色的剩餘物。「永恆。阿門。」我又擠時，科涅夫唸：「阿門。」我又壓，他唸：「阿門。」九區那邊已開始向家屬致哀，科涅夫還在唸：「阿門。」他平趴在石灰墓碑上，得到了解救，嘟噥著：「阿門。」又問，「還有水泥安基座嗎？」我有，他說：「阿門。」

我把最後的幾鏟水泥撒在兩個水泥墩之間作爲連結。這時，科涅夫從磨光的刻字墓碑上掙扎起來，讓奧斯卡給他看秋天的雜色山毛櫸葉和他那兩個癤子的雜色內容。我們扶正帽子，手搭到石上，立起赫爾曼・韋布克內希特和埃爾澤・韋布克內希特（娘家姓弗賴塔克）的墓碑。這時，九區參加葬禮的人也都星散了。

---

①卡路里，熱量單位。人維持生命需要得到含有一定熱量的食物。戰後德國食物匱乏，故人們也以卡路里作為表示食物多寡的尺度。

②這是英國設在國外的語言文化教育機構。

③國際輿論在戰時和戰後認為德國人對這場戰爭和納粹罪行負有集體罪責。

④約里克是《哈姆雷特》劇中丹麥國王的弄臣，哈姆雷特見到他的屍骨，對著顱骨說：「你沒有留下一個笑話，譏笑你自己嗎？」

⑤格林德根斯是演《浮士德》中魔鬼梅菲斯特而出名的演員，德國作家托馬斯·曼的女婿。納粹上臺，戈林於一九三四年任命他為柏林國家劇院院長，兩人關係密切。他的舅兄克勞斯·曼於一九三六年發表小說《梅菲斯特》，諷刺像他這樣沒有骨氣的知識分子。他於一九六三年服過量安眠藥而死。

⑥德國作家沃爾夫岡·博爾謝特的劇本，寫遣返回鄉的德國士兵到處被拒之門外，後投河自盡。貝克曼是劇中主人翁。

⑦德語中「Der Kater」意為「雄貓」，又為「酩酊大醉後的難受」。此為文字遊戲。

⑧尼默勒（一八九二～一九八二），反納粹的新教領導人，被關在集中營裡達七年之久。

⑨在德國，自行車道都被規劃在人行道上靠馬路的一側。

⑩指基督聖體，即釘在十字架上的耶穌基督。

⑪戰後德國經濟破產，帝國馬克猶如廢紙。在黑市交易中，吉祥牌香菸和盟國生產的其他牌子的香菸成了商業證券和流通貨幣。

⑫PX是拉丁文「基督」一詞的交織字母。INRI是拉丁文「拿撒勒的耶穌，猶太人的王」的縮寫。

北方幸運女神

當時，只有那些在地球表層上留下有價值物件的人們才能買得起墓碑。倒不一定非得是一顆鑽石或者一串八十公分長的珍珠項鍊不可。用二百五十公斤馬鈴薯可以換到一塊足尺足碼的格倫茨海姆殼灰岩一公尺墓碑。一塊雙穴墓三基座比利時花崗岩墓碑給我們換來了兩身西裝加背心的衣料。衣料是一個裁縫的寡妻的，她還提議爲我們加工衣料，以此換一個白雲石墓框，因爲她還雇著一名幫工。

就這樣，科涅夫和我下班後就乘上開往施托庫姆方向的十路車，去寡婦倫納特家，讓他們給我們兩個量尺寸。奧斯卡當時穿的是一身經瑪麗亞改製的坦克獵兵服，上衣的鈕扣雖說都換了，但由於我的特殊體形卻繫不上扣子。

寡婦倫納特的幫工叫安東，他給我按尺寸用深灰色細條紋料子做了一身西裝：單排扣，淺灰色襯裡，兩肩墊得很合適，並無虛假感；駝背不加掩飾，反倒得當地予以突出；捲邊褲子，褲管不太肥。服裝筆挺的貝布拉師傅始終還是我的榜樣。因此，褲子上沒有繫皮帶用的襻而只有繫吊帶的扣子。背心後片閃亮，前片黯淡，深玫瑰襯裡。整套服裝試穿五次才算做成。

裁縫幫工還在縫製科涅夫的雙排扣和我的單排扣西裝的時候，來了一個皮鞋掮客，要爲他一九四三年被炸傷致死的妻子立一塊一公尺碑。他最初想給我們配給證，但我們要實物。一塊西里西亞大理石碑加人造石邊框連同安裝在內，科涅夫得到一雙深棕色低幫皮鞋和一雙皮底拖鞋。分給我的是一雙老式但鞋皮極軟的黑色繫帶靴。三十五號，我這雙無力的腳從此得到堅固而漂亮的底座了。

襯衫我讓瑪麗亞去買。我把一綑帝國馬克往稱人造蜂蜜的磅秤上一放，說：「給我買兩件白襯衫，一件要細條紋的，再買一條淺灰色領帶，一條栗色的，行嗎？餘下的錢給小庫爾特或給你買點什麼，親愛的瑪麗亞，你總是想著別人，只是不想你自己。」

有一回，充當施主的興致上來了。我送給古絲特一把眞角質柄雨傘和一副沒怎麼用的阿爾滕堡施卡特牌。當她想問問克斯特何時回家時，她愛用牌來算卦，卻又不願去向鄰居借一付牌來。

瑪麗亞趕緊去辦我託她的事情。剩下的錢不少，她給自己買了一件雨衣，給小庫爾特買了一個仿皮的學生書包，實在難看，但暫時了卻了他的心願。瑪麗亞還在給我的襯衫和領帶上放了三雙灰色短統襪，是我忘記要買的。

科涅夫和奧斯卡去取衣服。我們站在裁縫鋪的鏡子前面，挺尷尬的，但都給對方的模樣鎮住了。科涅夫不敢轉動脖子，後頸上癤子結了疤，弄皺了皮膚。他溜著肩膀，雙臂向前下垂，試圖伸直他那格格響的膝蓋。穿上新服裝，我的外觀活像一個魔鬼知識分子，尤其當我把兩臂交抱在胸前的時候，因爲這樣一來，我上身的寬度增加了。我還用瘦弱的右腿作爲支撑，懶洋洋地伸出左腿構成一個三角。我衝著科涅夫微笑，他的驚訝使我得意。我走近鏡子，離被我的左右顚倒的映像所占據的鏡面近到可以去吻它一下的地步，但我只是對它呵了口氣，隨口說：「哈羅，奧斯卡！你萬事俱全，只缺一枚領帶飾針了。」

一週以後的一個星期日下午，我走進市立醫院去看望女護士們。我上下一身新，沾沾自喜，哪個角度都是頂呱呱的。當我如此這般地露面時，我的領帶上已經有一枚鑲珍珠的銀飾針了。

這些好姑娘們看到我坐在她們的護理站裡時，連話也說不出來了。時當一九四七年晚夏。我按照證明爲有效的方式，把雙臂交叉在胸前，玩弄著我的皮手套。我當石匠見習生和凹弧飾雕刻師傅已經有一年多的時候了。我翹起二郎腿，但注意不弄皺褲線。替我保管這套標準服的是好心的古絲特，彷彿這是爲回鄉並將改變一切的克斯特縫製的。黑爾姆特魯德姆姆想摸摸衣料，也果真摸了摸。一九四七年春，我們慶祝小庫爾特七歲生日，按「請用！」烹調法自己調製雞蛋利口酒，自製乾松蛋糕，我給小庫爾特買了件鼠灰色粗呢大衣。我請女護士們吃夾心糖，格特露德姆姆也來了，夾心糖是用一塊輝綠石碑換來的，外加二十磅紅糖。小庫爾特，據我觀察，非常願意上學。他的女教師，年輕而有魅力，上帝做證，她絕非施波倫豪威爾小姐①那種人。她誇獎小庫爾特，說他聰明，只是有點兒一本正經。女護士們多麼快活，竟然有人請她們吃夾心糖。當護理站裡只剩下我和格特露德兩人的短暫時間裡，我探聽她星期天是否休息。「譬如說吧，今天五點鐘我就下班了。不過我不會進城去，因爲沒啥事情。」女護士格特露德無可奈何地說。

我說，可以去試試，她起先不想去試試，只想好好睡一覺。我就直截了當地說，我邀請她，但她還沒有拿定主意，我便神祕地用這樣的話作爲結束：「得有點活力才行，格特露德姆姆！青春只有一回。吃點心的馬克我肯定不缺。」伴隨著這篇臺詞，我按傳統風格輕敲胸袋前插著的手絹，又給她一塊夾心糖。這個強健的威斯特伐利亞姑娘跟我完全不是一個類型，所以，當她轉向藥膏櫃，說出下面的話來時，我反倒嚇了一跳：「既然您這麼說，那好吧，約定六點見面，但不是在這裡，在科奈利烏斯廣場碰頭。」

我本來就沒打算在醫院門廳或大門口跟格特露德姆姆碰頭。就這樣，六點鐘，我在科奈利烏斯廣場當時被戰爭破壞還不能報時的標準鐘下等她。她來了，我一看幾週前弄到手的不算太值錢的懷錶：準時。我幾乎認不出她來了。如果我能看見她準時在五十步以外、馬路對面的電車站下車的話，我會在她還沒有看到我之前失望地偷偷溜掉的，因爲格特露德姆姆並非以格特露德姆姆的形象出現。她沒有穿白衣，沒有別紅十字胸針，而是以哈姆的或者多特蒙德的或者多特蒙德與哈姆之間隨便哪個地方的隨便哪一位身穿式樣寒酸的普通服裝、名叫格特露德·維爾姆斯的小姐的身分來赴約會。

她沒有察覺我的不快，告訴我，她差點兒來晚了，因爲護士長存心刁難，下班前五分鐘還派她幹一件什麼事情。

「好吧，格特露德小姐，我能提些建議嗎？我們可以先去甜食店②，無拘無束地在那裡坐坐，接下來，隨您喜歡，可以去看電影，去劇院嘛可惜買不到戲票了，要麼去跳舞，怎麼樣？」

「好，我們去跳舞吧！」她歡欣鼓舞，等她察覺到我雖然衣服筆挺但我的外表卻不可能當她的舞伴時，已經晚了，連臉上的驚恐神色都來不及掩飾。

誰叫她不穿那種我如此珍愛的護士服來呢？我懷著幸災樂禍的心情決定按她贊同的計畫去辦。缺乏想像力的她很快就不再害怕，同我一起吃著，我吃一塊蛋糕，她吃三塊，想必她在蛋糕裡咬到了水泥碴兒。我交了點心供應證和現錢，她跟我在韋爾漢登上開往格雷斯海姆方向的電車，據科涅夫說，伯爵山下有一個舞廳。電車停在上坡路前，最後這一段路我們只好慢慢地步行。九月的一個晚上，一如有些書裡所描寫的那樣。格特露德那雙免證供應的木頭底涼鞋格格響，像溪邊的水磨。這使我快活。下山來的人們扭過頭來看我們。這使格特露德小姐尷尬。我習以爲常，毫不在意。我口袋裡畢竟有點心供應證，這才使她在居斯滕甜食店裡吃到了三塊有水泥碴兒的蛋糕。

舞廳叫韋迪希，別名是：獅堡。在售票處就聽到吃吃的笑聲。我們入場，許多腦袋轉了過來。穿普通衣服的格特露德姆姆心慌意亂，險些被一把折疊椅絆了個跟頭，幸虧侍者和我把她扶住。侍者請我們在舞池近處的一張桌子就坐。我要了兩份冰鎮飲料，又小聲添了一句，只讓侍者一人聽到：「請加燒酒。」

獅堡的主要場地是個大廳，過去可能是一所騎術學校的場地。大廳上方有多處損壞的天花板上，懸掛著最近舉行的狂歡節留下的紙蛇和綵帶。周圍一圈半暗的彩燈，把光線反射到年輕的、部分是時髦的黑市商販平平整整向後梳的頭髮上，反射到姑娘們的塔夫綢上裝上，看來他們相互都認識。

加燒酒的冰鎮飲料端上來後，我又從侍者手裡弄來十支美軍香菸，遞給格特露德一支，侍者一支，他把香菸夾在耳朵上。我給我的女士點了火，便掏出奧斯卡的琥珀菸嘴，把一支駱駝牌抽了半支。我們旁邊幾張桌子的人屏息而坐。格特露德姆姆這才敢抬起頭來。我把足有半支長的駱駝牌菸蒂在菸灰缸裡摁滅，扔下，格特露德姆姆卻講究實際地伸手撿起菸蒂，裝在她的防水布小手提包的側袋裡。

「留給多特蒙德我的未婚夫，」她說，「他抽起菸來像發瘋。」

我很快活，我不是她的未婚夫，再說，奏起音樂來了。

一個五人樂隊演奏《別把我圍住》。穿皺膠底鞋的男人們匆匆在舞池上走了個對角線，互不相撞，釣姑娘們上鉤。姑娘們站起身來時，都把手提包交給女友們保管。

有幾對跳得相當熟練，像上過跳舞學校似的。口香糖在嘴裡咀嚼。幾個小伙子停了好幾小節，想找出可以替代萊因話「敗類」這個詞兒的美國俚語。他們讓舞伴的手舉著，那些姑娘像是在原地帶球，好不耐煩。在這些舞伴們繼續跳以前，又交換了一些小物件。眞正的黑市商販不懂得什麼叫下班。

這一場舞我們沒有跳，下一場狐步舞也沒有跳。奧斯卡偶或看看男人們的腿。當樂隊奏起《羅莎蒙德》時，我便請不知所措的格特露德姆姆跳一場。

我比格特露德姆姆幾乎矮兩個腦袋，也知道我們兩個搭檔一定稀奇古怪，而且還想加強這種古怪特色。

我回憶著揚·布朗斯基的舞藝，壯膽充當黑市商，摟住像順從上帝似的聽任我帶領的格特露德姆姆，左手手心朝外搭在她的臀部，接觸著含百分之三十的羊毛褲料，臉頰貼近她的上裝，把這位強健的小姐整個地往後推，滑步到她的兩腳之間，搖晃著朝左外側探出的我們兩個僵直的前臂，要人讓道，從舞池的一角跳到另一角。跳得比我敢於指望的要好得多。我還跳花步，面頰貼近她的上裝，左手時左時右托住她的臀部使她保持平衡，以她爲軸心旋轉，絲毫不放棄那種黑市商的標準姿勢，這種姿勢給人的印象是：那位女士眼看要往後摔倒了，那位想要摔倒她的先生自己也快從她頭頂上摔出去了，然而，他們都沒有摔倒，他們是出色的黑市商舞客。我們隨即有了觀衆。我聽到了驚呼聲：「我不是對你說過了嗎，他是吉米！瞧著吉米。哈囉，吉米！來吧，吉米！一起來吧，吉米！」

遺憾的是我看不見格特露德姆姆的臉，我只好自得其樂，希望她把喝彩聲當作青年人的捧場，高傲而鎭定地接受它。作爲護士，她能夠忍受病人們往往是笨拙的馬屁功夫，對這種喝彩聲，她自然能泰然處之。

我們回到座位上時，還始終有人在鼓掌。五人樂隊響亮吹奏致敬，打擊樂演奏員尤其賣力，樂隊第二次、第三次響亮吹奏致敬。「吉米！」人們喊道，「看到那兩個了嗎？」這時，格特露德姆姆站起身來，結結巴巴地說要上盥洗室，拿起裝有留給多特蒙德未婚夫的菸屁股的小手提包，漲紅了臉，東磕西碰，在桌椅之間擠出去，朝售票處旁邊的盥洗室方向走去。

她一去不回。她走前一口氣喝光了冰鎭飲料，我由此推斷出，乾杯意味著告別。格特露德姆姆把我給甩了。奧斯卡呢？琥珀菸嘴裡揷上美軍香菸，在領班過來悄悄收走護士喝了個底朝天的杯子時，又向他要了一杯燒酒不加冰鎭飲料。不惜任何代價，奧斯卡要微笑。雖說痛苦，但他在微笑，雙臂交叉，翹起二郎腿，晃動著三十五號小巧玲瓏的黑色繫帶靴，獨享被拋棄者的優越感。

那些年輕人，獅堡的常客，都挺好，跳著舞經過時，都向我眨眨眼睛。「哈囉！」小伙子們喊道；「別在乎！」姑娘們喊道。我晃了晃菸嘴，感激這些眞正的人道代表，寬厚地莞爾一笑。這時，打擊樂演奏員一通急擂，敲起小鼓、定音鼓、鈸和三角鐵，獨奏了一段，使我回想起演講臺下美好的往日。他宣告，又開始了一場舞，邀請女伴吧！

小樂隊激動熱烈，演奏《老虎吉米》。這可能是爲我演奏的，雖說獅堡舞廳裡沒人知道演講臺下我那段鼓手生涯。不管怎麼說，一個活潑好動、一頭散沫花紅色鬈髮的年輕姑娘，選中我當她的男舞伴，口嚼口香糖，用吸菸過多而沙啞的聲音向我耳語道：「老虎吉米！」我們快速地跳著吉米舞，施魔法顯現了熱帶叢林和林中險情，老虎來了，張牙舞爪，大約持續了十分鐘。小樂隊響亮吹奏致敬，鼓掌，再次響亮吹奏，因爲我有個服裝講究的駝背，腿腳俐落自不待言，扮演老虎吉米形象不凡。我請器重我的那位女士到我的桌子就座，黑爾瑪——這是她的名字——請我允許她把她的女友漢內洛蕾也帶來。漢內洛蕾沉默寡言，坐得住，喝得多。黑爾瑪則抽菸抽得多，我只得再向領班買美軍菸。成功的夜晚。我跳了《黑巴貝里巴》、《心境》和《擦皮鞋的男孩》，間歇時聊天，款待兩位很難滿意的小姐。她們告訴我說，她們兩個在阿道夫伯爵廣場的長途電話局工作，長途電話局還有更多姑娘每星期六和星期日來韋迪希的獅堡。不管怎麼說，她們每個週末都在這裡，除非遇上週末值班。我也答應以後常來此地，因爲黑爾瑪和漢內洛蕾是那麼可愛，因爲可以同長途電話局的姑娘們挨得很近地坐在一起，融洽地相處。我在這裡玩了一個文字遊戲，她們兩個也當即明白了。

我有較長的時間不再去醫院。後來，我時而又去時，格特露德姆姆已經被調到婦科去了。我再也沒有見到過她，或者只匆匆地見一面，遠遠地打個招呼。我成了獅堡受歡迎的常客。姑娘們都來騙我款待她們，但騙得不算過分。通過她們，我又認識了一些英國占領軍人員，學到了上百個英語單詞，也結下了友誼，甚至和獅堡樂隊的幾個隊員結下了以「你」相稱的兄弟友情，不過，一涉及到擊鼓，我就克制自己，也就是說，我從不去擺弄打擊樂器，而是滿足於在科湼夫的石匠鋪裡刻字的小小幸福。

一九四七年和一九四八年之交的嚴冬，我仍與長途電話局的姑娘們保持聯繫，也從沉默寡言又坐得住的漢內洛蕾那裡得到了一些花費不算太大的溫暖。我們緊挨著，卻又保持距離，只限於做些不受義務約束的小動作。

在冬天，石匠要整頓內部。工具送去重鑄。一些舊石塊刻字的一面要修飾，缺了角須磨成斜邊或刻成凹弧形。在秋天的銷售季節裡，存放場上墓碑石日見稀疏，科湼夫和我又重新放滿，還用殼灰岩充填料夯成若干人造石。在做簡易的雕刻工作時，我試著使用點刻機，刻出表現天使腦袋、基督戴荊冠的腦袋和聖靈之鴿的浮雕來。下雪時，我鏟雪；不下雪時，我化開凍住的自來水管給砂磨機供水。

一九四八年的嘉年華會③使我消瘦了。很可能我看上去有點像是過著較高精神生活的樣子，因爲在獅堡，一些姑娘把我叫作「博士」。二月末，剛過聖灰星期三④，萊因河左岸來了頭一批農民，到我們的墓碑存放場看貨。科湼夫不在。他去做每年一次的風濕病治療，在杜伊斯堡一座高爐前工作。當他於十四天之後回來時，人烤乾了，癤子也沒了，而我已經以好價錢賣出了三塊石碑，其中一塊是用於三穴墓的。科湼夫還廉價出售了兩塊基爾希海姆殼灰岩碑。三月中旬，我們開始搬運和立碑。一塊西里西亞大理石運到了格雷芬布羅伊希；兩塊基爾希海姆一公尺碑立在瑙伊斯附近的一座鄉村公墓裡；一塊由我刻上天使小腦袋的美因河砂石，今天還豎立在施托姆勒公墓可以供人觀賞。刻有頭戴荊棘冠的基督的輝綠石三穴墓碑，我們在三月底裝車，由於超載，三輪摩托只能緩慢地朝卡佩斯哈姆方向駛去，在諾伊斯過了萊因橋，經格雷芬布羅伊希到羅默爾基爾欣，隨後向右拐上去貝格海姆•埃爾夫特的公路，過了賴特和下奧森姆，連碑帶基座運到了上奧森姆公墓，連灰都沒有碰掉一點⑤。公墓設在一座小丘靠村子的那面坡上。

瞧這遠景！我們腳下是埃爾夫特蘭的褐煤礦區。幸福女神工廠八座煙囪朝天噴煙。新建的、噝噝作響的、總想爆炸的北方幸運女神發電廠。矸石山中間的山脈上方有鋼絲纜和自動傾卸貨車。每三分鐘過去一輛裝滿焦煤的電動車或空車。從發電廠來，到發電廠去，小如玩具，巨人的玩具。公墓左角凌空而過的是三根爲一路的幾路高壓線，嗡嗡叫著，高度緊張地通往科隆。另外幾路，貼近地平線，通往比利時與荷蘭。世界，樞紐——我們爲弗利斯一家豎起了輝綠石碑——電產生了，如果……掘墓人和助手，這助手頂替了舒格爾·萊奧，他們帶著工具來了。我們站在緊張地區，我們下方隔三排墓的地方，掘墓人動手遷葬——這裡在爲戰爭賠款輸送高壓電流——風向我們颳來了過早遷葬的典型氣味——不，沒有噁心，這是三月，焦煤山中間的三月的耕地。掘墓人戴著一副線繩吊著的眼鏡，同他的舒格爾·萊奧低聲爭吵，直到幸運女神的氣笛呼出氣來，一口氣長達一分鐘。我們屏住呼吸，被遷葬的女人根本談不上呼吸，唯獨高壓堅持著。隨後，氣笛倒了，落到地上，淹死了——村裡灰色石板瓦屋頂上中午的炊煙繚繞，教堂鐘聲接著響起：祈禱，勞動——工業和宗教手挽手。幸運女神那邊在換班，我們吃奶油麵包加板肉，但是遷葬不容休息，不休息的高壓電流匆匆奔向戰勝國，照亮荷蘭，此地則不斷停電——可是，被遷葬的女人見到了光明！

當科涅夫爲打地基挖掘一點五公尺深的洞時，被遷葬的女人也被抬到新鮮空氣裡來了。她在底下躺的時間還不很長，去年秋天才處身黑暗之中，可她已經取得了進展，如同各處都在進行的改進那樣，萊因和魯爾的拆卸工作也取得了進展。冬天，我在獅堡浪費光陰，那個女人卻在褐煤礦區封凍的地殼下面認眞地分解自己。現在，當我們夯水泥、安基座時，她被人說服，一塊一塊地把她遷葬。不過，現在有一個鋅製的箱子來盛她，所以什麼也不會丟失——幸運女神分發煤塊⑥時，孩子們跟在裝載過滿的卡車後面奔跑，撿掉下來的煤塊，因爲紅衣主教弗林斯從布道壇上對會衆講過：我當眞告訴你們，偷煤不是罪孽。被遷葬的女人不需要生火取暖。我不相信，她在諺語中所說的新鮮的三月空氣裡會受凍，再說她還有足夠的皮膚，儘管有滲漏和殘缺，但還有殘存的衣服和頭髮護著，頭髮始終是電燙的耐久波浪——這個詞大概就是由此而來的吧。那口薄皮棺材也値得搬遷，連小木條也都得搬到另一個公墓去。那兒沒有農民和幸運女神的礦工，那裡是個大城市，總會發生點什麼事情，而且十九家電影院同時營業。那個女人將要返回家鄉，她是當時疏散到此地來的⑦，不是本地人。掘墓人告訴我們：「她是從科隆來的，現在她家裡的人要把她遷葬到米爾海姆去，在萊因河彼岸。」要不是汽笛又叫了一分鐘，他還會講更多的情況。我利用汽笛響的時間，走近遷葬的墳，在汽笛聲中繞了幾個彎，想當遷葬的目擊者。我隨手帶了件東西，後來到了鋅製箱子旁邊才知道是把鏟子。我帶著它不是爲了去幫忙，而是因爲它就在我的手裡，卻又馬上使用它，把落在旁邊的東西鏟起來。這把鏟子是從前帝國義務勞動局的鏟子。我用前帝國義務勞動局的鏟子鏟起來的東西，是那個疏散到此地的女人的中指和——我至今還相信——無名指，這兩個指頭不是自己掉下來的，多半是沒有感情的掘墓人給刨斷的。這從前是或者始終還是她的手指，我覺得它們曾經是美的、靈巧的，如同已經放進鋅製箱子的這個女人的頭，多虧了衆所周知的一九四七年和一九四八年之交的嚴冬，它才得以保持某種勻稱，因此可以談得上美，儘管是失效的美。此外，我覺得這個女人的頭和手指比北方幸運女神發電廠的美更親近、更有人性。可能是這樣的：我享受工業區洋溢著的激情，就如同過去在劇院裡享受古斯塔夫・格林德根斯。面對外表的美，我始終感到失望，儘管這些都富於藝術性，而這個被疏散的女人僅僅是過於自然罷了。我必須承認，高壓電流類似歌德，傳遞給我一種世界感，可是，這女人的手指卻觸動了我的心，即使我把這個被疏散的女人想像成男人時也是一樣，因爲這樣更合我的意。爲了拿定一個主意，也爲了進行類比，需要把我變成約里克，把那個女人——

半截在墓裡，半截在鋅製箱子裡——變成男人哈姆雷特，如果願意說哈姆雷特是個男人的話。我，約里克，第五幕⑧，小丑，「我認識他，霍雷肖」⑨，第一場，我，在這個世界所有的舞臺上出現過——「唉，可憐的約里克！」——我把我的腦袋借給了哈姆雷特，這樣一來，某個叫格林德根斯或勞倫斯·奧立佛⑩先生的人在扮演哈姆雷特時就得考慮一下：「你那些令人捧腹的笑話，你那時的上竄下跳，又到哪裡去了？」——我拿著我的義務勞動局鐵鏟上面的格林德根斯扮演的哈姆雷特的手指，腳踏著下萊因褐煤礦區堅實的土地，站在礦工、農民及其家屬的墳墓之間，俯視上奧森姆村的石板瓦屋頂，把這座鄉村公墓變成了世界中心，把北方幸運女神發電廠變成與這個中心對立的、令人欽佩的半神半人的中心，耕地成了丹麥的耕地，埃爾夫特成了我的貝爾特海峽，在此地腐爛了的一切，都是在丹麥人的王國裡腐爛了的——我，約里克，在我的頭頂上方，高壓，電流，嗞嗞響，在歌唱，我並沒有說是天使，然而，伸向地平線的高壓線路裡的強電流天使在歌唱，電路通往科隆、它的火車站以及旁邊的哥德式怪獸⑪。強電流天使給天主教會顧問處供電，在蘿蔔地上方的天空中，可是塵世卻提供煤塊和哈姆雷特的屍體，而不是約里克的屍體。與該劇無關的其餘的人們，必須待在下面——「使他們到了這樣的地步……餘下的便是沉默」——用墓碑壓在他們身上，如同我們把輝綠石碑重重地壓在弗利斯一家頭上那樣。我，奧斯卡·馬策拉特，奧斯卡·布朗斯基，約里克，對於我來說，一個新時期開始了。可是我幾乎沒有意識到它，在它過去之前，匆匆地觀察著我的鐵鏟上的哈姆雷特王子的斷指——「他太肥，呼吸侷促」——我像第三幕第一場裡的格林德根斯那樣觀察著，提出了生死存亡的問題，又摒棄這種愚蠢的提問，而把更具體的事情羅列在一起：我的兒子，我的兒子的打火石，我的塵世和天上的假想父親們，我的外祖母的四條裙子，照片上我的可憐的媽媽的不朽的美，赫伯特·特魯欽斯基背上的傷疤迷宮，波蘭郵局裡吮血的郵件籃，美國——同駛往布勒森的九路有軌電車相比，美國算得了什麼，我讓時而還淸晰可辨的瑪麗亞的香草香飄向呈現瘋狂的盧齊・倫萬德的三角臉，請那位給死亡消毒的法因戈德先生去尋找隱蔽在馬策拉特氣管裡的黨徽。我衝著科涅夫，更多地衝著高壓電線桿說——因爲我正在慢慢地拿一個主意，然而又感到有必要在拿定主意之前按照戲劇的需要提出一個問題，懷疑哈姆雷特，頌揚我，約里克，是個眞正的市民——我對科涅夫說，因爲他在叫我，因爲我們必須把輝綠石碑跟基座接合起來。我被最終成爲一個市民的願望所打動，小聲地說——也許是模仿格林德根斯，雖然他不大可能扮演約里克——我隔著鐵鏟對科涅夫說：「結婚呢，還是不結婚，這是一個問題⑫。」

自從發生了北方幸運女神對面的公墓上那次轉變以後，我不再去韋迪希的獅堡舞廳，中斷了同長途電話局的姑娘們的一切聯繫。她們的優勢就在於迅速地、令人滿意地接通電話，建立聯繫。五月，我給瑪麗亞和我買了電影票。看完電影，我們去餐館，吃得比較好，我跟瑪麗亞聊天。她心事重重，小庫爾特的打火石來源斷了，人造蜂蜜的生意也不行了。幾個月來，我，如她所說，一個弱者，承擔著養活全家的責任。我安慰瑪麗亞，說奧斯卡願意做這些，奧斯卡喜愛承擔重大的責任勝過其他一切，恭維她的容貌，最後，我壯起膽子，向她求婚。

她希望有段時間考慮考慮。我提出關於約里克的問題幾個星期得不到答覆，或是她避而不答，最後卻由幣制改革⑬做了回答。

瑪麗亞向我擺了一大堆理由，說話時摸著我的衣袖，叫我「親愛的奧斯卡」，說對於這個世界來說，我實在是太善良了，請我諒解，請我今後繼續保持純正的友誼，祝願我成爲石匠後萬事如意。在我再次追問之下，她拒絕了與我結爲夫妻。

就這樣，約里克沒有成爲體面的市民，卻變成了一個哈姆雷特，一個傻瓜。

①奧斯卡在但澤上小學時的女教師。
②甜食店一般均設咖啡座。
③四旬節（齋期）前的狂歡節。
④四旬節的頭一天。在這一天，神父用聖灰撒在信徒頭上，或者聖徒用灰在額上畫十字。
⑤這時用「灰」字是與上文「聖灰星期三」相呼應的戲謔。
⑥指礦上把煤塊作為實物工資分發給職工。
⑦指戰時從德國西北部遭盟軍頻繁轟炸的城市疏散到東部農村地區的婦女與兒童。
⑧此處是對莎士比亞的《哈姆雷特》第五幕第一場「墓地」的詼諧模仿。引號中的話都是劇中哈姆雷特的臺詞。
⑨《哈姆雷特》一劇中的兩小丑之一。
⑩勞倫斯・奧立佛，著名電影明星。
⑪指科隆大教堂。
⑫這裡像仿效莎士比亞《哈姆雷特》中的名句：「活著呢，還是去死，這是一個問題。」
⑬指一九四八年六月，美、英、法三國占領區實行的幣制改革，用德意志馬克取代貶值的帝國馬克。

四九年聖母

幣制改革來得太早，使我變成了一個傻瓜，迫使我也同樣地去改革奧斯卡的貨幣。我無可奈何，即使不讓我的駝背生出資本來，也得賴以餬口了。

我本來也會成爲一個好市民的。幣制改革以後的時期，如我們今天之所見，給暫時興旺發達的畢德邁耶爾①帶來了各種前提。這個時期本來也會促使奧斯卡具備畢德邁耶爾的特徵。我本該成爲一個好丈夫，正派人，參加重新建設，現在也該有一爿中等規模的石匠鋪，給三十名幫工、小工和學徒工發放工資和麵包，替所有新建的辦公大樓和保險公司用備受歡迎的殼灰岩和石灰把建築物的門面裝飾得體面大方。我本該成爲一個生意人、正派人和好丈夫的，但是，瑪麗亞拒絕了我的求婚。

這時，奧斯卡想到了他的駝背，把這份財產轉到了藝術的名下。科涅夫的生活是靠墓碑維持的，如今由於幣制改革而成了問題。在他解雇我之前，我先辭了職。如果我不能閒居在古絲特・克斯特的廚房裡，我便會流落街頭。我那身訂做的時髦的西服也漸漸地穿舊了，變得有點邋遢。我雖說沒有和瑪麗亞爭吵，但懼怕爭吵，因此多半上午就離開比爾克的寓所，先去阿道夫伯爵廣場看天鵝，隨後到宮廷花園去看天鵝。我坐在公園裡，渺小，沉思，但不憤世嫉俗。對面是勞動局和藝術學院，在杜塞爾多夫，這兩家是鄰居。

一個人，坐著，坐在這樣一張公園凳子上，直至自己變成了木頭，需要交往爲止。老年男子，來不來公園要看天氣。老年婦女，慢慢地又變成了愛閒聊的姑娘。當時的季節，黑天鵝叫嚷著互相追逐，情侶，旁人愛看他們，一直看到他們如所預料的那樣不得不分開。有些人扔掉廢紙。廢紙飛了一陣，翻起跟頭，末了被一個由城市付工資的戴帽男子用尖棍戳走。

奧斯卡有坐功，會用膝蓋帶動雙腿均勻地抖動。在一個身穿皮大衣、繫有前國防軍腰帶、戴眼鏡的胖姑娘跟我搭話之前，我肯定已經注意到了她和兩個瘦小伙子。跟我攀談顯然是那兩個小伙子出的主意。他們一身黑，是無政府主義者的打扮。他們的外表是那麼危險，然而卻羞於跟我，一個從外表即可看出隱藏著偉大意義的駝背，直接了當地交談。他們說服了穿皮大衣的胖姑娘。她走過來，雙腿粗似立柱，結結巴巴，直到我請她坐下。她坐了下來，由於從萊因河飄來的水氣甚至是霧氣，她的眼鏡片模糊不清。她說呀說的，直到我請她先擦一擦眼鏡，再把她要講的事情講到我能夠聽明白。她便揮手把那兩個瘦小伙子叫過來。不用我開口，他們就說自己是藝術家，繪畫和雕塑藝術家，眼下正在尋找一個模特兒。最後，他們不無熱情地告訴我，他們相信我就是他們要找的那種模特兒。我用拇指和食指做了幾個快速動作，他們也馬上說出給藝術學院當模特兒的報酬：每小時一馬克八十芬尼，裸體模特兒甚至每小時兩個德意志馬克。不過那胖姑娘說，不考慮裸體模特兒。

爲什麼奧斯卡答應了呢？是藝術引誘了我嗎？是報酬引誘了我嗎？藝術和報酬同時引誘了我，讓奧斯卡答應下來。我於是站起身來，讓公園凳子和公園凳子生活永遠成爲過去，跟隨著昂首闊步的戴眼鏡姑娘和那兩個走路向前探身、彷彿背負著與生俱來天賦的小伙子，經過勞動局，踏上冰窖山街，走進部分遭破壞的藝術學院大樓。

庫亨教授，黑鬍子，黑煤眼睛，獨特的黑色寬邊軟呢帽，他使我聯想起少年時見到過的黑餐櫃。他的學生認爲我，坐在公園凳子上的男人，是個絕妙的模特兒，他本人也認爲如此。

他繞著我走了許久，黑煤眼睛滴溜轉，鼻息聲聲，從鼻孔裡噴出黑色塵垢，隨後一邊用黑指甲掐住一個無形的敵人，一邊說：「藝術就是控訴、表現、激情！藝術就是在白紙上消耗自身的黑炭筆！」

我爲這種消耗性藝術提供模特兒。庫亨教授領我走進他的學生的畫室，親手把我抱上轉盤，轉動它，不是爲了把我轉暈，而是爲了從各個側面說明奧斯卡的身材比例。十六個畫架移近奧斯卡的側面。噴煤灰的教授還做了一篇簡短的演講。他要求表現，完全醉心於表現這個字眼兒。他說：表現了絕望的夜的黑色，他斷言，我，奧斯卡，體現了控訴著、挑釁著、無時間性地表現著本世紀瘋狂地被破壞的人的形象。教授還衝著畫架送去雷鳴般的吼聲：「你們不要畫他，畫這個殘廢人，你們應當宰割他，把他釘上十字架，用炭筆把他釘在紙上！」

這是動手的信號，十六支炭筆在畫架後面沙沙響，叫喊著拚搏，消耗著自身，畫我的表現——也就是我的駝背，把它畫成黑色，黑上加黑。庫亨教授的學生全都給我的駝背加上濃厚的黑色，使他們不可避免地陷入了誇張，高估了我的駝背的體積。他們換上一張比一張更大的紙，卻仍舊畫不下我的駝背。

這時，庫亨教授給那十六名炭筆消耗者出了個好主意，要他們別從我的駝背的輪廓著手，因爲我的駝背表現力太強，任何尺寸的紙都包容不下，而應抹黑那個弧形上方的五分之一，盡可能往左先抹黑我的頭。

我的秀髮的光澤是深棕色的。他們卻把我畫成了頭髮一縷一縷下垂的吉普賽人。十六個藝徒沒一個注意到奧斯卡有雙藍眼睛。休息的時候——按規定模特兒站立三刻鐘之後可休息一刻鐘，我看了看畫在十六張紙上那左上方的五分之一。在每一個畫架上，我那張憂慮憔悴的面容都在控訴社會。這雖然使我感到意外，可是，使我吃驚的是，我的藍眼睛失去了光度。本該畫成亮閃閃的、討人喜歡的地方，極黑的炭筆線條卻在那裡滾動、變細、碎裂和刺人。

考慮到藝術的自由，我暗自說道，這些繆斯的年輕兒子們和同藝術糾纏的姑娘們雖說看到了你心中的拉斯普庭，可是，他們是否發現了在你心中打瞌睡的那位歌德，願意喚醒他，淡淡地，少些表現，寧可用適度的閃光的一筆把他畫到紙上去呢？十六個學生，雖說如此有才華，庫亨教授，雖說他的炭筆畫人稱一絕，卻都未能留贈給後世一幅可以爲人接受的奧斯卡肖像。唯有我，掙錢不少，頗受尊重，每天在轉盤上站立六小時，時而臉衝著老是堵塞的洗水池，時而鼻子朝著灰色的、天藍色的、淡雲飄浮的畫室窗戶，有時則被轉向一面西班牙牆，獻出表現，每小時給我帶來一馬克八十芬尼。

過了幾個星期，學生們已經能畫出一些可愛的小畫了。也就是說，他們的抹黑表現稍有節制，不再把我的駝背的體積誇張到無邊無際，他們偶而把我從頭到腳，從胸口外的上裝鈕扣到界定我的駝背的最遠凸出點的上裝衣料搬到了紙上。在許多張畫紙上甚至有了畫背景的地位。儘管經過了幣制改革，年輕人仍然表現出始終還受戰爭的影響。他們在我的背後建造了有著控訴性黑色窗洞的廢墟，把我表現爲炸裂的樹樁間無望的、面有菜色的難民，甚至把我關押起來，勤快地用黑炭在我背後鋪展開一道誇張的鐵絲網，讓崗樓在背景上咄咄逼人地監視著我，我手裡還得拿著個空飯碗，監牢的鐵窗在我背後和頭頂上送來版畫的魅力。是啊，他們把奧斯卡塞進了囚犯服裡，而凡此種種都是爲了藝術表現的需要。

不過，他們把我抹成了黑髮吉普賽人奧斯卡，他們不是讓我用藍眼睛而是用黑炭眼睛去看這種種慘象，而我也知道，炭筆畫不出眞鐵絲網，所以我也就放心當模特兒，靜止不動。然而，當雕塑家們——人所共知，他們不用與特定時代有關的背景也能行——讓我當模特兒，當裸體模特兒時，我還是很高興的。

這一次不是學生來跟我談，而是師傅本人來請我。馬魯恩教授是我那位黑炭教授、庫亨師傅的朋友。一天，在庫亨昏黑的、掛滿鑲框黑炭痕跡的私人畫室裡，我正保持靜止不動的姿態，好讓大鬍子庫亨用他別具一格的線條把我畫到紙上去。這時，馬魯恩教授來拜訪他。馬魯恩五十開外，矮小結實，如果沒有他那頂巴斯克帽證明他的藝術家身分，那件最時新的白外套會讓人把他當成一個外科醫生的。

我馬上看出，馬魯恩是個古典形式的愛好者，由於我的身體的各種比例，他懷著敵意凝視著我。他一邊嘲諷他的朋友，說，他，庫亨，一直在抹黑吉普賽模特兒，因此在藝術家的圈子裡已經得了個「吉普賽庫亨」的諢名，難道他還沒有畫膩嗎？他眼下是不是想畫出些怪胎來？是否有意繼富有成果、有好銷路的吉普賽時期之後，再用黑炭抹出一個更富有成果、更有銷路的侏儒時期來呢？

庫亨教授把他朋友的嘲諷化爲憤怒的、夜一般黑的炭筆痕跡。他畫出了至今所畫的奧斯卡肖像中最黑的一幅，當眞一團漆黑，僅僅在我的顴骨、鼻子、額頭和手上有少許光亮，至於我的手，庫亨總讓手指叉開得太大，還添上風痛結節以加強表現力，放在放蕩無度的炭痕的中景。可是，這幅畫後來在許多畫展上展出時，畫上的我卻有了一雙藍色的，也就是說，明亮而非昏黑的眼睛。奧斯卡認爲這是受了雕塑家馬魯恩的影響。他不是個重表現的黑色憤怒者，而是個古典派，我的眼睛以歌德式的明亮照亮了他的道路。雕塑家馬魯恩本來只喜愛勻稱，所以，能夠誘使他選擇我去當雕塑模特兒，當他的雕塑模特兒的，也只能是我的目光了。

馬魯恩的工作室明亮、多塵，幾乎是空蕩蕩的，見不到一件成品。可是，到處放著計畫好的作品的模型骨架。它們的構思是如此完美，因此，鐵絲、鐵、彎好的鉛管，雖未上黏土也已預示出了未來成型後的和諧。

我每天給這位雕塑家當五小時裸體模特兒，每小時得兩馬克。他用粉筆在轉盤上標一個點，指出作爲支撐腿的我的右腿應該在哪裡扎根。由支撐腿的裡踝骨向上畫一條直線恰好到達兩根鎖骨之間的頸窩。左腿是游動腿。不過，這個名稱是騙人的。雖說我讓它略微彎曲，懶洋洋地伸向一側，卻不准移動它，或者讓它游動。這條游動腿也得扎根在轉盤上的粉筆圈裡。我給雕塑家馬魯恩當模特兒的數週內，他卻未能替我的胳膊找到相應的、跟腿一樣不可移動的姿勢。他讓我做了種種嘗試：左臂下垂，右臂在頭上構成角度；兩臂交叉在胸前；兩臂交叉在駝背下面；雙手叉腰。可能的姿勢有上千種。馬魯恩先在我身上試驗，隨後再拿鐵骨架和可彎曲的鉛管四肢做試驗。

在辛勤地尋找了一個月的姿勢以後，他終於決定，或者把交叉雙手托著後腦勺的我變成黏土，或者把我塑成無臂軀幹黏土像。但這時，由於做骨架和改做骨架，他已經筋疲力盡，故而他雖說從黏土箱裡抓起了一把黏土，擺好甩的架式，卻又啪的一聲把散發霉味、未成形的黏土扔回箱子裡去，蹲到骨架前，凝視著我和我的骨架，手指顫抖不已：這個骨架實在太完美了！

他無可奈何地嘆著氣，佯稱頭痛，卻沒有對奧斯卡發火，便放棄了它，把駝背骨架連同支撐腿和游動腿，抬起的鉛管胳臂，交叉在鐵後頸上的鐵絲手指，放到堆著以前完成的所有別的骨架的角落裡。我那空空的駝背骨架當中，有若干塊木板，叫作蝴蝶，本來是要承受黏土的，這時，全都輕輕地晃動著。它們不是在嘲諷，倒不如說是意識到了自己是毫無用處的。

接著，我們喝茶，閒聊了整整一個小時。這也算作當模特兒的時間，雕塑家照樣付給我錢。他談到了過去，那時候他還像年輕的米開朗基羅一樣沒沒無聞，曾把以半公擔計的黏土甩到骨架上，完成了許多塑像，大部分在戰時被毀了。我向他講述了奧斯卡當石匠和刻字匠時的活動。我們扯了一點兒業務，他便帶我到他的學生那裡去，讓他們也相中我當雕塑模特兒，按照奧斯卡製作骨架。

馬魯恩教授有十名學生，如果長頭髮是性別的標記的話，那麼，其中六人可以標明爲姑娘。六個中間四個長得醜卻有才華，兩個是漂亮、饒舌的眞正姑娘。我當裸體模特兒從不害羞。不錯，奧斯卡甚至欣賞那兩個漂亮又饒舌的雕塑姑娘的驚訝表情。她們第一次打量站在轉盤上的我時，輕易地被激怒了，並且斷定，奧斯卡雖說是個駝背，身材矮小，卻也有個生殖器官，必要時，它還能與任何所謂正常的男性的象徵比一下高低。

跟馬魯恩師傅的學生相處，其情況與跟師傅本人相處稍有不同。過了兩天，他們已經做好了骨架。眞是天才，他們追求天才的快速，朝匆匆忙忙、不按操作規程固定的鉛管之間甩黏土。但他們顯然在我的駝背骨架裡少掛了木蝴蝶，冒潮氣的黏土幾乎掛不住，使奧斯卡全身布滿裂紋。十個新製成的奧斯卡全都歪歪斜斜，腦袋搭拉到兩腳間，鉛管上的黏土啪地掉下來，駝背滑到了膝窩裡。這時，我才懂得去敬重馬魯恩師傅了。他是一個傑出的骨架建構者，他做的骨架是如此完美，所以根本沒有必要再甩上便宜的黏土了。

當黏土奧斯卡跟骨架奧斯卡分家時，相貌雖醜但有才華的雕塑姑娘們甚至流下了眼淚。那個漂亮而饒舌的雕塑姑娘見到肉象徵性地從骨頭上快速剝落時卻哈哈大笑。可是，幾個星期以後，這些雕塑藝徒還是做成了幾個像樣的骨架，先塑成黏土的，後又塑成石膏的和仿大理石的，在學期結束時展出。在這個過程中，我則獲得機會一再在醜陋而有天賦的姑娘跟漂亮而饒舌的姑娘之間做新的比較。難看但有藝術才幹的童貞女們相當細心地仿製我的頭、四肢和駝背，可是出於奇怪的羞怯心，忽略了我的陽具，或者按傳統線條風格馬虎了事。可愛的、大眼睛的、手指美卻不靈巧的童貞女們卻很少注意我肢體的分段比例，但十分用心地精確仿製我美觀的生殖器官。在這方面，那四個學雕塑的男青年也不該忘了報導。他們把我抽象化，用扁平的、表面有條紋的小木條把我敲成四方形，難看的童貞女們所忽略的而漂亮的童貞女們做得很逼眞的東西，他們則本著乾巴巴的男人的理解力，做成了架在兩個同樣大小的方木塊上的一個長方形木塊，像積木搭成的國王犯了生育狂的器官，豎在空間。

或許由於我的藍眼睛的緣故，或許由於雕塑家們放在赤裸裸的奧斯卡周圍的供熱器的緣故，前來走訪惹人喜愛的雕塑姑娘的年輕畫家們發現，我的藍色眼睛或被照射成蟹紅色的皮膚有著圖畫的魅力，於是把我從一樓的雕塑和版畫工作室誘拐到樓上，隨即在他們的調色板上調起顏色來。

起先，畫家們對我的藍色目光印象太深了。在他們眼裡，我似乎全身發藍，而他們也要用畫筆把我從頭到腳都畫成藍色。奧斯卡健康的肉，他的波浪式的棕髮，他的鮮嫩血紅色的嘴，全都閃爍著令人毛骨悚然的藍光；在一片片藍色的肉之間還加上了垂死的綠色、令人作嘔的黃色，這就更加速了我肉體的腐爛。

狂歡節到了，學校地下室裡舉行了長達一週的慶祝活動。在那裡，奧斯卡發現了烏拉。奧斯卡把她當作繆斯，領她去見畫家，到了這時，他才被他們畫成別的顏色。

是四旬齋前的星期一嗎？是四旬齋前的星期一，我決定去參加慶祝活動，化裝好了去，化裝好的奧斯卡將擠到人群中去。

瑪麗亞看到我站在鏡子前，便說：「待在家裡吧，奧斯卡，你會被踩死的。」可是，她又幫我化裝，剪下布頭。她的姐姐古絲特一邊饒舌，一邊把布頭拼成了一件小丑服。起先，我覺得有一種委拉斯蓋茲風格的東西在眼前浮動。我也願意看到自己扮作統帥納賽斯，或者扮作歐根親王。我最後站在大鏡子前面，鏡子玻璃在戰時裂開了一道斜紋，使我的映像變了點形，但這件花花綠綠、鼓鼓囊囊、掛有鈴鐺的開襟服仍被照得一清二楚。我的兒子看了捧腹大笑，笑得咳嗽不止。這時，我並不愉快地低聲對自己說：你現在是小丑約里克了，奧斯卡。可是，你能去愚弄的國王又在哪裡呢？

已經上了有軌電車，它將帶我去學院附近的拉亭門。我注意到，正要去辦公室或商店、打扮成牛仔和西班牙女郎的老百姓見了我並沒有放聲大笑，反倒大吃一驚。他們都與我保持一定的距離，所以，儘管電車裡擠滿了人，我卻得到了一個座位。在學院門前，警察揮舞著他們貨真價實而不是化裝用的橡皮棍。藝術青年們的慶祝會名叫「繆斯池塘」，會場已經客滿，但人群仍想攻占這幢樓房，便與警察發生了衝突，部分是流血衝突，但不管怎麼說，是一場五彩繽紛的衝突。

奧斯卡讓掛在左袖上的小鈴鐺說話，分開人群。一名警察，由於職業的緣故一眼看出了我的身材，低頭向我敬禮，問我有何貴幹，隨後揮動橡皮棍，領我到慶祝場所地下室。那裡在煮魚，還沒有煮熟。如今沒有人會相信，藝術家的慶祝會乃是藝術家自己慶祝節日的聚會。藝術學院大多數學生，面孔雖然上了油彩，卻仍舊嚴肅、緊張，他們站在地道中有些搖晃的酒吧櫃檯後面，出售啤酒、香檳、維也納小香腸和燒酒，掙點外快。在藝術家慶祝會上真正尋歡作樂的多半是市民。在一年一度的節日裡，他們大手筆地花錢，像藝術家似的狂飲歡慶。

大約有一小時之久，我在樓梯上、角落裡、桌子下嚇唬正要在這不痛快的氣氛中尋找些刺激的一雙雙情侶。之後，我同兩個中國姑娘交上了朋友，她們的血管裡必定流著希臘人的血液，因爲她們正在實行數百年前在勒斯波斯島上歌頌過的一種愛②。她們互相偎依，十指並用，對我的敏感部位不屑一顧，讓我看了一部分相當有趣的鏡頭。她們跟我一起喝熱香檳，還徵得我的同意，試一試我的頂端相當尖的駝背的反抗力。試驗成功，她們都很走運，這再次證明了我的論點：駝背給女人帶來好運氣。

然而，同女人們的這種交往持續越久，就越使我悲哀。各種想法左右著我，政局使我憂心忡忡。我蘸著香檳酒在桌面上畫出對柏林的封鎖③，描出空中走廊，眼看這兩個中國姑娘不能湊在一起，我對德國的重新統一也感到絕望，便開始做我從未做過的事情：扮演約里克的奧斯卡要去尋找生活的意義。

我的兩位女士再也想不出有什麼值得我一看的東西時，她們哭了。淚水在化裝成的中國人臉上留下痕跡，露出她們的本相。我站起身來，開襟服鼓鼓囊囊，鈴鐺亂響，想讓三分之二的身子回家，留下三分之一去尋找狂歡節上一次小小的巧遇。我見到了——不，是他向我打招呼的——上士蘭克斯。

各位還記得嗎？一九四四年夏，我們在大西洋壁壘遇見過他。他在那裡守衛水泥，抽我的師傅貝布拉的香菸。

樓梯坐滿了人，緊挨著，擁抱狂吻。我想上樓，正給自己點燃一支菸，有人拍拍我。上次世界大戰的一名上士說道：「喂，夥計，能給我一支菸嗎？」

毫不奇怪，我靠這番話的幫助，也因爲他的化裝服是軍灰色的，所以我一眼就認出了他。不過，假如這位上士暨水泥畫師軍灰色的膝蓋上不摟著繆斯本人的話，我是不會重溫舊交的。

請讀者先讓我與水泥畫家交談，隨後再來描繪繆斯吧！我不僅給了他香菸，還用打火機給他點燃。他抽菸時，我說：「您還記得嗎，蘭克斯上士？貝布拉前線劇團？神祕，野蠻，無聊？」

我這麼一問，畫師嚇了一跳，香菸倒是沒掉，卻讓繆斯從膝上摔了下來。我扶起那個喝得爛醉的長腿姑娘，交還給他。我們兩個，蘭克斯和奧斯卡，一起回憶：海爾佐格中尉，蘭克斯把他叫作胡思亂想的傢伙，破口大罵。他顯然想起了我的師傅貝布拉和修女們，當時，她們在隆美爾蘆筍間找螃蟹。而我卻對繆斯的露面大感驚異。她是扮作天使來的，頭戴一頂包裝出口雞蛋用的可塑性硬紙板做的帽子，儘管喝得爛醉，儘管翅膀已被折斷，可憐巴巴，但仍顯出天國女居民的某些工藝美術的魅力。「這是烏拉。」畫師蘭克斯告訴我，「她原先學過裁縫，現在想搞藝術，可我不同意。當裁縫能掙錢，搞藝術掙個屁。」

奧斯卡搞藝術可掙不少錢啊！他於是提議，推薦女裁縫烏拉給藝術學院的畫家們當模特兒和繆斯。聽了我的建議，蘭克斯喜形於色，隨手從我的菸盒裡抽出三支菸，而他則邀請我去他的畫室，可轉眼間他又小氣起來，說到那裡的出租汽車錢得由我來付。

我們馬上動身，離開了狂歡會場，到了西塔德街他的工作室，我付了出租汽車錢。蘭克斯爲我們煮咖啡醒酒，繆斯又活了。我用右手食指給她摳喉嚨，她嘔吐了一陣之後，差不多清醒了。

我現在才看到，她的淡藍色眼睛始終露出驚訝的目光。我聽到了她的聲音，有些尖聲尖氣，細弱無力，卻不乏動人的魅力。畫師蘭克斯向她講了我的提議，與其說是建議還不如說是命令她到藝術學院去當模特兒。她先拒絕，不願到藝術學院去當繆斯或模特兒，只想屬於畫師蘭克斯。蘭克斯板起面孔，二話不說，像有才華的畫師愛幹的那樣，舉起大巴掌摑了她幾個耳光，又問她一遍，隨後滿意地笑了，脾氣又變好了，因爲她抽泣著，活像天使在痛哭，說她願意給藝術學院的畫家們當報酬多的模特兒，如果有可能，也當繆斯。

讀者必須想像出，烏拉身高約一七八公分，細高個兒，嬌媚可愛，弱不禁風，使人同時聯想到波提切利④和克拉納赫⑤。我們一起當雙裸體。她的肉細長光滑，布滿孩子的細汗毛，龍蝦肉大致就是她的肉色。她的頭髮也細，但長，乾草黃。下身的毛鬈曲，微紅，構成一個小三角。腋下的毛，烏拉每週剃一次。

果然不出所料，普通學生畫我們時辦法不多，把她的胳臂畫得太長，把我的腦袋畫得太大，陷入所有初學者的錯誤中去：總不能把我們全部畫進畫紙裡去。

直到齊格和拉斯科尼科夫發現我們後，才產生了符合繆斯和我的形像的畫。

她睡著，我嚇唬她：農牧神和山林水澤仙女。

我蹲著，她朝我彎下腰來，小酥胸總有點冰涼，撫摩著我的頭髮：美人與怪獸。

她躺著，我戴上長角馬頭面具，在她的兩條長腿間嬉戲：女士與獨角獸。

這些都是以齊格或拉斯科尼科夫的風格畫的，彩色的，或是高雅的灰色調的，用細筆描繪細部，或按齊格的常用手法，用天才的刮刀刮，僅僅暗示出烏拉和奧斯卡周圍的神祕氣氛。拉斯科尼科夫又靠我們的幫助，找到了通往超現實主義的道路：奧斯卡的臉變成蜂蜜黃的鐘面，猶如從前我家那個落地鐘；我的駝背裡機械地開放著纏繞的玫瑰，這是烏拉種下的；她上半截在微笑，下半截拖著兩條長腿，肚子被切開；我會在裡面蹲在她的肝和脾之間，翻看一本圖畫書。他們也愛把我們塞進戲裝裡，把烏拉畫成哥倫比娜⑥，把我畫成悲哀的白臉小丑。最後，拉斯科尼科夫——人家給他起這個綽號⑦，是因為他老是講罪過和贖罪——顯示出他的才能，畫成了一幅傑作：我坐在烏拉汗毛柔軟的左大腿上，赤身裸體，一個畸形童子，她充當聖母，奧斯卡紋絲不動地扮作耶穌。

這幅畫後來多次展出，題名為：《四九年聖母》。它又被當成廣告畫，也證明有效果，之後，落到我的好市民瑪麗亞的眼睛裡，導致了家庭爭吵。然而，一個萊因工業家仍出大價錢把它買下，今天還掛在一棟辦公大樓的會議廳裡，影響著董事們的決策。

人們利用我的駝背和體形幹出的那種天才的胡鬧事，也使我得到消遣。此外，總有人請烏拉和我去當雙裸體模特兒，每人每小時掙兩馬克五十芬尼。烏拉也覺得當模特兒挺好。自從她按時帶錢回家以來，巴掌大、打人狠的畫師蘭克斯待她也好多了。只有當他天才的抽象作品要求他發怒時，他才動手打她。蘭克斯從未利用她當純視覺的模特兒，所以，對這位畫師來說，她在某種意義上是個繆斯，因為唯有他搧她的那些耳光才賦予他那雙畫師的手眞正的創造潛力。

烏拉愛哭泣，生性脆弱，從本質上說，有一種天使的堅毅性，但也會刺激我幹出暴力行為來。不過，我始終控制著自己，當我的欲望感覺到受了鞭笞時，便請她去甜食店，裝出一副紳士派頭——這是跟藝術家打交道時養成的——領著她，把她當成我的矮小身體邊一棵高大的植物，在熱鬧的國王林蔭道上目瞪口呆的行人之中散步，給她買淡紫色長襪，玫瑰色手套。

她同畫家拉斯科尼科夫的關係就不同了。他無須接近烏拉，就能經常與她進行最密切的交往。他讓她在轉盤上敞開兩腿，擺好姿勢，卻又不畫，而是坐到離她幾步遠的一張小凳上，口中唸唸有詞：罪過，贖罪，卻死盯著那個方向，直到繆斯的下身濕了，開放了，而拉斯科尼科夫也通過看和唸達到了解脫，從凳子上一躍而起，給畫板上的《四九年聖母》添加了了不起的幾筆。

拉斯科尼科夫有時也死盯著我，儘管原因不同。他認爲我身上缺些什麼。他談到我的兩手之間有個眞空，便接二連三地把各種東西塞在我的手指間。憑著他的超現實主義的幻想，他能夠想出許許多多東西來。他用手槍武裝奧斯卡，讓扮演耶穌的我瞄準聖母。他讓我遞給她一個沙漏，一面鏡子，鏡子裡的聖母變成醜八怪，因爲那是一面凸鏡。剪刀、魚骨頭、電話聽筒、骷髏頭、小飛機、坦克車、遠洋輪，我的兩隻手都拿過，可是，拉斯科尼科夫很快就發覺，眞空仍舊沒有填滿。

奧斯卡害怕那一天，到那時，畫家會拿來那件唯一註定由我拿著的東西。他終於把鼓拿來了。我喊道：「不！」

拉斯科尼科夫說：「拿著鼓，奧斯卡，我已經認清你了！」

我在發抖：「再也不啦！這是過去的事啦！」

他，陰沉地：「什麼事情都不會過去，一切都會重來。罪過，贖罪，又一次罪過！」

我，用盡最後的力氣：「奧斯卡已經懺悔過了，免去這鼓吧！我什麼都願意拿，只是不要這鐵皮！」

我哭泣，烏拉朝我俯下身來。淚水迷住了我的眼睛，她可以無礙地吻我，繆斯使勁兒地吻了我。所有受過繆斯的吻的人，肯定都會理解，奧斯卡在受了這個蓋印章似的吻以後，立即又接過鼓，接過那個鐵皮來。幾年前，他放棄了它，把它埋在薩斯佩公墓的沙土裡了。

但是，我沒有敲鼓。我只是擺擺姿勢，被畫成了「四九年聖母」赤裸的左大腿上的擊鼓耶穌，眞夠糟糕的！

就這樣，瑪麗亞在預告一次藝術展覽會的海報上看到了我。她瞞著我去看展覽，大概在這幅畫前站了很久，滿腔怒火，因爲她在跟我談話時，竟用我兒子庫爾特的學生直尺揍我。幾個月前，她在一家較大的美食店裡找到了工作，工資優厚，先當售貨員，由於能幹，很快就當上了出納員。我面前的她，已不再是做黑市交易的東土難民，而是在西方入籍隨俗、安分守己的人了。她因此相當有說服力地把我罵作髒豬、撞婊子的公山羊、墮落的傢伙，她再也不想看到我搞骯髒事賺來的骯髒錢，連我也不願再看到了。

雖說瑪麗亞不久就收回了這最後一句話，十四天後，又把我當模特兒掙來的錢裡不小的一部分收作家用錢，我還是決定放棄同她、同她的姐姐古絲特和我的兒子庫爾特一起居住。我原先打算遠遠地離開，到漢堡去，若有可能就重返海邊。瑪麗亞很快接受了我搬遷的打算，可是她在她的姐姐古絲特幫腔之下說服了我，在她們和小庫爾特附近住下，不管怎麼樣也得在杜塞爾多夫找一個房間。

---

①指中、小資產階級。
②這裡指同性戀。
③指英、法、荷、比、盧在美國支持下簽訂布魯塞爾防禦條約後，蘇聯對西柏林的封鎖。
④波提切利（一四四五～一五一〇），義大利畫家，主要作品有《維納斯的誕生》。
⑤克拉納赫（一四七二～一五五三），德國宗教改革時期的畫家，繪有裸體女子畫。

⑥哥倫比娜，義大利假面喜劇中活潑高興的農村姑娘或女僕。
⑦拉斯科尼科夫，這個綽號由拉斯科尼克一詞變來，原指俄羅斯東方正教一個分裂教派。

刺蝟

構造，砍伐，剔除，納入，吹掉，仿作：奧斯卡成了房客後才學會用鼓召回往事。在這件事上，不僅這房間、刺蝟、院子裡的棺材倉庫，以及閔策爾先生幫助了我，護士道羅泰婭姆姆對於我也是一服刺激劑。

你知道帕西法爾嗎？我也不特別熟悉他。唯有雪地上三滴血的故事留在我的記憶裡。這則故事確實，因爲它正適合我的情況。它可能適合每一個有某種觀念的人的情況。但是奧斯卡寫自己；因此，他幾乎懷疑那則故事對他正合適。

我始終還在當藝術的僕人，讓別人把我畫成藍色、綠色、黃色和土色，讓別人把我抹黑，放在各種背景之前。我跟繆斯烏拉一起使藝術學院的冬季學期獲得生機。我們還將把我們繆斯的祝福授予相繼而來的夏季學期。但是，已經降雪了，雪接受了那三滴血，它們像吸引住傻瓜帕西法爾的目光一樣地吸引住了我的目光。關於此人，傻瓜奧斯卡所知甚少，因此他可以不費吹灰之力地感到自己跟傻瓜帕西法爾是同一個人。

我所描繪的情景儘管粗陋，但在各位眼裡想必是夠清楚的：雪，這是一個護士的職業服裝；大多數護士，包括道羅泰婭姆姆在內，她們佩戴的連結衣領的飾針中央的紅十字，便是閃閃發光的三滴血。我坐著，目光難以離開它。

不過，當我在蔡德勒公寓原先用作浴室的房間裡坐下之前，我恐怕先得尋找這個房間才是。冬季學期剛結束，部分大學生退掉了他們的房間，回家過完復活節，有的又回來，有的不再回來。我的女同事繆斯烏拉幫我找房間，陪我去大學生代表處。那裡，人家給了我許多個地址和一封藝術學院的介紹信，把我打發走了。

我去看房子以前，先去比特路作坊裡拜訪了石匠科涅夫，這是許久以來的頭一回。親密之情促使我去，我也爲了在假期裡找份工作做。我，不帶烏拉，在幾位教授家當私人模特兒，鐘點不多，在六週的假期裡難以賴此餬口。此外，我還得掙到一間帶家具的房間的租金。

我見到了科涅夫。他沒有變樣，後頸上有兩個快好的和一個尚未熟的癤子，正彎著腰，在一塊已經粗鑿過的比利時花崗岩碑上一下一下地鑿溝槽。我們聊了一會兒。我擺弄起幾把刻字鑿來暗示，環顧四周已經磨光、等候刻碑文的石頭。有兩塊殼灰岩一公尺石和一塊雙穴墓西里西亞大理石碑，看來科涅夫已經賣出，只缺一個內行的刻字匠來刻字了。幣制改革以後，石匠度過了一段艱難的日子，我爲他感到高興。當初，我倆就曾以這樣的智慧之言相互安慰：一次幣制改革，不論它多麼樂觀，也不能阻止人們死去，隨後來買墓碑。

這句話已被證明爲眞理。又有人死去，又有人來買墓碑。此外，還有幣制改革以前所沒有的委託任務：肉鋪房屋正面和鋪子裡面都要貼上五彩大理石片；某些銀行和百貨大樓的砂石或凝灰岩正面被破壞了，現在也要修復和裝飾，以恢復過去的外觀。

我稱讚科涅夫勤快，問他這麼多的活計是否都幹完了。他先迴避，之後又承認，有時他眞希望自己能有四隻手。最後，他向我建議，我可以在他這兒每天幹半天刻字活兒：石灰岩上刻凹形字，每個字母四十五芬尼，花崗岩和輝綠石上的，五十五芬尼；凸形字，每個字母六十到七十五芬尼。

我立刻站到一塊殼灰岩碑前，迅速幹起來，刻著凹體字：阿洛依斯·居弗爾——一八八七年九月三日生——一九四六年六月十日卒，在四小時內，刻完了三十個字母與數字。我走時，按工資等級表，共得十三馬克五十芬尼。

這是我可以支付的每月房租的三分之一。房租若高於四十馬克，我不願給也付不起，因爲奧斯卡把繼續貼補——雖說錢數不大——比爾克的家庭開支，貼補瑪麗亞、庫爾特和古絲特·克斯特看作是自己應盡的義務。

從學院的大學生代表處的熱心人那裡得到的四個地址中，我先挑出一個：蔡德勒，尤利希街七號，因爲那裡離學院近。

五月初，天氣熱，陰沉沉的，下萊因地區典型的春季天氣，我帶著足夠的錢出門去。瑪麗亞事先替我把衣服弄得很整潔，我顯出有教養的樣子。那幢房子坐落在剝落的灰泥堆裡，屋前有一棵沾滿塵土的栗子樹。蔡德勒住在四樓一套三居室裡。尤利希街一大半是廢墟，很難說有什麼相鄰的房屋或街對面的房屋。左邊有一座山，橫七豎八地揷著生鏽的T形樑架，野草和野花叢生，可以讓人猜出，從前這裡有過一幢四層樓房，與蔡德勒的房屋鄰接。右邊，部分遭毀壞的一層到三層樓終於修復使用。可是，建築材料大概不夠。房屋的正面是光油油的瑞典黑花崗岩，上面有許多窟窿，而且凹凸不平，有待修繕。牆上刻的「朔納曼殯儀館」的招牌已殘缺不全，我現在記不淸缺了哪些字母。幸虧刻在始終還平滑如鏡的花崗岩上的兩根凹形棕櫚枝沒有損壞，還能使這家遭破壞的殯儀館維持一半的崇敬死者的外觀。

這家開辦了七十五年的殯儀館的棺材倉庫設在院子裡。我日後待在我的房間裡經常覺得它值得一看，因爲我的房間的窗戶正對著院子。我注視著工人們遇上好天氣就把幾口棺材從倉庫裡推出來，放在木架上，用一切辦法使它們恢復光澤。所有這些棺材都如我所熟悉的那樣，是一頭小的。

我按鈴，蔡德勒自己來開門。他站在門口，矮小，敦實，呼吸短促，像隻刺蝟①，戴一副鏡片很厚的眼鏡，成團的肥皂泡沫掩住了他的下半張臉，右手拿著刷子對著面頰，看樣子是個好喝酒的，聽口音是威斯特伐利亞人。

「如果那間房間不中您的意，您馬上就講。我正在刮臉，還要洗腳。」

蔡德勒不喜歡客套。我看了房間。我並不中意，因爲這是一間好久無人使用過的洗澡間，一半是土耳其綠瓷磚，一半是令人感覺不安靜的壁紙。然而，我沒有說這間房間不中意。我不管蔡德勒臉上的肥皂沫快乾了，也不管他還沒有洗腳，敲敲浴缸，想知道把浴缸弄走行不行，反正它已經沒有排水管了。

蔡德勒微笑著搖搖他灰色的刺蝟腦袋，還想用剃鬚刷抹出泡沫來，但是抹不出。這就是他的回答，我於是說準備租下這間帶浴缸的房間，每月付四十馬克。

我們又站在燈光黯淡、軟管似的走廊裡。好幾間房間的門衝著走廊，有的漆成各種顏色，有的是玻璃門。我想知道，還有誰住在蔡德勒的公寓裡。

「我的妻子和房客。」

我用手指彈了彈走廊中央的一扇乳白玻璃門，它同套房房門相隔僅一步路。

「一位護士住在這兒，不過這跟您沒有關係。您反正見不著她。她只在這兒睡覺，而且也不是總在這兒。」

我不想說出來，奧斯卡一聽「護士」這個詞兒就抽搐。奧斯卡點點頭，不敢再打聽其餘房間的情況，只知道那間帶浴缸的房間在右手一邊，房門就是走廊的頂端。

蔡德勒用手指彈了彈我的上裝翻領：「您要是有酒精爐的話，可以在自己房間裡煮東西。我倒是可以讓您有時使用廚房，如果灶頭對您來說不至於太高的話。」

這是他頭一回談及奧斯卡的身高。他匆匆讀了一下藝術學院的介紹信，信起了作用，因爲有院長勞伊塞教授的簽名。他講了各種注意事項，我只應聲說「是」或「阿門」，記住廚房在我的房間的左邊，答應他衣服都送到外面去洗，因爲他擔心熱氣會損壞洗澡間的壁紙，而我可以有把握地承諾此事，因爲瑪麗亞表示願意替我洗衣服。

我本該走了，去取行李，塡寫遷居表格。可是奧斯卡沒有走。他不能離開這公寓。他毫無理由地請他未來的房東告訴他廁所在哪裡。蔡德勒用拇指指向一扇膠合板門，這使人聯想到戰爭年代和緊接著的戰後年代。奧斯卡打算當即使用一下廁所，蔡德勒便給他開了那個小地方的燈。蔡德勒臉上的肥皀沫已經硬結、剝落、作癢。

在廁所裡，奧斯卡氣惱至極，因爲我本無此需要。我固執地等著，直到尿出了那麼一點兒。由於膀胱壓力不夠，我不得不使勁，又由於離馬桶座圈太近，結果弄濕了這個狹窄地方的馬桶座圈和方磚地。我用手絹擦去坐舊的座圈上的尿，又用鞋底抹掉不幸落到方磚地上的那幾滴。

我上廁所時，蔡德勒並沒有乘機去找剃鬚鏡和熱水，儘管他臉上的肥皀沫已經硬結，很不舒服。他等在走廊上，可能對我特別偏愛。「您眞特別，」他說，「還沒有簽租約，就已經上廁所了。」

他手拿變涼、硬結的剃鬚刷走近我，肯定在策畫開個笨拙的玩笑，卻沒有給我添什麼麻煩，而是打開了套間的門。奧斯卡在刺蝟身邊經過，用部分的目光盯著他，向樓梯間退去。這時，我發現，廁所門在廚房門與那扇乳白玻璃門之間，玻璃門後有一個護士不定期地在此住宿。

近黃昏時，奧斯卡帶著行李和聖母畫家拉斯科尼科夫送的錫鼓再次按蔡德勒家的門鈴，手裡搖晃著遷居申報表。在此期間刮了臉、大概也洗了腳的刺蝟，領我走進蔡德勒的套房。

屋裡有一股熄滅後的雪茄的菸味。有一股點燃過多次的雪茄的氣味。此外，還雜有許多一條摞一條、被捲到房間各個角上、可能是珍貴的地毯所散發出來的氣味。嗯，還有舊掛曆的氣味。不過，看不到掛曆；舊掛曆的氣味恐怕就是地毯的氣味吧。奇怪的是，舒適的皮面椅子卻沒有自己的氣味。這使我失望，因爲奧斯卡雖說從未在皮面圈手椅上坐過，卻有著眞實的想像：皮面椅子是必定有氣味的。因此，他懷疑蔡德勒家的圈手椅和椅子的皮面不是眞皮，而是人造皮革。

蔡德勒太太坐在一把圈手椅上，椅面光滑，無氣味，事後證明是眞皮革。她身穿灰色服裝，裁製成運動服，勉強合身。裙子縮到膝蓋以上，露出三指寬的內褲。她並不把往上縮的裙子拉拉好，而奧斯卡也發現，她的眼睛是哭腫了的。所以，我不敢做自我介紹並向她問候幾句。我無言地一躬身，在快直起腰之前扭頭向蔡德勒望去。他用大拇指一指，短促地咳嗽幾聲，就算是向我介紹了他的太太。

房間面積大，呈正方形。屋前的那棵栗子樹使房間變得昏暗，也使它變大或變小。我把箱子和鼓放在門口，拿著遷居申報表走近蔡德勒，他正站在兩扇窗戶之間。奧斯卡聽不到他走路的腳步聲——這一點我以後還要補敘，他是踩著四塊地毯走過去的，地毯一塊比一塊小，一塊壓著另一塊的邊，地毯邊顏色不同，有的有流蘇有的沒有，構成了五彩的臺階。最低一級棕色裡帶點淡紅，從牆跟開始鋪開去。第二級是綠色的，大多數面積被家具所占，如沉重的碗櫥，放滿幾十只利口酒杯的玻璃櫃，還有夫妻的大雙人床。第三條地毯，藍色，有圖案，從一角鋪到另一角。第四條是葡萄紅的維羅呢地毯，它的任務是承受一張蒙上蠟布保護桌面的圓形可伸縮餐桌，以及四把用間距有規則的金屬鉚釘鉚住的皮面椅子。

還有許多地毯，原非壁毯，卻掛在牆上，或者被捲起來，懶洋洋地躺在牆跟下。奧斯卡推測，刺蝟在幣制改革以前做的是地毯交易，幣制改革以後，他的地毯就沒有銷路了。

開窗戶的牆上，在兩塊東方風味的小地毯之間，掛著一個鑲玻璃的鏡框，裡面是一幅俾斯麥侯爵的肖像。這是房間裡唯一的一幅畫。刺蝟滿滿登登地坐在這位宰相下方的一把皮面圈手椅裡，看上去有點像俾斯麥的親屬。他從我手裡接過遷居申報表，警覺地、吹毛求疵地，卻又不耐煩地細看這份官方印製的表格的正反兩面。他的妻子隨口問了一句是不是有什麼不對勁的地方，不料惹得他大發雷霆，使他越來越像那位鐵血宰相了。圈手椅一口把他吐了出來。他站在四條地毯上，把表格舉在一側，用空氣塡滿他的身子和背心，接著一躍踩到第一條和第二條地毯上，把下面的一番話傾倒在正低頭做針線活的他的太太身上：誰在這裡講話我又沒有問到他誰都不准講除了我我我！不許再出聲！

蔡德勒太太順從地控制住自己，不再出聲，埋頭做針線活。這樣一來，踩在地毯上的刺蝟就束手無策了，但他仍要人相信他這一通發作必須有迴響，隨後漸漸消失。他一步跨到玻璃櫃前，打開櫃子，弄得它叮噹直響，小心翼翼地叉開手指夾起八個利口酒杯，又小心翼翼地把夾滿玻璃杯的手從櫃子裡退出來而不致碰壞那些杯子，像一個有七位客人的東道主，要親自做一番手腳靈巧的表演供來賓消遣。他一小步一小步地朝綠瓷磚連續燃燒爐走去，突然忘掉了自己應當謹愼小心，把手裡那些一碰就碎的貨色朝冰冷的鑄鐵爐門扔去。

這個場面要求蔡德勒必須準確地扔中目標才行。令人驚訝的是，他的眼鏡後面的眼睛卻看著他的太太。而她呢？已經站起身來，站到右窗戶下朝針眼裡穿線。他砸碎玻璃杯後一秒鐘，他的太太把線穿進了針眼，這可需要雙手保持平穩，是件挺難的事呀！蔡德勒太太回到還暖和的圈手椅前，坐下來，裙子又縮上去，露出三指寬的粉紅色內褲。刺蝟探著身子，急促地喘息著，然而全神貫注地觀察著他的太太朝窗戶走去，接著穿針眼，隨後走回去。她剛坐下，他就伸手到爐子背後，拿出一個鐵皮畚箕和一把掃帚，掃攏玻璃碎片，把畚箕裡的這些垃圾倒在一張報紙上，報紙的一半已經被利口酒杯碎片所占據，再沒有地位來盛放第三次動怒後的碎片了。

假如讀者認爲，奧斯卡在扔碎玻璃的刺蝟身上看到了他自己，看到了曾在多年間唱碎玻璃的奧斯卡，我不能說各位毫無道理。我當初也愛把一肚子怒火化作玻璃碎片，不過，誰也不曾見到我事後又操起鐵皮畚箕和掃帚！

蔡德勒清除掉他的怒火的遺痕之後，又坐到圈手椅上去。奧斯卡再次把刺蝟兩手伸進玻璃櫃時落在地上的遷居申報表遞給他。

蔡德勒在表格上簽了名，並且讓我明白，在他的寓所裡必須保持秩序，各人想幹什麼就幹什麼是不行的。他說，十五年來他一直是代銷商，理髮推子代銷商，他問我知不知道什麼是理髮推子！

奧斯卡自然知道什麼是理髮推子，他在房間的空氣裡做了幾個動作來說明，讓蔡德勒看出我正在操作理髮推子。他的大鬍子修剪得很不錯，讓人看出他是個很不錯的代銷商。他又告訴我他的工作日程：出門一週後在家待兩天，永遠如此。隨後，他便失去了對奧斯卡的興趣，像刺蝟似的坐在淺棕色的皮圈手椅裡吱吱響地前後搖著，眼鏡鏡片一閃一閃，不知是有意或無意地說著：行行行行行。我該走了。

奧斯卡先向蔡德勒太太告辭。她的手冰冷，沒有骨頭，但是乾巴巴的。刺蝟在圈手椅裡揮手，揮手讓我朝門口走去，那裡放著奧斯卡的行李。我兩手已經拎起我的家當，他的聲音又傳來了：「您箱子掛著的是什麼玩意兒？」

「我的錫鼓。」

「那麼您要在這裡敲鼓嗎？」

「不一定。從前我經常敲。」

「我看您可以敲，反正我不在家。」

「眼下還沒有那種需要，會讓我又敲起鼓來。」

「您怎麼個子這麼矮小，嗯？」

「不幸摔了一跤，從此不長個兒了。」

「只要您不給我添麻煩就好，譬如，突然發病之類。」

「近幾年裡，我的健康狀況越來越好。您瞧瞧，我的身子多麼靈巧。」奧斯卡在蔡德勒先生和太太面前蹦了幾下，差點兒做起他在前線劇團時學會的體操動作來，逗得蔡德勒太太吃吃竊笑，惹得蔡德勒先生又變成一隻刺蝟，可他還在拍大腿的時候，我已經站在走廊裡了，走過護士的乳白玻璃門、廁所門和廚房門，把行李拎進我的房間。

這是五月初。從那一天起，護士的奧祕試探我，占據我，征服我。女護士使我患病，可能使我得了不治之症，因爲甚至在今天，當這一切均成往事時，我仍在反駁我的護理員布魯諾。他直言不諱地聲稱：唯獨男人可以眞正成爲病人的看護，病人讓女護士護理自己的欲念，不如說是一種病兆。男護士辛辛苦苦地護理病人，有時治癒了病人；與此相反，女護士們走的是女性的路子，她們是引誘病人走向康復或者死亡，而且她們能輕易地使死亡具有性愛的意味，趣味無窮。

我的男看護布魯諾就是這麼說的。他也許是對的，但我不願意首肯。有誰若是像我這樣的每隔幾年便讓女護士來證實一下自己沒有死而是活著，誰就必定心存感激。當一個雖有同情心但愛吐怨言的男護士出於職業嫉妒心，想要離間他和女護士時，他是絕對不會允許的。

這種事情始於我三歲生日從地窖樓梯上摔下之時。我記得，她是綠蒂姆姆，從普勞斯特來的。霍拉茨醫生的護士英格姆姆同我相處過多年。保衛波蘭郵局的戰鬥過後，我同時迷戀於許多個女護士。只有一個護士的名字我還記得：她叫埃妮或貝妮姆姆。還有呂內堡的漢諾威大學附屬醫院的無名女護士們。之後是杜塞爾多夫市立醫院的女護士們，居於衆人之上的是格特露德姆姆。現在，用不著我進醫院去看病，她自己就來了。處在最佳健康狀況下，奧斯卡迷戀於一個女護士，她跟他一樣是蔡德勒寓所的房客。從那一天起，我覺得世界充滿了女護士。我淸晨去上班，到科涅夫那裡去刻字，我等電車的站名叫馬利亞醫院。在醫院的磚砌大門或放滿花盆的門前空場上，總有女護士們在來來往往。女護士們，結束了她們辛苦的服務工作，或者正要去做。電車來了。我免不了經常跟這些筋疲力竭的、至少也是疲乏失神的女護士們坐在同一節拖車裡，或者站在同一個站臺上。起先，我討厭她們身上的氣味，但很快就適應了她們的氣味，站到她們身邊去，甚至站到她們的職業服裝之間去。

比特路到了。天氣好時，我在室外陳列的墓碑間鑿字，看著她們兩個一對、四個一夥地手挽手走來。她們在休息，閒聊著，迫使正在刻輝綠石的奧斯卡抬頭望去，耽誤了他的工作，因爲每抬頭看一次，就要我付出二十芬尼的代價。

電影廣告：在德國一直有許多電影有護士出場。瑪麗亞・謝爾誘使我去電影院。她身穿護士服，笑，哭，充滿自我犧牲精神地進行護理，始終頭戴護士帽，微笑著演奏嚴肅音樂，後又陷於絕望，幾乎扯碎了她的睡衣，自殺未遂後犧牲了她的愛情——博爾舍扮演醫生——她忠誠於她的職業，保留了她的護士帽和紅十字胸飾。奧斯卡的小腦和大腦哈哈大笑，不間斷地把不正經的邪念編織到影片裡去，而奧斯卡的眼睛卻哭出了眼淚。我淚眼模糊地在荒漠中迷了路，荒漠者，穿白衣的無名志願護士也。我在其中尋找道羅泰婭姆姆，關於她，我只知道她租下了蔡德勒家乳白玻璃門後面的小間。

我有時聽到她的腳步聲，她正上完夜班回來。我有時在晚上九點左右聽到她的聲音，這時她結束白天班回到她的小間。每當奧斯卡聽到走廊上有護士的動靜時，他並不總是穩坐在椅子上。他經常擺弄著房門把手。誰能經受得住呢？如果有什麼東西從門口走過，可能是爲了他而從門口走過的，他能不起來瞧一眼嗎？如果鄰室的每一個聲響看來只有一個目的，就是使安穩地坐著的他一躍而起，他還能穩坐在椅子上不動嗎？

如果周圍一片寂靜，那情況會更糟糕。我們已經知道了那個船首形像，它是木製的、被動的、寂靜無聲的。第一個博物館看守躺在自己的血泊中。據說，尼俄柏殺死了他。館長另找一名看門人，因爲博物館不能關門大吉。第二個看守又死了，人們驚呼：尼俄柏殺死了他。博物館館長好不容易找到了第三個看門人，也許已是他找過的第十一個了。不管怎樣，一天，這個好不容易找到的看門人也死了。人們嚷道：尼俄柏，漆成綠色的尼俄柏，琥珀眼睛射出目光的尼俄柏，木製的尼俄柏，她赤身裸體，不抽搐，不挨凍，不出汗，不呼吸，沒有蛀蟲，因爲噴灑了防蟲劑，因爲她是歷史文物，無價之寶。爲了她，必須燒死一個女巫，人家砍下了雕刻這個形象的匠人的天才的手。船隻沉沒，她卻游泳脫險，因爲尼俄柏是木頭的，不怕火，會殺人，始終價值連城。她以她的寂靜無聲使學生、大學生、一名老年神父和一個看門人組成的合唱團變成直挺挺不再動彈。我的朋友赫伯特・特魯欽斯基縱身向她撲去，結果喪了命。可是，尼俄柏卻始終是乾的，越來越寂靜無聲。

女護士一大早，大約六點鐘就離開了她的小間、走廊和刺蝟的寓所，周圍變得寂靜無聲，雖說她在的時候並沒有弄出什麼聲響來。爲能經受住這種寂靜，奧斯卡不得不間或把床弄得嘎嘎作響，移動一張椅子或者讓一顆蘋果朝浴缸滾去。大約八點鐘，傳來刷刷的響聲。是郵遞員，信和明信片被他塞進門上的郵件縫，紛紛落到走廊的地板上。除了奧斯卡以外，蔡德勒太太也在等待這刷刷聲。她是曼內斯曼公司的女秘書，九點才上班，在我之後出門。所以，奧斯卡是聽到刷刷聲後第一個去看的人。我輕手輕腳，儘管明知她在聽著我的動靜。我打開房門，這樣就不必開燈，把所有的郵件全撿起來。如果有瑪麗亞的信——她每週一封信，用乾淨的字跡報導她自己、孩子和她的姐姐古絲特——我便隨手塞進睡衣口袋裡，接著迅速溜一眼剩下的全部郵件。凡是寄給蔡德勒家的或者寄給住在走廊另一頭的某個閔策爾先生的，我不是站著而是蹲著，又讓它們落到地板上，卻把寄給護士的拿在手裡，轉動、聞、摸，奧斯卡首先要了解一下寄件人是誰。

道羅泰婭姆姆很少收到信，但畢竟比奧斯卡要多。她的全名是道羅泰婭・肯格特，可我只稱呼她道羅泰婭姆姆，久而久之便忘了她的姓氏。對於一個護士來說，姓純屬多餘。她的母親從希爾德斯海姆給她來信。西德各家醫院也寄來信和明信片。來信的都是與她一起受完專業培訓的女護士們。她現在不帶勁卻又勞神地用寫明信片來保持跟她的同行們的聯繫，也得到她們的回信。奧斯卡溜一眼就知道，全是些無聊的廢話。

那些明信片，正面多半都印有爬滿常春藤的醫院樓房，使我了解到一些道羅泰婭姆姆以前的生活情況。她在科隆的文岑茨醫院、在亞琛的一家私立醫院、在希爾德斯海姆都工作過一段時間。她的母親也是由希爾德斯海姆給她來信的。她也許是下薩克森人，也許像奧斯卡那樣是個東方難民，戰後不久逃到那裡落腳的。我還了解到，道羅泰婭姆姆就在附近的馬利亞醫院工作，跟一個叫貝亞特的護士是要好朋友，許多明信片都提出這一友誼，還讓代爲問候那個貝亞特。

她，這位女友，使我不安。她的存在使我想入非非。我寫了幾封致貝亞特的信，在一封信裡請她替我說些好話，在另一封信裡又閉口不談道羅泰婭。我想先去接近貝亞特，再轉而接近她的女友道羅泰婭。我起草了五、六封信，有幾封已經裝進信封，我帶著信去郵局，然而一封也不曾寄出去。

如此瘋狂的我也許總有一天會把這樣一封致貝亞特的信寄出去的。可是，在一個星期一，我在走廊裡發現了那封信，它使我的不乏愛情的激情變成了嫉妒，情況也就不同了。順便說一下，當時，瑪麗亞同她的雇主施丹策爾先生的關係剛開始，奇怪的是我對此事倒冷漠地聽之任之。

信封上印好的寄件人告訴我，寫信給道羅泰婭姆姆的是馬利亞醫院的一位埃里希・韋爾納博士。星期二，第二封信到了。星期四又捎來了第三封。在那個星期四，情況究竟是怎樣的呢？奧斯卡回到他的房間裡，坐到一張廚房椅子上，這些廚房椅子都包括在租用的家具裡。他從睡衣口袋裡掏出瑪麗亞每週都會寄來的信。瑪麗亞儘管有了新的追求者，仍準時來信，字體整潔，內容詳細。他拆開信封，讀著，卻什麼也讀不進去。他聽到蔡德勒太太在走廊裡，緊接著聽到了她的聲音。她喊閔策爾先生，後者沒有回答，可他必定在家，因爲蔡德勒太太打開了他的房門，把郵件交給他，還不停地規勸他。

蔡德勒太太還在講話的時候，她的聲音就已在我耳邊消失了。壁紙錯亂的圖案使我的精神也錯亂了，垂直線、水平線、對角線、曲線，千條線萬條線亂作一團。我見到自己成了馬策拉特，卻又同他一起吃著所有受騙者都在吃的僞稱有益健康的麵包，輕易地把我的揚・布朗斯基裝扮成一個誘拐者，塗抹成撒旦的臉，畫得實在蹩腳，先讓他穿上傳統的天鵝絨領子的雙排扣大衣，又讓他穿上霍拉茨博士的白大褂，緊接著他又變成了外科醫生韋爾納，來誘拐，來使人墮落，來玷辱名聲，來傷害人，來打人，來折磨人。凡是一個誘拐者必須幹的，他都幹了，這樣一來，他反倒是一個值得相信的人了。

今天，當我回憶起那個一時心血來潮產生的念頭時，我可以微笑了，而當時，這個念頭卻使奧斯卡變得嫉妒，變得像壁紙的圖案一樣錯亂。我要學醫，盡快地去學。我要成爲醫生，而且就在馬利亞醫院從業。我要趕走韋爾納博士，揭露他工作馬虎，甚至指控他在做喉頭手術時疏忽大意造成病人的死亡。事實將會證明，那位韋爾納先生從未上過大學，更非醫學博士。戰爭期間，他在一個野戰醫院工作，學到了一點知識。騙子滾蛋！奧斯卡將成爲主任醫師，如此年輕，然而身居負責的崗位。一位新任教授紹爾布魯赫來到那裡，由手術室護士道羅泰婭姆姆陪同，在一群白衣隨從的簇擁下，走過回聲四起的過道，給病人做了診斷，在最後一刻決定動手術。多妙啊，這樣一部影片過去還從未拍攝過哩！

①另含「暴躁易怒、難相處的人」之義。

衣櫃裡

別以爲奧斯卡只想著跟護士們親近。我畢竟有我的職業生活嘛！藝術學院的夏季學期已經開始，我只得放棄假期裡臨時的刻字工作，因爲奧斯卡該去擺姿勢換取較好的報酬了。他們在我身上運用的舊的風格手段必須經受考驗，同時他們又開始在我和繆斯烏拉身上試驗新風格了。他們揚棄了我們兩個作爲對象的具體性質，放棄、否認我們的具體存在，在畫布和畫紙上畫上各種線條、四方形、螺旋形，以及畫在壁紙上也許還湊合的、純粹是外在的東西。在這些日用品造型設計般的畫上什麼都有，唯獨沒有奧斯卡和烏拉的形象，沒有深奧的緊張度。他們還加上了市場上小販叫賣腔似的標題，例如：《向上編織》、《歌唱時間》和《新空間裡的紅色》之類①。幹這些的主要是年輕學生，他們連正正經經的素描都不會哩。庫亨和馬魯恩周圍我的老朋友們，還有齊格和拉斯科尼科夫這兩位高才生，他們有豐富的黑色和彩色，所以不必用蒼白的小圓圈和貧血的線條來爲貧乏唱讚歌。

繆斯烏拉呢？她卻下凡隨俗，暴露出她的藝術趣味不過是工藝美術的趣味而已。她熱中於新派的壁紙，很快遺忘了已經離開她的畫師蘭克斯，卻認爲一個姓麥特爾的中年畫家各式各樣的大幅裝飾畫是漂亮的、歡快的、滑稽的、離奇的、絕妙的，甚至是時髦的。麥特爾尤其喜愛像甜過頭的復活節雞蛋這種形式，烏拉不久就同他訂了婚，這裡就不多說了。她後來還經常找到訂婚的機會。前天她來探望我，給我和布魯諾帶了糖果。她向我透露，眼下她離認眞的結合只有一步之遙了，不過，她以前也老說這樣的話。

學期剛開始時，烏拉只想當新派的繆斯，對這個盲目的——她根本沒有覺察到這一點——流派青眼相加。是她的復活節雞蛋畫家麥特爾把這隻跳蚤塞進她的耳朵裡的②，他還傳授給她一套詞彙作爲訂婚禮物，而她就試用這套詞彙跟我進行藝術對話。她大談什麼相互關係、布局、重音、透視、落差結構、融化過程、侵蝕現象之類。她，白天只吃香蕉喝番茄汁的她，談論著原細胞、色原子，說在其力場的平直動力軌道上的色原子不僅找到了它們的自然位置，而且，在此之外……在模特兒休息的時間裡，烏拉就跟我談這些。我們有時去拉亨街喝咖啡時，她也談這一套。甚至在她與動力性復活節雞蛋畫家的婚約不復存在之後，在她經歷了與一個勒斯波斯島女子③的短暫插曲後，又跟庫亨的一個男學生相好並重又歸於客體世界，她還是保留著那套詞彙。這使她那張小臉顯得疲憊，在她的繆斯之嘴兩側刻下了兩道深深的、略顯狂熱的皺紋。

必須承認，讓繆斯烏拉扮作護士站在奧斯卡身邊供人作畫，這並非拉斯科尼科夫的獨家主意。繼《四九年聖母》之後，他又把我們畫進《誘拐歐羅巴》中去，白公牛便是我④。緊接著這幅有爭議的誘拐圖之後產生的畫是《傻瓜治癒女護士》。

是我的一番話點燃了拉斯科尼科夫的想像之火。他，紅髮，陰沉，詭譎，正在苦思冥索，洗淨畫筆，疲憊地凝視烏拉，口唸罪過，贖罪。這時，我建議他，把我畫作罪過，把烏拉畫成贖罪；我的罪過是顯而易見的，贖罪，可以讓烏拉身穿護士服來象徵。

那幅傑出的畫後來加上了另一個標題，一個迷惑人的標題，這全怪拉斯科尼科夫。我本來要把這幅油畫取名為《試探》，因為畫中的我右手握住門把，往下壓，正打開房門，房間裡站著女護士。拉斯科尼科夫的這幅畫本來也可以題作《門把》，因為我覺得有必要用一個新名堂來代替「試探」這個詞兒，便推薦「門把」這個詞兒，因為門上伸出的這個可供人握住的把手總願意讓人家來試一試，因為道羅泰婭姆姆小間的乳白色玻璃門上的那個門把天天在被我試著。我知道，這時候刺蝟蔡德勒出差在外，護士在醫院，蔡德勒太太在曼內斯曼公司的辦公室裡。

奧斯卡離開他那個帶沒有排水管的浴缸的房間，走到蔡德勒的套房的走廊裡，站在護士的房間前，捏住門把。

直到六月中旬左右，我幾乎每天試探，房門卻不願讓步。我開始以為，這位護士由於她的工作要求責任心強，便把她培養成一個凡事都有條有理的人，所以，看來我還是別再指望她會疏忽大意，不鎖房門就離開。因此，有一天，我意外地發現她的房門沒鎖時，我愚蠢而機械的反應讓我隨即把房門又關上了。

奧斯卡肯定在走廊裡站了好幾分鐘，全身的皮膚繃得緊緊的，許許多多的想法從不同的來源同時湧上心頭。他的心好不容易才向蜂擁而來的各種念頭推薦一個類似計畫那樣的東西。

我先把自己的想法同別的事情硬湊到一起去。瑪麗亞和她的追求者，我想著，瑪麗亞有一位追求者，追求者送給瑪麗亞一把咖啡壺，追求者和瑪麗亞星期六去阿波羅，瑪麗亞只在休假日用「你」稱呼她的追求者，在店裡瑪麗亞用「您」稱呼她的追求者，因爲這爿店鋪是屬於他的……我從這個和那個角度考慮了一番瑪麗亞和她的追求者之後，我才在自己可憐的腦袋瓜裡理出個頭緒來——我打開了乳白玻璃門。

我以前就已想像到這是一間沒有窗戶的房間，因爲房門半透明的上半部從未透出過一道日光。同我的房間一樣，我伸手到左邊，摸到了電燈開關。這個房間實在太窄，不能叫作房間，所以，一個四十瓦的燈泡足夠照亮全室。我一抬頭就看到對面鏡子裡我的上半身，這眞叫我難堪。那個反轉的映像無話可說，所以奧斯卡也不避開它，加之，鏡中以同樣大小倒映出的梳妝檯上的東西對我有強烈的吸引力，使奧斯卡踮起了腳尖。盥洗盆的白搪瓷上有幾處藍黑色疵斑。盥洗盆一頭的上方是大理石梳妝檯面，同樣也有破損。石板缺左角，缺角處盡頭是鏡子，倒映出大理石的紋理。缺損處有撕去的膠布痕跡，透露了曾有人想用笨拙的辦法來補合。我這個當石匠的一見就手癢了。我想到了科涅夫自製的大理石黏合劑，可以用它把大理石碎片黏合成耐久的石板，貼在大肉鋪房屋的正面。

我跟自己所熟悉的石灰岩打了一會兒交道之後，也就忘掉了討厭的鏡子惡意畫出的我的肖像。這時，我想出了我一進門就覺得特別的那股氣味究竟叫什麼。

唔，那是醋味兒。後來，直到幾星期前，我還在用下面的假設來原諒這股衝鼻子的氣味。我假設護士前一天洗過頭髮，沖頭髮時，她在水裡摻進了醋，雖說梳妝檯上沒有醋瓶。同樣，在其他貼標籤的容器裡，我也沒有發現盛著醋。可我心裡還一再說，如果道羅泰婭姆姆在馬利亞醫院找到現代化的洗澡間的話，就不會有這麼多的麻煩：先徵得蔡德勒的同意，再到蔡德勒的廚房裡去燒熱水，再回她的房間來洗頭髮。護士長或醫院管理處一概禁止女護士使用醫院的某些醫療設備，所以，道羅泰婭姆姆不得不在那個搪瓷盆裡，對著那面不平的鏡子洗她的頭髮，這種情況也是可能的。儘管梳妝檯上沒有醋瓶，在濕冷的大理石上卻有不少小瓶小罐。一包藥棉、半包衛生帶使得奧斯卡不敢再去查看小罐裡盛的是什麼。可我至今還認爲，罐裡的內容不過是化妝品，至多是無害的藥膏。護士把梳子插在頭髮刷子上。我克服了若干障礙才從鬃毛間拔下梳子，看個清楚。我這件事幹得眞棒，因爲在同一瞬間奧斯卡有了最重要的發現：護士的頭髮是金黃色的，也許是灰金色的。不過，根據梳下來的死頭髮下結論可要小心，因此，我們不妨斷定：道羅泰婭姆姆有金黃色的頭髮。

梳子上多得可疑的存貨還說明：護士患有頭髮脫落症。我立即認爲，之所以患這種不愉快的、使婦女心情苦惱的病，罪在護士帽，但我並沒有控告護士帽，因爲在一家管理有方的醫院裡，不戴護士帽是不行的。

儘管醋味使奧斯卡覺得難受，但道羅泰婭姆姆脫落頭髮的事實卻使我心中萌生了由於同情而變得高尙、關懷的愛。說明我的爲人和我的處境之特點的是，我當即想起許多標明有效的生髮劑，一遇到合適的機會我就會交給護士的。我一邊在腦子裡想著這次會面——奧斯卡想像，那是在溫暖、無風的夏日天空之下，在麥浪起伏的田間——我一邊從梳子上捋下不受拘束的頭髮，理成一束，打上一個結，吹掉上面的塵土和頭皮屑，掏出我的皮夾子，匆匆清出一層，小心翼翼地把這束頭髮放進去。

奧斯卡爲了更方便地擺弄他的皮夾子，便把梳子放到大理石板上，這時又把它拿起來，因爲我已經把錢包和戰利品放進上裝口袋裡去了。我舉起梳子對準無罩的燈泡，讓燈光透過它，觀察兩組硬度不同的梳齒，確定較軟的一組缺了兩根齒，又禁不住用左手食指的指甲刮響那組硬齒的圓頭。在耍弄時，一些頭髮在閃亮，奧斯卡見了心中高興，這些頭髮是我爲了不引起懷疑而故意不捋掉的。

梳子終於插到了頭髮刷子上。我離開梳妝檯，總覺得它不平。在向護士的床走去時，我撞上一把廚房椅子，椅子上掛著一個胸罩。

奧斯卡手裡沒有別的東西，便用雙拳去填滿那個四邊已經洗破和褪色的支撐物的兩個穴，但填不滿。不，我的拳頭太硬，太神經質，陌生地、不幸地在這兩只碗裡活動，我不知道裡面盛的是什麼，卻眞想每天都能從這兩只碗裡用勺舀出東西來吃；有時會嘔吐，因爲奶糕糊有時會讓人嘔吐的，接著又甜了，太甜了，或者甜到連噁心都得有一定的味道才能刺激出來，從而檢驗著眞正的愛情。

我突然想起了韋爾納博士，便從胸罩裡抽出拳頭。韋爾納博士立即消失，而我也能站到了道羅泰婭姆姆的床前。護士的床啊！奧斯卡經常想像它，可如今看到的卻跟給我的睡眠和偶爾的失眠界定一個棕漆框框的那張醜陋的床架一模一樣。我曾希望她有一張白漆金屬床，帶黃銅頭的最輕型的床欄杆，而不是這種粗笨的、沒有情愛的家具。這是一個睡覺祭壇，連羽絨被都是由花崗岩雕成的。我在它前面站立良久，靜止不動，腦袋沉重，毫無激情，甚至喪失了嫉妒的能力。隨後我轉過身去，避免看到這種不堪入目的景象。奧斯卡從來不會想像出道羅泰婭姆姆竟然住在睡在這種他厭惡透頂的洞穴裡。

我又向梳妝檯走去，也許是想去打開假設盛著某種油膏的小罐。這時，衣櫃吩咐我去注意它的體積，說出它上的油漆是黑棕色，跟隨它的裝飾線的凸出部走去，最後把它打開，因爲每個衣櫃都願意被人打開。

代替鎖封住了兩扇門的釘子被我彎直了，櫃門立即嘆息一聲，自動打開了。可看的東西眞不少，我只好後退幾步，兩臂交抱，冷靜地進行觀察。奧斯卡不願像看梳妝檯時那樣拘泥於細節，不願像面對護士的床時那樣，由於事先已有想法而評判一通，他要像上帝創世第一天那樣懷著十二分的新鮮感迎向衣櫃，因爲衣櫃也是張開雙臂歡迎他的。

然而，奧斯卡是位本性難移的美學家，要他完全放棄批評是不行的。瞧，櫃子的腿被一個野蠻人匆匆鋸掉了，留下許多毛茬兒，平放在地板上，變了形。

櫃子內部，井井有條，無可挑剔。右邊三格，摞著內衣和襯衫。白色、粉紅色和淺藍色相交，這藍色肯定是耐洗的。右櫃門裡側放內衣的三個格子旁掛著兩個連在一起的紅綠格子防水布袋，袋裡上面是補過的長統女襪、下面是因抽絲而破了的長統女襪。同瑪麗亞穿的、由她的老闆和追求者送的襪子相比，我覺得這些襪子不是更粗糙，倒是更厚、更耐用。衣櫃內無格的空間裡，左邊衣架上掛著暗白色、上過漿的護士服。上方放帽子的格子裡排列著簡樸美觀的護士帽，敏感，承受不了外行的手的觸摸。我僅僅掃了一眼放在內衣格子左邊的普通服裝。全都是些隨便挑選的便宜貨，這證實我心中的希望：道羅泰婭姆姆對這部分服裝的興趣很一般。放帽子的那一格裡，在護士帽邊上隨便地重疊地掛著三、四頂盆形帽子，滑稽可笑的仿花圖案也一個壓著一個，整個兒看上去像一個沒做好的蛋糕。同樣在放帽子的格子裡，有不到一打的書靠在一個盛剩毛線的鞋盒上，書脊五顏六色的。奧斯卡把腦袋歪向一側，非得走近些才能看清書的標題。我露出寬恕的微笑，又讓腦袋回到垂直的位置，原來這位善良的道羅泰婭姆姆讀的是偵探小說。可是，衣櫃裡普通的衣物我已經看夠了。這些書誘使我更靠近衣櫃，我所處的位置頗爲有利。我進而探身到衣櫃裡，再也抗拒不住想屬於這衣櫃的願望。我要成爲衣櫃的一部分，好讓道羅泰婭姆姆把她不算少的一部分服裝保存在那裡。

衣櫃底板上放著實用的運動鞋，仔細刷過，只等待被穿出去，可我卻不必挪動它們。衣櫃裡的物件盛放的地位，幾乎是有意請我入內似的，因爲奧斯卡可以蜷起膝蓋，腳跟著地，不會壓著任何一件衣服地待在這所小屋子的正中央，有足夠的地盤，也有屋頂。就這樣，我走了進去，抱著許多的期望。

然而我沒有馬上集中心思。奧斯卡感覺到房間裡的家具什物和電燈泡都在觀看他。爲使我在衣櫃裡的逗留更加親切，我試著拉上櫃門。困難不少，由於門框上的簧舌槽壞了，門的上部還漏著縫，燈光射進櫃裡來，不過這還不足以妨害我。門一關，氣味增多了。舊東西的氣味，乾淨東西的氣味，不再有醋味，而是不嗆人的防蛀劑氣味，一種好氣味。

奧斯卡坐在衣櫃裡幹些什麼呢？他把額頭貼在道羅泰婭姆姆的職業服上，一件頸前繫扣的帶袖圍裙，他隨即發現通往醫院各病區護理站的門全都打開了。我的右手，也許想尋找支撐點，便從普通衣服旁向後伸去，亂摸著，失去重心，一把抓住一樣光滑的、能屈伸的東西，捏著它，最後找到一根立柱，把身體沿著釘在上面的橫條滑去，靠在櫃子的後壁上。奧斯卡不必再用右手去支撐，便把它伸到前面來，看看在背後抓到的究竟是什麼東西。

我看到一條黑色漆皮腰帶，但隨即看到了更多的東西。因爲櫃裡灰暗一片，漆皮腰帶就不再僅僅是它本身。它可以是別的什麼，是一種同樣光滑和延伸著的東西，當我還是堅持三歲孩子身材的鼓手時，在新航道的港口防波堤上見到過：我可憐的媽媽身穿深紅色翻領的海軍藍春季大衣，馬策拉特穿一件雙排扣大衣，揚·布朗斯基的大衣有天鵝絨翻領，奧斯卡的水手帽上繡著金字「皇家海軍賽德利茨號」的飄帶也屬於這次結伴郊遊的組成部分。雙排扣大衣和天鵝絨翻領在我和媽媽前面跳躍，媽媽穿著高跟鞋不能跳，他們從一塊石頭跳到另一塊石頭，一直跳到燈塔。燈塔下坐著一個釣魚的人，他拿著一條晾衣服繩子，旁邊有一個馬鈴薯袋子，滿滿的袋子裡有鹽，還有什麼東西在動。我們，我們看著袋子和繩子，想知道燈塔下的這個男人爲什麼用晾衣服繩子釣魚，這個從新航道或者布勒森來的傢伙，管他從哪兒來的呢！他放聲大笑，朝水裡吐出一團棕色東西，這東西在防波堤旁邊的水面上搖曳，不進不退，最後被一隻海鷗啄走。海鷗什麼都叼走，牠不是敏感的鴿子，更不是女護士——若要把一切白色披戴的東西都集中保管，塞進一個櫃子裡，那是再容易不過的事情。還可以指白爲黑，因爲我當時還不害怕黑廚娘，毫無懼色地坐在衣櫃裡卻又不在衣櫃裡，而是同樣毫無懼色地在無風的天氣下站在新航道的防波堤上。在衣櫃裡，我手執漆皮腰帶。在防波堤，我尋找著別的，雖說也是黑色的和滑溜的，但不是漆皮腰帶。由於我此刻坐在衣櫃裡，而衣櫃都會強迫人去做比較，我於是也進行比較，稱之爲黑廚娘。但那時候，我並沒有把它放在心上，我了解得更多的是白色事物，卻幾乎無法區分海鷗和道羅泰婭姆姆。我不去想鴿子和類似的無謂之物，加之，我們去布勒森然後又去防波堤那天，不是復活節，而是耶穌受難節，燈塔上空也無白鴿，燈塔下坐著從新航道來的那個小子，手執晾衣服繩子，坐著，啐著。或許是從布勒森來的那個小子收繩子，繩子拽到了頭，隨後讓別人明白，爲什麼從同海水相混的莫特勞河水裡拽繩子時會那麼費力。這當口，我可憐的媽媽把雙手搭在揚·布朗斯基的天鵝絨衣領和雙肩上，因爲她臉色煞白好似乳酪。她要走開，卻又不得不目睹那個傢伙把馬頭朝石上拍打，較小的海水綠的鰻魚從馬鬃上紛紛落下。他又像起螺絲釘似的從這死屍裡拽出較大的、顏色更深的鰻魚來。此刻，有人扯碎了一條羽絨被，我是說，海鷗來了，俯衝過來，因爲海鷗如果有三隻或三隻以上在一起時，捉一條小鰻魚是不費力的，若要抓較大的就困難了。這時，那個男人掰開黑馬的嘴巴，用一根木頭撐在牙齒間，讓這匹老馬張嘴大笑，把他的毛茸茸的胳臂伸進去，抓住、捏牢，同我在衣櫃裡抓住、捏牢一樣。他也往外拽，同我拽出漆皮腰帶一樣。他一次拽兩條，在空中一甩，啪的一聲打在石頭上。這時，吃下去的早餐又從我可憐的媽媽嘴裡吐出來，牛奶咖啡、蛋白、蛋黃，還有一點果醬和白麵包碎渣兒，豐盛得很。海鷗一見，立即傾斜身子，降下一層樓的高度，展翅俯衝，叫聲就更不用提了。海鷗的眼睛凶光畢露，這是衆所周知的，而且絕不讓別人趕走。揚·布朗斯基趕不走牠們，他自己就怕海鷗，雙手搗住了藍色的稚氣大眼睛。牠們也不理睬我的鼓聲，當我狂怒而又激動地在我的鐵皮上找到一些新型節奏的時候，牠們長驅直入。但我可憐的媽媽什麼都顧不上了，她手忙腳亂，用手摳呀摳呀，可什麼也吐不出來了，因爲她吃得並不太多。因爲媽媽要保持苗條的身材，所以她每週兩次去婦女協會練體操，但這幫不了什麼大忙，因為她偷偷地吃，而且總能找到擺脫自己決心的小小出路，就像從新航道來的那個傢伙，不管任何理論上的推斷，不管在場的人都認為再也掏不出什麼來時，他卻從馬耳朵裡拉出一條鰻魚來，作為壓軸戲。鰻魚滿身白糊糊，因為牠在馬腦子裡翻騰。牠被那人長久地甩著，直到白糊糊全數脫落，露出了鰻魚的漆皮，同漆皮腰帶一樣閃閃發光。我要順帶說一句，道羅泰婭姆姆不別紅十字飾針、穿普通服裝外出時，繫的就是這樣一條漆皮腰帶。

我們轉身回家去，儘管馬策拉特還想留下，因為一艘大約一千八百噸的芬蘭船入港，掀起了波浪。那個傢伙把馬頭留在防波堤上。緊接著，馬頭一片白，並且大喊大叫。但不像衆馬嘶鳴似的喊叫，倒像一片雲在喊叫，一片白雲，大聲叫喊，嘴饞貪食，籠罩住一個馬頭。當時，這景象讓人看了覺得寬鬆許多，因為再也看不見馬頭了，即使可以去想像這瘋狂的一群下面隱藏著什麼。那艘芬蘭船也分散了我們的注意力，船上裝載著木材，船身像薩斯佩公墓的鐵欄杆一樣生鏽了。我可憐的媽媽卻既不回頭看芬蘭船，也不去看海鷗。她受夠了。儘管她以前在我家的鋼琴上不僅彈過而且唱過《小海鷗飛往赫爾戈蘭》，但自那以後她卻不再唱這首歌，不再唱任何一首歌。起初她不再吃魚，但從一個美好的日子起，她又開始吃許多肥魚，直到她不能再吃。不，她有意弄到自己膩煩的地步，不僅對鰻魚，也對生活，尤其對男人，也許也對奧斯卡，她都膩煩了。不管怎麼說，她以往是什麼也不能放棄的，卻突然知足了，有節制了，讓人把她埋葬在布倫陶。而我呢，一方面什麼也不想放棄，另一方面，什麼都沒有我也能活下去，這一點可能是得自於她。不過，唯獨缺了燻鰻魚，我無法活下去，即使眼下是那麼貴。缺了道羅泰婭姆姆也一樣，只是我從未見過她，她的漆皮腰帶我也覺得平平常常，然而我再也擺脫不了這條腰帶。它沒完沒了，甚至變出許多條來。於是我用空著的那隻手解開褲子扣子，使被許多條漆皮鰻魚和進港的芬蘭船弄得模模糊糊的道羅泰婭姆姆的影像重新變得清晰起來。

像舊病復發似的一再被帶回到港口防波堤去的奧斯卡，終於藉助海鷗的幫助，逐漸回到了道羅泰婭姆姆的世界中去，至少回到衣櫃的那一半中來，在這裡有她空空的然而吸引人的職業服裝。我終於十分清楚地看見了她並以爲看清了她臉上的細部時，簧舌從損壞的糟裡滑出，吱呀一聲櫃門大開。突如其來的光亮想要激怒我。奧斯卡手忙腳亂，生怕弄髒了旁邊掛著的道羅泰婭姆姆的帶袖圍裙。

僅僅爲了造成一個必要的過渡，也爲了緩解在衣櫃裡逗留時那種始料未及的緊張與疲勞，我做了多年來不再做的遊戲，在衣櫃乾燥的後壁上多少靈巧地敲出若干鬆弛的節拍，隨後離開櫃子，再次檢查衣櫃有沒有被弄髒，絲毫未發現需要自責的地方，甚至連漆皮腰帶也還是光潔的，唔不，有幾處發暗，必須擦一擦，甚至呵口氣擦得它恢復原狀，可以讓人聯想到鰻魚，就是我少年時代人家在新航道的港口防波堤上捉到的那些鰻魚。

我，奧斯卡，離開道羅泰婭姆姆的房間，隨手關掉那個四十瓦燈泡。我來訪期間，從頭到尾注視著我的就是它。

---

①此處喻學藝術的青年一代的趣味已由表現派和古典派轉向抽象派。

②意為：對某人講了件什麼事情後弄得他坐臥不寧。

③指搞同性戀的女子。

④此畫取材於希臘神話：宙斯化作白公牛劫走腓尼基公主歐羅巴。

克勒普

我站在走廊上，皮夾裡裝著一團淡金色頭髮。有一秒鐘之久，我盡力透過皮革、上裝襯裡、背心、襯衫和汗衫去感觸到這一團頭髮，但是我太疲乏、太滿足了，而這種滿足又是以那種奇特的怏怏不樂的方式得到的，所以，我無力把我從房間裡偷盜來的東西想像成這樣或那樣，而只把它看作是梳子梳下的脫落的頭髮。

這時奧斯卡才承認，方才他尋找過別的珍寶。我在道羅泰婭姆姆的房間裡逗留期間，曾想證實那個韋爾納博士在房間的某處存在著，即使僅僅通過那些我所熟悉的信封而存在著。但沒有任何跡象。沒有信封，也沒有寫過的信紙。奧斯卡承認，他曾把道羅泰婭姆姆的偵探小說一本本地從放帽子的那一格裡抽出來，翻一遍，檢查題贈和書籤，注意有沒有夾著照片，因爲奧斯卡雖說不知道馬利亞醫院大多數醫生的姓名，但認得他們的面孔。可是，沒發現有韋爾納博士的照片。

看來，韋爾納博士不知道道羅泰婭姆姆的房間。他若是見到過它，也未能留下痕跡。這樣，奧斯卡本該有充分的理由高興的。難道我不是領先那位博士很大一段距離了嗎？難道房間裡沒有那位醫生的痕跡不正好證明，醫生與護士之間的關係僅限於在醫院裡，所以是公務性質的，如果不是公務性質的，那也是單方面的？

可是，奧斯卡的嫉妒心需要一個動機。如果韋爾納博士留下蛛絲馬跡，那會給我沉重的打擊，但同時又會給我同樣程度的滿足。然而，這種滿足是無法與我在衣櫃裡逗留而產生的小小的、短暫的結果相比較的。

我現在記不清是怎樣回到自己的房間裡去的，只記得聽到在走廊另一頭關住某個叫閔策爾先生的房間的那扇門後邊，傳來一陣裝出來爲引起別人注意的咳嗽聲。那位閔策爾先生跟我有什麼關係？刺蝟的女房客不是已經夠使我費神了嗎？難道我還要給自己增加一個負擔？何況，誰知道閔策爾這個姓名背後藏著的是什麼。所以，這陣有求於人的咳嗽聲奧斯卡聽而不聞，確切地說，我不懂得人家究竟要我幹什麼。我回到自己的房間裡以後才明白，我不認識也跟我毫不相干的那位閔策爾先生連連咳嗽，是要誘使我，奧斯卡，到他的房間裡去。

我承認，我由於對那陣咳嗽聲沒有做出反應而久久感到遺憾，因爲我覺得自己的房間狹窄至極，但同時卻又十分寬敞，因此，跟連連咳嗽的閔策爾先生聊上一聊，即便是累贅，是迫不得已的，也會令我感到欣慰。可是，我沒有勇氣事後或者當場在走廊裡故意咳嗽幾聲，同走廊另一頭房門後面的那位先生建立聯繫，而是不由自主地把自己交給屋裡那把廚房椅子堅硬的直角，馬上變得激動不安，正如我一坐到椅子上就會處於這種狀態那樣，並從床上抓起一本醫學參考書，接著又扔下這本用我當模特兒掙來的血汗錢買來的、價錢昂貴的厚書，弄得它滿是褶印。我又從桌上取下拉斯科尼科夫送的禮物，錫鼓，抱住它。奧斯卡既不能用鼓棒去敲鐵皮，也沒有淌下眼淚，落到白漆圓面上，發出無節奏的寬慰聲。

現在可以著手寫一篇論文，論失去的清白，可以把擊鼓的、總是三歲的奧斯卡跟駝背、失去聲音、無淚無鼓的奧斯卡做一番比較。這可是不符合事實，奧斯卡還是鼓手奧斯卡時就已經多次失去清白，但事後又重新得到它，或者讓它重新長出來，因爲清白好比雜草，不斷滋生蔓延——讀者只須想到，所有清白的祖母曾經全都是墮落的、充滿仇恨的嬰兒就行啦。算啦，奧斯卡不想讓罪過與清白的遊戲從廚房椅子裡產生出來。不，還不如說是對道羅泰婭姆姆的愛吩咐我離開房間、走廊、蔡德勒的套房，到藝術學院去，雖說庫亨教授跟我約定的時間是下午晚些時候。

奧斯卡身不由己地出了房間，踏進走廊，費力地打開套房的門，弄出很大聲響，又待了片刻，聽聽閔策爾先生的門後有無動靜。他沒有咳嗽，我則羞愧，憤怒，滿足，飢餓，既厭煩生活又飢渴地需要生活，忽而微笑，忽而近乎哭泣，於是離開了寓所，離開了尤利希街的房屋。

幾天以後，我著手實行一項盤算已久的計畫，若不是連細節都準備就緒的話，我絕不會認爲它是個好辦法的。那天整個上午我沒有工作，直到下午三點我才同烏拉一起給富有想像力的畫家拉斯科尼科夫當模特兒。我扮演奧德修斯，回到家鄉，送給珀涅羅珀一個駝背。我曾試圖勸說這位藝術家放棄這個想法，但是徒勞。當時，他畫希臘的神和半神獲得成功。烏拉也覺得待在神話世界裡很自在。我只好讓步。他先把我畫成火神伏爾甘，又畫成冥王普路托同普洛塞庇娜，末了，即在那一天下午，他把我畫成駝背奧德修斯。可是，對於我來說，重要的是描寫那天的上午。因此，奧斯卡就不告訴各位繆斯烏拉扮作珀涅羅珀後相貌如何如何，而要講一講我的事。蔡德勒寓所裡靜悄悄。刺蝟帶著他的理髮器正在推銷旅行途中。道羅泰婭姆姆上白天班，六點鐘即已離家。八點剛過，郵件送到時，蔡德勒太太還躺在床上。

我立刻去看郵件，沒有我的——兩天前剛收到過瑪麗亞的信——可是我第一眼就發現一個信封，係在本市投寄，韋爾納博士的筆跡我也不會認錯。

我先把這封信跟給閔策爾先生和蔡德勒夫婦的信一起放下，回到自己的房間裡，等到蔡德勒太太出現在走廊裡，給房客閔策爾送去他的信，接著進廚房，最後回臥室。十分鐘後，她離開套房和樓房，因爲她在曼內斯曼公司辦公室的工作九點開始。

爲保險起見，奧斯卡再等一等，故意慢吞吞地穿衣服，外表鎮靜，洗淨手指甲，隨後才決定行動。我走進廚房，在三焰煤氣灶最大的一個燃燒器上放上半鋁鍋的水，先用大火燒，水剛煮沸，即把開關擰到最小位置。我小心看管住我的思想，讓它盡可能集中在正要做的事情上，邁出兩步到了道羅泰婭姆姆的房間前，從乳白色玻璃門下面的門縫裡，拿起蔡德勒太太只塞進一半的信，又回到廚房，把信封背面放在水蒸汽上烘，直到我可以拆開它而不造成損壞。奧斯卡壯起膽子把埃・韋爾納博士的信舉到鍋上去之前，他自然已經關掉了煤氣。

我讀醫生的信息，但不是在廚房裡，而是躺在我自己的床上。我差點失望了，因爲信上的稱呼和結尾的套語都沒有洩露醫生與護士間究竟是何種關係。

「親愛的道羅泰婭小姐！」這是稱呼，信末是：「您的恭順的埃里希・韋爾納。」

在讀信的正文時，也不見有一句明顯的溫情脈脈的話語。韋爾納惋惜前一天未能跟道羅泰婭護士說話，雖然他在男子私人病房區的雙扇門前見到過她。她看見醫生在跟貝亞特姆姆——也就是道羅泰婭的女友——說話，就轉身走了，韋爾納博士卻不知原因何在。韋爾納博士僅僅請求澄清此事，因爲他本人跟貝亞特姆姆的談話是純公務性質的。如道羅泰婭姆姆所知，他過去一直、今後仍將盡力與不太能控制自己感情的貝亞特姆姆保持距離。這是不大容易做到的，道羅泰婭必須理解這一點，好在她是知道貝亞特的，貝亞特經常毫無約束地表露自己的情感。他，韋爾納博士，自然從未對此有過任何表示。這封信的最後一句話說：「請您相信我任何時候都會向您提供同我交談的可能。」儘管那幾行字是客套話，冷冰冰的，甚至狂妄自大，我仍然毫無困難地一眼看透了埃・韋爾納博士這封信的文風，並且認爲這封信無論如何也是一紙熱情的情書。

我機械地把信紙裝進信封，再也顧不上什麼謹愼細心了。韋爾納可能用舌頭舔濕過的塗膠層，我現在用奧斯卡的舌頭把它舔濕，隨後開始大笑。緊接著我用巴掌交替著拍自己的前額和後腦勺，拍著拍著右手終於離開奧斯卡的前額放到門把上去，打開門。我走進走廊，把韋爾納博士的信半插到用木板和乳白玻璃鎖住我所熟悉的道羅泰婭姆姆的房間的那扇門底下。

我還蹲著時，我的一個或兩個手指還搭在信上時，聽到了從走廊另一頭的房間裡傳來了閔策爾先生的聲音。他那慢吞吞的、像是爲讓人記錄下來而強調著的呼喚聲的每一個字，我都聽得一淸二楚：「啊，親愛的先生，請您給我取些水來好嗎？」

我站起身來，心想，這個人也許病了，但同時又體認到，門後的這個人沒有病，是奧斯卡說服自己相信他病了，好找個理由給他送水去，因爲單憑一聲無緣無故的呼喚聲是不可能誘使我走進一個素不相識的人的房間裡去的。

我先想把幫我拆開醫生的信的鋁鍋裡還溫和的水給他送去。可隨後我又把這用過的水倒進洗滌盆，給鍋裡放進新的水，端著鍋和水走到那扇門前。門後響起了閔策爾先生的聲音，表示要我帶水去，或僅僅是要水。

奧斯卡敲門，進門，克勒普特有的氣味立即撲鼻而來。倘若我說這氣味是酸的，我也就沒有講出它還有極甜的成分。除了護士房間裡的醋味空氣外，再沒有別的實例可以用來跟克勒普周圍的空氣做類比了。說它是酸甜的，那也不對。那位閔策爾先生或者克勒普（我今天這樣叫他），一個胖而懶的、卻又不是不能動彈的、愛出汗的、迷信的、不洗澡的、卻又不是腐臭的、一直快死又死不了的長笛手和爵士樂單簧管手，他過去和現在身上都有一股死屍味道。他不停地抽菸，口含胡椒薄荷來排除大蒜的臭味。他當時就已經散發著這種氣味，今天也散發著、呼出這種氣味，在療養院的探視日用這股氣味襲擊我，隨之帶來人生的樂趣和稍縱即逝的一切。他離開時總有一套繁瑣的動作，總要預告下次再來。他走後，布魯諾總是不得不打開門窗，讓空氣對流一下。

今天，奧斯卡臥床不起。當時，在蔡德勒的套房裡，我是在滿床的殘剩物品中見到克勒普的。他散發著臭味，心情卻極佳。床上在他搆得著的地方，放著一個老式的、很像是巴洛克式樣的酒精爐，十二包麵條，幾瓶橄欖油，軟管蕃茄醬，倒在報紙上受潮的鹽，一箱瓶裝啤酒，後來才知道，它們是溫熱的。他躺著往空啤酒瓶裡小便，這是一小時以後他可以跟我親密交談時告訴我的，隨後蓋上多半是滿滿的、容積正合他的要求的綠瓶子，放到一邊，與確實盛啤酒的瓶子嚴加區分，當這位臥床者想喝啤酒時，就不至於有拿錯瓶子的危險。雖說他的房間裡有水——如果他還有一點進取精神的話，他本來是可以在水池子裡小便的，但他太懶，說得更確切些，他是自己妨礙自己站起來，不然的話，他是可以從費了這麼大氣力布置的床上起來，用他煮麵條的鍋去打新鮮水的。

由於克勒普，即閔策爾先生，始終用同一鍋水煮麵條，像保護眼珠一樣地保護多次潷掉水、越來越稠的湯，此外，還靠著儲存的空啤酒瓶，他可以保持水平姿勢，經常連續臥床四天以上。然而，當麵條湯煮成鹹漿糊時，他就處在緊急情況之下。雖說克勒普可以讓自己挨餓，但當時他還沒有這樣做的思想前提；看來他的苦行從一開始就規定爲四到五天一個週期，要不然的話，給他送信的蔡德勒太太會給他一個更大的麵條鍋，以及跟他儲存的麵條相應的儲存水，使他更加不依賴於他的環境。

奧斯卡侵犯別人通信祕密的那天，克勒普已經不依賴周圍環境臥床五天了。殘剩的麵條湯已經可以用來貼廣告了。這時他聽到走廊上我那不堅定的、爲道羅泰婭姆姆和她的信而邁出的腳步聲。在他了解到奧斯卡對於爲招呼人而故意裝出來的咳嗽聲不予理睬之後，在我讀到韋爾納博士冷漠之中含有激情的情書的那一天，他只好辛苦一下自己的嗓子了：「啊，親愛的先生，請您給我取些水來好嗎？」

我於是拿起鍋，倒掉溫水，擰開水龍頭，讓水嘩嘩流，盛滿半鍋，又添了一點，把新鮮水送去給他。我當眞是他所推測的親愛的先生。我做了自我介紹，自稱石匠和刻字匠馬策拉特。

他，同樣有禮貌，把上半身抬起若干度，自稱埃貢・閔策爾，爵士樂演奏家，但請我叫他克勒普，因爲他的父親已經使用了閔策爾這個姓。我太能理解他的這種願望了。我寧願自稱科爾雅切克或乾脆叫奧斯卡，我用馬策拉特這個姓是由於謙卑，而且只在很少的情況下才決定用奧斯卡・布朗斯基這個姓名。因此，簡單地叫這個肥胖的年輕人克勒普，對我來說是毫無困難的。我估計他有三十歲，其實他沒有這麼大的年紀。他叫我奧斯卡，因爲科爾雅切克這個姓對他來說實在太費勁了。

我們聊起天來，起初很難無拘無束。我們聊那些最輕鬆的話題。我想知道他是否認爲我們的命運是不可改變的。他認爲是不可改變的。奧斯卡想知道他是否認爲所有的人都得死。他也認爲所有的人最後肯定是要死的，但不敢肯定所有的人是否都必須被生出來。他談到自己時就像談一個本不該出生卻錯誤地出生的人，奧斯卡感到自己跟他相似。我們兩人也都相信天。可是，他談到天時，卻讓人聽到一種幸災樂禍的笑聲，並在被子下搔癢。別人可以設想，克勒普先生在活著的時候已經計畫好了他將來到天上去實行的不正經事情。我們進而談政治時，他幾乎變得激昂，向我列舉了三百多個德意志王室的姓氏，像是要立即授予他們尊嚴、王位和權勢，並把漢諾威地區授予不列顛帝國。當我問及前自由市但澤的命運時，很遺憾，他不知道在哪兒。但這無所謂，他當場建議派一名比利時伯爵去當這個他不知道的小城的君主。據他說，這位伯爵是揚・韋倫①的直系後裔。最末，當我們給眞理這個概念下定義並取得若干進展的時候，我巧妙地見縫插針，提了幾個問題並獲悉克勒普先生在蔡德勒家當房客、付租金已有三年之久。我們遺憾的是未能早些相識。我責怪刺蝟沒有把這位臥床者的情況詳細告訴我，他同樣也沒有想到，應當多告訴我一些有關那個護士的情況，而僅僅說了一句：乳白玻璃門後面住著一位護士。

奧斯卡不想馬上讓閔策爾先生或克勒普來替自己分憂。我不向他打聽那位護士，卻先關心起他的情況來了。「順便問一聲，」我挿進這樣一個問題，「您身體欠佳嗎？」

克勒普又一次把上半身抬起若干度。他看到自己不能構成一個直角時，又讓身子躺下去，隨後告訴我，他臥床是爲了弄清楚他的身體究竟是好是壞還是不好不壞。他希望在數週內將會認識到，他的健康狀況是不好不壞。

接著發生了我所擔心的事情，也是我以爲能夠藉助於長時間的、東拉西扯的談話來阻止的事情。「啊，親愛的先生，請您同我一道吃一份麵條吧！」就這樣，我們一起吃著用我拿來的新鮮水煮的麵條。我不好意思堅請他把那個黏糊糊的鍋給我，由我在水池子裡徹底洗一遍。克勒普翻身側躺著，一聲不響，用夢遊者似的有把握的動作煮麵條。他小心地把水潷到一只較大的罐頭筒裡，幾乎不改變上身的姿勢，伸手到床底下，取出一只油膩的、滿是乾結的蕃茄醬餘漬的盤子，猶豫了片刻，又伸手到床下，取出揉皺的報紙，用它擦了一遍盤子，再把報紙塞到床下，朝髒盤子上吹口氣，彷彿要吹掉最後的一點塵土，隨後以慷慨大方的手勢把全世界最髒的盤子遞給我，請奧斯卡接過去，不必客氣嘛！

我請他先給自己盛，再給我盛。他把髒而黏手指的餐具給了我，便用湯匙和叉子把近一半的麵條撈到我的盤子裡，用優雅的手勢朝麵條上擠出長長一條蕃茄醬，畫成圖案，又澆上好些油，接著在煮麵條的鍋裡也加上同樣的佐料，在兩份麵條上灑胡椒，在他自己那份上又多灑了一些，用目光示意，要我像他似的把我的那一份調拌一下。「啊，親愛的先生，請您原諒，我這裡沒有巴馬乾酪粉。願您胃口大大的好！」

直到今天，奧斯卡仍舊不清楚自己是怎樣硬著頭皮動起匙和叉來的。奇怪的是，我覺得這頓飯味道好極了。從那天起，克勒普煮的麵條甚至成爲我衡量我面前每一份飯的美味價值的標準。

我趁吃麵條的工夫，不引起他注意卻又仔細地觀察著這位臥床者的房間。房間裡最引人注目的是天花板下面牆上一個未堵上的煙囪的圓孔，洞裡冒著黑煙。窗外在颳風，風時而把煤灰雲團由煙囪孔颳進克勒普的房間裡來。煤灰落在家具上，像舉行隆重的葬禮。所謂家具，也就是放在房間中央的那張床，以及蔡德勒家那張用包裝紙蓋上、捲起來的地毯。因此可以斷言，在那間房間裡被弄黑的只有原是白色的床單、克勒普腦袋下的枕頭和一條毛巾，陣風把煤灰雲團颳進屋裡來時，這位臥床者就用它遮住自己的臉。

房間的兩扇窗跟蔡德勒家的起居室和臥室的窗戶一樣，都朝著尤利希街，確切地說，朝著公寓正面前那棵栗子樹蒙上灰的綠葉。用以裝飾的只有一幅畫，用圖釘釘在兩扇窗戶之間。這是英國伊麗莎白②的彩色肖像，顯然是從畫報上撕下來的。畫下方的衣鉤上掛著一支風笛，蒙著一層煤灰，勉強還能看出它那蘇格蘭大方格圖案。我看著那張彩色圖片，想著的倒不是伊麗莎白和她的菲利普，而是站在奧斯卡和韋爾納博士之間、可能無所適從的道羅泰婭姆姆。這時，克勒普告訴我，他是英格蘭王室忠誠而熱情的追隨者，因此他曾經跟英國占領軍裡一個蘇格蘭團的風笛手上過課，尤其因為這個團的指揮官就是伊麗莎白本人。他，克勒普，在一部每週新聞片裡見到過伊麗莎白視察那個團。她身穿蘇格蘭短裙，從頭到腳都是方格圖案。奇怪的是，我心中的天主教精神卻自己表現出來了。我表示懷疑伊麗莎白是否懂得風笛音樂，也談了幾句信奉天主教的瑪麗亞．斯圖麗特③的屈辱的結局。簡而言之，奧斯卡讓克勒普明白，他認為伊麗莎白不懂音樂。

我原來期待著這位保皇黨人會暴跳如雷。他卻像一個自以為無所不知的人那樣微笑著，請我做一番說明，好讓他由此推斷出，我這個小男子——那胖子這樣稱呼我——在音樂方面有無判斷力。

奧斯卡良久地凝視著克勒普。他同我交談，無意中激發了我心中的火花。這火花閃過大腦直到駝背。這彷彿我從前所有的、敲壞的、處理掉的錫鼓在歡慶它們的末日審判。被我扔進廢鐵堆的上千只錫鼓和被埋葬在薩斯佩公墓的那一只錫鼓，全都出現了，新生了，完好無損地歡慶復活，鼓聲隆隆，在我胸中迴蕩，驅使我從床沿上站起身來。我請克勒普原諒並稍候片刻，便被復活的鼓拉出房間，拽我經過道羅泰婭姆姆房間的乳白玻璃門，門下還插著那封信，露出了半截。復活的鼓鞭策我走進自己的房間，朝畫家拉斯科尼科夫在畫《四九年聖母》時送給我的那只鼓走去。我抓住鼓，掛上，拿起兩根鼓棒，轉過身去或者被轉過身去，離開我的房間，在那該詛咒的房間旁一躍而過，像一個長久迷航後返回的倖存者似的跨進克勒普的煮麵條廚房，不講客套，坐在床沿上，挪正紅白漆鐵皮，先在空中耍弄鼓棒，誠然還有點窘迫，不正眼看吃驚的克勒普，接著，讓一根鼓棒像碰巧似的落到鐵皮上。啊，鐵皮給了奧斯卡一個答覆，奧斯卡緊接著讓第二根鼓棒落下去。我開始敲鼓，按部就班，起首是始初之日，電燈泡之間的飛蛾擂響了我誕生時辰的鼓聲；我敲出了十九級地窖樓梯和家人慶祝我傳說般的三歲生日時我從樓梯上摔下來；我敲出了佩斯塔洛齊學校的課程表，帶著鼓爬上塔樓，帶著鼓待在政治演講臺下，敲出鰻魚與海鷗，耶穌受難日拍地毯；我敲著鼓坐在我可憐的媽媽一頭小的棺材旁，又在鼓上模仿出赫伯特·特魯欽斯基布滿傷疤的後背；當我在鐵皮上擂起黑維利烏斯廣場上波蘭郵局保衛戰時，我覺察到我所坐的床的床頭有點動靜，斜眼看到克勒普坐直了身子，從枕頭下面取出一支可笑的長笛，放在嘴邊，吹出音響，那麼甜，那麼不自然，同我的鼓藝那麼合拍；我於是領他到薩斯佩公墓去見舒格爾·萊奧，舒格爾·萊奧跳完一支舞；我又在克勒普面前，爲了他，同他一起，讓我第一個戀人的汽水粉泛起泡沫；我甚至帶他進入莉娜·格雷夫太太的熱帶叢林，也讓蔬菜商格雷夫那臺能吊起七十五公斤的大型擂鼓機隆隆作響；我吸收克勒普入貝布拉的前線劇團，讓我的鐵皮發出耶穌的聲音，在鼓聲中施丟特貝克和全體撒灰者從跳水塔上跳下，下面坐著盧齊；我讓螞蟻和俄國兵占領我的鼓，但沒有再次領克勒普去薩斯佩公墓，讓他看我把鼓向馬策拉特扔去，而是敲出了我偉大的、永不結束的主題：卡舒貝馬鈴薯地，天降十月雨，地上坐著我的外祖母，身穿四條裙子；這時，我聽到了從克勒普的長笛裡傳出淅淅瀝瀝的十月雨聲，他的長笛在雨中，在我外祖母的四條裙子下，發現了縱火犯約瑟夫・科爾雅切克，並且證實和慶祝我可憐的媽媽的產生；這時，奧斯卡的心險些化爲石頭。

我們演奏了好幾個小時。我們把我的外祖父在木筏上的逃跑充分地變奏了一番，用頌歌暗示這名縱火犯有可能奇蹟般地獲救，從而結束了我們的合奏，稍覺疲乏，但卻幸福。

最後一個音還在長笛裡時，克勒普從他躺夠了的床上一躍而起。屍臭味隨他飄來。他打開窗戶，用報紙塞住煙囱孔，扯下並撕碎英國的伊麗莎白的彩色畫片，宣布結束保皇黨人的時代，讓水從水龍頭裡嘩嘩流進水池。洗，他在洗，克勒普開始洗身，從頭洗到腳。這不再是洗身，而是洗禮。他洗畢，放掉池子裡的水。他，身上滴水，赤裸，肥胖，滿墩墩的，斜掛著那個可憎的傢伙，站在我的面前，抱起我來，伸直雙臂把我舉起。是啊，奧斯卡過去和現在都很輕。這時，他胸中爆發了笑聲，傳出笑聲，聲浪撞擊天花板。我這才明白，不僅奧斯卡的鼓復活了，克勒普也復活了。我們互相祝賀，親吻面頰。

同一天傍晚，我們一起外出，喝啤酒，吃血腸加洋蔥。克勒普向我建議，跟他一起組成一個爵士樂隊。雖說我請他給我一段時間考慮一下，但奧斯卡已經下了決心，不僅要放棄他在石匠科涅夫那裡刻字的職業，而且不再跟繆斯烏拉一起去當模特兒，我要當爵士樂隊的打擊樂手。

---

①揚・韋倫（一六五八～一七一六），公爵，領有普法爾茨諾伊堡、于利希和貝格，擴建了杜塞爾多夫城。
②指一九五二年登基的英國女王伊麗莎白二世。她的丈夫是愛丁堡公爵菲利普。

③瑪麗亞・斯圖亞特（一五四二〜一五八七），蘇格蘭女王，被喀爾文教派貴族所廢，逃亡倫敦，被囚禁十九年，終於被英格蘭女王伊麗莎白一世所殺。

在椰子纖維地毯上

當時，奧斯卡就這樣爲他的朋友克勒普提供了從床上起身的理由。他高興過頭，從霉臭的被褥中一躍而起，甚至用水沖洗身子，完全成了一個新人，並且說：「妙哉！」又說，「我可以從人世間得到好處！」今天，奧斯卡成了臥床者。所以，我可以肯定地說，克勒普要對我實行以其人之道還治其人之身了，因爲當初我使他離開了他那麵條廚房裡的床，現在他要讓我離開療養和護理院裡我的欄杆床。

我必須對他每週一次來探望我感到滿意，我必須洗耳恭聽他有關爵士音樂的樂觀主義宏論，他的音樂共產主義宣言，因爲他臥床不起時，是個忠誠的保皇黨人，擁護英格蘭王室，但在我奪走了他的床以及他的風笛和伊麗莎白後，他馬上成了德國共產黨繳納黨費的黨員。至今這仍是他的一項非法的業餘愛好：喝著啤酒，吃著血腸，一邊向站在酒櫃前細看酒瓶商標的沒有危險的小人物們講述，全日工作的爵士樂隊和蘇聯農莊都是使人幸福的團體。

當今的社會爲一個從睡夢中驚醒的人所提供的機會是很少的。克勒普一旦離開了他藏身的床，他可以成爲同志——這甚至在被宣布爲非法後更具有吸引力。爵士樂狂是爲他提供的第二種信仰。第三，他這個受洗的新教徒可以改宗成爲天主教徒。

至於克勒普，他也只能如此。他保留著通往各種信仰的道路。他的小心謹慎、他的黝黑油亮的肉身，以及他的靠掌聲維持的幽默感給他開了一張藥方，按照它的靈活的原則，他竟把馬克斯的學說與爵士樂的神話混合在一起。如果有朝一日有一個工人神父之類的左翼神父攔住了他的去路，此外，這個神父還是新奧爾良爵士樂唱片的收藏者的話，那麼，這個馬克斯主義爵士樂狂從那一天起便會去領聖體，把上文描述過的他身上的臭氣同新哥德式教堂的臭氣混合在一起。

今天，我若是下了床，我的命運也是如此。所以，克勒普這小子正用生活是如何溫暖之類的諾言誘使我下床。他向法院遞交一份又一份的申請書，還跟我的律師攜手合作，要求法院重新開庭審理我的案子。他想讓奧斯卡被宣判無罪，想讓奧斯卡獲釋，把我們的奧斯卡從療養院裡放出來！爲什麼呢？克勒普嫉妒我臥床不起。

然而，我並不後悔在蔡德勒家當房客的時候使一位臥床的朋友變成直立的、踏著沉重的腳步四處走的、甚至奔跑的朋友。除了我心情沉重地奉獻給道羅泰婭姆姆的那些鐘點以外，我的私人生活倒是無憂無慮的。「哈囉！克勒普！」我拍拍他的肩膀說，「讓我們成立一個爵士樂隊吧！」他摸摸我的駝背。他愛它幾乎如同愛他的肚皮。「奧斯卡和我，我們要成立一個爵士樂隊！」克勒普向世界宣告。「只是我們還缺一個像樣的吉他手，他當然還得會彈班卓琴①。」確實如此。在長笛和鼓之間還得有奏第二旋律的樂器。要有一種低音彈撥樂器的話倒是不錯的，即使純粹從樂隊的外觀上講也是如此，但低音樂器手當時已經不好找，於是我們便全力去尋找還缺少的那個吉他手。我們常去電影院，如我在本書卷首業已報導的那樣，我們每週照相兩次，一邊喝啤酒，吃血腸加洋蔥，一邊用護照相片搭配出各種無聊玩意兒來。當時，克勒普認識了紅頭髮的伊爾絲，輕率地把自己的照片送了一張給她，僅僅為了這件事就非娶她不可。而我們唯獨沒有找到那個吉他手。

我在藝術學院當模特兒的工作，使我多少能領略杜塞爾多夫舊城的牛眼形玻璃窗，它的乳酪加芥末，啤酒氣味和下萊因河的顛簸。然而，眞正了解這些是我在克勒普身邊的時候。我們到處尋找吉他手，在蘭貝圖斯教堂周圍地區，在所有小酒館裡，尤其在拉亭街，在「獨角獸」，因為博比在那裡奏樂伴舞。有時他讓我們上臺演奏長笛和錫鼓，為我的錫鼓鼓掌，儘管博比本人是位出色的打擊樂手，可惜他的右手少了一個手指。

雖說我們在「獨角獸」沒有找到吉他手，我卻得到了一些熟悉這種場面的機會，再加上我過去在前線劇團的經驗，我本來可以在短期內成為一個勉強過得去的打擊樂手的，可是，道羅泰婭姆姆卻不時地妨礙我全力以赴。

我一半的思想始終伴隨著她。倘若另一半思想完完全全地傾注在我的錫鼓上的話，那會更加令人痛苦。結果呢，我的思想總是從錫鼓開始，結束於道羅泰婭姆姆的項飾。克勒普了解這一點，他總能老練地用長笛塡補我無心擊鼓時留下的空白。每當他看到奧斯卡一半思想開了小差時，就關心地說：「你大概餓了吧，我給你要一份血腸好嗎？」

克勒普在這個世界的任何苦惱背後總會察覺到一種餓狼似的飢餓，所以，他也相信，用一份血腸就能醫治任何苦惱。在那段日子裡，奧斯卡吃了許多新鮮血腸加洋蔥圈，還喝了不少啤酒，好讓他的朋友克勒普相信，奧斯卡的苦惱是飢餓而不是道羅泰婭姆姆。

我們多半一大早就離開尤利希街蔡德勒的寓所，在舊城用早餐。我僅僅在我們需要錢買電影票時才去藝術學院。其間，繆斯烏拉已經第三次或者第四次與畫師蘭克斯訂了婚，脫不開身，因為蘭克斯得到了工業界委託給他的第一批大任務。缺了繆斯，獨自一人去當模特兒，奧斯卡也就沒有興致了。人家又畫他一人，把他抹黑，可憎至極。就這樣，我便一心跟我的朋友克勒普相好，因爲在瑪麗亞和小庫爾特那裡，我也得不到安寧。她的上司兼已婚的追求者施丹策爾每天晚上都在那裡。

一九四九年初秋某日，克勒普和我出了各自的房間，在走廊上，大約在乳白玻璃門前碰頭，正要帶著樂器離開寓所，蔡德勒把他的起居室兼臥室的門打開了一條縫，招呼我們。

他捅出一條捲起的狹而厚實的地毯，推到我們面前，要我們幫助他鋪上釘牢。這是一條椰子纖維地毯，長八公尺二十。可是，蔡德勒寓所的走廊長七公尺四十五。所以，克勒普和我必須把地毯剪掉七十五公分。我們坐著幹，剪椰子纖維地毯可眞是件費力氣的活計。結果，我們多剪掉了兩公分。地毯的寬度正好一樣。蔡德勒說他彎不下腰來，便請我們協力把地毯釘在地板上。奧斯卡出了個主意：在釘的時候把地毯拉撐一下。於是，那缺的兩公分也給補上了，只差那麼一丁點兒。我們用的是寬平頭釘子，因爲椰子纖維地毯編織得不密，窄頭釘子是吃不牢的。奧斯卡和克勒普都沒有誤敲到自己的大拇指。可我們畢竟敲彎了一些釘子。這只怪蔡德勒備有的釘子質量不行，那是幣制改革以前的貨色。椰子纖維地毯已經有一半釘牢在地板上時，我們放下錘子，交叉成十字，抬頭望著監督我們幹活的刺蝟，目光雖然不是咄咄逼人，卻也滿懷期待。他也鑽進他的起居室兼臥室去。從他貯存的利口酒杯裡取出三個來，還拿來一瓶雙料穀類酒。我們爲椰子纖維地毯的經久耐用乾杯，隨後又不是咄咄逼人而是滿懷期待地望著他，言下之意是：椰子纖維地毯使人口渴。雙料穀類酒接二連三地斟到刺蝟的三個利口酒杯裡去。這些酒杯大概也很高興，直到它們又被摔成碎片爲止，因爲刺蝟又爲了他太太而突然大發雷霆。先是克勒普故意把利口酒杯摔到椰子纖維地毯上，玻璃杯沒有碎，也沒有發出聲響。我們大家都說椰子纖維地毯眞不錯。從起居室兼臥室裡觀看我們幹活的蔡德勒太太跟我們一樣，也稱讚起椰子纖維地毯來，因爲這地毯能保護落下的利口酒杯不受損壞，刺蝟一聽便火冒三丈。他在還沒有釘牢的那部分地毯上跺腳，拿起那三個空酒杯，帶著它們走進起居室兼臥室。我們聽到玻璃櫃的聲響，三個利口酒杯他嫌不夠，又從櫃裡拿出好幾個。緊接著奧斯卡聽到了他所熟悉的音樂，在他睿智的眼睛前浮現出蔡德勒家的連續燃燒爐，爐腳前是八只利口酒杯的碎片，蔡德勒彎腰去拿鐵皮畚箕和掃帚，以蔡德勒的身分把他以刺蝟的身分摔成的碎片掃成一堆。可是，蔡德勒太太一直待在門口，儘管她背後發出各種叮噹的聲響。她對我們的工作非常感興趣，尤其在刺蝟發怒而我們又拿起錘子的時候。刺蝟沒再露面，卻把那瓶雙料穀類酒留在了我們身邊。我們拿起酒瓶，一口一口往喉嚨裡灌。起先，我們當著蔡德勒太太的面還有些不好意思呢。但她只是親切地向我們點頭，這並不能打動我們把酒瓶遞給她，也讓她喝一口。然而，我們的活兒幹得很俐落，把釘子一個接一個敲到椰子纖維地毯裡去。當奧斯卡在護士的房間前釘地毯時，每敲一錘，乳白玻璃門就叮噹響一陣。這使他內心痛苦不堪，他不得不在這充滿痛苦的時刻放下錘子。但他通過了道羅泰姬姆姆房間的乳白玻璃門之後，心情便又好轉了，錘子也聽使喚了。萬事皆有了結之時，椰子纖維地毯也釘到了頭。寬頭釘從一個角落排列到另一個角落，深深長入地板的脖子裡，釘子的扁平寬頭正好露出在漲潮的、狂瀾起伏的、構成漩渦的椰子纖維上面。我們自鳴得意地在走廊裡邁步，來回走著，享用著地毯的長度，誇獎我們的工作，並且指出，不吃早飯，空著肚子鋪椰子纖維地毯，把它固定住，可是不容易的。最後，蔡德勒太太終於踏上新的、童貞女般的椰子纖維地毯，跨過它走進廚房，給我們倒咖啡，在鍋裡煎荷包蛋。我們在我的房間裡用餐，蔡德勒太太匆匆離去，她得去曼內斯曼公司上班了。我們開著房門，略感疲乏，邊吃邊觀賞我們的作品，如一條激流朝我們滾滾湧來的椰子纖維地毯。

一條便宜的地毯，縱使在幣制改革以前有著某些交換價值，那也用不著費這麼多的筆墨呀！爲什麼呢？問得有理。奧斯卡聽著，搶先做了回答：就在這條椰子纖維地毯上，我於當天夜裡，頭一回遇見了道羅泰婭姆姆。

將近午夜時，我灌滿啤酒和血腸回到家裡。我把克勒普留在了舊城。他去尋找吉他手。我摸到了蔡德勒寓所的鑰匙孔，踏上走廊上的椰子纖維地毯，走過黑洞洞的乳白玻璃門，走進我的房間，摸到我的床，脫去衣服，卻找不到我的睡衣，睡衣交給瑪麗亞去洗了。我找到了那塊七十五公分長的椰子纖維地毯，也就是我們鋪地毯時剪下來的那一段，我拿來鋪在床前作爲床前地毯用。我上床，但不能入眠。

看來沒有任何理由非要向各位講述奧斯卡由於失眠而想著的是什麼，或者他什麼也不想但在腦子裡翻騰著的又是什麼。今天，我自以爲找到了當時失眠的原因。我上床之前曾光著雙腳站在我新鋪的床前地毯上，也就是那一段椰子纖維地毯上。椰子纖維黏到我的光腳上，扎進皮膚，進入血液，甚至躺下很久以後，我還像是站在椰子纖維上，因此怎麼也睡不著，因爲再沒有別的事情比光腳站在椰子纖維地毯上更能令人不安、驅趕睡眠、促進思想活動了。

午夜過後很久，將近凌晨三點時，奧斯卡躺在床上卻又好似站在地毯上，始終未能入睡。這時，他聽見走廊上一扇門打開了，接著又是一扇。這是克勒普，他沒有找到吉他手，卻灌了一肚子血腸回家來了，我想，但我知道，先開一扇門再開另一扇的不是克勒普。我繼而想，你反正躺在床上睡不著，卻又感覺到腳底上椰子纖維在扎你，你還不如乾脆下床，不是憑著想像，而是腳踏實地地站到你床前的椰子纖維地毯上去。奧斯卡這樣做了。於是產生了後果。我剛站到地毯上，這塊七十五公分長的剪下的部分立即通過我的腳心使我聯想到它的來歷，聯想到走廊裡那條長七公尺四十三的椰子纖維地毯。不管是由於我同情這塊剪下來的椰子纖維也罷，還是由於我聽到走廊上兩扇門的聲響，猜想是克勒普回來了，卻又認爲不是他吧，反正奧斯卡彎下腰，由於他上床前找不到他的睡衣，便抓住床前椰子纖維地毯的兩個角，叉開兩腿，直至雙腳不再踩在地毯上而是踩在地板上，隨後把地毯由兩腿間抽出來，舉起這塊七十五公分的毯子，舉到他赤裸的一二一公分高的身體前，巧妙地遮住他的光身子。於是，從鎖骨到膝蓋這一段都處在椰子纖維的勢力範圍之內。奧斯卡走出他那間黑洞洞的房間，走進黑洞洞的走廊，踩上那條椰子纖維地毯，這時，他藏身其後的纖維外衣又被他往上提了一些。

我在地毯的纖維的刺激下，匆匆邁開小步，想擺脫來自腳下的影響，想救我自己，拚命朝沒有椰子纖維鋪墊的地方走去，走進了盥洗間，這又有什麼奇怪的呢？

盥洗間跟走廊和我的房間一樣幽黑，然而有人占用了。向我透露此事的，是女性的小聲驚呼。我的椰子纖維外皮也碰到了一個站著的人的膝蓋。我沒有部署撤離盥洗間，因爲我背後正受著椰子纖維地毯的威脅，可我前面坐著的那個人卻要我撤出盥洗間：「您是誰？想幹什麼？出去！」我前面的聲音說，這無論如何不是蔡德勒太太的聲音。它帶點哭腔：「您是誰？」

「好吧，道羅泰婭姆姆，您猜猜看！」我開了個玩笑，這本該緩和我們相逢時淡淡的哀愁。她卻不願猜，站起身來，在黑暗裡伸手抓我，想把我從盥洗間推到走廊的地毯上去，但她的手在我的頭上掠過，抓了個空，便往下摸，抓住的不是我，而是我的纖維圍裙，我的椰子纖維外皮。她再次失聲驚呼，女人全都一樣，好像非得驚呼不可似的。她把我錯當成什麼人了，因爲道羅泰婭姆姆一陣顫抖，低聲說：「上帝啊，是個魔鬼！」逗得我禁不住吃吃地笑。這本來並無惡意，但她卻以爲是魔鬼的笑聲，可我也並不愛聽魔鬼這個詞兒。當她相當膽怯地再次問「你是誰？」時，奧斯卡便回答說：「我是撒旦，前來拜訪道羅泰婭姆姆！」她接著說：「上帝啊，這又是爲了什麼呢？」

我慢慢地深入角色，撒旦呢，他也在我心中充當起提臺詞的人來了。「因爲撒旦愛道羅泰婭姆姆。」我說。「不，不，不，我可不願意！」她還在往前衝，企圖突圍，卻再次撞在我的椰子服的撒旦纖維上，她的睡衣相當薄，她的十個小手指也陷進了誘拐者的熱帶叢林裡去，使她全身軟癱了。這肯定是輕度虛脫，道羅泰婭姆姆往前倒下。我趕緊把擋住身子的外皮高高舉起，兜住倒下的她，堅持到我做出了一個跟我的撒旦角色相符的決定。我稍稍後退，讓她跪下膝行，但是注意不讓她的膝蓋接觸盥洗間的鋪磚地，而是接觸到走廊裡的椰子纖維地毯，然後讓她身子朝後，頭朝西，也就是衝著克勒普的房門，順著地毯的長度倒下。她至少有一公尺六十長的後身接觸了椰子纖維地毯，我又把手裡那塊纖維蓋在她身上，但只有七十五公分，從她的下巴開始，一直蓋住了大腿的大部分。我又把地毯向上拉了十公分，蓋住她的嘴，露出道羅泰婭姆姆的鼻子，使她可以不受妨礙地呼吸，她的鼻息相當響。這時，奧斯卡自己也躺下來，躺在他以前的床前地毯上，使萬千纖維震動起來。他不求與道羅泰婭姆姆直接接觸，而是讓椰子纖維起作用，同時又開始跟道羅泰婭姆姆交談。她輕度虛脫，低聲說道：「上帝啊，上帝啊！」一再問奧斯卡的姓名和來歷。我自稱撒旦，操起撒旦腔調吐出撒旦這個詞兒，依靠撒旦的提示，把地獄描繪成爲棲身之處。這時，她在兩條地毯中間打顫。我在自己的床前地毯上做體操，使地毯震動，椰子纖維傳遞給道羅泰婭姆姆的感覺，同多年前汽水粉傳遞給我所愛的瑪麗亞的感覺相似，只是汽水粉能讓我充分而有效地行事，在椰子地毯上我卻出醜失敗。我未能把錨拋出去。在汽水粉年頭裡，我這位小朋友堅挺，目標明確，如今，在椰子纖維上，它卻低垂著，毫無興致，小家子氣，眼前無目標，要求它它也不應，我的純理智的遊說術以及道羅泰婭姆姆的長吁短嘆都無濟於事。她在耳語、呻吟、哀求：「來吧，撒旦，來吧！」我不得不安慰她說：「撒旦馬上就來。撒旦馬上就來。」我用誇張的撒旦腔喃喃低語。同時，我跟自從我受洗禮之日就寓居我心中（他至今還在那裡落戶）的撒旦交談。我呵斥他：撒旦，別當遊戲破壞者！我懇求他：求你別讓我出醜！我拍他馬屁：你以前可不是這樣的，想想既往吧，想想瑪麗亞，要不就想想寡婦格雷夫，想想在晴朗的巴黎我們兩個對小巧玲瓏的羅絲維塔開的那些玩笑吧！但他快快不樂又不怕重複地回答我說：我沒有樂趣，奧斯卡。撒旦一旦沒有樂趣，勝利的便是德行。撒旦畢竟也會有朝一日沒有樂趣的。

就這樣，他無力支持我，搬出了諸如此類的年曆上的諺語。而我則漸漸乏力地挪動著椰子纖維地毯，折磨著可憐的道羅泰婭姆姆的皮膚，最後，爲答應她的「來吧，撒旦，啊，來吧！」的渴求聲，我在椰子纖維下面發起了一次絕望的、無意義的、無以說明動機的衝鋒，我企圖用未上膛的手槍擊中黑靶。她也想幫她的撒旦的忙，雙臂從椰子地毯下掙脫出來，想抱我，也抱住了我，摸到我的駝背，我那根本不是椰子纖維的而是溫暖的人的皮膚，失去了她所想要的撒旦，她不再含糊地說什麼：「來吧，撒旦，來吧！」卻清了清嗓子，換了個音區提出了開始時提出的問題：「老天爺，您是誰？想幹什麼？」這時，我只得認輸，承認我身分證上所寫的名字，名叫奧斯卡‧馬策拉特，是她的鄰居，從心底裡愛著她，道羅泰婭姆姆。

幸災樂禍者會說，道羅泰婭姆姆這時一聲臭罵，揮拳把我從椰子纖維地毯上打翻下去。不過，雖說憂傷卻又感到淡淡滿足的奧斯卡說，並非如此。道羅泰婭姆姆緩慢地、我不如說是沉思地、猶豫地讓兩手和雙臂放開我的駝背，那動作就像無限悲哀的撫摩。她立即失聲哭泣與嗚咽，我聽見了，但不是大哭大鬧。我幾乎沒有察覺，她便從我和椰子地毯下面脫身了，也讓我滑下來，走廊裡的地毯吸收了她的腳步聲。我聽見一扇門開了，一把鑰匙被轉動了，道羅泰婭姆姆房間門上六塊乳白玻璃被屋裡的燈光照亮，獲得了它們的現實性。

奧斯卡躺著，把地毯蓋在身上，地毯還保存著撒旦遊戲時的若干溫暖。我的眼睛盯住了被燈光照亮的四方形。時而在乳白玻璃上掠過一個身影。她現在朝衣櫃走去，我暗自說道，現在她向梳妝檯走去。奧斯卡做了一次搖尾乞憐的嘗試。我身披地毯向房門爬去，用指甲摳住門板，抬起一點身子，舉起一隻乞討的手，在最下面兩塊玻璃前晃動。可是，道羅泰婭姆姆沒有開門。她不斷地在衣櫃和帶鏡子的梳妝檯之間走來走去。我知道這是怎麼回事，卻不敢承認：道羅泰婭姆姆在收拾行李，要逃走，逃避我。我甚至必須埋葬這微小的希望：她在離開房間時會讓我看到她被燈光照亮的面孔。先是乳白玻璃後面黑下來，我接著聽到鑰匙在轉動，門開了，鞋踩到椰子纖維地毯上。我伸手去抓，碰到一口箱子，碰到她穿長統襪的大腿。這時，我在她的衣櫃裡看見過的那雙粗野的運動鞋中的一隻正好踢中我的胸口，把我踢翻在地毯上。奧斯卡再度掙扎起來，懇求般地喊了聲：「道羅泰婭姆姆！」此時，套房大門已撞上了鎖，一個女人離我而去。

您和所有理解我的痛苦的人現在都會這樣說：上床去，奧斯卡。在這件丟臉的事情發生以後，你還在走廊裡尋找什麼！凌晨四點。你赤條條地躺在椰子纖維地毯上，用一塊纖維地毯湊合蔽體。手和膝蓋都擦破了。你的心在流血，你丟臉可是丟到家了。你吵醒了蔡德勒先生。他叫醒了他的太太。他們快來了，他們的臥室兼起居室的門已經打開，正看著你。上床去吧，奧斯卡，馬上鐘就敲五點了！

當時，我躺在椰子纖維地毯上，我自己也這樣勸說自己。我挨凍，卻還是躺著不動。我試圖召回道羅泰婭姆姆的形體。我感覺到的只有椰子纖維，牙齒間也是這東西。一道亮光投到奧斯卡身上；蔡德勒家的起居室兼臥室的門開了一道縫。蔡德勒的刺蝟腦袋，上面還有一個腦袋，滿是金屬捲髮夾，那是蔡德勒太太。他們看呆了，他咳嗽，她吃吃地笑，他喊我，我不答理，她又吃吃地笑，他吩咐她安靜，她想知道我哪兒不舒服，他說這不行，她說這裡是體面的人家，他威脅說要解除租約，我仍沉默，因爲還沒有到忍無可忍的地步。蔡德勒夫婦打開門，他開了走廊裡的電燈。他們朝我走過來，瞪著好凶、好凶、好凶的小眼睛。他打算不再藉利口酒杯來發洩怒火，他站在我身邊，居高臨下，奧斯卡等待著刺蝟發火，不過，蔡德勒只能把怒火憋在肚子裡，因爲樓梯間有響聲，一把看不見的鑰匙在尋找套房的房門，最後也找到了。進來的是克勒普，還帶來了一個人，跟他一樣喝得醉醺醺的。這是朔勒，終於被找到的吉他手。

他們兩個安慰蔡德勒和他的太太，向奧斯卡彎下身去，什麼也不問，抱起我，把我連同那塊撒旦的椰子纖維抬進了我的房間裡。

克勒普搓暖我的身子。吉他手取來我的衣服。兩人幫我穿衣，擦乾我的眼淚。抽泣。窗外晨曦初現。麻雀。克勒普替我掛上鼓，拿出他的小木笛。抽泣。吉他手背上吉他。麻雀。兩位朋友一左一右，把我放到中間，領著啜泣的、不能自衛的奧斯卡，走出套房，走出尤利希街的房屋，向麻雀走去，使他擺脫椰子纖維的影響，領我走過清晨的街道，橫穿過宮廷花園，經天文館，直到萊因河岸邊。灰色的萊因河要向荷蘭流去，它馱著輪船，輪船上飄蕩著洗換的衣服。

在那個水氣濃重的九月早晨，從六點到上午九點，長笛手克勒普、吉他手朔勒和打擊樂器手奧斯卡坐在萊因河右岸，演奏音樂，熟練配合，共飲一瓶酒，朝對岸的白楊眨眼睛，用快速歡樂、慢速哀怨的密西西比音樂伴送從杜伊斯堡駛來、吃力地逆流而上的運煤船，一邊爲剛組成的爵士樂隊找一個名字。

太陽給早晨的水氣染色，音樂洩露了對已過時間的早餐的要求，這時，奧斯卡站起身來。他已經用鼓把自己同昨夜隔開，他從上裝口袋裡掏出鈔票，這意味著早餐有了著落，隨後向他的朋友宣布新誕生的樂隊的名稱，「萊因河三人團」。我們有了名稱，便去共進早餐。

---

①班卓琴，美洲黑人的一種長頸撥絃樂器。

在洋蔥地窖裡

我們愛萊因草地，酒館老闆費迪南・施穆也同樣愛杜塞爾多夫和凱澤斯韋爾特之間的萊因河右岸。我們經常在施托庫姆上面排練樂曲。施穆則帶著他的小口徑步槍在河岸斜坡的樹籬和灌木叢中尋找麻雀。這是他的愛好，他也藉此休息。施穆在生意上一遇到煩惱，就吩咐他的妻子坐到梅賽德斯牌轎車的方向盤前。他們沿河駛去，把車停在施托庫姆上面，稍稍平足的他攜槍步行下來，走過草地，拉著他的妻子，因爲她本來寧願待在汽車裡。他把她留在河岸上一塊可以讓人舒服地待著的巨石上，自己便隱沒在樹籬之間。我們演奏我們的雷格泰姆①音樂，他在灌木叢中放槍。我們在奏樂，施穆在打麻雀。

朔勒，他跟克勒普一樣認識舊城所有的酒館老闆，綠蔭叢中槍聲一響，他就會說：「施穆在打麻雀。」

施穆已經不在人世，所以我可以把我的悼詞搬到這裡來：施穆是個好射手，有可能的話也是個好人，因爲施穆打麻雀時，他的上裝的左口袋裡雖然裝著小口徑子彈，可是他的上裝的右口袋裡卻滿滿地裝著餵鳥的飼料。他不是在射擊以前，而是在射擊以後，慷慨地把飼料大把大把地撒給麻雀吃，因爲施穆一個下午最多只打十二隻麻雀。

施穆還活著的時候，即一九四九年十一月，我們在萊因河岸邊排練已有數星期之後的一個涼意正濃的早晨，他不是小聲地而是故意大聲地對我們說：「諸位在這裡弄音樂，趕跑了小鳥，叫我怎麼打鳥呢！」

「噢，」克勒普表示歉意，像舉槍致敬似的舉起他的長笛，「正是您，先生，富有音樂感，您在樹籬間到處放槍時，那槍聲正和上我們的曲調的節奏，精確極了。我向您致敬，施穆先生！」

施穆很高興，因爲克勒普知道他的名字，但他仍舊問克勒普，是從哪兒知道他的名字的。克勒普面有慍色：怎麼會不知道呢？人人都知道施穆。在大街上都能聽見人講：施穆走了，施穆來了，您剛方見到施穆了嗎？施穆今天在哪裡？施穆在打麻雀。

克勒普這一番話把他形容成家喻戶曉的施穆了。施穆給我們遞來香菸，問我們的姓名，表示願聽我們演奏一首保留節目中的曲子，聽到了一首《老虎雷格》。他接著招手叫他的太太過來，她身穿皮大衣坐在一塊石頭上，正望著萊因河的波濤出神。她身穿皮大衣來了，於是我們又得演奏，出色地奏了一曲《上等社會》。我們奏罷，她，身穿皮大衣說：「費迪②，這不正是你要爲地窖找的嗎？」看來他也持類似的看法，也相信他找的正是我們而且找到了，但先要考慮考慮，算計算計，一邊靈巧地擲出幾塊扁平石塊，掠著萊因河水面跳去。隨後他提議說：在洋蔥地窖演奏，晚上九時至凌晨二時，每人每晚十馬克，好吧，就說是十二馬克吧！克勒普說要十七馬克，好讓施穆出十五馬克。可是施穆只答應給十四馬克五十芬尼。我們就這樣敲定了。

從街上看去，洋蔥地窖同那些新開的小飲食店一樣。它們同老飲食店的區別就在於價錢貴。價錢貴的原因可以認爲是由於這些多半被稱爲藝術家酒館的地方內部設備和布置奇特，也由於這些酒館的名稱別具一格，不顯眼的如「水餃館」，具有神祕的存在主義味道的如「禁忌」，火辣辣的如「辣椒」，自然還有「洋蔥地窖」。

搪瓷招牌上「洋蔥地窖」這幾個字以及給人強烈幼稚感的一個洋蔥，故意寫得和畫得十分笨拙。招牌按照古德意志習慣，掛在正門前一個雕花鑄鐵架上。唯一一個窗戶，鑲有牛眼形玻璃，呈啤酒杯的綠色。一扇朱紅漆鐵門，在糟糕的歲月裡也許曾用於關閉某個防空洞。門前站著一個守門人，身穿鄉下式樣的羊皮大衣。不是人人都可以進洋蔥地窖的。尤其在星期五，一週的工資將化作啤酒的時候，舊城的兄弟們就被拒之於門外，對他們來說，洋蔥地窖的價錢也太貴了。允許入內的人，會在朱紅門後面發現五級臺階，走下去，便到了一個一公尺見方的平臺，一張畢卡索畫展的海報把平臺裝點得體面而獨特，再下臺階，這回是四級，對面就是衣帽間。「請取時付款！」一塊硬紙板小牌子上這樣寫道，衣帽間裡的小伙子——多半是由藝術學院蓄鬍子的學員幹這差事——在接待時絕不事先收錢。洋蔥地窖雖然價錢貴，但同樣也是可靠的、貨眞價實的。

老闆親自迎接每一位來客，眉飛色舞，手勢活得很，似乎每來一位客人他就得來一套宗教接客禮節。如我們所知，老闆名叫費迪南・施穆，有時去打麻雀，但獨具慧眼，摸透了幣制改革後在杜塞爾多夫迅速發展起來的那個社交界。而在其他地方，它發展得比較緩慢。

洋蔥地窖本來是一個眞正的、甚至有點潮濕的地窖，這也表明這家生意興隆的夜總會的可靠性。我們可以把它比作一個讓人凍腳的長條房間，面積大約四乘十八，由兩個小圓鐵爐供暖，它們也是地窖裡原有之物。自然囉，這個地窖從根本上講已不再是個地窖了。天花板已被拆掉，向上擴展到了底層住房。所以，洋蔥地窖唯一的窗戶不是原有的地窖窗戶，而是底層住房原先的窗戶。這略微損害了這個生意興隆的夜總會的信實可靠的面貌，使它有點名不符實了。如果可以讓人由窗戶向外望去，那也就不必鑲牛眼形玻璃了。在地窖向上擴展的部分還修了迴廊，可以由一道雞棚梯子上去，這梯子確是眞正的原件。也許可以稱洋蔥地窖爲信實可靠的夜總會，儘管地窖已不再是眞正的地窖了。不過，爲什麼非得是眞正的地窖不可呢？

奧斯卡忘了講，通往迴廊的雞棚梯子並非眞正的雞棚梯子，而是一種舷梯，因爲可以用眞正的晾衣繩繫住這個非常陡的梯子的左右兩頭。梯子有點搖晃不定，使人聯想到乘船旅行，這也抬高了洋蔥地窖的價錢。

礦工用的電石燈照亮洋蔥地窖，放出碳化物氣味。這又提高了價錢，並使洋蔥地窖付錢的來客彷彿置身於某個鉀鹽礦在地下九百五十公尺處的一個坑道裡：採掘工赤裸上身在岩石前幹活，鑽著一條礦脈，電耙鏟鹽，捲揚機吼叫，塡滿了排溝。後面遠處，在坑道拐向弗里德里希哈爾二號升降機的地方，一盞燈在搖晃。而這是工頭，他來了，說：「平安上井！」搖晃著一盞電石燈。這盞燈與洋蔥地窖沒有抹灰泥便匆匆粉刷的牆壁上掛著的那些電石燈一模一樣。這些燈用於照明，散發臭味，提高價錢，製造一種獨特的氣氛。

座位不舒服，普通的木箱，蒙上裝洋蔥的袋子，木桌桌面擦洗得一乾二淨，好似引誘礦山來客入內的平和的農家，類似的情景有時也可以在影片裡看到。

就是這些！酒櫃呢？沒有酒櫃。領班先生，給一份菜單！既沒有領班，也沒有菜單。還能提到的，就只有我們這個「萊因河三人團」了。克勒普、朔勒和奧斯卡坐在雞棚梯子下方，這本來是一個舷梯。他們九點到，取出樂器，十點左右，開始奏樂。不過，現在的時間是九點剛過十五分，待一會兒再談到我們也不遲。現在，施穆還得看看那些手指，那些施穆有時藉以握住小口徑步槍的手指。洋蔥地窖客人一滿——半滿也就算是滿座——施穆，老闆，便圍上方巾。方巾，綢的，鈷藍色，印染著圖案，特別的圖案。提及此事，是因爲圍上方巾自有涵義。印染的圖案可稱之爲金黃色洋蔥。只有當施穆圍上這塊方巾時，才可以說，洋蔥地窖開始營業。

客人有：商人、醫生、律師、藝術家、舞臺藝術家、記者、電影界人士、知名運動員、州政府和市政府高級官員，簡而言之，全都是今天稱之爲知識分子的人們，攜帶夫人、女友、女秘書、女工藝美術師，以及男性女友。只要施穆還沒有把金黃色洋蔥圖案的方巾圍上，他們便坐在蒙粗麻布的木箱上，閒聊，壓低嗓子，吃力地聊著，近乎壓抑地聊著。他們想交談，但談不起來，想得好好的，一講就離題；他們全都願意把話講出來，打算眞正把什麼話都掏出來，把憋在肝裡的、懸在心上的、塡在肺裡的話全都掏出來，不通過大腦，讓人看看事實眞相，看看一絲不掛的眞人，可是辦不到。這裡那裡有人大概地暗示失敗的生涯、被破壞的婚姻。這位先生，長著一顆聰明的大腦袋和一雙柔軟的、幾乎是纖細的手，看來同他的兒子有隔閡，兒子討厭父親的過去。兩位女士，身穿貂皮大衣，電石燈下猶顯出丰姿，談到她們失去了信仰，只是不談她們失去了對什麼的信仰。我們對那位大頭先生的過去也一無所知，由於這段往事兒子給父親製造了哪些困難，他們也沒有談到。這好似在下蛋之前，請讀者原諒奧斯卡的這番比喩，擠啊，擠啊……

他們在洋蔥地窖裡下蛋，但擠不出來，直到老闆施穆圍上特製方巾露面，迎來一聲發自四座的歡樂的「啊」。他道了謝，旋即又隱沒在洋蔥地窖盡頭的帷幔後面，那裡是盥洗間和貯藏室。幾分鐘後，他才回來。

老闆再度站在客人面前時，爲什麼又迎來了一聲更歡樂的、獲得半解救的「啊」呢？一家生意興隆的夜總會的老闆隱沒在帷幔後面，從貯藏室裡取出什麼東西，小聲罵了坐在那裡看畫報的管盥洗室的女工幾句，又來到帷幔前，像救世主，像創造奇蹟的叔叔那樣受到歡迎。

施穆臂上挎著一個小籃子來到他的客人中間。小籃子上蓋一塊黃藍方格布。布上放著許多豬形或魚形小木板。老闆施穆把這些擦洗乾淨的小木板分發給來客。他低頭哈腰，恭維話一套套，這透露了施穆年輕時曾經在布達佩斯和維也納待過。施穆的微笑，就像根據猜想是眞的蒙娜麗莎原作所繪的複製品上的微笑。

客人們卻嚴肅地接過小木板。有的還要求換一塊。這位先生喜歡豬形的，那位先生或者女士卻不要普通家豬形的，寧要更加神祕的魚形的。他們聞了聞小木板，把它推來推去。老闆施穆給迴廊上的客人送完小木板之後，便靜候著，直到每一塊小木板都靜止不動爲止。

這時，衆心期待著他，而他便像魔術師那樣掀開蓋布，下面是第二塊布，布上放著的，第一眼看去，認不清是什麼，再看才知道是廚房用刀。

像方才分發小木板那樣，施穆現在轉圈分發刀子。這一回他加快了速度，提高了緊張度，這也使他能夠提高價格。他不再講恭維話，也不讓人換刀子，他的動作像配藥似的匆忙。「好了，當心，走！」他喊著，掀掉籃子上的布，伸手到籃子裡，分發，分光，在民眾之間布施。慈悲的施主，款待來客，分給他們洋蔥，同從他的方巾上看到的金黃色的、略顯程式化的洋蔥一樣，普通的洋蔥，球根植物，不是鱗莖洋蔥，是家庭主婦買進的洋蔥，蔬菜女販出售的洋蔥，男農民、女農民或女雇農種植和收穫的洋蔥。荷蘭小畫師的靜物畫上可以看到的逼眞程度不一的洋蔥。老闆施穆把這樣的洋蔥或類似的洋蔥分發給他的客人，直到人人都有了洋蔥，直到還聽見小圓火爐隆隆響，聽見電石燈的歌唱聲。洋蔥分完後，一片寂靜。於是，費迪南·施穆喊道：「諸位，請吧！」說罷，把方巾的一端甩到左肩上，就像滑雪者起滑前把圍巾往後一甩那樣，他以此發出一個信號。

客人們動手剝洋蔥皮。據說洋蔥有七層皮。女士們先生們用廚房刀子剝洋蔥皮。他們剝去第一層、第三層、金色、金黃色、鏽棕色，或者不如說洋蔥色的洋蔥皮，直到洋蔥變成透明、蔥綠、潔白、潮濕、黏而多汁，氣味也出來了，洋蔥味。接著，就像通常切洋蔥那樣，他們在豬形和魚形小木板上切洋蔥，有的手笨，有的手巧，朝這個或那個方向切，洋蔥汁四濺，散布到空氣裡。年長的先生們，不知如何擺弄廚房刀子，必須小心，別切了自己的手指；有的已經劃破了手指，卻沒有察覺。女士們手巧些，但並非人人如此。在家裡當主婦的那些女士，知道通常該如何切洋蔥，譬如給煎馬鈴薯或肝配上蘋果片和洋蔥圈。可是，在施穆的洋蔥地窖裡既沒有這種也沒有那種，什麼吃的都沒有，誰想吃點什麼，就得到別處去，去「魚館」而別上洋蔥地窖來，這裡只有可以切的洋蔥。爲什麼呢？因爲這個地方就叫洋蔥地窖，特色就在於此。因爲洋蔥，被切的洋蔥，倘若仔細看一看的話……不，施穆的客人什麼都看不見了。或者說，有一些客人什麼也看不見了，他們淚水盈眶，但並不因爲他們的心是充滿的③。心充滿時，必定熱淚盈眶，話可不能那麼說。有些人永遠不會這樣，尤其在最近或者已流逝的幾十年間。因此，我們這個世紀日後總會被人稱作無淚的世紀，儘管處處有這麼多的苦痛。正由於沒有眼淚的緣故，能夠花得起這份錢的人就到洋蔥地窖來，花八十芬尼讓老闆給一塊豬形或魚形小木板和一把廚房用刀，花十二馬克買一個普通的地裡或菜園裡長出的廚房用洋蔥，把它切成小塊，小小塊，直到汁創造出了它……創造什麼？創造這個世界和這個世界的苦痛不創造的東西：滾圓的人的淚珠。這裡在哭泣。這裡終於又在哭泣了。體面地哭泣，無礙地哭泣，自由地把一切都哭出來。這裡江水滔滔，氾濫開去。這裡在下雨。這裡在降露水。奧斯卡關上打開的閘門。決堤了，春潮洶湧。每年都要氾濫、政府不加防範的那條河叫什麼？用十二馬克八十芬尼買來的自然現象發生過後，哭夠的人開始說話了。他們還猶猶豫豫，對自己所說的話絲毫不加掩飾而大爲驚訝，然而，洋蔥地窖的客人們在享用了洋蔥以後終於對坐在不舒適的、蒙粗麻布的木箱上的他們的鄰座推心置腹了，讓人家刨根問柢，像翻新大衣似的把他裡外翻個身。可是，與克勒普和朔勒無淚地坐在雞棚梯子下面的奧斯卡卻要保守祕密，從所有的自白、自責、懺悔、揭發、承認中，他只想講一講皮奧赫小姐的軼事。她一再失去她的福爾默先生，因此變成了鐵石心腸、無淚之眼，不得不一再到施穆的高價的洋蔥地窖來。

皮奧赫小姐哭夠以後說，我們在有軌電車上相遇。我從店裡來——她是一爿一流書店的老闆和經理——電車上擠滿了人。維利，也就是福爾默先生，狠狠地踩了我的右腳。我站不住了，但我們兩人卻一見鍾情。我走不了路，他便伸出手來攙扶我，陪我，確切地說，抱我回到我家，從那天起，他體貼地護理被他踩成藍黑色的那隻腳趾甲。除此以外，在我面前，他也不乏愛的表示，直到右腳大趾的趾甲脫落，再沒有任何東西阻礙新趾甲生長的時候。死趾甲脫落的那天，他的愛也冷卻了。我們兩人都為他的愛的萎縮而苦惱。他始終還依戀於我，而我們兩人又有那麼多的共同之處。於是維利提出了那個可怕的建議：讓我踩你的左腳的大腳趾，踩到趾甲變成紅藍色，隨後變成藍黑色吧！我讓步了，他也就踩了。我立即又充分地享受到他的愛，一直享受到左腳大趾的趾甲也像一片枯葉似的脫落為止。我們的愛情再度經歷它的秋天。在此期間，我的右腳大趾的趾甲已經長好。維利為了重新在愛情中服侍我，他又要踩我的右腳。可是我不允許他這麼幹。我說，倘若你的愛是眞正偉大而眞誠的，它的生命必定比腳趾的趾甲長久。他不理解我，離開了我。幾個月以後，我們又在音樂廳相遇。休息後，他不問一聲就坐到我的身邊來，我旁邊的座位正好空著。演奏的是貝多芬的第九號交響曲，當合唱隊開始唱的時候，我把右腳向他伸去，而且事先已經把鞋子脫掉了。他踩上去，我沒有失聲叫喊干擾音樂會。七個星期以後，維利再次離我而去。我們還相處了一、兩次，每次幾週，因為我又兩次把腳伸給他，一次是左腳，一次是右腳。現在，我的兩隻大腳趾都殘了。趾甲不再生長。維利有時來看我，坐在我面前的地毯上，充滿著對我和對他自己的同情，但沒有愛也沒有眼淚，激動地凝視著我們的愛的犧牲品，兩隻沒有趾甲的腳趾。我有時對他說：維利，來吧，我們一起到施穆的洋蔥地窖去，讓我們哭個痛快。可是，直到今天，他始終不願一起來。這個可憐的男人不懂得眼淚是偉大的安慰者。

後來——為滿足各位讀者之中的好奇者，奧斯卡只透露這一點——福爾默先生，一個無線電商人，他也到我們的地窖裡來了。他們兩人一起抱頭痛哭。據昨天來探望我的克勒普說，不久前，他們結了婚。

從星期二到星期六——洋蔥地窖星期日不營業——客人們在享用了洋蔥之後，便囉嗦地把憋在心裡的人的存在的眞正悲劇發洩出來了。保留給星期一的客人的，雖然不再是充當最可悲的哭泣者，但也能充當最劇烈的哭泣者。星期一價錢便宜。施穆以半價供應洋蔥給年輕人。來的多半是醫科男大學生和各種女大學生。

藝術學院的男大學生也來，但主要是日後要當繪畫教師的那些人，他們把一部分奬學金花在買洋蔥上。我至今存疑的是：那些中學最高班的男女學生又從哪裡弄錢來買洋蔥呢？

年輕人的哭法不同於年長者。年輕人的問題也完全不同。並非總是爲考試或中學畢業考試操心之類。在洋蔥地窖裡，自然也有人談到父子矛盾、母女悲劇等等。儘管年輕人感覺到自己不被人理解，然而，他們認爲不被人理解並不值得爲之哭泣。奧斯卡高興的是，年輕人一如既往地爲了愛而哭泣，不單是爲了兩性之愛而哭泣。格哈德和古德龍，他們起初總是坐在下面，後來才一起到迴廊上面去哭泣。

她，高大，壯實，女手球運動員，學化學。頭髮結成一條辮子拖在腦後。蒼白然而像慈母一般，如同戰爭結束前的數年間在婦女同盟的宣傳畫上所能看到的那樣。她目光清晰，多半直視前方。她的前額隆起，乳白色，光滑，健全，然而，她的不幸卻明明白白地掛在臉上。從喉結到結實的圓下巴直到面頰，都留下了男人鬍子的糟糕痕跡，雖說這位不幸女子不斷地刮臉。她那細嫩的皮膚自然也經受不住那刮臉刀片。她的臉發紅，有裂口，長小膿疱，她的女人鬍子不斷長出來，古德龍爲此哭泣。格哈德後來才來洋蔥地窖。他們兩人並非如皮奧赫小姐和福爾默先生那樣是在電車上相遇的，而是在火車上認識的。他坐在她的對面，兩人都剛過完學校的假期回來。他立刻愛上了她，不管她長著鬍子。她即使由於自己長鬍子而不敢愛他，但卻十分欣賞格哈德那孩子屁股般光滑的下巴，而這正是他的不幸。這個年輕男子不長鬍子，這使他在年輕姑娘面前顯得靦腆。然而，格哈德卻跟古德龍搭話，當他們在杜塞爾多夫火車站下車時，他們至少已經締結了友誼。從那天起，他們天天見面，他們談這談那，交換了一部分想法，只是從來不提及該有而沒有的鬍子和不該有卻不斷長出來的鬍子。格哈德也體貼古德龍，由於她受折磨的皮膚而從不吻她。所以，他們的愛是純潔的，雖說他們兩人都不注重純潔，因爲她的志趣在於化學，而他則要當醫學家。他們兩人的一個朋友告訴他們說，有這麼一個洋蔥地窖。但他們只是鄙夷不屑地報以一笑，因爲懷疑乃是化學家和醫學家共有的特點。最後他們還是去了，但互相保證說，目的是去考察。奧斯卡很少見到年輕人這樣哭過。他們一再來，從嘴裡省下六馬克四十芬尼，爲該有卻沒有的鬍子和蹂躪少女細嫩皮膚的鬍子而哭泣。有幾次，他們試圖迴避洋蔥地窖。某個星期一不見他們來，但到了下個星期一他們又來了，一邊用手指捻碎洋蔥丁，一邊哭泣著透露，他們想省下那六馬克四十芬尼。他們兩人在大學生宿舍裡用便宜的洋蔥做試驗，但效果與在洋蔥地窖裡的全不是同一回事。誰都需要聽衆。在團體中哭泣要容易得多。當左邊、右邊和上邊的迴廊裡這個或那個系的同學、藝術學院的大學生以及中學生都在流淚時，大家便能產生一種眞正的共同感情。

格哈德和古德龍光顧洋蔥地窖的結果，除了流淚外，還慢慢地得到了治療。可能是淚水沖走了他們的精神壓抑。如通常所說的那樣，他們相互接近了，他吻她受折磨的皮膚，她親他光滑的皮膚，從某一天起，他們不再來洋蔥地窖了，已經沒有這個必要了。幾個月以後，奧斯卡在國王林蔭道碰見他們，起先都認不出他們兩個來了。他，光下巴的格哈德，留了一副密密的紅金色大鬍子。她，皮膚多刺的古德龍，僅僅上唇上方還有淡淡的黑汗毛，這對於她的臉倒是有益無害。古德龍的面頰和下巴卻泛出黯淡的光澤，再也不是雜草叢生了。這兩人已結成了一對大學生夫妻。奧斯卡聽著，而他們就像已是五十歲的人正在對孫子輩講述往事。她，古德龍說：「從前，你們的爺爺還沒有鬍子的時候——」他，格哈德說：「從前，你們的奶奶還爲長鬍子而苦惱的時候，我們兩個每逢星期一都要去洋蔥地窖。」

讀者會問，你們三位樂師何苦還坐在舷梯或者雞棚梯子下面呢？洋蔥地窖裡既然是一片哭聲、嚎聲、咬牙切齒聲，又何苦固定請來這麼一個正正經經的樂隊呢？

是啊，我們三個，等客人們哭乾眼淚、傾吐衷腸之後，便操起樂器，用音樂使客人們過渡到日常的談話中去，使他們輕鬆地離開洋蔥地窖，好給新到的客人騰出座位。克勒普、朔勒和奧斯卡是反對洋蔥的。我們與施穆簽訂的合約裡也有一條，禁止我們以類似於客人的方式來享用洋蔥。我們本來也不需要洋蔥。朔勒，吉他手，沒有訴苦的緣由，人家總看見他是幸福而滿意的，即使在雷格泰姆音樂演奏到一半而他的班卓琴上的兩根絃一下子都斷了的時候。在我的朋友克勒普的腦子裡，哭和笑的概念至今模糊不清。他覺得哭是開心的，在安葬他的姑媽時——他結婚前，她一直幫他洗襯衫和襪子——他放聲大笑，我過去從未見他這麼笑過。那麼，奧斯卡又怎麼樣呢？奧斯卡有足夠的緣由放聲大哭。難道不該用淚水沖刷掉道羅泰婭姆姆以及在椰子纖維地毯上的那個漫長而徒勞的黑夜嗎？我的瑪麗亞，難道她不是使我訴苦的根由嗎？她的老闆，施丹策爾，不是在比爾克公寓出出進進嗎？小庫爾特，我的兒子，見到這位美食店老闆兼狂歡節參加者，不是先叫他「施丹策爾叔叔」，爾後又叫他「施丹策爾爸爸」了嗎？在我的瑪麗亞背後，他們，我可憐的媽媽、揚・布朗斯基、只會用湯來表達自己感情的廚師馬策拉特，不是都躺在遙遠的薩斯佩公墓鬆散的沙土下面或布倫陶公墓的黏土下面嗎？當然需要爲他們痛哭一番的。可是，奧斯卡屬於少數不需要洋蔥便能流淚的幸福者之列。我的鼓幫助我。只需要特定的幾小節，奧斯卡就找到了眼淚，不好不壞，恰如洋蔥地窖昂貴的眼淚一樣。

老闆施穆也從不擺弄洋蔥。他休息時在樹籬和灌木叢中打到的麻雀，可以頂替洋蔥，而且價值相當。施穆打完麻雀，把打下的十二隻麻雀排列在一張報紙上，他的眼淚就落到這十二個有時還溫和的羽毛團上。當他把鳥飼料撒向萊因草地和卵石河岸時，他還在哭泣，這種情形不是經常可以看到嗎？在洋蔥地窖裡，爲他提供了發洩心中痛苦的另一種途徑。每週一次粗野地咒罵管盥洗室的女工，已經成了他的習慣。他經常用相當陳舊的名堂稱呼她，倒如：娼妓，野雞，淫婦，蕩婦，掃帚星。「滾蛋！」施穆又在大聲尖叫了，「從我眼皮底下滾開，妖婆！」他立即解雇了管盥洗間的女工，換了一個新的。可是，過了一段時間以後，他就遇上麻煩了。他再也找不到管盥洗間的女工了，只得再雇用被他解雇過一次或多次的女人。她們也願意回到洋蔥地窖來，因爲施穆的罵人話有一大部分她們聽不懂，而且，這裡錢掙得多。由於哭泣，洋蔥地窖的客人去盥洗間的次數比別的飲食店的客人多；哭泣著的人也比眼睛乾的人慷慨大方。尤其是男賓們，當他們哭紅哭腫了臉，淚痕滿面「到後面」去時，都願意多給小費。管盥洗間的女工還賣給洋蔥地窖的客人們有名的洋蔥圖案手帕，手帕的對角線上印有「在洋蔥地窖裡」字樣。這些手帕樣子可笑，不僅可以拭乾眼淚，而且可以當頭巾用。洋蔥地窖的男賓們，讓人把這些彩色手帕縫成三角旗，懸在他們的汽車的後窗裡面，在休假期間帶著施穆的洋蔥地窖旗駛向巴黎、藍色海岸、羅馬、拉文納、里米尼，甚至遠達西班牙。

我們三個樂師和我們的音樂還肩負另一個任務。有些時候，尤其在一些客人連續切了兩個洋蔥之後，洋蔥地窖裡就會突然大發作，很容易釀成放蕩行爲。施穆不喜歡這種毫無顧忌的行爲，一見到幾位先生解領帶，幾位女子解襯衫扣子時，便吩咐我們奏樂，用音樂去對付剛露苗頭的不知羞恥的舉動。可是，另一方面，正是施穆自己，見到一些特別缺乏抵抗力的客人切完第一個洋蔥後便遞去第二個，於是爲他們由發作轉向放蕩開放綠燈，只不過他規定了一個限度罷了。

我所知道的洋蔥地窖裡最厲害的一次發作，對於奧斯卡來說，如果不是他一生中的一個轉折點，那也是一次意義深遠的經歷。施穆的妻子比莉，愛尋歡作樂。她不常來地窖，如果來的話，她總帶著施穆不願見到的那些男朋友。一天晚上，她帶著音樂評論家伍德和抽菸斗的建築師瓦克萊來了。這兩位先生是洋蔥地窖的常客，隨身帶著相當無聊的苦悶。伍德哭泣是由於宗教方面的原因，他想改宗或者已經改宗或者已經第二次改宗。抽菸斗的瓦克萊哭泣的原因，是由於他在二〇年代爲了一個放肆的丹麥女子而放棄了大學教授職位，可是，這個丹麥女子卻嫁給了一個南美人，替他生了六個孩子。這使瓦克萊耿耿於懷，又使他不能安穩地抽菸斗。有點陰險的伍德勸施穆的妻子切洋蔥。她切了，眼淚來了，開始把心裡話往外掏，揭發老闆施穆。她講的事情，奧斯卡得體地加以保密，不再向各位轉述。施穆一聽，向他的妻子猛撲過去。這非得有好幾個身強力壯的男子來阻攔才行，因爲桌子上到處放著廚房用的刀子。他們攔住這個狂怒的傢伙，直到輕率的比莉跟她的男朋友伍德和瓦克萊溜走爲止。

施穆激動而慌張。我看見他雙手在顫抖，一再去整理他的洋蔥方巾。他幾次走到帷簾後面，咒罵管盥洗室的女工，最後，拿了滿滿一籃子洋蔥回來，強作笑容，以不自然的高興勁頭向客人們宣布，他，施穆，今天興致勃勃要當施主，免費贈送每位客人一個洋蔥，說罷就分給大家。

當時，連一向覺得人生這類痛苦的經歷猶如一齣好戲的克勒普也看傻了，如果他不是若有所思的話，那也是相當緊張的。他拿起長笛準備吹奏。我們都明白，緊接著給這些敏感而有教養的女士、先生們提供第二次失去控制而哭泣的機會，是多麼危險。

看到我們拿起樂器準備奏樂的施穆，偏偏禁止我們演奏。在一張張桌子上，廚房用刀開始它們的切碎工作。幾層很美的、花梨木色的表皮已經被推到一邊，遭人冷落。帶淡綠紋理的透明洋蔥肉陷於亂刀之下。奇怪的是，哭泣並非從女士們開始。那些正值最佳年齡的先生們，一位大碾磨廠老闆，一位攜帶淡施脂粉的男友的飯店經理，一位貴族總代表，滿滿一桌到城裡來開董事會會議、身穿紳士服的工廠老闆，一位禿頭演員——我們都叫他「格格響」，因爲他在哭泣時總把牙齒咬得格格直響，所有這些先生們，在女士們幫忙之前，先流開了眼淚。可是，女士們和先生們並非沉溺於第一個洋蔥所引起的那種使人得到解脫的哭泣之中，向他們襲來的是一陣陣痙攣式的啼泣。「格格響」咬牙切齒，委實嚇人，活像一個要引誘劇場裡每一個觀衆都跟著他一起格格地咬牙的演員。大碾磨廠老闆讓他那顆修飾整潔的灰髮腦袋一下接一下地朝桌面上撞去。飯店經理把他的啼泣痙攣同他那位嫵媚男友的痙攣混在一起。施穆站在梯子旁邊，板著面孔，不無享受地審視著已經半失去控制的女士、先生們。這時，一位上了年紀的女士當著她女婿的面撕破了自己的襯衫。那位飯店經理的男友，他的色相早已引人注目，此刻光了膀子，露出天然的棕色皮膚，從一張桌子蹦到另一張，跳起舞來。大概是東方舞蹈吧，他宣告一種神祕的宗教儀式開始了。這開端雖然激烈，但由於缺乏想像力或者想像力幼稚可笑，所以不值得詳盡地加以描摹。

不僅施穆失望了，連奧斯卡也厭煩地皺起了眉頭。一些低級的脫衣場面，幾位紳士穿上了女子內衣，男子氣概的女士們抓起領帶和背帶，有幾個雙雙鑽到桌子底下。值得一提的倒是那位「格格響」，他用牙齒撕碎了一個胸罩，咀嚼著，也許已經吞下了一部分。

這種可怕的吵鬧聲，這種毫無內容的「喲喔」、「嗚哇」的叫聲，八成使施穆失望了。他也可能害怕警察當局，再也站不住了。他向坐在雞棚梯子下面的我們探過腦袋，先捅了一下克勒普，再捅捅我，細聲說：「音樂！你們聽著，奏樂！奏樂，結束這場胡鬧！」

事實表明，容易滿足的克勒普開心得很。他笑得前俯後仰，沒法吹長笛了。把克勒普當師傅看待的朔勒，是他的跟屁蟲，這時也跟著他一起哈哈大笑。這樣一來，只剩下奧斯卡一個人了，而施穆是可以信賴我的。我從凳子底下拽出錫鼓，鎮定地點上一支菸，開始擊鼓。

我毫無計畫便擊起鼓來，只想讓人家明白我的鼓聲的涵義。我把通常的夜總會音樂的曲目全都丟在腦後。奧斯卡也不演奏爵士樂。我不喜歡人家把我看成一個發狂的打擊樂手。雖說我是個老練的鼓手，然而我不是純血統的爵士樂師。我喜愛爵士音樂一如我喜愛維也納華爾茲。這兩種音樂我都會演奏，可我不想演奏。施穆請我擊鼓時，我不演奏我會的，而是演奏源自心裡的。奧斯卡成功地讓一個曾經永遠是三歲的奧斯卡捏住鼓棒。我回頭沿著老路敲去，讓三歲孩子視角中的世界清晰地顯現出來，首先控制住這個沒有能力進入眞正的宗教儀式中去的戰後社交界。說得明白些，我帶領他們走到波薩道夫斯基路，走進考爾阿姨的幼兒園，我已經讓他們垂下下巴，手拉著手，腳尖朝裡，等待著我，他們的捕鼠人。我於是離開雞棚梯子，站到女士、先生們的排首。作爲試驗，我先給他們來了一段《烘烘烘，烘蛋糕》，他們像孩子似的興高采烈，而我的成績也已記錄在案。我隨即引起他們的巨大的恐懼，敲響了《黑廚娘，你在嗎？》。我從前有時害怕黑廚娘，現在我越來越怕她。我讓她出場，身影巨大，黑如煤炭，可憎可怕，在洋蔥地窖裡暴跳如雷，我於是達到了老闆施穆用洋蔥達到的效果：女士、先生們，像孩子似的哭出了圓滾滾的淚水，害怕至極，顫抖著求我憐憫。我於是又敲鼓，藉以安慰他們，幫他們穿上內衣、外衣，絲綢的、天鵝絨的：《綠綠綠，我的衣裳全都綠》，《紅紅紅，我的衣裳全都紅》，《藍藍藍……》，《黃黃黃……》。我敲出了各種顏色和中間色調，直到我面前的社交人士又文雅地穿戴整齊，隨後讓幼兒園搬遷，領他們穿過洋蔥地窖，彷彿這裡是耶施肯山谷路，彷彿正在登上埃爾布斯山，繞著古騰堡紀念碑走去，彷彿這裡盛開著眞正的雛菊，他們，女士、先生們，像孩子一樣高興地去採摘。我允許他們，所有在場的人，包括老闆施穆，爲在玩耍中度過的幼兒園的下午留下一件紀念品。當我們快到黑暗的魔鬼峽谷，打算去採山毛櫸果實時，我在鼓上說：孩子們，你們現在可以去小便了。於是，他們滿足了孩子的小小需要，尿了，所有的人，女士們和先生們，老闆施穆，我的朋友克勒普和朔勒，甚至坐在遠處的管盥洗間的女工，全都尿了，噓噓噓地尿了，尿濕了褲子，一邊蹲下來，聽著。好一支兒童管絃樂隊！他們演奏時，奧斯卡只是馬馬虎虎地敲敲邊鼓。他們的樂聲一止，我一陣急擂，過渡到無拘無束的快活氣氛中去，奏出一段淘氣的曲子：

玻璃，玻璃，小酒杯，
沒啤酒，有白糖，
霍勒太太打開窗，
彈鋼琴，叮咚噹……

我帶領那些歡呼著、吃吃笑著、用孩子的笨嘴咿咿呀呀不停地說著的女士、先生們首先到了衣帽間。驚愕萬狀的大鬍子大學生幫施穆的客人們穿上大衣。接著，我爲女士、先生們敲了一支他們喜愛的小曲《誰願見到勤快的洗衣婦》，送他們走上水泥臺階，從穿羊皮大衣的門房身邊走過，到了街上。一九五〇年春之夜，清新，沒有星星，童話一般，好像是預先訂做的。我讓女士、先生們解散，可他們還在舊城像小孩子似的胡鬧了好一陣子，忘了回家的路。最後，警察幫他們恢復了本來的年紀、體面與尊嚴，以及對自己家電話號碼的記憶。

我，奧斯卡，則留在洋蔥地窖裡，吃吃地笑，撫弄鐵皮。施穆一直在那裡鼓掌，叉開兩腿，濕了褲襠，站在雞棚梯子旁。看樣子，在考爾阿姨的幼兒園裡他感到很高興，跟成年人施穆在萊因草地上打麻雀時一樣高興。

---

①雷格泰姆，源自美國黑人樂隊的一種早期爵士音樂。
②費迪南的暱稱。
③語出《聖經・新約・馬太福音》：「因為心裡所充滿的，口裡就說出來。」下文便由此發揮。

在大西洋壁壘或地堡不能同水泥分家

我這樣做，本想幫洋蔥地窖老闆施穆的忙。可是，他卻不能原諒我的錫鼓獨奏表演，因爲我的表演把那些肯出高價的客人變成了牙牙學語、無憂無慮、興高采烈、尿濕褲子因而也是哭哭啼啼——不用洋蔥便哭哭啼啼的孩子。

奧斯卡設法理解他。莫非他害怕我和他競爭不成？因爲越來越多的客人把傳統的催淚洋蔥推到一邊，呼喚奧斯卡，呼喚他的鐵皮，呼喚我，因爲我能夠在我的錫鼓上用咒語顯現任何一位客人——不論他有多大年紀——的童年。

到那時爲止，施穆僅限於無限期解雇管盥洗間的女工。現在，他把我們——他的音樂師也解雇了，請來一位站立小提琴手①，如果不苛求的話，可以湊合把他當作吉普賽人看待。

可是，我們被趕走之後，許多客人，包括最大方的客人，威脅說要跟洋蔥地窖一刀兩斷。沒過幾個星期，施穆只好妥協。那個站立提琴手每週來三次，我們也每週演奏三次，但報酬提高，每晚二十馬克。此外，我們到手的小費越來越多，奧斯卡便在銀行開了一個帳戶，爲能吃利息而高興。

好景不長，這本儲蓄存摺沒多久就成了處於困境中的我的幫手，因爲死神駕到，奪走了我們的老闆費迪南・施穆，奪走了我們的工作和報酬。

前面我已經講過，施穆打麻雀。有時候，他帶我們一起去，乘他的梅賽德斯牌轎車，讓我們觀看他打麻雀。儘管爲了我的鼓有時會爭吵，站在我一邊的克勒普和朔勒也因此會受罪，不過，施穆同他的音樂師之間的關係還是友好的，直到如上所述，死神降臨。

我們上車。施穆的妻子像過去那樣坐在駕駛座上。克勒普坐在她身邊。施穆坐在奧斯卡和朔勒中間。他把小口徑步槍放在腿上，有時還撫弄幾下。我們一直驅車到離凱澤斯韋爾特不遠處。萊因河兩岸樹木林立。施穆的妻子留在汽車裡，打開一張報紙。克勒普事先買了葡萄乾，隔一定的間歇吃一口。朔勒當吉他手之前，在大學裡唸過某一系科，會背幾首描寫萊因河的詩。萊因河也顯示出最富詩意的一面，除了載著普通的駁船外，儘管按照日曆時值夏季，卻載著搖曳的秋葉朝杜伊斯堡流去。如果施穆的小口徑步槍也緘默無語的話，那麼，在凱澤斯韋爾特附近的午後眞可以稱之爲寧靜的午後了。

克勒普吃完葡萄乾，用青草擦手指頭。這時，施穆也打完了。他給報紙上排列著的十一個冷卻了的羽團添上第十二隻，如他所說，還在抽搐的麻雀。這位射手已經包好了他的獵獲物——因爲施穆每次都把他射到的東西帶回家去，原因不詳。這時，一隻麻雀落到我們近處被河水沖來的樹根上，那麼引人注目，牠的顏色又是那麼灰，這樣標準的麻雀標本使施穆難以抗拒，一個下午最多只打十二隻麻雀的他射中了第十三隻。施穆眞不該幹這件事！

他把這第十三隻同那十二隻放到一起，我們便往回走，找到了正在黑色梅賽德斯裡睡覺的施穆太太。施穆先上車，坐在前座，克勒普和朔勒後上車，坐在後座。我本該上車的，但我沒有上去，而是說，我還想散散步，自己乘電車回去，不必再管我。於是，他們便乘車朝杜塞爾多夫而去。車上沒有奧斯卡，他出於謹愼，沒有上去。

我慢慢地隨後走去。我不需要走多遠。由於在修公路，開了一條繞行道。繞行道經過一個採砂礫場。在一面路鏡下方約七公尺深處的採砂礫場裡，輪子朝天橫著一輛黑色梅賽德斯。採砂礫場的工人已經把三個受傷者和施穆的屍體從水裡拖了出來。救護車已在途中。我爬下坑去，不一會兒，鞋裡滿是砂礫，慰問了一下受傷者。他們儘管疼痛，仍問這問那，但我並沒有告訴他們，施穆已經死了。他驚訝地呆望著被烏雲遮蔽了四分之三的天空。包有午後獵獲物的報紙被拋出車外。我數了數，只有十二隻麻雀，卻找不到第十三隻，救護車開進採砂礫場時，我還在尋找。

施穆的妻子、克勒普和朔勒只受了輕傷：幾處青腫，折斷幾根肋骨。我後來到醫院去探望克勒普，詢問出事故的原因，他告訴我一則令人驚異的故事：他們的車子在有車轍的繞行道上徐緩地駛過採砂礫場時，突然來了一百隻——如果不說數以百計的話——麻雀，從樹籬、灌木叢、果樹間黑壓壓地飛來，遮住了梅賽德斯，撞在擋風玻璃上，嚇壞了施穆的妻子，單憑麻雀的力量造成了事故和施穆的死亡。信不信克勒普的說法，悉聽尊便。奧斯卡反正持懷疑態度。在城南公墓安葬施穆那天，他甚至不再像數年前他還在當石匠和刻字匠時那樣去數墓碑間的麻雀了。我頭戴借來的大禮帽，雜在送葬隊伍中，跟在棺材後面。在九區，我看見了石匠科涅夫，他正在同一個我不認識的助手爲一座雙穴墓立輝綠石碑。盛老闆施穆的棺材在科涅夫旁邊經過並向新關的十區抬去時，他沒有認出我來，可能是由於我頭戴禮帽的緣故。他搓搓後頸，讓人推斷出，他的癤子不是熟了就是熟透了。

又是葬禮！我已經領各位讀者去過那麼多的公墓了，這有什麼法子呢？我在什麼地方還講過：葬禮總使人回憶起另一些葬禮，因此，關於施穆的葬禮以及奧斯卡在葬禮進行時的回憶，我就不再報導了。好在施穆是正常地去到地底下，並沒有發生什麼不尋常的事情。但我不想不告訴各位，葬禮結束後——由於死者的寡婦住院，所以大家可以不受拘束——有一位先生跟我搭話，他自稱丟施博士。

丟施博士負責一家音樂會經辦處。但音樂會經辦處非他所設。此外，丟施博士自我介紹說，他是洋蔥地窖以前的客人。我從未注意到他。當我把施穆的客人變成口齒不清、無牽無掛的小孩子時，他卻在場。他推心置腹地對我講，是啊，在我的錫鼓的影響下，丟施本人也回到了幸福的童年。現在，他要讓我和我的——如他所說——「絕招」大出鋒頭。他握有全權和我簽訂合約，一項高薪合約，而我可以當場簽字。在火葬場前，舒格爾·萊奧，在杜塞爾多夫他叫作薩貝爾·威廉，戴著白手套，正等待著送葬的人。丟施博士卻掏出一張紙來，上面規定以巨額報酬換取我承擔義務，以「鼓手奧斯卡」的名義在大劇院承擔全部獨奏節目，在面對兩千到三千座位的舞臺上唱獨腳戲。我不願當場簽字，丟施非常難過。我以施穆的死爲由，說施穆在世時同我關係非常密切，我哪能在公墓上就另找一位新老闆呢，但這件事我願意考慮，也許還要去旅行一次，回來後再去拜訪他——丟施博士先生，有可能的話，將在他所說的工作合約上簽字。

我在公墓上沒有簽字，然而，奧斯卡鑑於經濟狀況無保障不得不要求預支。出了公墓，在丟施博士停車的廣場上，我接過他暗暗遞來的裝在一個信封裡的錢和他的名片，塞進了口袋。

於是我去旅行，還找到了一個旅伴。我本來更願意和克勒普一起去旅行，但他還躺在醫院裡，不准笑，因爲他折斷了四根肋骨。我也願意瑪麗亞當我的旅伴，暑假還未結束，可以帶小庫爾特一起去。但瑪麗亞還在同她的老闆施丹策爾，同那個讓小庫爾特叫他「施丹策爾爸爸」的人相好。

就這樣，我跟畫師蘭克斯結伴去旅行。讀者知道蘭克斯就是那個上士蘭克斯，也是同繆斯烏拉臨時訂婚的男人。我口袋裡揣著預支的錢和我的存摺，到西塔德街畫師蘭克斯的工作室去拜訪他，希望能在他那兒見到我原先的同行烏拉，因爲我想跟繆斯一起去旅行。

我在畫家那裡找到了烏拉。在門口，她向我透露，十四天前，他們已經訂了婚。跟小漢斯・克拉格斯已經待不下去了，她只好又解除婚約。她問我，是否認識小漢斯・克拉格斯。

奧斯卡不認識烏拉的這位未婚夫，表示很遺憾，接著提出了一個慷慨大方的旅行建議，卻又看了一場好戲：烏拉還沒有來得及答應，畫師蘭克斯卻插進來，自己表示要當奧斯卡的旅伴，打了長腿繆斯幾個耳光，因為她不願待在家裡，還因此而流了眼淚。

為什麼奧斯卡不反對？他既然要跟繆斯一起去旅行，為什麼不袒護繆斯？我把在淺色汗毛的長腿烏拉身邊的旅行想像得越美，就越怕與繆斯太親近地共同生活。必須跟繆斯保持距離，我心中想，不然的話，繆斯的親吻豈不成了家常便飯嗎？所以，我寧願跟畫師蘭克斯一起去旅行，因為當繆斯想吻他時，他就動手打她。

關於我們的旅行目的地，並沒有討論很久。我們只考慮諾曼第一處，想去看看卡昂與卡堡之間的地堡。戰時，我們在那裡相識。唯一麻煩的是辦簽證。可是，有關辦簽證的事，奧斯卡隻字不想提。

蘭克斯是個吝嗇鬼。他的顏料是廉價貨或是討來的，畫布的底色也上得很差，可是用起顏料來卻大手大腳，一到同紙幣或硬幣打交道，他又錙銖必較。他從來不買香菸，卻一直在抽菸。他的吝嗇是系統性的。此話怎麼講？且看此例：若有人送他一支香菸，他就從自己左邊的褲子口袋裡掏出一個十芬尼的銅板，讓它透透空氣，隨即放進他右邊的褲兜裡去。隨著白天鐘點的變化，這樣「滑動」的銅板或多或少，但總數是不少的。他抽菸抽得很勤快，有一次他心情好的時候向我透露說：「我每天抽的菸大約合兩個馬克。」

蘭克斯大約一年前買下的在韋爾斯滕的那塊帶廢墟的地皮，就是用他的遠近熟人的香菸買來的，確切地說，是白抽人家的香菸買來的。

我與這個蘭克斯去諾曼第。我們乘上一列快車。蘭克斯本人頗想搭人家的汽車，但我付錢買火車票，請他旅行，他只得讓步。從卡昂到卡堡，我們剩公共汽車。一路白楊，樹林後面是以樹籬爲界的草場。棕白兩色相間的母牛使這片土地看去像是一張牛奶巧克力廣告畫。戰爭破壞的痕跡還歷歷在目，若是廣告畫，就不該畫上去了。可是，每個村莊，包括我失去羅絲維塔的小村莊巴文特，都還畫著戰爭破壞的痕跡，不堪入目。

從卡堡出發，我們沿海灘步行，朝奧恩河入海口走去。沒有下雨。到了勒霍姆，蘭克斯說：「我們到家了，小子！給我一支菸！」還在他讓銅板從一個口袋搬遷到另一個口袋裡去的時候，他那個總是往前探著的狼腦袋已對準了沙丘間無數未受損壞的地堡之一。他伸出兩條長臂，左手提著背囊、野外用畫架和一打畫布框架，右手攙著我，拉我向那水泥走去。一口小箱子和鼓，便是奧斯卡的行李。

我們清除了道拉七號地堡裡面的流沙和尋找棲身處的情侶們留下的污穢，放上一只板條箱，掛起我們的睡袋，使之變成可居住的空間。我們在大西洋岸邊逗留的第三天，蘭克斯從海灘上帶回來一條大鱈魚。這是漁民們給他的。他畫了他們的船，他們塞給他這條鱈魚。

由於我們還用道拉七號來稱呼這座地堡，所以毫不奇怪，奧斯卡在給魚開膛的時候，他又想起了道羅泰婭姆姆。魚肝和魚白湧出，落到他的雙手上。我面對太陽刮魚鱗，蘭克斯藉此機會彩筆一揮畫了一幅水彩畫。八月的太陽倒立在地堡的水泥穹頂上。我開始把蒜瓣塞進魚肚。原來塡滿魚肝、魚白和內臟的地方，我塡進了洋蔥、乳酪和百里香。我沒有扔掉魚肝和魚白，而是把這兩種美味塞在魚的咽喉裡，再用檸檬堵上。蘭克斯在周圍窺探。他鑽進道拉四號、道拉三號以及更遠處的地堡，隨手撈東西。他帶回來木板條和較大的硬紙板。硬紙板他要用來作畫，木板條他用來生火。

這樣的火我們可以毫不費力地維持整個白天的時間，因爲海灘上每隔兩步就揷有被海水沖來的、輕如羽毛的乾木頭，投下的陰影隨著日光移動。我把蘭克斯從一座被遺棄的海濱別墅裡拆下的陽臺鐵欄杆的一部分，架在其間已經燒紅的木炭上。我給魚抹上橄欖油，把魚架在灼熱的、同樣抹了油的鏽鐵上。我把檸檬汁擠到絲絲響的鱈魚上，讓牠慢慢地——因爲魚是不能強迫的——變成佳餚。

我們用好幾只空桶，鋪上一張摺疊成幾層的柏油紙，架成了我們的餐桌。叉和鐵皮盤子是我們隨身帶來的。蘭克斯，像一隻見到鰻魚的餓慌了的海鷗，圍著正從容不迫地熟透著的鱈魚團團轉。爲了引開他，我從地堡裡取出我的鼓，放在海沙上，迎風敲起來，不斷變奏，誘發出濤聲和漲潮的喧囂：貝布拉前線劇團參觀地堡。從卡舒貝來到諾曼第。菲利克斯和基蒂，兩位雜技演員，在地堡上用身體纏成結，再解開結，像奧斯卡迎風擂鼓一樣，迎風朗誦一首詩，詩的疊句在戰爭中宣告一個溫暖舒適的時期正在到來：「……星期五吃魚，外加荷包蛋……我們正在接近畢德邁耶爾風尙！」帶薩克森口音的基蒂朗誦著。貝布拉，我的智慧的貝布拉和宣傳運動上尉點點頭；羅絲維塔，我的地中海的拉古娜，提起食物籃，在水泥上，在道拉七號頂上，擺好食物；上士蘭克斯也吃白麵包，喝巧克力，抽貝布拉上尉的香菸……

「好小子，奧斯卡，」畫師蘭克斯把我從遐想中喊回來。「如果我能夠像你敲鼓似的那樣畫就好了！給我一支菸！」

我中斷擊鼓，給了我的旅伴一支菸，嘗了嘗魚，味道不錯：魚眼睛鼓出，軟、白、鬆動。我慢吞吞地把最後一片檸檬的汁擠到半焦半裂的鱈魚皮上，一處也不遺漏。

「我餓了！」蘭克斯說。他露出了長長的、蠟黃的尖齒，用雙拳捶打方格襯衫下的胸口，活像一隻猴子。

「要魚頭還是魚尾？」我讓他考慮，一邊把魚挪到一張鋪在柏油紙上當桌布用的羊皮紙上。「你建議我要哪一頭呢？」蘭克斯掐滅香菸，留下菸蒂。

「作爲朋友，我會說：請用魚尾。作爲廚師，我將推薦你吃魚頭。我的媽媽，是個吃魚能手，她會說：

蘭克斯先生，請用魚尾，包您滿意。醫生總是建議我父親……」

「我對醫生的話不感興趣。」蘭克斯懷疑我的話。

「霍拉斯博士總勸我父親，吃鱈魚只吃頭。」

「那我就吃魚尾吧！我覺察到了，你想把不好吃的塞給我！」蘭克斯仍在猜疑。

「這樣更好。奧斯卡懂得怎樣品嘗魚頭。」

「我看你一心想吃的就是魚頭，好吧，魚頭歸我吧！」

「你眞難弄，蘭克斯！」我要結束這場對話。「好吧，魚頭歸你，魚尾歸我。」

「什麼，小子，難道是我作弄了你嗎？」

奧斯卡承認，他被蘭克斯作弄了。我可知道，只有當他把魚吃進嘴裡，同時又肯定我已經被他作弄了的時候，他才會覺得有滋味。我把他叫作詭計多端的老狗，福星高照的傢伙，星期日出生的幸運兒②。我們開始吃鱈魚。

他取了魚頭，我撿起剩下的檸檬，把汁擠到尾段剖開的白色魚肉上，一處也不遺漏。幾瓣奶油一般軟的大蒜從魚膛裡掉了出來。

蘭克斯吸著牙齒間的魚骨，一邊盯著我和魚的尾段。「讓我嘗嘗你的魚尾。」我點點頭。他嘗了一口，仍在猶豫，一直到奧斯卡也嘗了一口魚頭，安慰他說：他撈到的那份更好。

我們吃魚時喝波爾多紅葡萄酒。我覺得美中不足，如果咖啡杯裡盛的是白葡萄酒就好了。蘭克斯打消我的多慮，回憶說，他在道拉七號當上士的時候，一直喝紅葡萄酒，直到進犯開始：「小子，當時我們都喝足了，這兒就幹起來了。科瓦爾斯基．謝爾巴赫和矮個子榮伊特霍爾德根本沒注意這兒已經幹起來了。他們都不在人世了，都躺在卡堡那邊同一座公墓裡。那邊，在阿羅曼徹斯，是英國兵，在我們這個地段，是大批加拿大兵。我們還沒有來得及把褲子背帶掛上，他們就已經到了，說：How are you ?③」

接著，他叉子朝天，吐出魚刺說：「我今天在卡堡見到海爾佐格了，那個胡思亂想的傢伙。你也認識他，在當年你們來這裡參觀的時候。他是中尉。」

奧斯卡當然記得海爾佐格中尉。蘭克斯撇下魚告訴我說，海爾佐格年年都來卡堡，帶著地圖和測量儀器，因爲地堡使他睡不著覺。他也會到我們這兒，到道拉七號來，來測量。

我們還在吃魚——魚慢慢地暴露出牠的骨架——海爾佐格中尉來了。他身穿黃卡其齊膝褲，腳登網球鞋，小腿肚圓墩墩的，灰褐色胸毛長到解開的麻布襯衫外面。我們自然穩坐不動。蘭克斯做介紹，稱我爲他的戰友和朋友奧斯卡，稱海爾佐格爲前中尉。

退役中尉立即著手調查道拉七號。他先是在水泥外側，這是經蘭克斯允許的。他填寫表格，隨身還帶著一個潛望鏡，用它來向野景和上漲的海潮調情。他輕輕地撫摩我們旁邊的道拉六號的射擊孔，像是對他的妻子獻溫情。當他準備視察道拉七號，我們的休假小屋內部時，蘭克斯禁止他入內：「小子，海爾佐格，您在這兒圍著水泥轉，眞不知道想幹什麼！當年是現實的，如今早已 passé ④了。」

蘭克斯愛講「passé」這個詞兒。我總把世界分成現實的和過去了的。但是，退役中尉認爲，什麼也沒有成爲過去，計算題還沒有被除盡，日後大家還必須一再在歷史面前說明自己是否盡責了。所以，他現在要去視察道拉七號的內部：「您明白我的意思了嗎，蘭克斯？」

海爾佐格的影子已經投在了我們的魚和桌子上。他想從我們頭上跨過去進入那個地堡，地堡入口處上方的水泥圖案仍舊可以讓人看出是上士蘭克斯的手藝。

海爾佐格沒能過得了我們的桌子。蘭克斯由下往上用叉子，不，他沒有用叉子，而是揮拳擊去，把退役中尉海爾佐格打倒在沙丘上。蘭克斯連連搖頭，爲我們的烤魚宴席被打斷深感遺憾。他站起身來，一把揪住中尉胸前的麻布襯衫，把他拖到一邊，留下一道工整的軌跡從沙丘上扔下去。我們不再看得見他，但還能聽到他的聲音。海爾佐格把蘭克斯隨後扔去的測量工具撿到一起，咒罵著遠去。他用咒語召來了所有的歷史幽靈，而這些都是蘭克斯方才認爲已經屬於過去的。

「當年人家認爲他是個胡思亂想的傢伙時，他還沒有糊塗到這種地步。想當初，假如我們沒有醉到那種程度，開火的時候，誰知道那些加拿大兵會落到怎樣的下場。」

我只好點點頭表示同意，因爲前一天退潮時，我在貝殼和空螃蟹殼中間撿到一顆說明事實眞相的加拿大軍服的鈕扣。奧斯卡把這顆鈕扣保存在他的錢包裡，並且感到非常幸運，彷彿他撿到的是一枚稀有的伊特拉斯坎人的錢幣。

海爾佐格的來訪，時間雖短，卻喚起了許多回憶：「還記得嗎，蘭克斯，當年我們前線劇團來參觀你們的水泥，在地堡頂上進早餐，像今天似的颳著一陣小小的風，突然來了六、七個修女，在隆美爾蘆筍中間撿螃蟹。你，蘭克斯，根據命令，肅清海灘，你用一挺殺人的機關槍幹了這件事。」

蘭克斯回想著，一邊吸著魚骨。他甚至還記得那些姓名：朔拉斯蒂卡姆姆，阿格奈塔姆姆。他一一列舉出來。他給我描繪了那個見習修女，玫瑰色的臉，周圍有許多黑色。他描繪得如此眞切，竟使護士道羅泰婭姆姆常在我心中的畫像被遮蓋了一半，雖說沒有使它完全消失。在他做了這一番描繪之後幾分鐘，還升起了一幅景象——這已經不再使我感到過於驚訝，所以我也未能把它當成一種奇蹟——一個年輕修女，從卡堡方向飄來，飄到沙丘上空，她的玫瑰色以及周圍的許多黑色歷歷在目。

她手執一柄黑色雨傘，就像年老紳士隨身攜帶的那種，擋著太陽。她的眼睛前架一副深綠色賽璐珞墨鏡，類似好萊塢製片主任戴的那種防護眼鏡。沙丘間有人喊她。看來周圍還有許多修女。「阿格奈塔姆姆！」一個聲音喊道。又一個聲音喊道：「阿格奈塔姆姆，您在哪裡？」

阿格奈塔姆姆，這個小姑娘在我們那條鱈魚越來越清楚地暴露出來的骨架上方回答說：「在這裡，朔拉斯蒂卡姆姆。這裡一點風也沒有！」

蘭克斯露齒冷笑，得意地點點他的狼腦袋，彷彿這次天主教遊行是他約請來的，似乎根本不存在任何會使他感到意外的事情。

年輕修女望著我們，站在地堡左側。玫瑰色的臉，兩個圓鼻孔，牙齒微微突出，除此之外無可挑剔。她吐出一聲：「哦！」

蘭克斯上身不動，只把脖子和腦袋轉過去：「姆姆，到這兒散步來了？」

回答來得也快：「我們每年到海邊來一次。我還是頭一回見到海洋。海洋眞大呀！」

誰都不會對此持有異議的。直到今天，我仍然認爲她對海洋的描寫是最貼切的描寫。

蘭克斯擺出好客的姿態，從我的那份魚裡挑了一塊，遞過去：「嘗點魚嗎，姆姆？還熱著呢。」他的流利的法語使我吃驚。奧斯卡也同樣講起外國語來了：「別客氣，姆姆。今天是星期五。」

儘管我暗示今天吃魚並不違反她們嚴格的教規，卻未能說服巧妙地藏身於修道服中的少女同我們一起共進午餐。

「二位一直住在此地嗎？」她的好奇心想要知道。她覺得我們的地堡挺漂亮，但有點滑稽可笑。遺憾的是，院長和另外五名修女撐著黑雨傘，戴著綠墨鏡，越過沙丘，進入了畫面。阿格奈塔嚇得匆匆離去，我從被東風修飾過的語流中聽出，她被狠狠地訓斥了一頓，隨後被夾在中間帶走了。蘭克斯在做夢。他把叉子倒插在嘴裡，凝視著在沙丘上方隨風飄去的這一群：「這不是修女，是帆船。」

「帆船是白的。」我提醒他。

「這是些黑帆船。」跟蘭克斯爭辯是很難的。「左外側的是旗艦。阿格奈塔，是快速科爾維特式輕型巡航艦。有利的揚帆風向，擺開楔形陣勢，從艏三角帆到尾帆，前桅、第三桅和主桅，所有的帆都掛上了，朝英格蘭方向的地平線駛去。你想像一下：明天清早，英國兵一覺醒來，朝窗外望去，你猜他們看到了什麼？兩萬五千名修女，直到桅頂上都掛滿了旗幟。瞧，第一艘船的甲板已來到眼前了……」

「一場新的宗教戰爭！」我幫他說下去。依我看，旗艦應叫「瑪麗亞·斯圖亞特」號或「德·瓦萊拉」號，叫「唐璜」號自然更妙。一支新的更靈活的「阿爾馬達」⑤來為特拉法爾加⑥之役雪恥了。戰鬥口號是：「殺死全部清教徒！」英國人的軍營裡這一回可沒有納爾遜了。入侵可以開始了：英國再也不是一個海島了！

蘭克斯覺得這樣的談話政治性太強。「現在她們開走了，那些修女們！」他報告說。

「不對，應該說揚帆而去！」我更正說。

好吧，不管她們是揚帆而去還是由蒸汽推動而去，反正艦隊是朝卡堡方向飄去了。她們手執雨傘，擋住太陽。只有一個人，落在後面，走幾步，彎下腰，直起來，又倒下了。艦隊的其餘船隻，為了留在畫面上，它們緩慢地逆風游弋，朝原先的海濱飯店這一焚毀的布景駛去。

「那艘船也許沒能把錨拉上來，也許槳被打壞了。」蘭克斯繼續操著水手的語言。「那不是快速科爾維特式船嗎？不是阿格奈塔嗎？」

不管這是科爾維特式船還是三桅快速艦，反正這是見習修女阿格奈塔。她向我們走近，撿起貝殼又扔掉。

「您在撿什麼呢，姆姆？」她在撿什麼，蘭克斯其實看得清清楚楚。

「貝殼！」她說這個字眼時發音特別，說著又蹲下來。

「您撿這個行嗎？這可是人間的財物啊。」

我支持見習修女阿格奈塔：「你糊塗了，蘭克斯，貝殼從來不是什麼人間財物。」

「那也是海濱財物，總而言之是財物，修女不得占有。修女應當貧困、貧困再貧困！我說得不對嗎，姆姆？」

阿格奈塔姆姆露出突出的牙齒微笑：「我只撿很少幾個貝殼。是替幼兒園撿的。孩子們眞喜歡玩貝殼，他們還沒有到海邊來過呢。」

阿格奈塔站在地堡入口處，把修女的目光投入地堡內部。

「您喜歡我們的小房子嗎？」我巴結她。蘭克斯更加直截了當：「參觀一下這幢別墅吧！看一看是不用花錢的，姆姆。」

在耐穿的裙子下面，她的繫帶尖頭鞋在蹭地，甚至踢起一些沙子，被風捲走，撒到我們的魚上。有點沒把握，淺褐色的眼睛審視著我們和我們中間的桌子。「這肯定不行。」她想要引我們講出不同意她這種說法的話來。

「別這麼說，姆姆！」畫師替她清除一切障礙，站起身來。「從地堡裡往外看，景色可好啦！站在射擊孔後面看去，整個海灘可以一覽無遺。」

她還在猶豫，鞋子裡肯定灌滿了沙子。蘭克斯把手伸向地堡入口。他的水泥圖案投下了黑影。「裡面也很乾淨！」畫師的這個動作可能是邀請修女進地堡吧。「只待一會兒！」他明確地說。她身子一閃，進入地堡。蘭克斯兩手在褲子上擦了擦，這是畫師的典型動作。他自己進去之前，威脅說：「你可不准動我的魚！」

魚？！奧斯卡已經吃夠了。他從桌旁撤離，聽任帶沙的風和海潮這個千古力士誇張的喧囂聲的擺布。我用腳把我的鼓移過來，開始擊鼓，在這水泥原野、地堡世界和名叫隆美爾蘆筍的蔬菜裡尋找一條出路。

我先藉助愛情來試試，但沒有多少結果。我一度也愛過一位姆姆。說是修女，倒不如說是護士。她住在蔡德勒寓所裡一扇乳白玻璃門後面。她很美，可我從未見過她。我們之間隔著一條椰子纖維地毯。蔡德勒寓所的走廊也太黑。所以，我更明顯地感覺到的是椰子纖維而不是道羅泰婭姆姆的身體。

這個主題很快倒斃在椰子纖維地毯上。我嘗試著把我早年對瑪麗亞的愛分解爲節奏，讓像水泥一樣迅速生長的攀緣植物生長出來。又是道羅泰婭姆姆，她擋住了我對瑪麗亞的愛的去路。從海上吹來石炭酸味，身穿護士服的海鷗在招手，紅十字頸飾般的太陽照射著我。

奧斯卡眞高興，他的鼓聲被人打斷了。院長朔拉斯蒂卡帶著她的五名修女又回來了，滿面倦容，斜舉著雨傘，絕望地問：「您見到過一個年輕修女嗎？我們的年輕見習修女？這孩子那麼年輕。這孩子頭一回見到海洋。她一定迷路了。您在哪兒，阿格奈塔姆姆？」

我還能做些什麼呢？只好目送這支被背後吹來的風颳走的艦隊朝奧恩河入海口、阿羅曼徹斯和溫斯頓港方向而去。當年，英國人就在那裡把人工港硬加給了大海⑦。假如她們全都來，我們的地堡可容納不下。我也曾閃過一個念頭，讓畫師蘭克斯接待她們的來訪，但緊接著，友誼、厭煩和邪念同時吩咐我把大拇指朝奧恩河入海口指去。修女們聽從了我的大拇指，在沙丘上漸漸地變成了飄忽而去的六個越來越小的黑洞眼，那傷心的「阿格奈塔姆姆，阿格奈塔姆姆！」的喊聲，也使她們越來越神速如風，最後化爲沙粒。

蘭克斯先走出地堡。典型的畫師的動作：他的兩隻手貼在褲子上擦了擦，懶洋洋地來到太陽底下，向我討了一支菸，把菸塞進襯衫口袋裡，向冷了的魚撲過去。「這種事情使人飢餓。」他暗示地解釋說，搶走了歸我的魚尾。

「她現在肯定很不幸。」我埋怨蘭克斯，對用了「不幸」這個字眼頗感得意。

「爲什麼？她沒有理由感到不幸。」

蘭克斯無法想像，他同別人打交道的方式會使人不幸。

「她現在在幹什麼？」我問道，可我原來想問些別的事情的。

「她在縫補。」蘭克斯用叉子比劃著。「她的修女服撕破了一點，正在縫補。」

縫補女郎走出地堡。她隨即撐開雨傘，順口哼著什麼，然而我相信自己聽出她有些緊張：「從您的地堡往外看，那野景眞美啊！整個海灘盡收眼底，還有大海。」

她在我們的魚的殘骸前面站住不走了。

「我可以嗎？」

我們兩個同時點點頭。

「海風使人飢餓。」我給她幫腔。她點點頭，用那雙使人聯想起修道院裡的笨重勞動的又紅又裂口的手抓我們的魚，送進嘴裡，嚴肅而緊張地吃著，思索著，彷彿她咀嚼的除了魚之外，還有她在吃魚前所得到的享受。

我瞧著修女帽下的她。她把記者用的綠色墨鏡忘在地堡裡了。一般大的小汗珠排列在她白色上漿帽簷下光滑的前額上，倒頗有聖母前額的丰采。蘭克斯又想向我要菸，可是方才他要去的那一支還沒有抽呢。我把整包菸扔給了他。他把三支插在襯衫口袋裡，第四支叼在唇間。這時，阿格奈塔姆姆轉過身去，扔掉雨傘，跑——這時我才看到她赤著腳——上沙丘，消失在海濤的方向上。

「讓她跑吧！」蘭克斯像是在預言，「她也許回來，也許不回來。」

我只安穩地待了片刻，盯著畫師的香菸，隨後登上地堡，遠眺海潮以及被吞沒了大半的海灘。

「怎麼樣？」蘭克斯想從我這兒知道點什麼。

「她脫掉了衣服。」除此之外，他從我這兒再也打聽不到什麼了。

「她可能想去游泳，清涼一下。」

我認爲漲潮時游泳是危險的，而且剛吃完東西。海水已經沒及她的膝蓋，她漸漸被淹沒，只剩下滾圓的後背。八月底的海水肯定不太暖，看來她並沒有被嚇住。她游起來了，靈巧地游著，練習著各種姿勢，潛水破浪而去。

「讓她游吧！你給我從地堡上下來！」我回頭看去，只見蘭克斯伸開四肢在抽菸。太陽下，鱈魚的骨架泛著白光，獨霸餐桌。

我從水泥上跳下來時，蘭克斯睜開畫師的眼睛，說：「這眞是幅絕妙的畫：下潛的修女。或者：漲潮時的修女。」

「你這個殘忍的傢伙！」我嚷道，「她要是淹死了呢？」

蘭克斯閉上眼睛：「那麼，這幅畫就取名爲：淹死的修女。」

「假如她回來了，倒在你的腳下呢？」

畫師睜開眼睛談了他的看法：「那麼，就可以把她和這幅畫叫作：倒下的修女。」

他只懂得非此即彼，不是頭即是尾，不是淹死即是倒斃。他奪走我的香菸，他把中尉扔下沙丘，他吃我的那份魚，讓一個本來是被奉獻給天國的女孩去看地堡內部，當她還在向公海游去的時候，他用粗糙的、塊莖狀的腳在空中作畫，隨即標好尺寸，加上標題：下潛的修女。漲潮時的修女。淹死的修女。倒下的修女。兩萬五千個修女。橫幅畫：修女在特拉法爾加。條幅畫：修女戰勝納爾遜爵士。逆風時的修女。順風時的修女。修女逆風游弋。抹上黑色，許多黑色，融化的白色和冷藍色：進犯，或者：神祕，野蠻，無聊——戰時他的水泥畫上的舊標題。我們回到萊因蘭後，畫師蘭克斯才把所有這些畫眞正畫下來，有橫幅的，有條幅的。他完成了全部修女組畫，找到了一個強烈渴望得到修女畫的藝術商。此人展出了四十三幅修女畫，賣了十七幅，買主有收藏家、企業家、藝術博物館，以及一個美國人，使得評論家們把他這個蘭克斯跟畢卡索相比較。蘭克斯用他的成就說服了我，奧斯卡，把那個音樂會經紀人丟施博士的名片找出來，因爲不僅蘭克斯的藝術，我的藝術也在叫喊著要吃麵包：是時候了，該把三歲鼓手奧斯卡在戰前和戰爭時期的經驗，通過錫鼓變成戰後時期叮噹響的純金了。

---

①站立小提琴手，一般指娛樂性輕音樂樂隊的首席小提琴師，站著演奏，同時指揮樂隊。有時也指站著演奏的小提琴手。
②德國人的迷信說法，認為星期日出生的孩子是幸運兒。
③英語：你好嗎？
④法語，意為「過去」。
⑤「阿爾馬達」是一五八八年菲利普二世派去進攻英格蘭的西班牙艦隊，又名無敵艦隊。
⑥一八〇五年，英國海軍將領納爾遜在此打敗西班牙和法國聯合艦隊。
⑦一九四四年盟軍在諾曼第登陸時採用的由艦船組成的人工港。

無名指

「好啊，」蔡德勒說，「二位看來是不想再工作了。」他挺惱火，因爲克勒普和奧斯卡不是待在克勒普的房間裡，便是待在奧斯卡的房間裡，無所事事。安葬施穆那天，丟施博士在城南公墓預支給我的那筆錢的餘款，我替我們兩個交了十月份的房租，但是，十一月從經濟方面著眼，大有變成灰暗的十一月的危險。不過，確實有許多地方來請我們。我們可以在這家或那家舞廳以及夜總會裡演奏爵士音樂。可是，奧斯卡不願再演奏爵士樂。克勒普和我，我們在爭吵。他說，我處理錫鼓的新方式跟爵士樂不是同一回事。我不予反駁。他因此說我是爵士音樂思想的叛徒。

十一月初，克勒普找到了一名新的打擊樂手，「獨角獸」的博比，一個能幹人，並跟這位打擊樂手一起在舊城應聘。這樣一來，我們兩個又能像朋友似的交談了，雖說此時克勒普已開始與其說在思想上還不如說是在言談上與德國共產黨一致了。

現在向我敞開的，只有丟施博士的音樂會經紀處的那扇小門了。我不可能也不願意回到瑪麗亞那裡去，尤其因爲她的追求者施丹策爾打算離婚，並在離婚之後把我的瑪麗亞變成瑪麗亞・施丹策爾。有時我到比特路科涅夫那裡去刻碑文，也去藝術學院，讓那些勤奮的藝術學徒們把我抹成黑色或者抽象化，還經常毫無目的地去拜訪繆斯烏拉。我們去大西洋壁壘旅行後不久，她跟蘭克斯解除了婚約，因爲蘭克斯只想畫珍貴的修女畫，不想再揍繆斯烏拉了。

丟施博士的名片放在洗澡盆旁邊的桌上，靜悄悄卻又咄咄逼人。一天，我把名片撕碎，扔掉，不想再同丟施博士有任何瓜葛。可我吃驚地斷定，我已經能夠像背詩似的背出音樂會經紀處的電話號碼和詳細地址。有三天之久，由於念念不忘這電話號碼而不能入睡，因此，到了第四天，我便走進一個電話亭，撥了號碼，聽到了丟施的聲音，他那口氣彷彿每時每刻都在等候我的電話。他請我當天下午就去經紀處，他要把我介紹給他的老闆：老闆正恭候著馬策拉特先生。

「西方」音樂會經紀處在一幢新建的辦公大樓的九樓。我上電梯前，暗自問道，經紀處這個名義背後會不會隱藏著什麼討厭的有政治內容的勾當。有了一個「西方」音樂會經紀處，在某一幢類似的辦公大樓裡肯定也會有一個「東方」經紀處。選用這個名字倒也不笨，因爲我馬上選擇了「西方」經紀處。我到了九樓下電梯時，我確實感覺到自己踏上了通向右邊經紀處的路。壁毯，許多黃銅，間接照明，全部隔音，門挨著門互不干擾，長腿女秘書，匆匆忙忙，帶著她們上司的香菸氣味從我身邊走過，我險些從「西方」經紀處辦公室門口回頭逃跑。

丟施博士張開雙臂迎接我。奧斯卡高興的是，他沒有擁抱我。我進去時，一位穿綠毛衣的姑娘的打字機突然沉默無語，隨後又把由於我的光臨而被耽誤的工作補上。丟施到老闆那裡去報告我已經到了。奧斯卡在一張英國軟墊圈手椅的左前側六分之一的地盤上就坐。接著，雙扇門洞開，打字機屏住呼吸，一股吸力把我從軟墊上吸起。門在我身後關上，一條地毯流經一個明亮的大廳，地毯攜我流向前去，直到一件鋼管家具告訴我：現在奧斯卡站在了老闆的寫字檯前面。猜一猜，他體重多少公斤？我抬起我的藍眼睛，在空蕩蕩的橡木桌面後方尋找老闆，並且在一把像牙醫用的椅子那樣可以升高和轉動的輪椅裡找到了我的朋友和師傅貝布拉。他癱瘓了，僅僅眼睛和手指尖才表明他還活著。沒錯，他還有聲音！貝布拉的聲音說：「就這樣重新見面了，馬策拉特先生。幾年前，當您寧願要當個三歲孩子來對付這個世界的時候，我不是已經講過了嗎，像我們這樣的人是不會彼此失散的?!只有一點，我深感惋惜地指出，您的身材起了很大的變化，而且一點也沒有好處。想當年，您剛足九十四公分吧？」

我點點頭，快要哭出來了。我的師傅的輪椅由電動機帶動，均勻地嗡嗡作響。輪椅後面的牆上，懸掛著唯一一幅畫，巴洛克畫框，眞人一般大的半身像，那是我的羅絲維塔，偉大的拉古娜。貝布拉沒有隨著我的目光看去，但爲了知道我的目光投向哪個目標，他的嘴幾乎一動也不動地說：「啊，善良的羅絲維塔！她是否喜歡這位新奧斯卡呢？當然不會。迷住她的是另一個奧斯卡，三歲的奧斯卡，面頰豐滿紅潤，相當惹人喜愛。她崇拜他，她向我宣告這一點，而不是承認了這一點。可是，有一天，他不願替她去取咖啡，於是她自己去取，結果就此喪命。就我所知，這不是那個面頰豐滿紅潤的奧斯卡所幹的唯一的謀殺案。他還敲鼓把他可憐的媽媽送進了墳墓，事情不是這樣的嗎？」

我點點頭，感謝上帝，終於能哭了，我讓眼睛對著羅絲維塔。這時，貝布拉已經準備好進行下一次打擊了：「三歲的奧斯卡愛稱之爲他的假想父親的郵局職員揚．布朗斯基，他的情形又怎樣呢？奧斯卡把他交給了劊子手。他們把子彈射進了他的胸膛。奧斯卡．馬策拉特先生，您既然敢改頭換面出現，那麼，您也許可以告訴我，三歲錫鼓手的第二個假想父親、殖民地商品店老闆馬策拉特又是怎麼回事呢？」

我也供認這是謀殺，是我爲了擺脫馬策拉特而幹的，敍述了我如何造成了他窒息而死，不再拿俄國兵的機槍來給自己做掩護，而是說：「是我，貝布拉師傅。這是我幹的，那也是我幹的，這次死亡是我造成的，那次死亡我也不是無罪。寬恕我吧！」

貝布拉笑了。我不知道他是怎樣發出笑聲來的。他的輪椅震顫，在構成他的臉的數以萬計小皺紋上方的侏儒的白髮間，風在搧動。

我再次苦苦哀求他寬恕我，給我的聲音帶上一種甜蜜的腔調，我知道這腔調會起作用的。我用雙手捂住臉，我心裡有底，這雙手很美，同樣會產生效果：「寬恕我吧，貝布拉師傅！寬恕吧！」

他扮作我的審判官，演得還眞出色，他的雙膝和雙手之間有一塊象牙色按鈕板。他按了上面的一個小鈕。我背後的地毯帶來了穿綠毛衣的姑娘。她拿著一個夾子，把它攤平在橡木桌面上。桌面安在鋼管架上，高度大約及於我的鎖骨，使我看不淸楚毛衣女郎攤開的究竟是什麼。她遞給我一支鋼筆：簽個字才能買來貝布拉的寬恕。

然而，我不敢向輪椅的方向提問。在塗指甲油的手指指點處，盲目地簽上我的大名，這眞叫我爲難。

「這是一份工作合同。」貝布拉發話了。「需要簽上您的全名。請您簽上奧斯卡‧馬策拉特。這樣一來，我們也就知道我們是同誰在打交道了。」

我剛簽完字，電動機的嗡嗡聲增強了五倍，我讓目光離開鋼筆，正好還能看到，疾駛的輪椅在行進中如何縮小，如何摺疊到一起，又如何滾過鑲木地板，穿過一扇旁門，消失得無影無蹤。

有人會以爲，那份合同是一式兩份，我得簽兩次字才買回我的靈魂或者讓奧斯卡承擔義務去幹可怕的罪惡勾當。全不是那麼回事！當我回到會客室，在丟施博士的幫助下研讀合同時，我毫不費力地很快就明白：奧斯卡的任務在於單獨一人攜帶他的錫鼓在觀眾前露面，而我必須像三歲奧斯卡當年那樣敲鼓，或者像後來在施穆的洋蔥地窖裡那一回似的敲鼓。音樂會經紀處負責籌備我的旅行演出，在我以「鼓手奧斯卡」的名義攜帶錫鼓登場之前，先要做一番廣告宣傳。

在做廣告宣傳的時期裡，「西方」音樂會經紀處第二次預支給我一大筆錢，我就靠它過日子。我有時走訪那幢辦公大樓，接見記者，讓人給我照相。有一次，我在這幢方盒狀大樓裡迷了路，這裡到處外觀一樣，氣味一樣，摸上去就像極下流的玩意兒，外面套上一個可以無限延展、隔絕一切的保險套似的。丟施博士和毛衣女郎對我彬彬有禮，只是我再也沒有見過貝布拉師傅。

在首次旅行演出之前，我本來就可以租一間比較像樣的公寓。可是，由於克勒普的緣故，我仍舊留在蔡德勒家。克勒普埋怨我跟經理們往來，我設法跟這位朋友和解，但在具體問題上不讓步，也不再和他一起去舊城，不再喝啤酒，不再吃新鮮血腸加洋蔥。為準備火車旅行，我到火車站高級餐廳去用餐。

奧斯卡找不到篇幅詳細描述他的種種成就。出發旅行演出前一週，第一批廣告宣傳畫出現了，為我取得成功鳴鑼開道，宣告一位魔法師、祈禱治療師、一位救世主即將登場，如此宣傳，手段卑劣，然而效果非凡。我先走訪魯爾區各城市。我登場的大廳，都能容納一千五百到兩千人。我蹲在舞臺上一道黑天鵝絨幕布前，獨自一人。一盞聚光燈照射著我。我身穿一件吸菸服①。雖說我也敲鼓，然而沒有一個年輕爵士迷成為我的追隨者。四十五歲以上的成年人來聽我演奏，給我捧場。講得精確一點，我的聽眾的四分之一是四十五歲到五十五歲的人。他們構成我的追隨者中較年輕的一個層次。五十五歲到六十歲的人組成另一個四分之一。六十歲以上的老頭、老太太占我的聽眾的一半，他們最有欣賞能力。我跟這些高齡聽眾攀談，他們都回答我。我讓三歲孩子的鼓講話時，他們也不沉默無語。每當我在鼓上奏出神奇的拉斯普庭的神奇生活片斷時，他們興高采烈，但不是用老人的語言，而是像三歲小孩那樣口齒不清，咿咿呀呀地亂叫：「拉舒，拉舒，拉舒！」演奏拉斯普庭，對於大多數聽眾的要求實在太高了，所以，演奏另外一些主題時所取得的成功就更了不起，譬如：頭幾個乳齒——糟糕的百日咳——長統羊毛襪刺癢——夢見大火就尿床。這些主題，老小孩兒們都喜歡。他們全都身入其境。乳齒鑽出來時，他們疼痛。我讓百日咳發作時，兩千位上了年歲的聽衆咳個死去活來。我給他們穿上長統羊毛襪時，他們趕忙撓癢。有些老年女士們和先生們尿濕了內褲和椅墊，因爲我讓這些老孩子夢見了一場大火。我記不清究竟是在烏珀塔爾還是在波鴻，噢，不對，是在雷克林豪森，我爲老年礦工演奏，工會支持這場演出我心想，這些老年礦工一輩子同黑色煤塊打交道，總能經受得住一次小小的黑色驚嚇吧。於是奧斯卡敲出了《黑廚娘》，沒料到一千五百名礦工，經歷過礦井瓦斯、水淹坑道、罷工失業，一聽黑廚娘，都大驚失色，亂喊亂嚷，禮堂裡厚窗簾後面許多塊玻璃成了犧牲品。這正是我要提及這段插曲的原因。就這樣，我又間接地恢復了我的毀玻璃嗓子。不過，我很少使用它，因爲我不想毀了我的生意經。我的旅行演出就是做生意。我回到杜塞爾多夫，跟丟施博士一算帳，證明我的錫鼓簡直就是個金礦。

我已經放棄了同貝布拉師傅再見一面的希望，也不再問起他，丟施博士卻通知我，貝布拉正等著要見我。

我第二次拜訪貝布拉師傅的情形跟第一次不同。奧斯卡不必再站在鋼管桌子前面，他在師傅的輪椅對面找到了一把按他的身材設計的電動可轉輪椅。我們久久坐著，沉默無語，聽著有關奧斯卡的鼓藝的消息和報導。這些都是丟施博士錄在磁帶上，現在放給我們聽的。貝布拉看來頗感滿意。聽了新聞界的胡說八道，我反而覺得難堪。他們在搞對我的個人崇拜，宣稱我和我的鼓有治療效果，說我的鼓可以消除記憶力衰退。「奧斯卡主義」這個字眼也冒出來了，據說不久就變成了流行字眼。

聽罷錄音，毛衣女郎端茶給我。她又把兩片藥放到貝布拉的舌頭上。我們閒聊。他不再數我的罪狀。這情景就像多年前我們坐在四季咖啡館裡那樣，只缺那位夫人，我們的羅絲維塔。我發現，在我嚕嚕嚕嚕地講述奧斯卡的往事時，貝布拉師傅睡著了。於是我先玩了一刻鐘電動輪椅，讓它嗡嗡叫，在鑲木地板上呼嘯，讓它左右旋轉，讓它上升、收縮。我眞捨不得離開這件萬能家具，它簡直像一種給人提供無窮盡機會的無害的惡習。

我的第二次旅行演出恰逢基督降臨節。我也準備了相應的節目，天主教和新教的報紙同聲爲我唱讚歌。說我成功地把那些被熬煎成堅硬如石的年邁罪人②變成了幼兒，使他們用單薄但感人的聲音唱起了基督降臨節聖歌。兩千五百人齊聲唱起「耶穌，我爲你而生，耶穌，我爲你而死」。這些人，年紀這麼大，原先誰都不相信他們竟會具備兒童的信仰熱情。

第三次旅行演出又遇上狂歡節，我的節目同樣有的放矢。我的幾場演出，使任何一個顫巍巍的老奶奶和老爺爺都變成了幼稚可笑的強盜婆和砰砰放槍的強盜王，任何所謂的兒童狂歡節都從未這樣歡天喜地，無拘無束過。

狂歡節過後，我與唱片公司簽了幾份合同。我在隔音工作室裡錄音，起先困難重重，因爲那種氣氛扼殺任何創造力。後來，我讓他們在工作室牆上掛起養老院或公園長凳上那些老天眞的巨幅照片，而我也就能像在熱氣騰騰的禮堂裡演出時那樣富有效果地敲鼓了。

唱片像熱乎乎的小圓麵包那樣暢銷。奧斯卡發財了。我因此就放棄了蔡德勒寓所裡原先是洗澡間的那個可憐巴巴的住房了嗎？我沒有放棄。爲什麼呢？爲了我的朋友克勒普的緣故，也爲了乳白玻璃門背後道羅泰婭姆姆曾經呼吸過而如今空著的房間，我沒有放棄我的房間。這麼多的錢奧斯卡怎麼用呢？他向瑪麗亞，他的瑪麗亞，提出了一個建議。

我對瑪麗亞說：如果你把解雇證書發給施丹策爾③，不僅不嫁給他，而且乾脆把他趕走，我就給你在最佳營業地段買下一爿現代設備的美食店，親愛的瑪麗亞，因爲你畢竟生下來就是爲了做生意的，而不是爲了某個叫施丹策爾先生的野男人的。

我沒有看錯瑪麗亞。她同施丹策爾一刀兩斷，用我的資金在弗里德里希街蓋起了一家第一流的美食店。昨天，瑪麗亞與高采烈但毫無感激之意地告訴我，三年前建的那爿店於一個星期之前已在上卡塞爾開設了一家分店。我又一次旅行演出回來。是第七次還是第八次呢？反正是在最炎熱的七月間。在火車站，我招手叫來一輛出租汽車，直奔辦公大樓。同在火車站一樣，大樓前面也等著一群討厭的要我簽名的人。有退休老人，也有老祖母，她們回家去照顧孫兒孫女不更好嗎？我立即讓人向老闆通報，也見到了洞開的雙扇門和通往鋼管家具的地毯。可是，桌子後面坐著的不是貝布拉師傅，等候我的不是輪椅，而是丟施博士的微笑。

貝布拉死了。世界上沒有貝布拉師傅已經有幾個星期了。遵照貝布拉的願望，他們沒有告訴我，他已經病危。他不讓任何事情打斷我的旅行演出，即使是他的噩耗。緊接著遺囑啓封，我繼承了一大筆財產和羅絲維塔的半身畫像，卻遭受了可觀的經濟損失，因爲我原先要去南德和瑞士做兩次旅行演出，已經簽了合同，這時突然毀約，人家要求賠償。

除了這幾千馬克的損失外，貝布拉之死給我沉重的打擊，使我在很長一段時間內都恢復不過來。我鎖起我的錫鼓，幾乎足不出戶。加之，我的朋友克勒普恰好在那幾週內結婚，一個抽菸的紅髮女郎成了他的妻子，因爲他曾經把自己的一張相片送給了她。他沒有邀請我去參加婚禮。婚禮前不久，他退掉了他的房子，搬到施托庫姆去了。奧斯卡留下成了蔡德勒的唯一房客。

我與刺蝟的關係稍有變化。自從幾乎每家報紙都把我的姓名印在大字標題中以來，他懷著敬意對待我。他把道羅泰婭姆姆住過的房間鑰匙也給了我，相應地得到了一小筆錢。後來，我租下了這個房間，不讓他租給別人。

我的悲哀於是也就有了它的行程。我打開兩扇房門，從我房間裡的浴缸出發，踏過走廊裡的椰子纖維地毯，走進道羅泰婭的房間，呆望著空衣櫃，讓五斗櫥上的鏡子嘲弄我，在笨重的沒有被褥的床前陷入絕境，又救出自己來到走廊上，爲逃避椰子纖維而躲進我的房間，在那裡仍舊不得安寧。

有一個東普魯士人，失去了他在馬祖里的一份產業，但他善於做買賣，在於利希街附近開了一爿店，起了個簡單而貼切的名字——「租狗店」，可能是他考慮到了孤獨的人的需要吧。

我去那裡租了盧克斯，一條黑色羅特魏爾牧羊犬，健壯，太肥了一點，亮油油的。我同牠一起去散步。這樣一來，我就不必再在蔡德勒寓所裡我的浴缸和道羅泰婭姆姆的空衣櫃之間來回奔波了。

盧克斯經常帶我去萊因河邊。在那裡，牠對著船舶吠叫。盧克斯經常帶我去拉特，去伯爵山森林。在那裡，牠對著情侶吠叫。一九五一年七月底，盧克斯領我去格雷斯海姆，杜塞爾多夫的郊區之一，靠著幾家工廠，包括一座較大的玻璃廠而發展，但並沒有完全改變這個地方原本的農村風貌。剛過格雷斯海姆就有許多小菜果園，小菜果園之間、旁邊或後面便是牧場，穀浪起伏，我想，那是黑麥田。

盧克斯領我去格雷斯海姆，又走出格雷斯海姆來到小菜果園和田地之間的那一天，是炎熱的一天。這個我講過了沒有呢？郊區最後一排房屋留在我們身後的時候，我才替盧克斯解掉了皮帶。牠仍舊走在我的身邊，牠是條忠實的狗，特別忠實的狗。作爲一家租狗店的狗，牠必須易主而從，對衆多的主人都得忠實。

換句話說，羅特魏爾牧羊犬盧克斯服從我，跟獵獾犬大不相同。我覺得一條狗這樣順從是誇張的，我寧願看到牠蹦蹦跳跳，踢牠，讓牠跳。但牠到處亂跑時仍心懷內疚，一再掉轉牠光滑的黑脖子，絕對忠實的狗眼睛始終望著我。

「走開，盧克斯！」我要求牠，「走開！」

盧克斯每次都服從，可是走開的時間都很短。所以，我滿意地注意到，牠這一回走開的時間比較長，隱沒在莊稼地裡了。這裡長的是黑麥，隨風起伏。我在說些什麼呀！一點風也沒有，雷雨前的悶熱。

盧克斯追小兔子去了，我想。牠或許也需要獨自待著，當一條狗，正如奧斯卡也想擺脫狗，當一段時間的人。

我沒去注意周圍的環境。小菜果園、格雷斯海姆，以及這個郊區後面水汽籠罩的低平城市都引不起我的注意。我坐到一個生鏽的空纜盤上，可是我得把它叫作纜盤鼓，因爲奧斯卡剛坐下來，就開始用手節骨敲這面生鏽的纜盤鼓了。天熱。我的衣服壓在身上，不是適宜夏天穿的那種薄衣服。盧克斯走開了，沒回來。纜盤鼓肯定不能代替我的錫鼓，但我畢竟漸漸地滑回到往事中去。當回憶不願繼續下去的時候，當前幾年醫院環境的圖像一再重現的時候，我抓到了兩根乾癟的小圓棍兒，暗自說：等等，奧斯卡。現在我們要看看，你是誰，你從何而來。它們已經點亮了我出生時的兩只六十瓦電燈泡。飛蛾在燈泡之間撲騰，遠處，一道閃電照亮了笨重的家具。我聽到馬策拉特在說話，緊接著說話的是我的媽媽。他答應給我店鋪，媽媽答應給我玩具，到三歲時，我將得到一面錫鼓。奧斯卡想法子儘快度過這三個年頭。我吃，喝，排泄，增加休息，讓他們給我稱體重，用襁褓包裹，洗澡，梳刷，撲粉，種牛痘，讓他們觀賞，叫我的名字。我按他們的心願微笑，按他們的要求歡叫，時間到就睡覺，準時醒來，在睡眠中我扮起那種面孔，大人們都稱之爲天使的臉。我多次腹瀉，經常感冒。我取來百日咳，讓它在我身邊留了一段日子，在我明白了它的複雜節奏、永遠留在我的手腕裡之後，我才讓它離開。如我們所知，《百日咳》這首小曲屬於我的保留節目。當奧斯卡向兩千聽衆敲響百日咳時，兩千名男女老天眞一起咳嗽。

盧克斯在我跟前哀號，用身體蹭我的膝蓋。唉，我在孤獨時從租狗店借來的這條狗呀！他四條腿站著，搖著尾巴。眞是一條狗，有狗的目光，流口涎的嘴裡叼著什麼東西：一根棍兒，一塊石頭，反正是狗認爲有價值的東西。

我那段意義如此重大的童年慢慢地溜走了。最初的乳齒引起的顎間疼痛漸漸消失。我睏倦地往後仰去：一個長大了的、細心地穿得太暖了些的駝背，戴著手錶，皮夾裡有身分證和一把鈔票。我已經把一支香菸塞到了唇間，用火柴點燃，讓菸草味來頂替我嘴巴裡那種單一的童年的口味。

盧克斯呢？盧克斯還在用身子蹭我。我把牠推開，用煙噴牠。牠不愛聞煙味，但牠仍舊不走，還在用身子蹭我。牠用目光舔我。我在附近的電線桿之間的電話線上尋找燕子，想用燕子作爲對付這條煩人的狗的工具。但是沒有燕子，盧克斯又趕不走。牠的嘴伸到我的兩腿中間來，正巧撞到那個地方，彷彿是那個出租狗的東普魯士人事先訓練好的。

我用鞋跟踢牠兩下。牠退後，四條腿站著，在顫抖，叼著小棍兒或石頭的嘴目標明確地對準我。牠叼著的好像不是小棍兒或石頭，而是我的錢包，可我感覺出錢包仍在我的上裝口袋裡。或許是我的手錶，但手錶在我的手腕上滴滴答答地走著。

牠叼著的究竟是什麼呢？有那麼重要、那麼值得給人看的東西嗎？

我已經把手伸到了牠冒著熱氣的牙齒中間，接著又把那件東西捏在手裡。我已經認清了我捏著的東西，卻裝著在尋找一個詞彙，好給盧克斯在黑麥田裡找到並帶給我的那件東西起個名稱。

人體有那麼一些部分，當它們與人體分開，遠離了中心時，反倒讓人可以更容易、更確切地觀察。這是一個手指。一個女人的手指。一個無名指。一個女人的無名指。一個美觀地戴著戒指的女人的手指。這個手指是在掌骨和第一指節之間，在戒指下方大約兩公分處被砍斷的。截面乾淨，清晰可辨，還留有手指伸展肌的腱。

這是一個美的、可活動的手指。戒指的寶石由六個金爪固定，我馬上確切地說出了它的名稱——海藍寶石，後來也證明無誤。戒指本身有一處很薄，係戴久磨損，已經到了快斷裂的地步。我由此推斷，這是一件繼承下來的遺物。指甲下有髒物，確切地說是泥土，看來這手指曾經抓過或摳過泥土，但從指甲蓋和指甲修剪的切口來看，給人以愛整潔的印象。我從冒熱氣的狗嘴裡拿到這個手指時，它給我的感覺是冰涼的，從它所特有的白裡泛黃的顏色看，也證明它是冰涼的。幾個月來，奧斯卡在他的左前胸小袋裡總插著一塊露出三角的紳士小手絹。他取出這塊絲手絹，攤開，把無名指放在上面，於是看到，手指裡側直到第三指節有許多紋路，讓人推斷出，這個手指是勤勞的、有上進心的、意志堅定的。

我用手絹包好手指，從電纜盤上站起身來，拍拍盧克斯的狗脖子，右手捏著手絹和手絹裡的手指，正要動身回格雷斯海姆去，回家去，心裡已經有了某種處理這件拾來之物的打算，而且也走到了就近一個小菜果園的籬笆前。這時，維特拉叫住了我，他方才躺在一棵蘋果樹的樹杈上，觀察著我以及那條叼來東西的狗。

---

①在家吸菸時套在衣服外面的夾克衫。
②基督教會用語，指必死的凡人。
③即攆走之意。

末班有軌電車或朝拜密封大口玻璃瓶

單憑他的聲音就夠我受的：這傲慢的、裝腔作勢的帶鼻音的調調。再者，他是躺在蘋果樹的樹杈上說：

「您有一條能幹的狗，先生！」

我有點不知所措地說：「您在蘋果樹上幹麼？」他在樹杈上忸怩作態，欠了欠他長長的上半身。「這只不過是些酸蘋果，您不必害怕。」

我不得不讓他放規矩點：「您的酸蘋果同我有什麼關係？我有什麼可害怕的？」

「好吧，」他吐出舌頭又縮進去。「您可以把我當成樂園裡的蛇，因爲那時候也已經有酸蘋果了。」

我發火了：「比方得不三不四！」

他狡猾透頂：「您或許以爲，只有宴席上的水果才值得犯下罪孽去吃吧？」

我已經要離開了。在那種時刻，再沒有別的能比討論樂園裡的果實究竟是何品種更使我無法忍受的了。這時，他卻要同我面對面了。他敏捷地從樹杈上一躍而下，站在籬笆旁，高個兒，輕浮樣：「您的狗從黑麥田裡叼來的是什麼？」

我只回答說：「牠叼來一塊石頭。」

這就釀成一場訊問了：「您就把石頭塞進口袋去了？」

「我願意把石頭放在口袋裡。」

「我覺得，狗給您叼來的東西更像是一根小棍兒。」

「我堅持說它是石頭，即使它確實是或者可能是一根小棍兒。」

「這麼說，就是一根小棍兒了？」

「依我看，小棍兒和石頭，酸蘋果和宴席水果……」

「是一根能動的小棍兒嗎？」

「狗該回家了，我走了！」

「是一根肉色小棍兒嗎？」

「您還不如去看管您的蘋果吧！——來，盧克斯！」

「是一根戴戒指的、肉色的、能動的小棍兒嗎？」

「您想幹什麼？我租了一條狗，是來散步的。」

「您瞧，我也正想借點什麼呢。能讓我把那枚漂亮的戒指在我的小拇指上戴那麼一秒鐘嗎？就是在那根小棍兒上閃閃發光、把小棍兒變成一個無名指的那枚戒指。——維特拉，我的姓名。戈特弗里德·封·維特拉。我是我們家族的最後一個。」

就這樣，我結識了維特拉，而且當天我就同他結成了友誼，今天我還稱他爲我的朋友。因此，幾天前，當他來療養院探望我時，我對他講：「我很快活，親愛的戈特弗里德，是你，我的朋友，當時去警察局告發的是你，而不是隨便哪一個人。」

如果眞有天使的話，他們的模樣肯定像維特拉：高個兒，輕浮樣，活潑，伸屈自如，寧願去擁抱所有的街燈柱中最無生殖力的一根，也不去擁抱一個柔軟、熱烈的少女。

維特拉不是一下子就能被人發現的。他只顯示出某個特定的側面，根據不同的環境，他會變成線，變成稻草人、衣架、橫樹杈等等。因此，當我坐在纜盤鼓上時，我也沒有注意到他。甚至狗也沒有叫，因爲狗既嗅不到也看不到天使，更不會對他吠叫了。

「麻煩你，親愛的戈特弗里德，」大前天我請求他說，「寄給我那份指控書的一個副本來吧，就是兩年前你在法庭上宣讀從而引起我這場官司的那一份。」

副本在這裡。現在就讓在法庭上指控我的維特拉來宣讀吧！

我，戈特弗里德・封・維特拉，那天，躺在我母親的小菜果園裡一棵蘋果樹的樹杈上。這棵樹每年都結許多酸蘋果，做成的蘋果醬正好能盛滿我家七個密封大口玻璃瓶。我躺在樹杈上，側臥著，左髖骨枕在樹杈長青苔的最低點上。我的兩腳正對著格雷斯海姆的玻璃廠。我看著，我朝哪裡看呢？我直視前方。我看著，等待著我的視野之內將會發生的事。

被告，現為我的朋友，走進了我的視野。一條狗陪著他，在他周圍打轉，舉止像一條狗的舉止，如被告後來向我透露的那樣，牠叫盧克斯，是一條羅特魏爾牧羊犬，在羅胡斯教堂附近一爿租狗店裡可以租到牠。

被告坐到那個空電纜盤上。戰爭結束以來，它就橫在我母親阿麗絲・封・維特拉的菜果園前面。如法庭所知，被告身材矮小又畸形。這引我注目。這位衣著講究的矮個子先生的舉動尤其使我感到奇特。他用兩根乾樹枝在生鏽的纜盤上敲起鼓來。如果考慮到：一、被告的職業是鼓手；二、如事實所表明的，他走到哪裡就在哪裡進行職業練習；三、纜盤，又名纜盤鼓，它能引誘任何一個門外漢把它當鼓敲；那麼，這就有理由說，被告奧斯卡・馬策拉特在一個雷雨將臨前悶熱的夏日，在阿麗絲・封・維特拉太太的小菜果園前的一個纜盤鼓上坐定下來，用兩根長短不一的乾白楊樹枝擊響了有節奏的噪音。

我繼而證實，那條狗盧克斯鑽進成熟待割的黑麥田裡待了較長時間。若問時間有多長，我無法回答，因為我只要一躺到我家蘋果樹的樹杈上，便失去了時間長短的概念。如果我說狗消失了較長時間，那意思就是，我惦念著那條狗，因為牠的黑色狗皮和寬邊耳朵很討我喜歡。

可是，我相信自己可以這麼講：被告並不惦記著那條狗。

盧克斯從成熟待割的黑麥田裡回來時，嘴裡叼著什麼東西。我並沒有看清狗嘴裡叼的是什麼。我想那是一根棍兒，一塊石頭，一個鐵皮罐頭或是一把鐵皮匙。當被告從狗嘴裡取出犯罪事實①時，我才看清楚那是什麼。從狗用叼著東西的嘴去蹭被告的——我想是——左褲腿的那一刻起，直到被告為占有而伸手去取的那一刻——可惜已無法確定具體時間了——謹慎地說，總有許多分鐘的時間。

儘管狗拚命引起牠的租借主人的注意，後者卻不為所動地敲他的鼓，方式單調易記卻又難以理解，像兒童敲鼓一般。當狗藉助於一種淘氣的動作，用濕嘴朝被告的兩腿間撞去時，被告才放下兩根白楊樹枝，用右腳——我記不太確切了——踢牠。狗繞了半個弧形，又謙卑地顫抖著再次走近，抬起叼著東西的嘴。被告沒有站起來，也就是說，他坐著，這一次用左手伸向狗的牙齒間。盧克斯在牠撿到之物被取走後，便後退了幾公尺之遠。可是，被告依舊坐著，手裡拿著撿到之物，把手捏攏，又攤開，再次捏攏，又攤開，撿到之物上有什麼東西在閃爍。被告習慣於看這撿到之物後，便用拇指和食指將其垂直地捏住，舉到眼窩上下。

到了這時，我才為那撿到之物正名，稱之為一個手指，又由於那閃爍之物的緣故，我擴大了這個概念，稱之為無名指，但未曾料到，我竟然以此替戰後最有趣的刑事訴訟案之一起了個名字：無名指訴訟案。末了，我，戈特弗里德·封·維特拉，又被稱為此案最重要的見證人。

被告鎮靜，我也鎮靜。不錯，被告的鎮靜傳給了我。當被告用他先前如騎士一般裝飾胸袋的那條小手絹細心地包起那個戴戒指的手指時，我對電纜盤上坐著的這個人產生了好感。一位正派紳士，我想，我要結識此人。

我於是招呼他，而他帶著那條借來的狗正要離開，朝格雷斯海姆走去。但他的反應先是惱火，幾乎可以說是傲慢。直到今天我仍無法理解，他為什麼僅僅由於我躺在蘋果樹上便要把我看成是蛇的象徵。他也懷疑我母親的酸蘋果，說這無疑是樂園裡的那一種。

喜歡躺在樹杈上，這確實是惡魔的一種習慣。可是，驅使我一週多次躺到蘋果樹上去的恰恰是無聊。它像一種流行病，我不費力就染上了。那麼，驅使被告到杜塞爾多夫城外來的又是什麼呢？是孤獨，這是他後來告訴我的。孤獨和無聊不就是兩姐妹嗎？我這樣考慮，是為了替被告澄清，而不是指控他。使我對他產生好感，同他攀談，最後結成友誼的，恰恰是他的擊鼓。他把惡魔化作節奏，他的擊鼓本身就是惡魔的變種。把我作為證人、把他作為被告傳喚到法庭上來的那份指控書，也是我們兩人發明的一種遊戲，是為了消除和維持我們的無聊與孤獨的一種小手段。

鑑於我的請求，被告在猶豫了片刻之後就從無名指上摘下了戒指——這很方便——戴到我左手的小拇指上。正合適，我很高興。在我試戴戒指之前，我已經從我躺著的樹杈上溜下來了，這是不言而喻的。我們站在籬笆的兩邊，互通姓名，交談，涉及到一些政治話題，隨後他把戒指給了我。手指由他保留，他小心地拿著。我們一致認為，這是一個女人的手指。當我戴著戒指，讓日光照射它時，被告用空著的左手在木籬笆上敲出一種舞曲般的、明快的節奏。我母親的菜果園的木籬笆是沒有支撐物的那一種，它根據鼓手的要求發出了啪嗒聲和顫音。我記不清我們這樣站著並且以目傳神究竟有多長時間。對這種最無惡意的遊戲，我們趣味相投。這時，在中等高度，有一架飛機傳來了它的引擎聲。這架飛機大概要在洛豪森降落。雖說我們都想知道這架雙引擎或四引擎的飛機是否開始降落，但我們仍舊沒有讓目光離開對方，不理睬那架飛機。後來，我們不時地找到機會去做這種遊戲，並稱之為舒格爾·萊奧的苦行；舒格爾·萊奧是被告多年前的一個朋友，他們兩人那時總在公墓上玩這種遊戲。

飛機——我確實說不出它究竟是雙引擎還是四引擎——找到了它的著陸場後，我把戒指還給了他。被告把戒指戴到那個無名指上，再次利用他的小手絹作為包裹材料。接著，他要我陪他一起走。

這是一九五一年七月七日。到了格雷斯海姆，我們在有軌電車終點站乘上的不是電車而是出租汽車。被告日後還經常有機會在我面前顯示他的慷慨大方。我們乘車進城，讓出租汽車在羅胡斯教堂旁的租狗店前等著，歸還了盧克斯，又上了出租汽車，橫穿過城市，經比爾克、上比爾克到韋爾斯滕公墓。馬策拉特先生付了十二馬克以上的車錢，隨後我們去石匠科涅夫的墓碑店。

那裡很髒。當石匠僅用一個小時就完成了我的朋友託他做的事時，我很高興。我的朋友親切而詳細地向我講解工具和石頭的種類，與此同時，科涅夫先生給手指（不戴戒指）做了一個石膏複製件。對於這個手指，他一句話也不問。我只是稍待著看他幹活。手指必須先經過處理，也就是說，先抹上油脂，繞上合股線，再抹上石膏，在石膏變硬之前，把模子連同合股線割成兩半。我的職業是裝飾師，做石膏模子對我來說並不是什麼新鮮事。可是，那個手指一到了石匠的手裡，就給添上了某些令人噁心的成分。

直到複製品做成，被告又把手指拿過去，擦去油脂，包在他的小手絹裡時，這些令人噁心的成分才去掉。我的朋友付錢給石匠。他起先不肯收，因為他把馬策拉特先生當作同行看待。他還說，奧斯卡先生以前幫他擠過癬子，同樣分文不取。灌進模子裡去的石膏變硬了，石匠打開模子，取出複製品，還答應，幾天之內還可以用這個模子做出更多的複製品來，並陪同我們穿過他的墓碑陳列場，直到比特路。

我們第二次乘上出租汽車去火車站。被告請我在整潔的車站飯館用晚餐，時間拖得很長。他跟侍者說話隨便，我由此斷定，馬策拉特先生想必是火車站飯館的常客。我們吃公牛胸脯肉加新鮮蘿蔔還有萊因鮭魚、乳酪，然後喝了一小瓶香檳酒。我們的話題又回到手指上來時，我勸被告把這個手指看作別人的財產，把它交給失物招領處，尤其因為他已經有了石膏複製品。被告則堅決而肯定地說，他認為自己是這個手指的合法占有者，因為在他誕生之時，人家就許諾給他一個手指，雖說手指被譯成密碼，用鼓棒來表示。他還可以舉出他的朋友赫伯特·特魯欽斯基背上的傷疤為證，那些手指般長的傷疤也預言了無名指。此外，還有他在薩斯佩公墓撿到的那個空彈殼，它也具有未來的無名指的尺寸和意義。

對於我新交的朋友所列舉的這些證明，我起初只好報以微笑。可我必須承認，一個思想不保守的人必定能毫不費力地理解這互相關聯的一組詞：鼓棒，傷疤，子彈殼，無名指。

晚餐後，第三輛出租車送我回家。我們告別。三天後，我如約去拜訪被告，他已經為我準備下一件驚人的東西。

他先領我看他的寓所，也就是他的房間，因為馬策拉特先生是三房客。他最初只租了一間相當簡陋的房間，原先是個浴室；後來，他的鼓藝給他帶來了名聲和富裕，他又為一個沒有窗戶的房間付租金，他稱之為道羅泰婭姆姆房間；他還無所謂地為第三個房間付大筆房租。這個房間原先是一位姓閔策爾的先生居住的，此人是音樂家，被告的同行。二房東蔡德勒先生知道馬策拉特先生有錢，就無恥地抬高房租。

在所謂的道羅泰婭姆姆的房間裡，被告為我準備下一件令人吃驚的東西。在一個有鏡子的梳妝檯的大理石板上放著一個密封大口玻璃瓶，大小跟我母親阿麗絲·封·維特拉用來貯存我家酸蘋果做的蘋果醬的大口瓶一樣。可是，這個大口瓶裡盛著的是在酒精裡游泳的無名指。被告自豪地指給我看不少大厚本科學著作，它們傳授給他保存手指的入門知識。這些書我只是匆匆翻了翻，幾乎連插圖都不看，但我承認，被告成功地保存了手指的外觀。此外，玻璃瓶及其內容在鏡前顯得相當漂亮，是有趣的裝飾，這一點，我作為職業裝飾師可以一再予以證實。

被告發現我喜歡這玻璃瓶的外觀，便向我透露，他有時朝拜那玻璃瓶。我感到好奇，有點冒失地請他馬上示範一次。他倒過來請我幫忙，給我紙和筆，要求我把他的祈禱記錄下來，也可以提出與手指有關的問題，他將誠實地邊祈禱邊答覆。

這裡，我將被告的話、我的問題和他的回答作為證詞供述如下：朝拜密封大口玻璃瓶。我朝拜。我指誰？奧斯卡還是我？我虔誠，奧斯卡心不在焉。一心一意，不間斷，不怕重複。我，頭腦清醒，因為心中無回憶。奧斯卡，頭腦清醒，因為心中充滿回憶。我，冷，熱，暖。詢問時有罪。不詢問便無罪。有罪是因為，摔倒是因為，變成有罪儘管，宣布我無罪，轉嫁給，咬緊牙關，使我防止，嘲笑，笑對，笑是由於，哭泣為了，哭對，哭而沒有，言談中褻瀆，褻瀆中沉默，不言語，不沉默，祈禱。我朝拜。什麼？玻璃。什麼玻璃？密封大口玻璃瓶玻璃瓶密封著什麼？玻璃瓶密封著手指。什麼手指？無名指。誰的手指？金黃頭髮的。金黃頭髮是誰？中等身材。一六〇公分～一六三公分。有何特徵？肝痣。長在哪裡？上臂裡側。右臂左臂？右臂。無名指是哪隻手的？左手。訂婚了？是的，但仍單身過。信仰？新教。童貞女？童貞女。何時出生的？不知道。何時？在漢諾威附近。何時？十二月。人馬星座還是摩羯星座？人馬座。性格？膽小。好脾氣？勤快，話多。謹慎？節約，務實，也開朗。靦腆？愛吃甜食，正直，過分虔誠。蒼白，多半夢見旅行。經期不規則，遲鈍，愛忍受卻又要講出來，本人無想像力，被動，耐心等待，靜心聽人講話，點頭表示同意，交抱雙臂，說話時眼瞼下垂，被人招呼時，睜大眼睛，淺灰色，瞳孔附近是棕色，得到已婚上司所贈的戒指，先不願接受，後又接受，可怕的經歷，纖維，撒旦，許多白色，出走，搬遷，又回來，不能擺脫，嫉妒但是又無緣無故，疾病但不是自己得的病，死亡但不是自己尋的死，不，不知道，也不願意，正在摘矢車菊，那一個來了，不，事先就陪伴著，再也不能……阿門？阿門。

我，戈特弗里德·封·維特拉，之所以把這份祈禱記錄補充到我對法庭的證詞中去，僅僅是因為，這份有關無名指的女主人的陳述，儘管讀起來含混不清，卻與法庭關於被謀殺的女人，護士道羅泰婭·肯蓋特的報告大部分吻合。懷疑被告的證詞，即他既沒有謀殺這位護士，也沒有面對面見過她，這可不是本人的任務。

不過，我的朋友跪在他放在椅子上的大口玻璃瓶面前並敲打他夾在兩膝之間的錫鼓時是誠心誠意的，今天我還認為這一點是值得注意的，並且是有利於被告的一個證明。

在一年多的時間裡，我還經常有機會目睹被告祈禱與擊鼓，因為他請我當他的旅伴，並給我慷慨的報酬，帶我一起去做他已中斷較長時間、但在撿到無名指後不久便又恢復了的旅行演出。我們周遊了整個西德，也提到去東德甚至去外國的提議。可是，馬策拉特先生寧願留在國境之內，用他自己的話來說，而不願去湊流行的旅行演出的熱鬧。在演出之前，他從不對大口玻璃瓶擊鼓祈禱。在他登臺演出之後，在時間拖得很長的晚餐之後，我們回到旅館房間裡時，他才擊鼓祈禱，我則提問記錄。之後，我們把這一次的祈禱同前幾天或前幾週的祈禱做比較。祈禱有長有短。求得的話有時十分矛盾，但改日卻又變得一目瞭然而且冗長詳細。然而，由我收集並在此呈交法庭的全部祈禱記錄，其內容均不多於我附在我的證詞後的那份第一次的記錄。

在這一年中，我在旅行演出的間歇泛泛地認識了馬策拉特的一些熟人和親戚。例如，他向我介紹了他的繼母瑪麗亞•馬策拉特太太。被告非常愛慕她，卻有克制。那天下午，我見到了被告同父異母的弟弟，庫爾特•馬策拉特，十一歲，受到良好教育的文科中學學生。瑪麗亞•馬策拉特太太的姐姐，古絲特•克斯特太太，同樣給我良好的印象。被告告訴我，戰後頭幾年，他的家庭關係遭破壞。直到馬策拉特先生替他的繼母開設了一家規模很大、也進口南方水果的美食店，當該店遇到困難他又一再資助的時候，繼母與繼子之間才結成那種友誼的同盟。

馬策拉特先生也讓我結識了幾位他先前的同事，主要是爵士樂師。儘管我覺得閔策爾先生——被告親切地叫他克勒普——是那樣開朗與隨和，我至今仍無足夠的勇氣與願望繼續保持這種聯繫。

由於被告的慷慨大度，我沒有必要繼續從事我的裝飾師的職業。然而，當我們由旅行演出回到本地後，出於從業的樂趣，我便接受委託裝飾一些櫥窗。被告親切友好，對我的手藝頗感興趣，多次半夜三更站在街上，不知疲倦地充當我平庸手藝的觀賞者。有時，工作做完後，我們還在夜深人靜的杜塞爾多夫溜達一圈，但避開舊城，因為被告不愛看到牛眼形玻璃和古德意志的商店招牌。就這樣——我現在進入本人證詞的最後部分——一次子夜過後的散步引我們穿過下拉特來到有軌電車停車場前面。

我們有默契地站住，注視著駛入停車場的末班有軌電車。這樣一個場面真好看。周圍是黑暗的城市，遠處，一個喝醉的建築工人在怪聲唱歌，因為今天是星期五。除此以外，一片寂靜，儘管進場的末班電車鈴聲叮噹並讓彎曲的鐵軌發出聲響，但不是喧鬧。大多數電車駛入停車站，可是也有幾輛空車，橫七豎八地停在鐵軌上，像過節似的亮著燈。是誰出的主意？是我們的主意。不過，是我先開的口：「親愛的朋友，怎麼樣？」馬策拉特先生點點頭，我們不慌不忙地上了車。我站到駕駛臺上，隨即摸到了門道，穩穩起動，慢慢加速，表現得像個優秀的有軌電車司機。當我們已經把明亮的停車場扔在背後的時候，馬策拉特先生用這樣一句話嘉許我的表演：「你肯定是個受過洗禮的天主教徒，戈特弗里德，要不然的話，你開有軌電車就不會開得這麼好。」

說實話，這件小小的臨時工作給了我許多樂趣。看來，停車場上的人沒有發現我們把車開走了。沒有人追我們。再說，人家可以切斷電源，不費吹灰之力就讓我們停下來。我把電車朝弗林格恩方向駛去，穿過弗林格恩，正考慮是否在漢尼爾附近拐彎，朝拉特、拉亭根駛去，這時，馬策拉特先生請我開進去伯爵山、格雷斯海姆的軌道。雖說我害怕獅堡舞廳下面的那段上坡路，但仍迎合了被告的願望，闖過了那段上坡路，過了舞廳。這時，我不得不剎車，因為有三個人站在鐵軌上，與其說是求我，不如說是強迫我停車。

剛過哈尼爾，馬策拉特先生就已經到車廂裡面去抽香菸了。我作為司機只好大聲說：「請上車！」我注意到第三個不戴帽子的人。他被兩個戴著有黑色緊帶的綠帽子的人夾在中間，上車時動作笨拙或是被擋住了眼睛，好幾次沒有踩到踏板。他的兩個陪同或看守相當粗暴地幫他登上司機臺，緊接著走進車廂去。

我又把車開走時，聽到後面車廂裡一陣淒慘的嗚咽聲，接著是有人連打幾個耳光。然後，是馬策拉特先生堅定的聲音，我聽了才放下心來。他譴責剛上來的那兩個，警告他們，不該動手打一個受傷的、半瞎的又苦於丟失了眼鏡的人。

「您少管閒事！」我聽到戴綠帽子的人之中的一個厲聲吼道，「他今天還要經歷他所想像不到的事呢！本來嘛，已經拖得夠久了。」

我把電車向格雷斯海姆徐緩地駛去時，我的朋友，馬策拉特先生想要知道，這個可憐的半瞎的人究竟犯了什麼罪。他們的談話立即轉到了奇怪的話題上去。剛講了兩句話，大家就置身於戰爭時期了，或者說，倒轉到了一九三九年九月一日。戰爭爆發，那個半瞎子據他們說是個義勇軍戰士，非法地保衛過一座波蘭郵局大樓。奇怪的是，馬策拉先生儘管當時只有十五歲，卻認識這個半瞎子，在談話過程中，稱他為維克托・韋盧恩。這個可憐的、近視的、送匯款單的郵遞員，在戰鬥過程中丟掉了眼鏡，沒有眼鏡逃跑，逃脫了那些劊子手的掌心。可是，他們不放鬆，一直追捕他直到戰爭結束，甚至在戰後還在追捕他。他們拿出一張紙來，是一九三九年簽發的一道槍決命令。兩個戴綠帽子的其中一個嚷道，他們終於抓到他了。另一個戴綠帽子的說，他很高興，歷史的舊帳現在終於要了結了。為了執行這道一九三九年的槍決命令，他犧牲了自己的業餘時間，甚至假期，他畢竟還有他的職業，是位商務代表。他的戰友同樣也有困難，他是東方來的難民，失去了在那邊開設的生意興隆的裁縫店，現在必須從頭開始，但現在事情總算有了個頭了。今天夜裡將執行命令，了結過去的事。真不壞，還乘上了末班車。

把一個被判處死刑的人和兩個持有槍決命令的劊子手送到格雷斯海姆去，當這樣的司機可違背了我的本願。在郊區空無一人的、有點傾斜的集市廣場上，我把車向右拐，要向玻璃廠附近的終點站開去，到了那裡，讓兩個綠帽子和半瞎的維克托下來，再同我的朋友踏上歸途。距離終點站還有三站路，馬策拉特先生從車廂裡出來，把他的公事皮包放到職業司機放他們的盛奶油麵包的飯盒的地方。我知道，他的公事皮包裡豎放著那個密封大口玻璃瓶。

「我們必須救他，他是維克托，可憐的維克托！」馬策拉特先生顯然很激動。「他一直還沒有找到一副合適的眼鏡。他是深度近視眼，他們要槍斃他，而他會看錯方向的。」我認為劊子手沒帶武器。但是，馬策拉特先生已經注意到了兩個綠帽子的大衣鼓起，礙手礙腳的。「他是但澤波蘭郵局送匯款單的郵遞員。現在他在聯邦郵局從事同樣的職業。可是，下班以後，他們就追捕他，因為那份槍決命令還在。」

儘管我並不完全理解馬策拉特先生的意圖，但我仍然答應他，在槍決的時候待在他的身邊，如果有可能的話，跟他一起去阻止槍決。

過了玻璃廠，在第一排小菜果園前不遠處——在月光下，我看到了我的母親的園子和那棵蘋果樹——我停下電車，朝車廂裡喊道：「請下車，終點站到了！」頭戴黑帶綠帽的兩個人馬上下車。那個半瞎子又費勁地找踏腳板。馬策拉特先生隨後下車，從外套下取出他的鼓。下車時，他請我帶上他的公事包和大口玻璃瓶。

我們扔下還一直亮著燈的有軌電車，緊盯著那兩個劊子手和那個蒙難者。

我們沿著菜果園籬笆走去。我走累了。前面的三個人站住時，我發現，他們選中了我母親的菜果園當槍決地點。不僅馬策拉特先生，連我也一起抗議。他們不予理睬，推倒腐朽的木板籬笆，把那個馬策拉特先生叫作可憐的維克托的半瞎子綁在蘋果樹上我的樹杈下面。由於我們繼續抗議，他們用手電筒照亮那份揉皺的槍決命令給我們看，命令是由一個姓策勒夫斯基的陸軍司法總監簽署的。我記得，日期一欄寫著：一九三九年十月五日於索波特，印章也沒錯，看來是沒什麼希望了。然而，我們談到了聯合國，談到民主制、集體罪責、阿登納等等。可是，綠帽子之中的一個用一句話就把我們的全部反對意見都擋了回去。他說，現在還沒有起草和簽訂和約②，所以，我們不該插手此事。他說，他跟我們一樣選舉阿登納，至於這道槍決命令嘛，它繼續有效。他們帶著這道命令去找過最高當局，請當局拿主意，結果，他們還得履行這該死的職責。所以，他說我們還是走開為妙。

我們沒有走。兩個綠帽子解開大衣扣子，讓機槍探出頭來時，馬策拉特先生也放正了他的鼓。在此瞬間，月亮從雲裡鑽出來，只缺一點就全圓了。它使雲的邊緣像一個罐頭的齒狀邊緣那樣泛出金屬的光澤。馬策拉特先生拿起兩根鼓棒開始在形狀類似但圓而無缺的錫鼓上進行干涉。他絕望地擂鼓。鼓聲聽起來似乎陌生，然而我又覺得耳熟。字母「O」一再形成，反覆出現：亡，沒有亡，還沒有亡，波蘭還沒有亡！可是，這已經是可憐的維克托的聲音了。他知道馬策拉特先生的鼓樂的歌詞：波蘭還沒有亡，只要我們還活著。看來兩個綠帽子也熟悉這節奏。他們端著由月光描繪出來的機槍，渾身上下在抽搐。馬策拉特先生和可憐的維克托在我母親的菜果園裡奏起的那首進行曲，促使波蘭騎兵採取行動。這可能是月光幫忙所致，也可能是鼓、月光和近視的維克托沙啞的聲音一起，施展魔法使許多騎兵從地底下冒了出來，蹄聲隆隆，鼻息呼呼，馬刺鏗鏘，牡馬嘶鳴，呼殺嗨殺……不，什麼也沒有，沒有任何東西在發出隆隆、呼呼、鏗鏘、嘶鳴之聲，喊出呼殺和嗨殺之聲，而是紅白色，像馬策拉特先生油過漆的鼓。因此，一中隊波蘭長槍騎兵，無聲地滑過格雷斯海姆郊外已經收割的田野，長槍上的小旗拖曳著，不，說拖曳並不正確，而是游動著，一如整個騎兵中隊也在月下游動，可能是從月亮裡來的，游動，左轉彎朝我家菜果園的方向游動，看來既不是肉也不是血，然而在游動，像玩具一樣製成，像幽靈似的游動過來，也許可以跟馬策拉特先生的護理員用線繩編結的形象相比較。一隊編組成的波蘭騎兵，沒有聲響，然而隆隆有聲，沒有肉，沒有血，然而是波蘭的，無約束地朝我們撲來。我們趴倒在地，忍受住月光和波蘭騎兵。他們衝向我母親的菜果園，衝向所有其他各家精心種植的菜果園，然而卻一個也沒有踐踏。他們只帶走了可憐的維克托和那兩名劊子手，朝月下開闊的田野奔馳而去，沒有亡，還沒有亡，他們策馬朝東方，朝波蘭，朝月亮背後奔馳而去。

我們氣喘吁吁地等候著，直到黑夜又成為沒有事件的黑夜，天空復又關閉，收回了月光，說明那早已腐爛的騎兵發動最後一次攻擊的月光。我站起來，雖說不低估月光的影響，仍祝賀馬策拉特先生取得偉大的成功。他疲倦而相當消沉地一揮手表示拒絕：「成功，親愛的戈特弗里德！我一生中所取得的成功實在多得數不清。我真想有那麼一次不能取得成功。但這是非常困難的，要求付出很大的勞動。」

我不愛聽他的這番話，因為我屬於勤奮的人們之列，然而沒有取得成功。馬策拉特先生看來不想領我的情，我於是責備他說：「你太誇張了，奧斯卡！」我敢這樣單刀直入，因為我們當時已經以「你」相稱了。「所有的報紙都在報導你。你已經有了名氣。錢就更不用說了。但你以為，對於我，一個從未被報紙提到過的人來說，在你這個備受讚揚的人身邊堅持待下去，是件容易的事嗎？我多麼願意獨自一人幹一件事，一件獨一無二的事，就像你剛才完成的那種事情似的，這樣一來，我也可以上報紙了，將會用大號鉛字印出：這是戈特弗里德·封·維特拉幹的！」

馬策拉特先生的微笑傷透了我的心。他仰面躺著，駝背鑽在鬆軟的土裡，兩隻手在拔草，將一把把的草高高拋起，像一個全能的非人的神那樣哈哈大笑：「我的朋友，這種事再容易不過了！這兒，公事皮包！它沒有落到波蘭騎馬的馬蹄下去，真是奇蹟。我把它送給你，皮包裡藏著那個密封大口玻璃瓶和那個無名指。全都拿去吧！去格雷斯海姆，那輛亮著燈的有軌電車還停在那兒呢。上車，帶著我的禮物開車到君主壁壘，去警察總局，告發，明天你就能在各種報紙上讀到你的大名了。」

我起先還拒絕這一建議，沒有玻璃瓶裡的手指，他肯定活不下去。但他安慰我說，對於這段手指插曲他已經完全厭煩了。此外，他有許多石膏複製品，還讓人製作了一個純金複製品。我現在可以把皮包拿走了，回去找到那輛電車，開著它去警察局，進行控告。

就這樣，我走了，還聽見馬策拉特先生在哈哈大笑。他仍舊躺著，當我踩著鈴鐺向市內駛去時，他要讓黑夜來擺布他，拔草，大笑。我第二天早晨才去告發。感謝馬策拉特先生的一番好意，我的控告使我的名字多次出現在報紙上。

而我呢，奧斯卡，好心的馬策拉特先生，笑著躺在格雷斯海姆附近夜間黑色的草叢中，在若干可見的、死神般嚴肅的星星下面笑著翻滾，把我的駝背鑽進溫暖的泥土王國中去，想道：睡吧，奧斯卡，在警察醒來之前再睡上一小時。你再也不會這樣自由地躺在月光下面了。

當我醒來時，在我發現天已大亮之前，我發現有什麼東西，有什麼人在舔我的臉，溫暖、生硬、均勻、潮濕地舔著。

這會不會是被維特拉叫醒並帶到此地來的警察正在用舌頭把你舔醒呢？然而，我並沒有馬上睜開眼睛，而是讓自己再被這樣溫暖、生硬、均勻、潮濕地舔上一會兒，享受著，是誰在舔我，我都無所謂。奧斯卡猜著，不是警察，便是母牛。隨後，我才睜開我的藍眼睛。

牠，黑白相間，伏在我身邊，呼吸著，舔著我，直到我睜開眼睛。天亮了，多雲轉晴。我暗自說，奧斯卡，可別待在這頭母牛身邊，儘管牠像天仙般地瞧著你，儘管牠如此勤快地用粗糙的舌頭平息和減弱你的記憶。天亮了，蒼蠅嗡嗡叫，你得逃走。維特拉去告發你，接下來你必須逃走。你若不眞正逃跑，那控告也不會是眞的。讓母牛哞哞叫去吧，你只管逃走吧！他們會在這裡或那裡逮捕你，但這對於你來說是無所謂的。

就這樣，一頭母牛舔了我，給我洗了臉，梳了頭，我就拔腿逃跑了。剛跑幾步，我就爆發出早晨清脆的笑聲。母牛伏著哞哞叫，我把鼓留在牠身旁，我笑著逃之夭夭。

①原文為拉丁文 corpus delicti。
②指第二次世界大戰結束後尚未與德國簽訂和平條約。

三十歲

是啊，逃跑！有幾句話還得講一講。我逃跑是爲了抬高維特拉控告的價値。逃跑總得有預定的目的地，我想。你往哪裡逃，奧斯卡？我問自己。政治事件，所謂的鐵幕，禁止我逃往東方。我的外祖母安娜・科爾雅切克的四條裙子，至今鼓起在卡舒貝的馬鈴薯地上，提供保護。可我呢，卻不能把它作爲逃跑的目的地，雖說如果眞要逃跑，我認爲，唯一有希望的便是逃到我的外祖母的裙子底下去。

附帶提一筆：今天，我過我的三十歲生日。一個三十歲的人有義務像個堂堂男子漢，而不是像個學徒似的去談論逃跑這個主題。瑪麗亞，她給我帶來了蛋糕和三十支蠟燭，並說：「現在你三十歲了，奧斯卡。現在，你變得理智的時間慢慢地到了！」

克勒普，我的朋友克勒普，像以往那樣送我爵士樂唱片，還帶來了五根火柴，點燃了我的生日蛋糕上的三十支蠟燭。「人生始於三十！」克勒普說，他自己二十九歲。

維特拉，我的朋友戈特弗里德，他最知我心，送我甜食，在我的床欄杆上探身過來，帶著鼻音說：「耶穌年滿三十時，出門上路，集合門徒於自己周圍。」

維特拉一向愛弄得我不知所措。他認爲我應該離開這張床，去集合門徒，只因爲我已經年滿三十。接著來的是我的律師，揮舞著一張紙，大聲祝賀，把他的尼龍帽掛在我的床上，向我和全體祝壽來賓宣布：「我說這是幸運的巧合。今天，我的當事人慶祝他的三十歲生日。而就在他三十歲生日的今天，我得到消息，將重新開庭審理無名指案件，發現了新的線索，貝亞特姆姆，諸位都知道的……」

幾年來我所擔心的事，自從我逃跑以來我所擔心的事，今天，在我三十歲生日時，宣告即將來臨：眞正的罪犯找到了，重新開庭審理，宣判我無罪，把我從療養和護理院裡放出去，奪走我的甜蜜的床，把我放到冷冰冰的、暴露在各種天氣之下的街道上，強迫三十歲的奧斯卡在自己和他的鼓周圍集合門徒。

她，貝亞特姆姆，據說被嫉妒迷了心竅，謀害了我的道羅泰婭姆姆。

讀者也許還記得吧。有一位韋爾納博士，他，如同在電影裡或生活中常有的那種情形，夾在兩個護士之間。一段卑劣下流的故事：貝亞特愛著韋爾納。韋爾納卻愛著道羅泰婭。道羅泰婭則誰也不愛，或者暗暗地愛著小奧斯卡。韋爾納病倒。道羅泰婭看護他，因爲他恰好在她的病區。貝亞特看不下去也不能容忍。據說，她因此哄勸道羅泰婭去散步，在格雷斯海姆附近的黑麥田裡把她殺死，更確切地說，把她除掉了。於是，貝亞特可以不受干擾地看護韋爾納了。據說，她護理他，卻不是使他恢復健康而是相反。這個癡癡地愛著他的女護士可能這樣對自己說道：只要他生病，他就屬於我。是她給他服用了過量的藥呢，還是給他吃錯了藥呢？反正韋爾納博士死了，死於服用過量藥物或錯服了藥物。可是，貝亞特在法庭上既不承認給他錯服或過量服用藥物，也不承認那次黑麥田裡的散步，而那次散步成了道羅泰婭姆姆的最後一次散步。奧斯卡也什麼都不承認，可是他有密封大口玻璃瓶裡那隻可以作爲罪證的手指。他們由於他去過黑麥田而對他做了判決，卻又不認眞對待他，而是把我送進了療養和護理院進行觀察。在此之前，奧斯卡逃跑了，因爲我要以逃跑來大大提高我的朋友戈特弗里德控告的價值。

我逃跑時，是二十八歲。幾小時前，我的生日蛋糕上的三十支蠟燭燃燒著，蠟燭油泰然地滴落。我逃跑時，是在九月。我誕生時，命星在室女宮。不過，這裡要講的不是我在電燈泡下的誕生，而是我的逃跑。

上面已經講過了，逃往東方、逃往我外祖母處的道路不通。我像今天的任何一個人那樣，不得不逃向西方。由於政治原因，你去不了外祖母那裡，那麼，奧斯卡，你就逃到外祖父那裡去吧。他住在布法羅，住在美國。逃到美國去，看看你能逃多遠！

當母牛在格雷斯海姆附近的草地上舔我而我還閉著眼睛的時候，我突然想起了在美國的外祖父科爾雅切克。可能是在清晨七點，我暗自說道：商店八點開門。我笑著跑開，把鼓留在母牛身邊，心中說道：戈特弗里德太疲倦，他可能八點或八點半才去告發，我要利用這段領先的距離。我用了十分鐘的時間，在沉睡的郊區格雷斯海姆打電話叫來出租汽車。出租汽車把我帶到火車站。途中，我點鈔票，經常點錯，因爲我不得不一再像早晨那樣清脆地大笑。接著，我翻看我的護照，由於「西方」音樂會經紀處的安排，上面有去法國的有效簽證，有去美國的有效簽證。這本來是丟施博士的宿願，讓那些國家領略一下鼓手奧斯卡的旅行音樂會。

哦①，我對自己說，我們逃到巴黎去吧，這很好，聽起來也很有道理，可以上電影，還有那個加賓，他抽著菸斗，追捕我，心腸挺好。那麼，誰來扮演我呢？卓別林？畢卡索？——出租汽車司機向我要七馬克時，我還在笑，被這個逃跑的念頭激動著，連連拍打自己微皺的褲管。我付了錢，到車站飯館用早餐。嫩煮雞蛋旁邊放著聯邦鐵路時刻表。我找到了一趟合適的車次，早餐後還有時間，便去兌換外幣，買了一口細皮小箱。我不敢回於利希街去，便又買了價錢貴但不合身的襯衫，一身淺綠睡衣，牙刷，牙膏等等，全裝進箱子裡去。我也不必節約，便買了一張頭等車票，過不多久，已安享著靠窗座位軟墊的舒適愜意了。我逃跑了，但不必靠兩條腿跑。軟墊也幫助我考慮。火車開動，逃跑開始，奧斯卡便考慮起究竟有什麼值得害怕的事來了。我並非毫無道理地對我自己說：沒有害怕的事就不會逃跑的！奧斯卡呀，如果警察局只能幫你發出早晨一般清脆的笑聲的話，那麼，有什麼事情值得你害怕並因此而逃跑呢？

今天，我三十歲，逃跑和審判已屬往事。可是，在逃跑的路上我力勸自己相信的那種恐懼卻依然留存著。

這是軌縫撞擊聲，是火車的一首小曲嗎？歌詞傳來，單調，快到亞琛時我才注意到。這歌詞，就像我陷在頭等車廂軟墊裡似的，盤踞在我心中，過了亞琛——我們大約十點半過國境——它顯然還在，越來越使人害怕。所以，當海關官員使我分心時，我很高興，他們對我的駝背比對我的姓名和護照更感興趣。我因此暗自說道：這個維特拉，這個貪睡鬼！現在快到十一點了，他還沒有在胳臂下夾著大口玻璃瓶去警察局，可我一大清早就已經在逃跑的路上了，還勸說我自己接受一種恐懼，好使我的逃跑有一種動力。到了比利時境內，列車唱著：黑廚娘，你在嗎？在呀在呀！黑廚娘，你在嗎？在呀在呀……這時，我真是害怕極了。

今天，我三十歲，案件將重新審理，無罪獲釋指日可待。我又將四處奔波，在火車上，在電車上，這歌詞也將迴旋在我耳邊：黑廚娘，你在嗎？在呀在呀！

然而，除了我害怕黑廚娘以外，那次逃跑旅行還是很美的，雖說每到一站我都提心吊膽地恭候黑廚娘露面。我獨自一人坐在我的車廂裡，而她或許就在隔壁。我先認識了比利時的海關官員，後來又認識了法國的海關官員，有時小睡五分鐘，又驚叫一聲醒來。爲了不讓自己不加防衛地聽任黑廚娘的擺布，我翻閱《明鏡》週刊，這還是我在杜塞爾多夫時讓人從車廂裡遞給我的。我一再爲記者們的廣博知識感到驚奇。我甚至翻到一篇關於我的經紀人、「西方」音樂會經紀處的丟施博士的短評，文中證實了我早已知道的事情：丟施的經紀處只有一根臺柱，鼓手奧斯卡。評論右側是我的照片，挺不錯的。就這樣，直到快抵達巴黎之前，我一直想像著由於我的被捕和黑廚娘令人恐怖地露面所造成的「西方」音樂會經紀處的破產情景。

我在過去的歲月裡從不害怕黑廚娘。只是在逃跑途中，當我需要有什麼使我害怕的時候，她才爬進了我的軀殼裡，留在那裡，雖說多半是在那裡睡覺，但畢竟一直待到今天我慶祝自己三十歲生日的時候，並且呈現出各種不同的形象。譬如說，她可能呈現爲「歌德」這個名字，我一聽到就會失聲驚呼，害怕地躲進被窩裡去。從少年時起，我就努力研讀這位詩聖的作品，可是，他那種奧林匹斯山衆神般的超然冷靜，過去就一直給我不祥之感。今天，他換了裝，一身黑，扮作廚娘，不再是光明的和古典的，而是超過了拉斯普庭的陰森黑暗，站在我的欄杆床前，藉我三十歲生日之機，問我道：「黑廚娘，她在嗎？」此時此刻，我眞是害怕得要命。

在呀在呀！列車答道，它正載著逃跑的奧斯卡去巴黎。我本來指望能在巴黎北站——法國人叫作Gare du Nord——見到國際警察局的官員們。可是只有一名行李搬運工向我打招呼。他一身紅葡萄酒酒氣，我無論如何也不會把他當成黑廚娘的。我信任地把我的小箱子交給他，讓他運到檢票處前。可是，我心裡想，警官們和廚娘也許不想浪費買站臺票的錢，他們會在檢票處外面叫住你並逮捕你的。所以，在檢票處前就把箱子拿過來自己提著，這樣做是比較聰明的。就這樣，我不得不一個人拖著箱子一直走到地下鐵道，因爲我沒有遇上警官，我的箱子也沒有被他們拎走。

我不想向各位讀者敍述世界聞名的地下鐵的氣味。我最近讀到，這種香水可以買得到並噴灑在自己身上。引起我注意的是：首先，地鐵和火車一樣打聽黑廚娘在不在，儘管節奏有所不同；其次，所有的乘客都跟我一樣知道並害怕黑廚娘，因爲我周圍所有的人呼出的都是害怕與恐懼。我的計畫是乘地鐵到義大利城門站，從那裡乘出租汽車去奧利機場。我想像著被捕的場面，它既然沒有在北站出現，那就改在著名的奧利機場好了，黑廚娘裝扮作空中小姐，這場面多麼富於刺激性，多麼別出心裁。我必須轉一次車，幸好我的小箱子很輕。我讓地鐵劫持我向南駛去時，我考慮著：奧斯卡，你在哪兒下車呢？——我的上帝，一天之內能夠發生多少事情啊！今天清晨，在格雷斯海姆附近，一頭母牛還在舔你，你快活也不害怕。現在，你到了巴黎——你在哪兒下車呢？她會在哪兒黑黑地、叫人害怕地向你迎來呢？在義大利廣場還是在義大利城門呢？

我在義大利城門站的前一站白屋下車，因爲我心裡這樣琢磨著：他們自然在思考，我也在思考，他們會等在義大利城門站旁。但黑廚娘也知道，我想些什麼，他們又想些什麼。再說，我也受夠了。逃跑，吃力地維持心中的恐懼，把我累壞了。奧斯卡不想去奧利機場，他認爲白屋比奧利機場更地道，而且這樣做也是對的，因爲那個地鐵車站有自動樓梯。它能使我高興一番，也能使我聽到自動樓梯的格格響聲：黑廚娘，你在嗎？在呀在呀！

奧斯卡反而有點進退維谷了。他的逃跑正接近尾聲，他的報導也將隨之結束。可是，地鐵車站白屋的自動樓梯有那麼高，那麼陡，那麼有象徵性，足以格格作響地成爲他這一系列記述的壓卷畫面嗎？

這時，我突然想到了我今天的三十歲生日。我願意把我的三十歲生日作爲結尾奉獻給所有的人們，他們覺得自動樓梯只是噪音太大，黑廚娘則並不引起他們的恐懼。因爲，在所有其他的生日之中，三十歲生日難道不是意義最單一而明確的嗎？它包含著「三」字，它讓人預感到六十，又使六十成爲多餘。今天早晨，我的生日蛋糕上的三十支蠟燭燃燒時，我興高采烈，眞想痛哭一場，只因爲當著瑪麗亞的面，我覺得難爲情：已是三十歲的人了，不該再哭啦！

自動樓梯的第一級——如果可以照樣說自動樓梯也有第一級的話——剛把我帶走，我就大笑不已。儘管害怕，或者說，由於害怕，我才放聲大笑。陡直地、徐緩地升向高處——他們站在上面。還有時間抽半支香菸。我上面兩級，一對不受拘束的情侶在胡鬧。我下面一級是個老年婦女，起先，我毫無根據地疑心她是黑廚娘。她戴著一頂帽子，帽子的花飾意味著果實。我抽菸的時候，挖空心思去想跟自動樓梯連帶著可能發生的事情。於是，奧斯卡先扮演成詩人但丁，他剛從地獄回來，上面，在自動樓梯的末端，恭候他的是機靈的《明鏡》週刊記者。他們問道：「哈囉，但丁，下面怎麼樣？」——我又扮作詩聖歌德，演同樣的短劇，讓《明鏡》記者問我，在下面，在母親們那裡，日子過得怎麼樣。最後，我厭倦了詩人們，對自己說，上面既沒有《明鏡》記者，也沒有大衣口袋裡揣著金屬徽章的先生們②，站在上面的是她，廚娘，自動樓梯格格響：黑廚娘，你在嗎？奧斯卡回答說：「在呀在呀！」

自動樓梯旁邊還有一道普通樓梯。這是街上的行人下地鐵車站的通道。看來外面在下雨。行人都被淋濕了。這使我不安，因爲我在杜塞爾多夫抽不出時間去買一把雨傘。向上瞧了一眼，奧斯卡看到那些先生不顯眼卻又引人注目的面孔，他們都帶著民用雨傘，然而，這並不讓人懷疑黑廚娘的存在。我怎麼招呼他們呢？

我倒擔心起來了，一邊慢吞吞地抽著菸，享受著，站在自動樓梯上。它正慢慢地提高著我興奮的情緒，豐富著我的見識。站在自動樓梯上人會變年輕，站在自動樓梯上人會變老，越變越老。留給我的選擇是：變成三歲孩子或者變成六十歲的老人，然後離開自動樓梯，迎向國際警察局的官員，對黑廚娘產生這種年齡或那種年齡的恐懼心理。

時間肯定已經晚了。我的金屬床倦容滿面。我的護理員布魯諾也已經兩次在窺視孔裡顯露他那雙擔憂的褐色眼睛了。這裡，在那幅銀蓮花水彩畫下方，放著插有三十支蠟燭的沒有切開的生日蛋糕。瑪麗亞現在可能已經入睡了。有人，我想是瑪麗亞的姐姐古絲特，祝願我後三十年幸福。瑪麗亞睡得眞香，令人羨慕。我的兒子庫爾特，文科中學學生，模範生和優秀生，他對我的生日祝願是什麼？瑪麗亞睡覺時，她周圍的家具也都入睡。現在我想起來了，小庫爾特在我三十歲生日時祝願我恢復健康。可是，我祝願自己能學瑪麗亞的樣，睡得香甜，因爲我疲倦，差不多無話可說了。克勒普的年輕妻子以我的駝背爲題做了一首幼稚可笑但出於好心的生日小詩。歐根親王也是駝背，儘管如此，他攻占了城市和要塞貝爾格萊德。瑪麗亞最後會理解，駝背帶來好運。歐根親王也有兩個父親。現在我三十歲，但我的駝背比我年輕。路易十四是歐根親王的一個假想的父親。以前，經常有美貌婦女在大街上摸我的駝背，爲了交好運。歐根親王是駝背，因此他是自然死亡。假如耶穌也有個駝背的話，人家就很難把他釘在十字架上了。僅僅因爲我三十歲了，所以，我現在當眞必須走向世界，在我周圍集合門徒嗎？

這只不過是在自動樓梯上突然產生的念頭。我的前上方是一對無拘無束的情侶。我的後下方是老婦與帽子。外面在下雨，上面，樓梯盡頭，站著國際警察局的先生們。自動樓梯鋪有板條格墊。當你站在自動樓梯上時，你應當再次把所有的事情考慮一遍：你從哪裡來？你到哪裡去？你是誰？你叫什麼名字？你想幹什麼？

各種氣味撲鼻而來：少女瑪麗亞的香草味。油浸沙丁魚的油味，我可憐的媽媽把它煮熱，趁熱喝下去，自己卻冷卻了，到了泥土下面。揚・布朗斯基，他一再浪費科隆香水，然而，死神仍過早地透過他的全部鈕扣眼呼吸著。蔬菜商格雷夫的地窖裡散發著過冬馬鈴薯味。還有一年級學生的石板旁的乾海綿味。我的羅絲維塔，她身上有肉桂和肉豆寇的香味。當法因戈德先生向發著寒熱的我灑消毒劑時，我乘著石炭酸雲飄遊。啊，聖心教堂的天主教精神，這麼多沒經過晾曬除去污濁味的衣服，冷的灰塵，我在左側祭壇前，把鼓授予誰了？

然而，這僅僅是在自動樓梯上突然產生的念頭。今天，人家要把我釘在十字架上，說：你三十歲了。因此，你必須集合門徒。回想一下，人家逮捕你時，你說過的話吧。數一數你的生日蛋糕上的蠟燭，離開你的床，集合門徒。在一個三十歲的人面前，機會可多啦。譬如說，假使人家當眞把我逐出療養院，我可以第二次向瑪麗亞求婚。我今天肯定會有更多的機會。奧斯卡爲她開設了商店，他有了名氣，靠他的唱片可以繼續掙不少錢。其間他也成熟了，年紀大點了。三十歲的人，是該結婚了！要不然的話，我仍舊當單身漢，從我的職業裡挑選一種，買下一處優質殼灰岩開採場，雇用石匠，把採下的石頭直接加工成建築材料。三十歲的人，是該創業了！如果預製房屋正面用石板的工作久而久之使我感到厭倦，我可以去看望繆斯烏拉，同她一起，在她身邊，充當給人啓迪的模特兒，爲美的藝術服務。有可能的話，有朝一日，我甚至會跟她，跟頻繁地與別人短期訂婚的繆斯結爲伉儷。三十歲的人，是該結婚了！假如我厭倦了歐羅巴，我可以出國，去美國，到布法羅，這是我的舊夢，去找我的外祖父，百萬富翁和前縱火犯喬・科爾奇克，以前叫約瑟夫・科爾雅切克。三十歲的人，是該定居了！再就是，我讓步，讓他們把我釘在十字架上，走向世界。僅僅由於我三十歲了，他們把我看作彌賽亞，我就在他們面前扮成彌賽亞，違心所願地讓我那面善於描述的鼓超出它之所能，變爲象徵，建立一個教派，一個黨派，或者僅僅是一個分會。

儘管我前有情侶後有戴帽老婦，這種自動樓梯上突然產生的念頭仍舊向我襲來。那對情侶在我上面兩級而不是一級，在他們和我之間，我放著我的小箱子。這一點我講過沒有？法國的青年非常特別。當自動樓梯載著我們大家上升的時候，她解開了他的皮夾克鈕扣，接著解開了他的襯衫鈕扣，撫弄他十八歲的皮膚。但她幹得很麻利，她的動作完全不是性愛的而是那種生意經的，我因此起了疑心。這些年輕人有可能是拿了官方的錢，在大街上顯示愛的瘋狂，從而使法國的大都會不致喪失它的聲譽。可是，當這對年輕人接吻時，我的疑竇也隨之消失，她的舌頭幾乎使他窒息，咳個不停，而我已經掐滅了我的香菸，爲的是以一個不吸菸者的身分迎向刑事警察。在我以及那頂帽子下面的老婦——這意思是說，她的帽子正好同我的頭一般高，因爲我的身高等於自動樓梯兩級的高度——沒有做什麼引人注目的事情，雖說她在嘟噥，罵罵咧咧的。不過，巴黎的許多老年人都是這樣的。自動樓梯的橡皮面扶手隨同我們一起上升。行人可以把手放在上面，讓手一起上升。如果我把手套也一起帶來旅行的話，我也會這樣做的。樓梯間的瓷磚每一塊都映出一點電燈光。奶油色的管道和肥大的電纜束陪伴我們上升。自動樓梯並沒有發出地獄的噪聲。儘管它是一種機械，卻給人以舒適感。儘管有那格格作響的有關可怕的黑廚娘的詩句，我覺得，白屋地鐵車站很舒適，幾乎適於居住。我感到在自動樓梯上如同在家裡一樣，儘管有害怕和兒童的恐懼。如果它載著跟我一起上升的不是陌生人，而是我那些活著和死去的朋友和親戚的話，我本來會感到幸福：我可憐的媽媽夾在馬策拉特和揚・布朗斯基之間，灰毛耗子特魯欽斯基大娘同她的孩子赫伯特、古絲特、弗里茨和瑪麗亞，蔬菜商格雷夫和他的邋遢老婆莉娜，自然也有貝布拉師傅和風雅的羅絲維塔——所有這些人都圍繞著我值得懷疑的存在，也由於我的存在而遭難。可是，上面，在自動樓梯通向戶外的地方，我希望取代刑事警察的是可怕的黑廚娘的對立面：我的外祖母安娜・科爾雅切克。她像一座大山似的巍然屹立，在我和我的隨從幸福地上升之後，把我們接納到裙子裡去，接納到大山裡去。

可是，站在那裡的兩位先生，穿的不是肥大的裙子，而是美式的雨衣。在上升行將結束時，我連同鞋子裡的十個腳趾頭一起微笑著承認，在我上面的那對無拘無束的情侶以及在我下面的那個戴帽老婦，都是傻頭傻腦的警方密探。

我還要說些什麼呢？在電燈泡下誕生，三歲時故意中斷成長，得到鼓，唱碎玻璃，聞香草味，患百日咳，給盧齊餵食，觀察螞蟻，決定成長，埋鼓，乘車去西方，失去東方，學石匠手藝，當模特兒，重操錫鼓，參觀水泥，掙錢，保護手指，送掉手指，笑著逃跑，上升，被捕，被判決，送進療養院，不久將被宣告無罪開釋，今天慶祝我的三十歲生日，始終害怕黑廚娘——阿門。

我扔掉已掐滅的香菸。它在自動樓梯梯級的板條格墊間找到了它的歸宿。奧斯卡在沿著四十五度角的斜邊朝著天空上升較長時間之後，又垂直地上了三小步，前有無拘無束的警察情侶，後有戴帽警察奶奶，從自動樓梯的板條格墊上被移到固定的鐵條格墊上。這時，刑事警察做了自我介紹，稱呼他馬策拉特。奧斯卡卻順著他在自動樓梯上突然產生的念頭往下想去，脫口用德語說：「我是耶穌！」由於他看到對面站著的是國際刑事警官，便用法語重複了一遍，最後，又用英語說：「我是耶穌！」

然而，我還是以奧斯卡•馬策拉特的身分被捕了。我毫不抗拒，信賴地置身於刑事警察的雨傘的保護之下，因為外面，在義大利林蔭大道上，正下著雨，但我仍舊不安地、害怕地搜尋著環顧四周，並且在林蔭大道上的人群中，在擠在警察局運貨棚車周圍的人堆裡，多次看到了黑廚娘令人恐怖的鎮靜的面孔——這正是她的能耐。

現在，我沒有什麼話可講了。不過，我還得考慮一下，奧斯卡被他們從療養和護理院裡放出來是不可避免的，在這之後，他究竟想幹什麼呢？結婚？獨身生活？出國？當模特兒？買個採石場？集合門徒？成立教派？

今天，向一個三十歲的人提供的一切機會，都必須經過檢驗，如果不用我的鼓，那又用什麼去檢驗呢？因此，我將在我的鐵皮上敲響那首小曲。我覺得它越來越生動，也越來越令人懼怕了。我要呼喚黑廚娘，詢問她。這樣，明天早晨我就可以告訴我的護理員布魯諾，三十歲的奧斯卡處在越變越黑的兒童恐懼的陰影之下將過什麼生活，因爲過去在樓梯上嚇唬過我的，當我去地窖取煤時發出怪聲使我不得不放聲大笑的，始終是同一件東西。它用手指講話，通過鑰匙孔咳嗽，在火爐裡嘆氣，通過門叫喊。當船隻在霧中拉響汽笛時，它從煙囱裡冒出來。當一隻垂死的蒼蠅在雙層窗之間嗡嗡叫幾小時的時候，當鰻魚要奪走我的媽媽或者我可憐的媽媽要吃鰻魚的時候，當太陽隱沒在塔山背後像琥珀似的獨善其身的時候，它始終在場。赫伯特撲向那個木雕時，他背後是什麼？主祭臺背後不也是它嗎？如果沒有把所有懺悔室塗黑的廚娘，天主教教義又會是怎樣的呢？當西吉斯蒙德·馬庫斯的玩具一起跌落時，又是她投下了陰影。公寓院子裡的孩子，阿克塞爾·米施克和努希·艾克，蘇西·卡特和小漢斯·科林，他們講了出來，當他們煮磚頭粉湯時，他們唱了出來：「黑廚娘，你在嗎？在呀在呀！你有罪，你有罪，你的罪孽最大。黑廚娘，你在嗎……」她無處不在，甚至在香葉草汽水粉裡，儘管它泛起的泡沫綠到了如此清白的地步。在我曾經蹲過的所有衣櫃裡，她也蹲過。她後來把三角形狐狸臉借給了盧齊·倫萬德，吞食夾香腸麵包，連皮吞下，把撒灰者引上跳臺——唯獨奧斯卡倖免。他觀看螞蟻，明白了：這也是她的陰影，再經過複製，跟隨著香甜的東西，還有所有的言詞：被祝福，充滿痛苦，被賜予極樂，童貞女的童貞女……所有的石頭：玄武岩，凝灰岩，輝綠石，殼灰岩裡的礦巢，如此柔軟的雪花石膏……所有唱碎的玻璃：透明的玻璃，吹成極薄的玻璃……還有殖民地商品：一磅或半磅裝藍色袋子裡的麵粉和白糖。後來有四隻貓，其中一隻叫俾斯麥，不得不重新粉刷的圍牆，昂首闊步去死的波蘭人，還有誰擊沉了什麼的特別新聞，從天平上撲騰落地的馬鈴薯，一頭小的東西，我站立過的公墓，我跪過的方磚地，我躺過的椰子纖維……請別問奧斯卡，她是誰！奧斯卡已經詞窮無語。因爲她從前坐在我的背後，之後又吻我的駝背，現在和今後則迎面朝我走來：

一直在我背後的廚娘真黑。
如今她迎面朝我走來，真黑。
言詞，大衣裡子往外翻，真黑。
用黑市通貨付款，真黑。
如果孩子們唱歌，他們不再唱：
黑廚娘，你在嗎？在呀在呀！

---

① 原文是法語。
② 指便衣警察。

錫鼓（上）、（下）／葛拉斯(Günter Grass)著：胡其鼎
譯. ——初版.——臺北市：貓頭鷹出版：
城邦文化發行，2001[民 90]
冊：　公分.——（經典文學系列；22、23）
譯自：Die Blechtrommel

ISBN 957-0337-89-3（上冊：精裝）.
ISBN 957-0337-90-7（上冊：平裝）.
ISBN 957-0337-92-3（下冊：精裝）.
ISBN 957-0337-92-3（上冊：平裝）.

875.57　　　　89009811